MI QUERIDA LUCÍA

Mi querida lectora o lector:

Siempre me gusto creer que la premisa: «El cambio es difícil al principio, confuso a la mitad y precioso al final» es tan cierta y verdadera como lo es mi agradecimiento hacia ti, ahora que sostienes entre tus manos esta nueva novela.

«Mi querida Lucía» es un cambio al que me enfrento orgullosa y estoy segura de que no te dejará indiferente.

Espero, con todo el cariño que una autora puede dedicar, que te atrevas a sumergirte conmigo en este desconcertante thriller que, casi sin quererlo, cambiará tu mundo y el de Lucía...

Con mucho cariño,

LA VECINA RUBIA

MI QUERIDA LUCÍA

¿PODRÍA HABER EVITADO SUS MUERTES?

LIBROS CÚPULA

Diseño de cubierta: Planeta Arte y Diseño basado en un diseño de la Vecina Rubia

Pág. 31: frase de Gilbert Chesterton; pág. 32: versos de la canción «Sin miedo a nada» de Álex Ubago, del álbum *¿Qué pides tú?* (WEA Latina, 2001); pág. 135: versos de la canción «Mujer contra mujer» de Mecano, del álbum *Lunes* (PuPilo Records, 2009); pág. 211: frase de Enrique Lihn; pág: 322: frase de Dylan Thomas; pág. 325: frase de José Saramago; pág. 347: frase de Immanuel Kant; pág. 440: canción «Perdona» de Tiziano Ferro del álbum *Rojo Relativo* (EMI Music, 2001).

Primera edición: octubre de 2024

Av. Diagonal, 662-664, 08034 Barcelona (España)
Libros Cúpula es una marca registrada por Editorial Planeta, S.A.
www.planetadelibros.com

ISBN: 978-84-480-4173-1
D. L.: B. 9.917-2024

Impresor: Rotoprint by Domingo, SL
Impreso en España – *Printed in Spain*

A mi padre,
cuya esencia siempre está presente
en alguno de mis personajes

CAPÍTULO 1

Enero de 2002

Siempre se ha dicho que enero es el lunes de los meses. Largo, tedioso, infinito. Pero este, en concreto, fue totalmente distinto. Aquel 2002 se mostraba impaciente desde el primer día. Y digo «mostraba» porque parece difícil comprender que un ente tan impersonal como puede ser un año, una palabra formada solo por tres letras, rebose de tanto sentimiento humano. Pero así era y, en cierto modo, así ha sido desde que el tiempo es tiempo.

Llegamos al final de diciembre, a las puertas de enero, y hacemos balance de nuestras vidas, expresando en sencillas frases todo lo acumulado, dotando al año de una personalidad múltiple impropia de unas pocas letras.

«Qué ganas tengo ya de que se acabe este 2001»; «Ojalá que el próximo año sea mejor que este»; «Yo solo pido quedarme como estoy»... Frases que repetimos como un mantra cada trescientos sesenta y cinco días.

Mi madre, sin embargo, elegía un mensaje más directo, y no por ello menos inspirador, que venía siendo recurrente desde hacía algún tiempo:

—Un brindis para que en este 2002 todos encontremos el amor... y, en especial, Lucía —dijo aquella Navidad mientras me guiñaba el ojo de manera exagerada.

«Y, en especial, Lucía». Gran apunte. Sin duda, una nota final muy apropiada.

Y yo brindé. Lo hice por dos motivos muy claros: uno porque Lucía era yo, y el segundo porque poco importaba si estaba de acuerdo o no con encontrar el amor aquel año en concreto. En pocas palabras, no lo estaba buscando. Pero solo por ver sonreír a mi madre hubiese matado. Qué ironía usar aquel verbo justo en ese momento. Matar.

Ese 2002 comenzó nervioso porque así lo estaba el país. Lo recuerdo perfectamente. Vivía acelerado como yo misma lo estaba, y no solo por todo lo que me ocurrió, que fue terrible, sino por todo el contexto a su alrededor.

Aún conservo imágenes nítidas en mi cabeza en las que me visualizo agrupando todas las pesetas que tenía por casa en los cajones, en monederos antiguos, en el fondo de todos mis bolsos e incluso en algún pequeño joyero donde guardaba un par de monedas de quinientas. Aquel año, el euro desterraba a la peseta de forma definitiva y era cuando menos curioso ver a cientos de personas que, como niños con sus huchas a rebosar, apuraban los últimos días para hacer el canje de moneda. Un cambio molesto para algunos, para los de siempre, aquellos que se agarran a las viejas tradiciones sin querer soltarlas.

Para mí, aquel año arrancaba, en parte, como había acabado el anterior: siendo madre soltera de una preciosa niña que cumpliría cinco dedos de una mano y tres de la otra en noviembre, y disfrutando de escribir en un trabajo para el que sentía que estaba predestinada. Predestinada porque todavía había quien creía que mi suerte era cosa del destino; del «hado», que dirían los más nobles e intelectuales de la redacción de la revista donde trabajaba. Pero nada más lejos de la realidad, porque lo mío era consecuencia de la observación minuciosa, del conocimiento y, por supuesto, de los años de estudio que dediqué a intentar ser la mejor.

Aquel año 2002 también vino acompañado de mi primer teléfono móvil Nokia y de un divertido juego con una serpiente, que tantas veces me salvó de las aburridas e insustanciales comidas en el trabajo. Todos los mediodías, mis compañeros daban cuenta, entre bocado y bocado, de sus platos recalentados y discutían sobre los nominados de aquella semana en *Operación triunfo*, debatiendo con la misma intensidad sobre la muerte de la reina madre de Inglaterra o de las opciones de Ronaldo para llevarse el Balón de Oro. Mientras, en silencio, yo superaba con creces mi récord diario en la serpiente dándole a la maquinita y abstrayéndome del mundo.

Recuerdo que por aquel entonces conseguí por fin mi primera conexión ADSL en casa. Aquello me sirvió para dejar de justificar ante mi jefa que me quedaba trabajo por hacer al final de la jornada mientras todos salían en desbandada, cuando mi única intención era quedarme a solas con mi ordenador en la oficina para observar las estrellas. Porque lo mío era escapar de toda la mundanidad mirando al cielo, y este solo te habla si estás en silencio y a oscuras. Así que a las siete de la tarde, cuando sonaba el toque de queda, era el momento en que una conexión decente me ofrecía información relevante sobre la posición solar y hacía lo que mejor se me daba: escribir el horóscopo semanal.

Pensaréis que es una gilipollez. Tranquilas, estoy acostumbrada. En la oficina también lo pensaban todos, aunque solo la abrazafarolas de mi compañera Rosa me lo decía a la cara. Cuando la llamo así no pretendo insultarla, solo describo de manera fiel lo que pasaba cuando salíamos de camino al *afterwork* de los viernes por la tarde. Ahora se llama *afterwork*, pero por aquel entonces lo llamábamos «tomarnos unas cañas después del curro».

La muy hija de una hiena se dedicaba a beber primero, para rajar después sobre mi sección, desdeñándola, y acabar agarrada a una farola, cuando no a una papelera asquerosa, antes de volver a casa con algo de vómito en su falda.

En aquellos momentos agradecía sobremanera tener cerca a Diana, mi única amiga dentro de aquel insólito mundo lleno de pseudoperiodistas pedantes, escribientes del cotilleo y vendidos de la actualidad, con quien tuve la fortuna de acabar trabajando tras muchos años de amistad. Ella mantenía que todos me tenían envidia y quizás no le faltara razón.

Mi sección, de la que yo era única jefa y responsable, era la más leída, aunque ocupaba las últimas páginas de la revista. Podría decirse que, solo cuando David Bisbal no copaba la portada, era lo primero que buscaban miles de personas. Mi sección, la más poderosa, la más influyente, la más real. Aquella donde miles de hombres y mujeres, adolescentes y adultos, buscaban esa chispa, ese empujón que aportase un sentido a sus vidas. Porque era muy fácil pertenecer al departamento de internacional o al de famosos, y burlarse de manera pública de mí aquellos viernes por la tarde después del trabajo, pero más fácil era para ellos encontrar un hueco en privado durante la jornada laboral y preguntarme cómo les iba a ir esa semana en el amor.

Mi sección tenía que ver con el horóscopo, las cartas astrales y los test de personalidad. La mayor responsabilidad en el interior de una revista de cultura pop nacional con más de medio millón de lectores, pues casi todos eran míos.

Siempre he pensado que un gran poder conlleva una gran responsabilidad. Una frase que me marcó cuando ese año estrenaron la película de *Spiderman* y la vi en el cine con mi hija. Le encantaba el Duende Verde. Como su madre, ella parecía manifestar cierta predilección por los chicos malos.

En mi caso, me tomaba muy en serio aquella responsabilidad. Nunca dejé nada al albur de la coincidencia ni de tópicos que bien podrían servir a una tauro administrativa de Albacete como a un bombero aries de Vigo. Dedicaba mi vida al análisis, a la investigación y a interpretar los astros y entonces, solo entonces, podía dar una visión objetiva y formada dentro de toda la subjetividad que me rodeaba. Sé que no es una verdad empírica, no soy idiota, pero también sé que decidí hacer aquello que me apasionaba de la manera que mejor sabía y yo, en aquel 2002 que se mostraba impaciente desde principios de enero, sabía mucho.

Ahora, que cuento más años vividos por detrás de los que me quedan por delante, recuerdo atónita cómo 2002 trajo los peores días de mi vida. Sí, fue un año en el que me enamoré, como bien predijo mi progenitora, pero también en el que sufrí lo indecible como madre y como ser humano.

¿Cómo no pude darme cuenta? ¿Cómo estuve tan ciega? ¿Fue mi responsabilidad todo lo ocurrido? ¿Podría haber evitado sus muertes?

CAPÍTULO 2

13 de junio de 2002

Hacía un calor sofocante. Aquella semana estaba siendo especialmente insoportable. En las noticias se escuchaba de forma reiterada el mismo comentario: «Los científicos alertan del verano más caluroso de la historia desde que se tienen registros». Yo estaba preparada. Solía vestir ligera, con una blusa blanca de generoso escote que a mis treinta y dos años lucía, como mi propio nombre, espléndido. Y también compré un pequeño ventilador de mesa que funcionaba a pilas, por si la cosa se complicaba.

Afortunadamente, tenía una pequeña mesa en un hueco al fondo de la sala, que no era más que el espacio muerto situado debajo de la escalera que subía a la segunda planta. Y digo «afortunadamente» porque a mí me encantaba aquel cubículo, algo oscuro, sin entradas de luz natural ni ventanas, que se mantenía más fresco que el resto de aquella enorme sala principal donde treinta trabajadores, treinta y cinco si incluimos a los becarios sobrexplotados con promesas de contratación, sudaban todos al mismo tiempo: el que marcaban los treinta y siete grados de temperatura en el termómetro porque el aire acondicionado estaba estropeado. Llevaban varias semanas sin repararlo por una pieza que no terminaba de llegar de China y no tenía visos de que fuera a pasar, al menos a corto plazo. Llegué a pensar que era una estrategia de la empresa para pagar menos o cobrarnos más en el futuro por tener sauna incluida en el lugar de trabajo y dentro del horario laboral.

A mí me encantaba aquel pequeño espacio, nunca mejor dicho, porque me sentía cómoda, arropada por esa penumbra que tanto me ayudaba en mi trabajo. Un espacio lleno de estrellas y sin gente alrededor.

Sé que puedo parecer un poco misántropa de inicio, tampoco pretendo ocultarlo, pero siempre ha sido de puertas para dentro. Hay que ser muy valiente para lo contrario. Por lo general, me mostraba predispuesta para los demás, bonachona según el caso, e incluso un poco tímida y santurrona en ocasiones. «Ausente», como decía mi políticamente correcta amiga y compañera Diana cuando llegaba a mi mesa, por sorpresa, a primera hora de la mañana y me pillaba con la mirada perdida en la pared.

En aquella redacción repleta de gente anodina, Diana era la única persona con la que me tomaba cafés a gusto y no obligada por la presión del «bienquedismo» laboral, que te hace poner buena cara en los pasillos mientras maldices por dentro. Los demás o bien pasaban olímpicamente de mí o bien rajaban de mi sección con cierto desdén..., y «cierto» no es más que un eufemismo.

—¿Ya has visto a Rosa? —me preguntaba Diana muchas de aquellas también anodinas mañanas.

—No, no he tenido el disgusto todavía —le contestaba entre risas. Me molestaba mucho que Rosa tuviese el nombre del color favorito de mi hija.

Diana, morena azabache de nacimiento, esbelta y gallarda como una espiga, entraba en nuestra planta pisando con autoridad a las nueve en punto de la mañana, y no porque tuviera algún cargo importante dentro de la empresa, algo que siempre te da cierto colchón de confianza, sino porque ella irradiaba seguridad en todos los aspectos de su vida. Atravesaba los despachos plantando sus tacones en la moqueta con aplomo y seguridad, como quien conoce a la perfección lo que acolcha ese mullido suelo, aunque yo estoy segura de que en su mayoría albergaba todo tipo de ácaros.

Diana trabajaba en el departamento de moda que, si bien es cierto que tenía cierto tirón, no era ni muchísimo menos lo suficientemente relevante como para formar parte de la cúpula que dirigía la revista. Pero lo que sí la hacía destacar por encima de todos los demás era la confianza que demostraba en sí misma. Era la que precisamente me faltaba a mí en algunas ocasiones para poner los ovarios encima de la mesa y decir: «Perdona, pero mi sección está pagando tu sueldo». Ojalá hubiese tenido el valor para decir todas las cosas que se me pasaban por la cabeza y que nunca verbalizaba.

Fantaseaba con soltárselo a la cara a más de un gafapasta que campaba por la redacción poniéndole la tilde a «ti» con total desvergüenza. Y a Rosa, por supuesto.

Aquella mujer maligna, malavenida, malhumorada, maléfica, malversadora, malcasada y todos los adjetivos que se os ocurran que comiencen por «mal-», se mantuvo firme en su convicción de que yo era el enemigo desde que había puesto un pie en la empresa cinco años atrás. Veía en mi persona un objetivo a derribar. Como quien lanza un dardo sobre una diana. No mi amiga, una diana de verdad.

En cierto modo, me daba pena. Siempre que ella cometía un error que a mí me tocaba arreglar, tenía la costumbre de decir una frase que me sacaba de quicio, al margen de que me llamara «Luci» con un tono terrible:

—Perdona, Luci, pero esto se ha hecho así toda la vida.

No sé muy bien por qué me quedaba callada, cuando mi cerebro, activo por la adrenalina y el cabreo, respondía en su interior:

«Pues si esto se ha hecho así toda la vida, toda la vida se ha hecho... MAL, idiota».

Tener un ascendente Libra dejaba claro que lo mío a veces era tragar, tragar y tragar hasta que explotaba.

Diana y yo nunca entendimos esa fijación por la pulla constante, por el desprestigio silente en cada uno de sus comentarios contra mi persona. Yo, que no era más que una mujer hablando del horóscopo, no podía resultar una amenaza para toda una redactora de noticias del cotilleo. Una mujer que a sus casi cincuenta años escribía en una revista juvenil sobre los «niños» de *Operación triunfo*, con palabras como «chupi» o «cañero», mientras llegaba a la oficina con un Chanel falso. A veces, el chiste se cuenta solo.

Por eso, trabajar con Diana era una suerte. Un balón de oxígeno diario por las continuas risas que nos proporcionábamos la una a la otra —no siempre bien vistas en la oficina—, y, sobre todo, por la amistad incondicional que nos profesábamos. Las dos juntas nos hacíamos mejores.

Y junto a mi otra amiga Sol, la tercera en discordia, nos volvíamos invencibles.

Aquel 13 de junio de 2002 me levanté, como de costumbre, a las 6:45 de la mañana. Me gustaba prepararle a Violeta su comida el mismo día, porque si se la preparaba la tarde anterior, no tenía el mismo sabor al recalentarla. Creo que mi hija era la única que llevaba el almuerzo a la escuela, pero es que por aquellos tiempos también era la única de la clase con celiaquía, malabsorción de la fructosa y otras intolerancias, que yo supiera. Aunque a la cocinera no le hacía mucha gracia tener que calentar la comida que llevaba en su táper, yo me quedaba mucho más tranquila sabiendo que ninguna miga de pan, cebolla o guisante entraba en su estómago.

Ser madre soltera tiene sus pros y sus inconvenientes. Por un lado, sentía la ventaja de recibir todo el cariño que una hija puede expresarle a una madre en forma de profundas frases infantiles, coloridos dibujos, regalos de plastilina y collares de macarrones sin gluten, pero, por otro, también padecía el ahogo de tener que multiplicarme por dos para llegar a todo lo que su energía demandaba. Y parece ser que era buena abogada, porque demandaba mucho y bien.

Todo era una preciosa rutina. A primera hora nos vestíamos, desayunábamos y nos acompañábamos hasta la puerta de la escuela. Todo era un «nos» maravilloso hasta aquel punto. A partir de ahí era un «su» constante. Era «su» segundo año en «su» colegio, donde tenía «su» maestra favorita y «su» grupo de amigas. Era tan posesiva que cualquiera diría que era una tauro con ascendente Aries en vez de una sagitario reconocida.

A diferencia de ella, yo no conseguía integrarme en «mi» grupo de madres y padres. No por nada en especial, sino porque mi reloj no tenía las horas suficientes que este tipo de relaciones grupales requieren para integrarse, y eso que por aquel entonces ni siquiera existían los chats de grupo donde leer un «que se mejore» cada dos líneas.

Prefería dedicar el tiempo útil de mi vida a mi hija, mis dos amigas y, por supuesto, a mi trabajo. Cuando parecía que podía sacar una hora para algo más, me daban las doce de la noche frente al ordenador. Al menos, en aquel momento ya lo tenía en casa y no solo en la oficina.

Recuerdo cómo sentía que el mundo estaba cambiando sin tener apenas capacidad para asimilarlo. Me estaba pasando lo mismo que cuando a mis diecinueve años, siendo hija única en un país donde la natalidad se encontraba en caída libre, les dije a mis padres que quería estudiar astrología y todo mi mundo se tambaleó. Mi padre siempre pensó que era astronomía, o así quiso entenderlo. Comentaba con sus amigos que su hija, Lucía la astrónoma, iba a llegar lejos, que incluso iría al espacio...

Quedó satisfecho. Mi madre y yo nunca le explicamos la diferencia.

Murió antes de conocer a su nieta por un infarto fulminante. Siempre habíamos dicho que tenía un gran corazón y ahora solo puedo afirmar que se fue feliz. Nunca tuve nada que reprocharle y sí mucho por lo que recordarle. En la actualidad es lo máximo que quiero ofrecerle a mi hija Violeta: quiero que el día en el que ya no esté junto a ella o ella junto a mí, no tenga nada que reprocharme, pues creo que no puede haber mayor orgullo para una madre.

Recuerdo lo maravillosos que fueron los primeros años en los que estudié astrología. Recorríamos las bibliotecas recopilando información de libros de astronomía para conseguir resolver los ejercicios de algunas asignaturas. Se trataba de adquirir destreza y experiencia, y no solo en el empleo del lenguaje, algo que era tremendamente importante para nuestro desarrollo profesional. Y es que no solo tienes que ser muy prudente y certera, si te vas a plantear hablar del futuro, sino que nuestros profesores también insistían en que era mandatorio contar con un amplio conocimiento del espacio y la física. Sin duda, era un ejercicio muy global, tedioso y a veces complicado, pero nos ayudaba a calcular los ascendentes de cada signo con ejercicios matemáticos, pues implicaban varios parámetros sobre el Sol, la Luna y la posición de los planetas en horas y años concretos. No era fácil, pero era divertido.

Pasados unos años, todo se tornó diferente. Opuesto. Habíamos entrado en el siglo XXI y la famosa banda ancha de internet traía hasta la misma puerta de mi casa más de cuarenta millones de páginas web con una información tan inalcanzable como seductora. Estaba fascinada, no solo por el contexto, sino por la velocidad con la que estábamos cambiando. Yo necesitaba formar parte de ese progreso, aunque sin perder mi esencia. Aquella estantería llena de enciclopedias, libros sobre astrología, alquimia, historia del mundo y nigromancia, que durante tantos años fue mi mayor tesoro y la fuente originaria de mi trabajo, había quedado relegada, oculta y en cierto modo vilipendiada por una pantalla de tubo y un módem ADSL de 512 kbps de Telefónica.

No voy a negar que me apasionaba toda aquella revolución que estábamos sufriendo. Sufrir. Del latín *suffere*: sentir físicamente un daño, un dolor, una enfermedad o un castigo. Y es que esa es la palabra con la que a mí me gustaba definirlo: el sufrimiento. Se respiraba en el ambiente. Por todas partes. Estábamos enganchados, hiperconectados. No había un lugar en los parques, las cafeterías o el trabajo donde no hubiese una persona con los ojos clavados en el móvil o enviando SMS como quien envía una nota secreta a un ser amado. Yo también añadía de forma compulsiva nuevos contactos a mi agenda y el hecho de escuchar el tono musical de una llamada, que había descargado de cualquier sitio pagando un precio desorbitado, me generaba un cosquilleo en el cuerpo, impropio para una mujer de treinta y dos años. Sin duda, mucho más que el que pudiera provocarme la búsqueda de ese amor por el que había brindado mi madre la última Navidad.

De la misma forma que yo era parte activa del nuevo mundo que se nos prometía ese 2002, también me mantenía en la cuerda floja ante aquella dicotomía, puesto que sentía nostalgia por todo lo que empezaba a quedar en desuso. Somos una civilización terrible. Si algo aparece como nuevo, tendemos a olvidar lo viejo. Lo hacemos ajeno y lo desterramos, por muy útil que nos haya resultado.

Siempre he sido un poco melancólica. Y aunque no hacía falta ser muy hábil para darse cuenta de que todo aquello era el futuro y que el papel comenzaba a estar herido de muerte, yo me mantuve siempre con cierta ventaja durante esa transición de virtudes. Porque allí, en aquel cubículo oscuro, no solo recibía correos electrónicos de mi editora jefa y notificaciones de quienes estábamos enganchados al nuevo sistema de mensajería Messenger para hablar con los compañeros y contactos, sino que en aquel espacio de seguridad que había creado para mi confort, donde ni siquiera Rosa era capaz de entrar con su burda ironía, también seguía recibiendo decenas de cartas manuscritas dirigidas a mi nombre cada semana.

Paremos un momento. He pasado gran parte del primer capítulo aseverando, de manera incontestable, que mi sección gozaba de un estatus privilegiado y que, en cierto modo, desataba la envidia del resto, pero quizás no lo he explicado con claridad.

Era fácil. El éxito de tu sección se medía por la cantidad de cartas que llegaban a la revista dirigidas a la persona que la escribía y, en esto, «la Luci», como insistía en denominarme la necia de Rosa, era quien se llevaba la palma. No era el apartado de moda, tampoco el de noticias de famosos ni el de belleza. Era mi sección, la del horóscopo, las cartas astrales y los test de personalidad, la que recibía decenas de cartas cada semana.

Aquello era inabarcable. No por el número; *a priori*, recibir cincuenta o sesenta cartas a la semana puede parecer sencillo de gestionar. Era el contenido y mi honestidad lo que me generaba un extra de responsabilidad que me llevaba a precisar alguna hora de más en la oficina.

Desde el principio quise ser especialmente agradecida y cuidadosa con cada una de las personas que se tomaban su tiempo para escribirme y, además, indicarme su remite. Las más tímidas no ponían su dirección. Las más lanzadas te revelaban desde su signo, hora de nacimiento y talla de zapatos hasta sus más inconfesables anhelos, que necesitaban saber satisfechos o no por el designio de su horóscopo.

Si alguien invertía —ya no sé si bien o mal, ese juicio se lo dejo a uno mismo— una hora de su vida en agradecerme cómo mis interpretaciones le habían ayudado la semana anterior, yo me sentía obligada a tomarme el mismo tiempo para encontrar una respuesta a la altura. Y lo hacía de la misma forma: por correo postal. El olor del papel manuscrito tiene algo que enamora. El tacto enamora.

Por supuesto, no todo eran alabanzas, ruegos o súplicas. Igual que unas palabras me adoraban, otras quemaban, y mucho, si la cosa no había salido como pensaban. Me sentía responsable de lo que dejaba impreso, de la connotación que tenía cada palabra, y por eso, si erraba en mis interpretaciones, pedía disculpas sin ningún tipo de vergüenza. «Lo siento». No había justificación ni contexto. Lo sentía de verdad.

Aquellas cartas eran parte de mi vida, y en especial aquellas que me explicaban con detalle la suya, pedían consejo o se enamoraban del seudónimo con el que firmaba mi sección: Romasanta. Infundía respeto, o al menos es lo que me hacían creer, aunque siempre pensé que solo era un apellido. Sin más.

Al leerlas, reconozco que me apasionaba discernir los sentimientos más humanos con total claridad. El miedo, el dolor, la pasión, la tristeza... Pude percibir mucha soledad en aquellos textos tan íntimos. No me gustaba. Sentía que un mundo cada vez más tecnológico y conectado comenzaba a desconectarnos de una parte de nosotros mismos. A menudo, aquellas personas hablaban de abandono, de la falta de empatía, de la tristeza de sentirse sin ese compañero con quien mantener una conversación que acabara en un «Te entiendo»... Por aquel entonces, todavía no nos comunicábamos de la misma forma en la que lo hacemos ahora. Ni siquiera había redes sociales; ni Facebook ni Instagram formaban parte todavía de nuestro vocabulario, pero avanzábamos, continuábamos hacia delante, y lo hacíamos a un ritmo vertiginoso.

Aquella mañana de junio, después de dejar a Violeta en el colegio, de hablar con Diana de algún cotilleo ridículo, pero gratificante y jugoso, sobre las doce del mediodía, cuando empecé a pensar si elegiría pasta o ensalada para comer, Jonás entró por la puerta para repartir el correo. Lo hizo como de costumbre, silbando y hablando en voz alta, como los profesores cuando decían la nota de tu examen delante de todos, dejando claro quiénes eran los afortunados que tenían admiradores. Aquel jueves 13 no iba a ser diferente para mí. O al menos eso pensaba...

—Rodri, tienes una —dijo Jonás, entregándole la primera de un paquete de cartas que traía en la mano—. Espero que no sea una multa —agregó, completando la broma.

—Dos para Diana...

—Gracias —respondió complacida. Era imposible no hacerlo con tanta simpatía.

—Espero que hayan dado en el blanco —dijo sonriendo mientras cerraba el chascarrillo con un gesto lanzando un dardo.

—Esperaba un chiste mejor, no te voy a engañar, pero es aceptable —respondió encantada.

—Tres para administración —continuó avanzando por la sala con su voz grave.

—Y para Rosa...

Hizo un silencio, mientras revisaba el pequeño taco en el que todavía quedaban al menos una decena de ellas.

—No, perdona, ya son todas para Romasanta —dijo con displicencia, casi ladino, mientras cambiaba el rumbo hacia mi mesa con una mueca, dejando en la cara de Rosa una sensación cercana al odio eterno y en la mía, una sonrisa tímida ya ensayada por la costumbre.

Jonás, Jota, como le llamábamos los más cercanos, era, y es, un ser humano maravilloso. Con un aire despistado que le hacía tremendamente atractivo. Era alto, castaño, tenía los ojos verdes con los anillos limbales marcados y unas tupidas pestañas, un rostro con pronunciados rasgos masculinos visibles bajo una barba de un par de días y, aunque no se mostraba como una belleza arrebatadora, sí era guapo de los de darte la vuelta. Era interesante, como no podía serlo de otra manera un géminis convencido. Personas con un talento para contar historias que exhibía sin complejos cada vez que hacía acto de presencia en aquella sala. Los géminis tienen una gran capacidad analítica que los lleva a ser muy resolutivos, y eso le bastaba para ganarse el cariño de todos, a pesar de llevar pocos meses con nosotros. Se podía decir que tenía algo y ese algo es que era, ante todo, una buena persona. Esto ya es más de lo que se puede decir de tres cuartas partes de la humanidad.

—Doce —aseveró mientras dejaba el taco de cartas sobre mi mesa—. Creo que has batido algún tipo de récord diario de fanatismo.

—Es que la semana pasada arriesgué con los piscis y estos son de coger el boli rápidamente —dije, habida cuenta de que Jota llevaba solo unos meses trabajando con nosotros y todavía no sabía de lo que era capaz.

—Pues son doce como los doce signos del Zodiaco. ¿Coincidencia? No lo creo...

—La verdad es que son trece... o catorce, según con quien lo hables.

—¿En serio? —preguntó Jota con esa cara que se repetía cada vez que soltaba alguna de mis perlas zodiacales.

—Se llaman Ofiuco y Cetus.

—Pero ¿estos los has descubierto tú? Porque ponerle nombres tan pretenciosos... Te pega más un «Romina y Albano».

Me reí ante tal ocurrencia. Me hubiera gustado ser quien hubiese descubierto nuevos signos, no os voy a engañar, pero di una explicación lo más profana posible:

—No, estaban desde el principio, pero los babilonios, que fueron quienes inventaron la astrología, no los incluyeron para que los doce signos cuadraran con las doce lunas llenas que hay a lo largo del año. Y dependiendo de si el año es bisiesto, son trece...

—¿Tú eres consciente de que yo de esto...? —dijo interrumpiéndome con cariño.

—No te preocupes, la verdad es que Romina y Albano no hubieran estado mal como nuevos signos —respondí, sonriendo cómplice.

—Bueno, pues te dejo con tus estrellas, que se te acumula el trabajo...

—Espero no salir muy tarde hoy... —apunté, lanzando una misiva intangible que entendió a la primera.

—Apoyo la moción, porque eso significaría que también me tocaría quedarme. Apiádate de mí hoy, por favor, que tengo una familia que me espera en casa...

—¡Pero si no tienes familia! —reaccioné, a sabiendas de

que vivía solo, aunque cerca de casa de sus padres, ya que me lo había contado tardes atrás.

—Allá donde habita un gato, habita una familia. Y eso no me lo puedes negar.

Asentí con convicción mientras se retiraba de mi mesa y esbozaba una pequeña sonrisa agradecido por las buenas conversaciones. No es fácil encontrar algo así.

—Toma, Lucía. Creo que esta es para ti también —comentó uno de los chicos que trabajaban en administración.

Me encantaría deciros su nombre, pero la realidad era que no tenía ni idea. Para mí eran todos iguales y llevaban la misma corbata.

—Mira, ahí tienes a Cletus, el decimotercero. Ya solo falta el O'funkillo y completas los catorce —añadió Jota, haciendo un terrible juego de palabras con Cetus y Ofiuco que desató en mí una sonora carcajada. Todos se giraron y Rosa me fulminó con su mirada.

Ciertamente, había cogido cierta confianza con él por una rutina diaria, casi imperceptible, en la que pasaba por mi mesa para dejar el correo siempre a media mañana, puntual como un reloj suizo, y que terminaba con una cómoda conversación. Pero también por otra, invisible a los ojos de los demás, que consistía en quedarnos juntos en la redacción hasta última hora. Jota me hacía compañía forzada, ya que era el encargado de cerrar la oficina cuando el último —última en este caso, una servidora— se marchaba, de ahí su comentario familiar respecto a su gato y a que me apiadase de él para salir a una hora decente.

He de reconocer que desde que tenía ADSL en casa, aquellas intempestivas tardes se podían contar con los dedos de una mano y casi siempre coincidían con las extraescolares de Violeta en el colegio, pero mentiría si no dijera que eran momentos muy agradables en su compañía.

El reloj rozaba la una de la tarde cuando me dispuse a abrir la primera carta. Quizás la elegí entre todas porque era distinta al resto. No venía en un sobre blanco ni traía dibujitos o pegatinas en el exterior. Era ocre, discreta, muy sobria. Sin remitente. Solo el destinatario escrito a mano y un sello amarillo, en homenaje a la peseta, de 0,25 euros. Sin matasellos. Lo entendí como un regalo, puesto que se había tomado la molestia de pegar un sello sin haber pasado por Correos.

A decir verdad, no estaba acostumbrada a esa sobriedad, quizás por eso me llamó la atención y la escogí; porque pensé que se trataba de alguna comunicación más administrativa o formal. Pero no fue así, nada más lejos de la realidad.

Ojalá no hubiese abierto aquel sobre. Ojalá el destinatario hubiese sido uno de los tres clones de administración. Pero no, esa carta supuso el punto de partida que da lugar al punto de no retorno. Unidos de la mano. Como una reacción en cadena.

Aquella carta fue el arranque de esta espeluznante historia de la que fui víctima y verdugo. Además, aquella carta iba dirigida a mí, no al seudónimo con el que firmaba en mi sección. No era para Romasanta: era para Lucía.

CAPÍTULO 3

Primera carta

Mi querida Lucía:

No sabes cuánto te admiro. Y debo decir, con la falsa modestia que solo una frase así puede contener, que, siendo yo bastante exigente, admiro a pocas personas en este mundo. Gilbert Chesterton decía, con acierto a mi entender: «Admiramos las cosas por motivos, pero las amamos sin ellos». Quizás tú seas, por ende, el principal motivo de mi amor, porque esta es una carta de amor.

No he tenido una buena semana. Para un leo convencido de serlo como yo, tus palabras fueron muy duras, y no por algún error en los tiempos verbales predictivos, ya que se nota con claridad que los manejas con solvencia, sino que fue precisamente por el modo:

«Leo: no olvides que esta semana Mercurio está retrógrado en tu signo. Para a tiempo cuando la respuesta sea no y complace a los demás cuando tú decidas, aunque sea

Álex Ubago quien diga que quiere abrir todas tus puertas y vencer esas tormentas que nos quieran abatir. Ten la capacidad de sobreponerte a que el amor de tu vida te abandone, incluso si es por Ben Affleck».

Escribes con palabras profanas todo lo que has aprendido. Enmascarado. Como el mensaje real detrás de la crítica de una obra de teatro cuando se elimina el maquillaje. Estoy seguro de que el texto original caminaba por estos rieles:

«Aprenda a decir que no, leo. Es su propia autocomplacencia la que lo lleva al extremo de agradar sin límites. Explote su talento ante las adversidades, esas mismas que le hicieron perder el amor de su vida».

Hay que tener mucha destreza en el manejo del imperativo. Hay que estar muy segura de sí misma, mi querida Lucía, para no emplear un subjuntivo o un presente de indicativo, porque el imperativo manda y, si se sigue a pies juntillas, puede hacer daño. Mis respetos más sinceros. No todo el mundo puede exhortar con tanta vehemencia, sin riesgo alguno, y camuflarlo detrás de actores juveniles y modas pasajeras. Conozco a pocas personas con esa capacidad y por eso admiro tu inteligencia. Espero que te sea satisfactorio o al menos te reporte el beneficio económico deseado.

En cualquier caso, quería darte las gracias. Gracias por animarme a ello. A explotar esa habilidad que me haga sobreponerme a la desdicha de perder a quien aprecio.

Desde hace ya unos años, y días más tarde de que el amor de mi vida me abandonara, o fuese obligada a abandonarme, como predijiste, aún me debato entre si mi talento procurará un mejor final para mí o simplemente eres una charlatana. Pero no me malinterpretes, lo hago con el cariño del significado propio de la palabra: «Habladora indiscreta». Solo el tiempo nos dará o quitará la razón a ambos.

Mientras tanto, mientras me entusiasmo con la idea de que tus palabras obren el milagro para mi depresión, había pensado en comprobar si es cierto que la famosa Lucía los hace.

Quizás me haya extendido demasiado, así que seré directo. Puede que no le quede mucho tiempo.

Esta semana pasada, no solo los leo salimos malparados en tu sección. Permíteme que haga mías tus propias palabras: «Piscis: exhala los problemas que te ahogan más que un top ajustado a la Spice Girl pija. El agua es tu elemento para desenvolverte frente a las dificultades. Respira».

Viendo que mi situación aún no está resuelta, he decidido ver si se aplica en una de tus compañeras. Por favor, presta atención:

He metido la cabeza de una mujer en el inodoro del baño de la segunda planta de tu edificio. La cisterna está bloqueada y el desagüe está taponado. Su cabeza está inmovilizada e imagino que el agua estará a punto de cubrir su cara por completo, así que te aconsejo darte prisa. No querríamos que una piscis, con semejante predicción, deje de respirar, ¿verdad...? Al fin y al cabo está en su elemento, ¿no?

Atentamente, para mi nigromante favorita.

CAPÍTULO 4

Cuando terminé de leer la carta esbocé una sonrisa sorpresiva, pero incómoda. Por un lado, su escritura me parecía muy agradable, así como la manera en que me trataba. Estaba claro que era un texto al que no solía enfrentarme cuando abría cualquiera de los sobres que llegaban a diario. Su conocimiento de la materia y, sobre todo, su capacidad para diseccionar mis recursos y comprender la verdad de mis interpretaciones, lo convertían en un diálogo atractivo. Interesante. Conocía los tiempos verbales que aprendí durante mis años de estudio y era capaz de ver más allá de mis palabras diluidas en un contexto juvenil de fondo. Al final, la idea de aquella sección era comunicar un sentimiento global y sencillo que pudiera llegar a cualquier persona de cualquier edad en cualquier parte de este país. Consciente de quién era la compradora media de nuestra revista, nunca falté a mi palabra de ser la mejor profesional, dejándome llevar por un estilo editorial propio de una eterna adolescente de veinte años.

Hasta ese punto, diría que me pareció adulador por momentos e incluso me sentí halagada. Pero aquel párrafo final... No sé, me pareció una broma de mal gusto que me dejó el cuerpo helado. Como quien se ríe de una situación que no entiende hasta que se da cuenta de que es real.

Tardé unos segundos en reaccionar y desde mi pequeña mesa observé la sala de la redacción hasta donde llegaba mi mirada. No parecía que el mundo se hubiese salido de su órbita. Todos seguían con sus tareas y en aquel momento no percibí nada anormal que me indicara que lo que acababa de leer podía ser cierto. Y aun así, me levanté.

No es que quisiera comprobar lo que aquel párrafo describía de manera repugnante, solo estaba dando un paseo por mera curiosidad hasta los baños públicos de la planta número dos del edificio. Es lo que el razonamiento, el análisis y el sentido común me llevaban a hacer, incluso inventando una excusa para semejante trayecto sin sentido. Me decía a mí misma: «Voy a ir, no solo para sentirme como una autentica idiota, sino para mear con el culo suspendido en el aire», porque esos lavabos no tenían fama de destacar por su limpieza y no pensaba plantar mi trasero en aquella taza. Ya contaba con esa habilidad: siempre lo hacía así en cualquier baño que no fuera el de mi casa.

Dudé en si bajar por las escaleras o no. Tuve la sensación de que esperar al ascensor era un error, pero aun así lo hice. No funcionaba, así que me dirigí a lo que había sido mi primera opción, lo que me hizo perder algo de tiempo. Llegué al recibidor de la segunda planta y miré hacia la derecha, donde la primera bombilla del pasillo parpadeaba en un guiño constante. La puerta que daba acceso a los baños estaba frente a mí y parecía cerrada. Entré y me encontré con el silencio digno de un espacio de paso, por el que no pasaba nadie, al que se sumaba el de unos baños públicos sin apenas uso, ya que todas las oficinas disponían de los suyos propios en el interior. Una zona común del edificio especialmente sofocante, puesto que no había aire acondicionado ni ningún tipo de corriente que pudiese refrescar la temperatura.

Abrí la primera puerta y vi que había una zona encharcada que se hacía cada vez más grande, buscando una salida por debajo de la puerta. El corazón se me aceleró al instante, tanto que estuve a punto de quedarme paralizada antes de abrir la segunda puerta. Contuve la respiración y me convencí a mí misma de que se trataría de un lavabo atascado que iba a provocar el cabreo de quien tuviera que encargarse de arreglar el desaguisado.

Entonces, me encontré frente a una imagen espantosa que, sin embargo, me resultó familiar. Vi a una mujer de rodillas en el suelo, con las manos atadas a la espalda con una brida y la cabeza atrapada dentro del inodoro. El agua rebosaba por los laterales. Sentí el más terrible de los *déjà-vu* al recordar el párrafo de la carta que describía la escena palabra por palabra.

No sé si hay un manual de instrucciones para actuar en estos casos, pero yo grité, presa del miedo. Lo hice tan fuerte, tan alto, que me quedé sorda durante unos segundos, el tiempo en el que percibí cómo la mujer reaccionó, intentando mover el cuello para sacar la cabeza.

«¡Está viva!», grité para mí.

—¡Que alguien me ayude! —grité para los demás.

Entonces, en un acto involuntario, como si de una reacción alérgica incontrolable de mi cuerpo se tratase, me lancé al suelo y comencé a morder la cinta americana que rodeaba la tapa del inodoro e impedía que ella pudiera sacar la cabeza. Por unos momentos, aquella mujer sintió el calor de mi cuerpo pegado al suyo y pude notar cómo se aferraba a su último aliento de vida moviéndose con fuerza. Gritando en silencio. Mi boca tragaba el pegamento, a la vez que mis uñas se partían arrancando los restos de cinta en una contrarreloj por salvar su vida, mientras los aspavientos de aquella mujer se apagaban poco a poco.

Su cuerpo, exhausto, comenzaba a dar señales de estar a punto del colapso y yo me desesperaba mientras ejercía toda la fuerza que mis mandíbulas podían. Cuando la sensación de impotencia estaba a punto de dominarme, por fin conseguí liberarla. La mujer cayó al suelo completamente extenuada, tosiendo de forma literal toda el agua de mierda que había tragado.

Con mis conocimientos mínimos de primeros auxilios, atiné a colocar su cuerpo de costado, intentando que expulsara el agua hacia fuera, y me derrumbé a su lado. Mientras buscaba el móvil con los dedos ensangrentados para llamar a urgencias, entró un hombre en el baño.

Cuando una persona se enfrenta a un situación así, nada ocurre como en las películas. Al menos en mi caso, el miedo me dominó y solo cuando el instinto de supervivencia surgió en lo más profundo de mi ser fue cuando conseguí desbloquearme y actuar. Durante aquellos cuarenta y cinco segundos me sentí como un animal que arañaba y mordía aquellas interminables capas de cinta por puro instinto. Aunque me dolía la boca, no lo acusaba. Aunque me rompí las uñas y sangraba, no lo sentía. Sin duda, la adrenalina sabe hacer su trabajo a la perfección, pero cuando desaparece, el escenario al que te enfrentas es como el de un campo de batalla después de una guerra. La imagen es desoladora. Acuden los temblores, la consciencia y el miedo. El silencio.

A los pocos segundos entraron más personas en el baño, supongo que con la sangre fría e imagino que con el conocimiento para practicarle los primeros auxilios. Fueron ellos quienes le salvaron la vida. Yo no pude moverme más. Me preguntaron si estaba bien y asentí mientras señalaba el cuerpo de la mujer. Preocupada por ella y por mí. Con mi cabeza sobre el suelo encharcado y la mirada perdida en el techo.

Los servicios de urgencia y la policía llegaron después. No sé si a los pocos minutos, porque perdí la noción del tiempo. Perdí la cuenta desde que la vi postrada en el baño hasta que horas más tarde me encontré en la sala de reuniones de la redacción de nuestra revista, mirando al infinito con una toalla en mi espalda y algunos dedos vendados. El aire acondicionado seguía estropeado y hacía mucho calor.

A través de la ventana pude percibir el caos que había en la sala principal. La policía había tomado parte de ella con varias mesas de control por las que iban pasando todos mis compañeros. En ellas vi sentarse a Jota, a Rosa, a los de administración... Todos pasaron por allí y escribían o firmaban un documento que el policía de turno guardaba en un sobre precintado.

—¿Estás mejor?

Volví mi cabeza sorprendida, pues pensaba que me había quedado sola en aquella habitación desde que se habían ido los auxiliares del 112 hacía ya rato. Era curioso, porque justo unos meses antes se había implantado aquel número del Samur en la Comunidad de Madrid y yo lo había leído por casualidad en una noticia de nuestro propio *magazine*: «¡Alerta, chicas y chicos! El número de las urgencias ahora es el 112. Apuntadlo bien para saber a quién llamar si alguien os roba el corazón».

Aunque fuésemos una revista que a simple vista repartía banalidad y entretenimiento —dos términos asociados a la felicidad, junto con la ignorancia—, siempre se podía encontrar información muy útil entre nuestras páginas, camuflada entre amoríos, famosos y moda, y por ello sentía que aquel trabajo, en ocasiones, merecía la pena.

No estaba sola. A mi lado se encontraba un hombre de unos sesenta años, canoso, de rostro amable, curtido por la edad. Vestía de traje con aquel sofocante calor. Estaba de pie junto a la mesa de juntas.

—No te preocupes, acabo de entrar por esta puerta —dijo señalando la parte trasera de la sala—. No quería molestarte.

—Perdone, ¿qué hora es? —pregunté algo angustiada.

—Las tres y veinte...

Me asusté.

—Tengo que llamar al colegio para que su maestra se quede con Violeta hasta que llegue...

—No te preocupes. Una compañera tuya, creo que se llamaba...

—Diana —respondí buscando un alivio.

—Sí, Diana. Ha ido a recogerla. Le he pedido que se quede con ella esta tarde para más tranquilidad. ¿Te parece bien?

—Se lo agradezco...

—Tutéame, por favor, siéntete cómoda —me dijo, tendiéndome la mano que necesitaba en aquel momento.

—¿Cómo he podido no acordarme de mi hija...? —susurré, castigándome por ello.

—Estos incidentes suelen generar cierto *shock* y necesitas ir adaptándote poco a poco. Se pierde la noción de todo. No te sientas culpable, las primeras veces también me pasaba —añadió, intentando tranquilizarme.

A decir verdad, llamar incidente a que un descerebrado metiera la cabeza de una mujer en el váter para ahogarla igual era un término que se quedaba corto.

—¿Cómo está la mujer? No sé su nombre...

—Paula. Y está viva —respondió con contundencia—. Yo soy Gustavo —se presentó.

—Lucía.

—Romasanta —dijo inmediatamente—. Mi sobrina lee mucho tu horóscopo, de hecho creo que también te ha escrito alguna carta... No como esta, claro —matizó Gustavo, mientras colocaba un sobre ocre sobre la mesa cuidadosamente y con los guantes puestos.

Al verlo, me quedé de nuevo bloqueada durante unos instantes. Si hay algo de lo que puedo presumir, además de mi cuidada melena con mechas cobrizas, es de tener una memoria prodigiosa para las cosas innecesarias. Era capaz de saber cuántas veces había repetido vestido Diana en una semana o los ingredientes de una *vichyssoise* del Mercadona. Recordaba los dos apellidos de mis compañeros de la infancia de todos los cursos, además de sus cumpleaños, horóscopo y ascendentes. Por supuesto, también el teléfono fijo de sus casas e incluso recordaba con exactitud el color predominante en sus dormitorios, si había estado en ellos. Una memoria que en absoluto era fotográfica, sino absurda; una especie de don aleatorio que no servía para nada. Sin embargo, me permitió darme cuenta en ese preciso instante de que aquel sobre no tenía el sello original.

—Falta el sello... —repliqué al momento.

Gustavo me miró sorprendido, justo cuando entró en la sala una mujer policía que, aunque iba vestida de paisano, tenía el aura uniformada y, además, llevaba unos guantes de nitrilo que no pegaban en absoluto con sus zapatos. Era más joven que él, de unos cuarenta y largos. Estaba muy activa, preocupada, yendo por las mesas cerciorándose de que todo se realizara de forma correcta.

—Lo hemos llevado a analizar. Por la saliva —añadió bastante seca.

—¿Qué están haciendo? —pregunté mirando hacia la sala principal de la redacción.

—Estamos recogiendo muestras de grafía —respondió Gustavo con amabilidad.

—¿Para qué?

—Para descartar. Dado que el intento de homicidio se ha producido en el edificio, lo primero es mirar a los de dentro. Es algo rutinario —añadió.

—¿Podría abrir la boca? Me gustaría poder tomarle una muestra de su saliva —dijo la mujer acercándose a mí con un paquete con bastoncillos de algodón.

—¿Creen que he sido yo? —pregunté sorprendida.

—No sería la primera vez —respondió la mujer sin ningún tipo de delicadeza.

—¡Elsa! —exclamó Gustavo.

—¿Qué? Es una pauta que en algunos casos se sigue para exculparse. Es como decir: ¿cómo voy a ser yo la culpable, si he sido la que ha recibido la carta? —insistió.

Mi cara de escepticismo dejó claro lo que pensaba ante semejante absurdidad, además de que parecía que aquella mujer se pasara por el forro la presunción de inocencia.

Si quería una muestra de saliva, por supuesto que estaba dispuesta a dársela, pero escupiéndole en el pelo. De ahí podría rescatar mi peor código genético. O al menos eso fue lo que pensé, porque, obviamente, me quedé callada.

Me sentía desconcertada. Acababa de ver cómo una mujer casi moría entre mis manos y esta aprendiz de policía de serie americana tipo *Corrupción en Miami* estaba inculpándome. Sin conocerme.

—No te preocupes, Lucía. Es un mero procedimiento para tener constancia. Tenemos que hacerlo con todos. Sabemos de sobra que no has...

—¿Alguien más ha tocado esta carta aparte de usted? —inquirió la tal Elsa de nuevo.

—Pues no lo sé, imagino que Jota, que es quien reparte el correo. La verdad es que no tengo ni idea de cómo llegan las cartas. No es mi trabajo.

Empezaba a mosquearme que me abordaran con preguntas cuyas respuestas, estaba segura, ya tenían. Supongo que era para corroborar informaciones y ver que no hubiera divergencias. Ya puestos a jugar a policías, me estaba metiendo en el papel.

—¿Sabe quién ha podido escribirle esta carta? ¿Había recibido con anterioridad alguna parecida?

—No, no suelo recibir cartas que me vayan anunciando este tipo de cosas. Alguna que me echa en cara que su test de personalidad ha fallado, alguna declaración de amor, pero de ahí a...

—¿Y alguien que pudiera sentirse ofendido con usted por eso mismo? Díganos posibles nombres al azar, personas con las que usted no se lleve bien. No se preocupe, no vamos a detener a nadie por eso —dijo con una libreta y un boli en la mano, dando por hecho que yo iba a enumerar nombres de posibles sospechosos como quien hace la lista de la compra.

—No. Por fortuna, no creo tener a nadie de mi círculo cercano que pudiera hacer algo así.

—Se sorprendería... —insistió la mujer.

—Elsa, ¿te importa ir fuera? Creo que están teniendo problemas con el registro —replicó Gustavo dirigiéndose a ella de manera directa.

—Venga, Gustavo... —soltó a modo de queja.

Durante unos segundos se mantuvo en silencio como respuesta. Elsa suspiró y salió de la sala dando un leve portazo, lo suficiente para hacerse notar. Se percibía cierta tensión entre los dos. Estaba claro que eran de escuelas distintas.

—Es buena persona, pero muy impaciente. Quiere llegar cuanto antes al final del asunto, cuando ni siquiera tenemos asunto. Es parte de los tiempos que corren... que corren mucho.

Sonreí por un momento y me sentí más cómoda. Aquella conversación parecía un tercer grado.

—La letra... —dijo Gustavo.

—¿La letra?

—Sí, las pruebas caligráficas suelen ser difíciles de peritar, aunque muy valiosas. A no ser que haya rasgos muy distintivos, suele ser complicado encontrar una equivalencia, por eso buscamos otros detalles que nos aporten datos.

«Igual tenía que tragarme mis propias palabras», pensé.

—Estamos seguros de que no tienes ninguna implicación, pero cualquier detalle puede ayudar. ¿Sabías que una carta escrita con una letra muy definida puede estar escondiendo problemas de visión?

Negué con la cabeza.

—Si ha escrito la carta de forma tan clara, es que quiere asegurarse de que se le entienda a la perfección y Elsa está cogiendo muestras de escritura de las dos manos, en minúsculas y mayúsculas, de todos los que trabajáis en este edificio.

—¿Y no sería más fácil compararlo directamente con mi letra? —sentencié.

—Lo haremos, igual que hemos hecho la prueba de saliva.

Suspiré, con el cansancio dibujado en mi cuerpo y rostro. Todo aquello era demasiada información para un día que se estaba alargando demasiado.

—Sé que todo esto es muy complicado de asimilar, Lucía, pero las primeras veinticuatro horas son fundamentales.

Me quedé en silencio. Gustavo intuyó el motivo y se sintió obligado a darme algo de confianza.

—Junto a la mujer se encontraba un ejemplar de vuestra revista. Es el último número.

—Me pareció verla —respondí al momento.

—Estaba abierta por la página de tu sección. Había subrayado con un rotulador amarillo el signo de Piscis.

No hizo falta que completara la frase. Ya lo hice yo.

—Y ella era piscis, ¿no?

Gustavo asintió con la cabeza.

—¿Me puedo marchar?

—Sí. ¿Quieres que te acompañen a casa?

—¿Debo tener miedo por algo o es por si me da por matar a alguien y luego salvarle la vida?

Gustavo sonrió y agachó la cabeza de nuevo, algo avergonzado.

Me desprendí de la toalla que aún llevaba sobre los hombros y la dejé en una de las sillas. Mi mesa se encontraba intervenida por varios agentes, que imagino que serían especialistas de algo, pues no llevaban uniforme y sí una especie de bata, así que solo pude coger las llaves del coche antes de irme. No podía pensar en otra cosa que no fuese llegar a casa y ver a Violeta. Estaba deseando olvidarme de todo. Incluso de mí.

Aquella tarde en la oficina, la situación, lejos de parecer una de esas películas de sobremesa de policías a las que estaba acostumbrada, fue un auténtico caos. La gente intentaba organizarse, había desconcierto y el calor asfixiante se reflejaba en las caras de todos. No se percibía el glamur de la filmografía de Scorsese ni la ironía de los hermanos Cohen; al mando no estaba el poli graciosillo ni la sargento inteligente, y la sangre de mis manos no era jarabe de cereza. Tenía las uñas destrozadas y diría que la mandíbula desencajada. Me encontraba con el miedo metido en el cuerpo y lo único que se me ocurrió para relajarme fue pensar en lo afortunada que había sido de que no me hubiesen pedido que me desnudara. Llevaba las bragas más feas del fondo del cajón de la ropa interior.

CAPÍTULO 5

Gustavo y Elsa observaron cómo Lucía salía acompañada del guardia de seguridad. No pudieron evitar cruzar sus miradas, tal y como lo llevaban haciendo los últimos años. Ocho en concreto. Desde que ella fue ascendida como subinspectora con treinta y largos y él como inspector jefe, empezaron a allanarle el terreno hacia la jubilación. Se encontraban y acompañaban en ese camino.

No eran la clásica pareja de policías en una serie de televisión de principios de los noventa. No llevaban gafas de sol como Tom Cruise, ni la placa enganchada a la hebilla del pantalón. No eran tan duros como Clint Eastwood ni tampoco usaban chaquetas de cuero o se desplazaban en su propia moto. No destacaban por ser especialmente fuertes ni inteligentes, tampoco había tensión sexual entre ellos como en las películas policíacas que tanto arrasaban en los cines y, por supuesto, no tenían el «joder» en la boca todo el día. Eran dos personas que discutían a menudo y dudaban de sí mismos. Dos inspectores de la unidad de la Policía Judicial en España. No hubieran servido para protagonizar esta historia, pero allí estaban, con su lógica sencilla, aplastante e insustancial de ritmo pausado que iba quemando los cartuchos hasta dar con la clave. Ese era su mejor aval, que no es poco. Camuflados en la mediocridad, demostraban un puntito de más sobre el resto para no levantar sospechas y tener el respeto de todos, incluidos sus superiores. Porque así lo entendían ellos. Porque así era y será hasta la eternidad en este país. Un lugar donde destacar es algo que jugaría en su contra. En efecto, en *Gran hermano* solo permanecían hasta la final quienes no destacaban por nada en especial: los polémicos acababan siempre nominados y expulsados por el público.

—Te has pasado un poco, ¿no crees? —aseveró Gustavo mirando a Elsa con decisión.

—No, no lo creo.

—Pues yo creo que sí. Parecía la culpable en vez de la víctima.

—Nunca se sabe... —dijo Elsa mientras buscaba alejarse de su compañero, quien la detuvo agarrándola por el brazo.

—Sí, sí que se sabe, porque hay una cámara justo ahí, donde podemos observar a la perfección que no ha salido de esta sala en toda la mañana. Incluso se ve cómo recibe la carta —respondió mientras señalaba hacia una de las esquinas de la oficina.

Elsa tomó aire durante unos segundos antes de continuar.

—¿A ti te parece normal explicar al detalle todo lo que has contado ahí dentro a una posible implicada...? El peritaje de la caligrafía, la saliva, la revista... Es información de una investigación.

—¿Cómo no iba a hacerlo? La has acojonado tanto que has estado a punto de bloquearla.

—¿Y qué? ¿Tienes que actuar siempre con ese tono paternalista?

—¿Qué dices? —preguntó el inspector desubicado.

—¿No te das cuenta, Gustavo? Cada vez que nos encontramos con un perfil así, no piensas con claridad.

—¿De qué hablas? ¿Qué perfil ni que mierdas? —insistió Gustavo mientras la retenía.

—Suéltame.

—No, ahora te explicas.

Elsa tragó saliva y respiró hondo, mirando a su alrededor. No está bien visto que dos compañeros discutan en público.

—No todas las mujeres de treinta años son Rebeca —sentenció, mientras dejaba flotando en el ambiente una frase que pilló desprevenido a Gustavo y lo dejó visiblemente afectado.

Elsa insistió:

—Tu hija murió, Gustavo, y no vas a encontrarla aquí fuera. Ni en Lucía ni en mí ni en ninguna otra... Y te juro que esto te lo digo porque te aprecio, te quiero con locura como compañera, pero tienes que pasar página.

Aquellas palabras sonaron rotundas. Ásperas, incluso. Tanto que Gustavo no pudo más que respirar varias veces para contener el llanto durante unos segundos. Vulnerable por momentos. Con sus ojos varados sobre algún punto del suelo de moqueta de la oficina.

Elsa, conocedora de su incontinencia verbal, cerró los ojos con fuerza. Como quien sabe que ha cometido un error que quisiera borrar para siempre. Como quien desea retroceder en el tiempo unos segundos para desdecirse.

Pese a su bagaje como compañeros y que a simple vista se notaba que Gustavo estaba cansado, mientras que Elsa derrochaba energía, el cariño y respeto que se tenían era mayor que las diferencias entre ellos. El mismo que los llevaba a ser sinceros el uno con el otro.

—Perdona. No quise decir eso —se disculpó Elsa.

—No pasa nada... Es exactamente lo que has querido decir. Quizás tengas razón.

El silencio volvió a ocupar el espacio entre los dos. Elsa se apresuró a moverse.

—Voy a revisar las cámaras de la entrada con el de seguridad. Le he preguntado si había alguna en la segunda planta y no lo sabe... No he visto un tipo más inútil en mi vida —dijo Elsa, volviendo a su tono habitual.

Gustavo asintió con la cabeza mientras ella se alejaba, como lo había hecho Lucía minutos antes. Sin mirar atrás.

CAPÍTULO 6

Aquella primera noche no fue nada fácil, aunque ahora puedo afirmar que fue un camino de rosas de lo más placentero comparada con las que vinieron después.

Al llegar a casa y abrir la puerta de la entrada, mi estado anímico, ansioso y en *shock* por lo ocurrido, se topó de bruces con la calma del ambiente. Descubrí a Diana y a Sol entre risas calmadas, sentadas tranquilamente en el sofá del salón con Violeta.

Solo tres personas tenían la llave de mi casa para posibles imprevistos. Mi madre y ellas dos. Eso dice mucho de mis relaciones sociales, pero me encontraba cómoda tal y como estaba, con una pequeña red de confianza. Con sinceridad, no necesitaba a nadie más. Ellas eran todo el apoyo que precisaba.

Violeta estaba cómoda, hacía los deberes con Diana mientras Sol navegaba en mi portátil. Solía venir a mi casa para conectarse a internet, ya que ella no tenía ordenador. Era curiosa por naturaleza y estoy segura de que desde el mismo instante en que Diana le había contado lo sucedido, se había lanzado a localizar noticias sobre el suceso en todos los buscadores porque era una apasionada de los detalles y el morbo. Se autodenominaba «la reina cotilla». Si hubiese sabido que años más tarde crearían una serie de éxito con el mismo nombre, lo hubiese registrado y habría denunciado al mismísimo Hollywood. Así era ella: batalladora, leal, incansable con la causa —la suya—, la que tocara en el momento. También inconstante como el color de su pelo, que cambiaba a menudo, oscilando entre todos los tonos de rubio según el cuerpo se lo pidiese. Aquel verano lo tenía platino.

Al entrar, lo primero que hice fue aferrarme a mi niña. Necesitaba comprobar con mis propios ojos que ella estaba bien, ajena a todo lo ocurrido. Le di un abrazo tan fuerte que se zafó a regañadientes, como lo hacía cuando le limpiaba una mancha de la cara con mi saliva. Ya podrían haber cogido una muestra de la cara de Violeta, si querían compararla con la del sello, porque era algo que hacía a menudo. Lo sentía mucho por ella, pero estaba segura de que mi hija llegaría a una edad en la que no podría —más bien no me dejaría— aprovechar esas oportunidades. Lo entendía, puesto que he sido hija antes que madre, por eso no quería desaprovechar la inocencia que aún contenían sus siete años. Además, en aquellos momentos en los que mi alma gritaba en silencio, lo único que necesitaba era un abrazo y hablar de nimiedades que restasen enteros a mi porcentaje de nerviosismo.

—¿Has terminado el dibujo? —pregunté con la calma totalmente impostada que debía mantener para proteger a mi hija.

—¡Sí! Mira —respondió orgullosa, enseñándome su obra.

—Hala, qué bonito... ¿Eso es un perrito? —pregunté.

Diana se giró y me miró, haciendo violentos aspavientos con los brazos, como quien quiere zafarse de una avispa, con la intención de advertirme de un error que ella ya había cometido antes.

—¡Es un conejo! —gritó Violeta, algo enfadada.

«La verdad es que podría haber sido hasta un elefante, pero la imaginación de mi hija es infinita», pensé.

—Vale, vale. Perdona, no había visto las orejas y por eso me he despistado.

—¿Qué orejas? Los conejos no tienen orejas —replicó de nuevo. Son las patas.

No supe qué decir a eso.

—Está muy bien, cariño —respondí saliendo al paso de las acusaciones—. ¿Quieres ver un ratito la tele? ¿Ponemos unos dibujos?

—¡¡¡A Dora!!!

No creo que haga falta explicar quién era Dora, la exploradora.

—Muy bien. Vamos.

—¿Qué te ha pasado en la mano, mamá? —dijo Violeta de repente al ver parte de mis dedos vendados. Diana y Sol me miraron con rapidez, como quien responde de manera automática a un estímulo sobrevenido.

—Es que le han pintado las uñas de un color muy bonito y hay que esperar que se sequen para que podamos verlas —respondió Diana con solvencia.

Violeta dudó durante un instante. Hizo un pequeño gesto de aprobación y solo un segundo más tarde pasó a que le diese exactamente igual. Como diría Sol, con sus propias palabras: «Se la suda». Me encantaría tener siete años otra vez y que todo me importase solo un segundo. Ni uno más.

Aprovechamos el espacio que nos había regalado Dora para sentarnos a la mesa de la cocina. Después de lo vivido aquel día era casi tan duro maquillar el dolor que arrastras para que tu hija no lo note como volver a recordarlo en tu cabeza con segundas y terceras conversaciones.

Ser madre implica muchas cosas, pero una de las principales es que ninguno de tus hijos note la aflicción que estás sufriendo. Sé que es importante hacerles ver que todos pasamos por malos momentos y que exteriorizarlo es algo natural y necesario. Hablarlo con ellos, incluso aceptarlo, es la mejor manera de dejarlo en el olvido y avanzar, pero nada era comparable a lo que yo me estaba guardando dentro.

Hay una frase con la que estoy completamente de acuerdo: «Ningún hijo debería pagar por los errores de sus padres» y, si lo extendemos a nuestros días, lo matizaría: «Ningún hijo debería pagar por las mierdas de sus padres». Esta es una máxima con la que estuve dispuesta a cargar desde que Violeta llegó a mi vida. Desde que decidí afrontar ser su madre y su padre con todas las consecuencias. Para llorar ya estaban mis amigas. Estaban y están. Una no es consciente de la importancia del verbo «estar» hasta que tiene que hacer acto de presencia. Porque en los momentos duros, Diana y Sol siempre estaban.

—¿Y? —preguntó Sol algo impaciente.

—¿Te parece poco? —replicó Diana.

—No, no... Me parece apasionante. Es como una de esas películas de asesinos en serie... Es una exaltación de la supervivencia en estado líquido. He leído ya como diez o doce referencias en Yahoo.

—¿Referencias? —pregunté.

—Noticias —tradujo Diana.

—¿En Yahoo? ¿Todavía existe? —insistí desconcertada.

—No te equivoques, querida. El conocimiento no entiende de multinacionales. Cualquier lugar es pleno para recibir el impacto de la verdad. Para sentirse libre de informarse por una misma y pensar. No te ates, cariño, déjate llevar —dijo Sol, dejándonos estupefactas ante aquella diarrea verbal que no venía a cuento, pero que me sirvió de distracción.

Mis amigas eran tan necesarias en aquel momento como tener siempre a mano unos clínex en el bolso. Tan distintas y tan iguales. Una morena, una rubia y yo con mi pelo a caballo entre el rubio oscuro, el castaño claro y mis mechas cobrizas. Si de alguna forma yo trabajaba con las emociones y me preocupaba por ser lo más precisa posible en mi trabajo, habría que definir a Sol como un ente de emoción e imprecisión en sí misma con brazos y piernas. Una aries es más creativa cuando está activa. Por eso, aquella administrativa de ocho a tres se reconvertía, a partir de las cinco de la tarde, en profesora de teatro o de «deporte emocional», como ella misma lo definía. Fines de semana incluidos. Siempre en grupo. Lo de estar sola para meditar no iba con ella. Y la precisión tampoco.

Sol acostumbraba a decir que el cuerpo estaba diseñado para estar en movimiento, no solo en la parte física, sino también mental y emocionalmente. Afirmaba que su trabajo la obligaba a reposar sus nalgas y su corazón durante demasiadas horas seguidas en un único espacio, lo cual le provocaba un sentimiento de condena (palabras textuales suyas) que de alguna manera tenía que contrarrestar. Y lo decía absorbiendo toda la energía negativa que había a su alrededor para expresarlo de tal modo que te quedara meridianamente claro a través de sus gestos y la posición de su cuerpo. Expresiva como una muñeca recién pintada. De la misma forma, exhibía una alegría desmesurada cuando, por ejemplo, la invitabas a comer por sorpresa. Todo en ella era intenso como un café sin leche y ese día no podía ser menos. Sol era de esas personas que no distinguen el contexto y tono de una conversación y que le concede la misma importancia —demasiada— a todo. Le daba igual perder el mando del garaje o que le subieran el sueldo. Decepción o alegría gozaban de buena salud y una intensidad desmesurada en su piel.

Diana decía entre bromas que Sol era una mala actriz sobreactuada. Yo también lo creo.

—Estás hecha mierda —apuntó Diana mientras me miraba fijamente.

—Es este calor. No sé qué va a ser de nosotras en pleno verano.

—He puesto unas botellas con agua fresca en la nevera y una mascarilla de gel para que te quites esas ojeras que traes —respondió Sol.

—Gracias, cariño. Luego me la pongo.

No eres consciente de lo necesarias que son las conversaciones banales con tus amigas hasta que recibes una carta en la que un pirado te cuenta que ha atado a una mujer a un váter. Bendita superficialidad...

—¿Te ha dicho algo la policía? ¿Saben quién ha podido ser? —preguntó Diana.

Una pregunta que llevaba golpeando mi cabeza durante todo el día sin cesar. ¿Quién sería capaz de hacer algo así? ¿Qué tenía que ver yo con todo esto?

—No lo sé. Juraría que yo misma era la principal sospechosa —respondí contundente.

—¿Tú? —me preguntó Diana con los ojos muy abiertos.

—Venga ya... Qué cosa más terrible —respondió Sol.

—Creo que la palabra es «absurda» —dije mientras levantaba mis manos enseñando parte de mis dedos vendados—. Lo que más me preocupa no es que piensen que pueda haber sido yo, lo cual es ridículo. Eso no se sostiene, no tiene ningún sentido. Lo que me aterra es que después de leer aquella carta sentí que el hombre que había...

—O la mujer —acotó de repente Diana, bloqueándome por momentos.

—Cierto, no había caído en eso... —respondí cortada y continué—. Sentí que el hombre o la mujer que había escrito aquellas palabras me conocía de una forma muy personal. Conoce mi trabajo y lo domina, me adula, me genera curiosidad y eso me preocupa.

—¿En qué sentido? —preguntó Sol.

—Pues en el sentido de que, claro está, si no hubiese sido por aquel último párrafo, diría que me sentí hasta cómoda. Como si desease que aquella carta no acabase; conocer a quien la había escrito.

Aquella reflexión sonó muy extraña y pude notarlo en sus caras. Sobre todo en la de Sol.

—Da igual, no me hagáis caso, creo que aún sigo en *shock* —reculé con rapidez—. No todos los días te enfrentas a algo así. Creo que estoy confundida.

Diana me miró con cariño, al tiempo que tocaba mi mano para relajarme.

—No te estamos juzgando. Es normal. Yo creo que es una broma de mal gusto de alguien que no está muy bien de la cabeza.

—No me lo pareció mientras iba leyendo lo que decía.

Todo lo contrario, tenía muy claras las palabras que empleaba.

Un silencio incómodo nos aplastó de nuevo, provocado por el peso de aquella frase.

La conversación estaba cogiendo un cariz difícil de respirar. Sol reaccionó a tiempo cerrando el tema:

—¿Quieres que me quede contigo esta noche? He traído una muda por si acaso tenía que dormir con Violeta.

No vacilé. Le dije que sí sin pensármelo dos veces. Estaba asustada de verdad y me sentía frágil. Como cuando era pequeña y mi padre me dejaba encendida una pequeña luz en mi dormitorio para que la oscuridad de la noche no me devorase.

Después de cenar, acosté a Violeta. Era temprano y Sol se instaló, como ella misma expresó con sus propias palabras, en su «hotelito»: la cama nido que se encontraba debajo de la de mi hija. Mi casa no era grande, tenía el espacio justo. Un salón con la cocina integrada, dos habitaciones pequeñas, un baño y un diminuto espacio saliente, añadido junto a la ventana del comedor, con una mesa donde había instalado el ordenador. Tenía el suelo de madera, algo que la hacía acogedora, y bastantes ventanas con orientación este, lo que permitía que corriera el aire cuando la noche llegaba y recibir el sol al amanecer. Así me la vendió el chico de la inmobiliaria y de la misma manera se la describía a quien me preguntaba: acogedora y con mucha luz por su orientación.

Me senté mirando al infinito, sin más. Necesitaba un pequeño momento para sobreponerme. Como persona me conocía bien a mí misma; solía escuchar a mi cuerpo y creo que esto es fundamental, si no quieres cabrearte contigo continuamente. Cuando tu cuerpo te pide algo, has de dárselo o te lo exigirá de otra forma más adelante. Por eso es importante proporcionarnos en su justa medida descanso, responsabilidad, aburrimiento, autocuidado, superficialidad, un buen libro para leer de vez en cuando y soltar lágrimas cuando toca.

Tenía una prueba irrefutable para saber cuándo algo me estaba afectando de más: si cuando me tumbaba en la cama mantenía la mirada durante más de media hora sobre el ventilador del techo, estaba claro que algo ocupaba mi cabeza y no iba a conciliar el sueño. Sin duda, aquella era una de esas noches y creo que nadie podría poner en tela de juicio el motivo. Me encontraba muy dolorida física y mentalmente. Notaba cómo mi corazón, sin previo aviso, se aceleraba con una taquicardia que me obligaba a respirar hondo para sobrellevarla e intentar domarla. Mi memoria, aquella de la que presumía para cosas insustanciales, no dejaba de recordarme la imagen de la cabeza de aquella mujer aprisionada por la taza. Con sus manos atadas a la espalda por un loco. No entiendo cómo puede haber gente así en este mundo. Por eso miraba al techo, como una silenciosa llamada de auxilio que me alejara a millones de kilómetros de allí.

Necesitaba distraerme un rato, a sabiendas de que dormir sería tarea imposible. Estaba segura de que a la mañana siguiente lo pagaría cuando volviera al trabajo y entonces me surgieron dudas. ¿Debía volver? ¿Era realmente obligatorio? Me encontré perdida planteándome preguntas con respuestas obvias.

Comencé por intentar batir mi récord personal en el juego de la serpiente del Nokia. Quería acabar dormida por el aburrimiento o el agotamiento, lo que llegara antes. Pero no funcionó.

Tuve que levantarme. Me preparé una infusión y encendí el ordenador. Si no podía dormir, iba a trabajar. Siempre había pensado que no hay mejor distracción que el trabajo cuando lo amas de verdad. Sin duda, esos ratitos justificaban aquellos pensamientos recurrentes a los que la soledad me desembocaba de vez en cuando.

A título personal, y fuera de mi horario laboral, había quienes me pedían que ampliara sus cartas astrales para situaciones personales concretas que estaban a punto de afrontar. Personas que bien iban a empezar una relación, emprender un negocio, esperaban noticias médicas o, sencillamente, estaban a punto de divorciarse. Ejemplos de momentos vitales que resumen los ejes de nuestras vidas en los tres parámetros en los que yo me movía con solvencia: la salud, el dinero y el amor. Para ello, era importante conocer no solo el Zodiaco, sino la posición de los astros respecto de la casa del signo en una ocasión concreta. En aquel momento, la ayuda de internet me permitía informarme sobre ello de manera rápida, clara y precisa solo con ingresar la fecha y hora de nacimiento del solicitante, entre otros datos. Lo que me llevaba horas de esfuerzo unos años atrás, en aquel tiempo resultaba sumamente ágil. Tanto como entrar en tres webs que tenía de cabecera, incluida en ocasiones la de la NASA, que recopilaban gran cantidad de datos sobre la posición de los astros en días concretos y por tramos horarios. En estos casos, a diferencia de una carta astral natal, no solo tenía que revisar el día y hora del nacimiento de la persona, sino vincularlo con la hora del evento en sí. No era muy apropiado, pero me generaba los datos justos para ofrecer una información más que fiable y, por supuesto, me ayudaba a llegar a fin de mes.

Aquella noche, mi incapacidad para poner tierra de por medio a la vigilia me permitió comenzar con el encargo que una compañera de trabajo me había pedido para su hijo. Estaba a punto de empezar los exámenes de selectividad y quería saber si le iba a ir bien. El chico era un tauro del 9 de mayo nacido a las 20:02. Un marcado ascendente en Escorpio que lo convertía por excelencia en una persona acostumbrada a enfrentarse a riesgos. Esto, en una interpretación directa sin tiempos verbales ni contextos astrológicos, se traducía, con seguridad, en estudiar a última hora. Me atrevería a decir incluso que ni siquiera las asignaturas completas, esperando a la providencia con un porcentaje que le ofreciese cierto confort. Lo que significaba, en términos profanos, estudiar poco más de la mitad del temario el día antes. Un riesgo asumible para un tauro con aquel ascendente.

Por otro lado, revisé la fecha del día de los primeros exámenes. El evento en sí mismo. Lunes 17 de junio. Hora de comienzo: 10:00. Añadí el tiempo universal y la ubicación. Pude comprobar en pocos minutos que ese día en concreto Júpiter estaba en la casa de Tauro. Una situación que le facilitaba exteriorizar sus mejores capacidades personales y alcanzar sin dificultad sus logros materiales. Una posición ideal para los artistas, por lo que esperaba, por su propio bien, que aquel lunes 17, siendo él de letras mixtas, no tuviese el examen de Matemáticas y sí el de Historia del Arte.

Me reí de mi propio chiste, no pude evitarlo, para acto seguido continuar con lo que mejor sabía hacer: mi trabajo. Ese que me permitía abstraerme y dejar caer en el olvido los pensamientos más recientes. Como quien borra de un disco duro las fotos de su ex para no tener que verlas nunca más. Así funcionaban los astros en mi cabeza y en mi interior: como un bálsamo que cura la tos cuando más congestionada estás.

Y entonces, a las 4:30, con mi hija Violeta durmiendo en su habitación y Sol roncando a pierna suelta en su hotelito, recibí un SMS. El mensaje de un número desconocido que hizo vibrar mi móvil sobre la mesa de madera. Con un sonido seco.

El mensaje en sí no contenía nada, ni una sola palabra o emoticono, excepto una dirección de mail, de Hotmail en concreto: *paula_piscis@hotmail.com.*

Y me cagué de miedo.

Primero me enfadé, porque pensaba que era una broma de alguien del trabajo o algún conocido idiota que quería dejarme en vela lo que quedaba de noche, pero yo no tenía conocidos, no hablaba con mucha gente del trabajo y, sobre todo, nadie, excepto yo, y supongo que la propia policía, sabía el nombre de la mujer y su signo. Salvo la propia mujer, aunque me parecía imposible que fuera ella, dada su situación.

Durante un segundo me quedé inmóvil. Asociando la curiosidad al miedo, y entonces lo entendí. Acelerada, abrí mi correo y automáticamente me conecté a Messenger. Un zumbido me alertaba de que *paula_piscis@hotmail.com* quería contactar conmigo.

¿Cómo sabía mi puñetero correo? ¿Cómo sabía que yo...? Respiré, desistiendo. Daba igual. Nadie iba a responder mis preguntas, así que acepté... pero aquel icono con forma humanoide nunca se volvió verde. Se mantuvo inerte, de color rojo, dentro de la lista de usuarios no conectados.

CAPÍTULO 7

14 junio de 2002

A la mañana siguiente, después de caer muerta por agotamiento un par de horas sobre el sofá, las risas de Violeta me despertaron. Sol y ella estaban desayunando en la mesa de la cocina. Sin quererlo, me levante acelerada, con esa sensación de que llegaba tarde a algún sitio. Como cuando te quedabas dormida antes de un examen. Imagino que la carta astral del hijo de mi compañera y sus pruebas de selectividad de la noche anterior tenían algo que ver.

—Tienes una cara muy especial esta mañana —me soltó Sol de buenas a primeras. Fiel a su estilo.

—¿Con baba, quieres decir?

—¿Es baba? —espetó, dejando en el aire un comentario extraño. Sonreí, ya conocía ese humor tan peculiar del que hacía gala cuando menos lo esperabas. En el peor momento.

—¿Cómo estás, cariño? ¿Qué te ha preparado la tía Sol? —dije mientras me acercaba a Violeta, que devoraba el desayuno.

—Una tostada con aceite y un yogurt.

—Mira qué bien.

Sol conocía las intolerancias de Violeta a la perfección. Si alguien podía cuidar con toda tranquilidad de mi hija mejor que yo, sin duda era ella.

—¿Qué tal has dormido? —me preguntó Sol.

—No he dormido nada, la verdad.

—¿Quieres que lleve yo a Violeta al colegio?

Dudé. No tenía claro en absoluto qué es lo que debía, quería o tenía que hacer. Nadie de la oficina me había enviado un mensaje para que no fuera a trabajar o tan solo para saber cómo me encontraba. Estaba acostumbrada a esa especie de silencio tácito que me rodeaba, siempre que no fuera para pedirme un favor, claro.

—No te preocupes. La dejo yo en el colegio y me paso por la oficina a ver qué está pasando.

—Vale, pero si necesitas cobertura para un descanso mental y corporal, llámame. Puedo posponer la clase de emociones ajenas.

Con semejante nombre que tanta gracia me hacía, me imaginé qué tipo de personas estarían allí reunidas y conseguí sonreír. Valoraba mucho el apoyo que Sol me prestaba.

—Gracias, cariño. Gracias por haberte quedado esta noche.

—Y las que hagan falta.

Sol se abalanzó sobre mí y me dio uno de sus famosos abrazos de oso. Sin previo aviso. Le brotaba el amor y te acogía en su seno con una fuerza desmedida.

He de reconocer que la amaba. Aun siendo lo exagerada que era en todo, la amaba.

Me apuré a cambiarme las vendas de las manos, me vestí con lo primero que encontré en mi armario, dada la urgencia, y recogí la comida que Sol había preparado para Violeta. Una jugosa tortilla francesa que a mi hija le encantaba. Era su manjar favorito y el de toda una generación de niños y adolescentes en aquella época.

Entonces, justo a punto de marcharnos, sucumbí ante mis propios pensamientos. Dejé a Violeta esperando en la puerta con la mochila puesta y mientras el ascensor recorría el penitente camino de las cuatro plantas para llegar a nuestro piso, cinco si partía desde los trasteros, acepté de manera tácita la idea que llevaba resonando en mi cabeza desde que me había despertado. Fugazmente, me acerqué al ordenador, que me recibió con el salvapantallas y ese movimiento pendular a cámara lenta de líneas de color que, de forma hipnótica, parecían querer atraerme para saciar mi curiosidad. Esa que me llevaba a conectarme a Messenger de nuevo.

Al abrirlo, no había zumbido. Tampoco mensaje alguno. Allí estaba el icono de aquella dirección de correo tan sugerente a la par que siniestra de la noche anterior. Seguía fuera de línea.

—¡Mamá! —me alertó Violeta desde el descansillo.

—¡Voy, voy! —respondí agitada. Como si me hubiesen descubierto haciendo algo ilegal o inesperado, como comprar *online* unos zapatos un día de diario a las siete y media de la mañana de los que te habías encaprichado la noche anterior.

En el metro, de camino al trabajo, el runrún continuó de modo casi obsesivo. Pensé varias veces en contestar al mensaje. No tenía muy claro si era lo correcto, sobre todo teniendo en cuenta la conversación mantenida con aquellos dos policías la tarde anterior. El hecho de que encontraran en mi móvil alguna prueba, la que fuera, podría complicarme la vida aún más de lo que ya había ocurrido en aquellas veinticuatro horas. Aun así lo hice, y decidí que borraría los mensajes al momento.

------SMS------

¿Quién eres?

Esperé unos segundos. No porque no estuviese dispuesta a aguardar el tiempo necesario, sino porque enseguida recibí un mensaje de respuesta.

------SMS------

Error.

El mensaje no ha podido ser enviado.

«Será por la cobertura», pensé. Pero no. La comprobé y justo en esa parada las cuatro rayitas dejaban patente que estábamos a tope. Lo intenté una segunda vez:

------SMS------

¿Hola? ¿Quieres algo?

------SMS------

Error.

El mensaje no ha podido ser enviado.

No me hizo falta probar una tercera, por más definitiva que fuese en el refranero. Estaba claro que aquel número de teléfono se encontraba fuera de servicio, estaba apagado o quizás ya ni siquiera existiese. Así que borré los mensajes del móvil de forma definitiva.

Al llegar a la entrada del edificio de la revista me detuve unos segundos frente a la gran puerta giratoria que daba acceso al *hall* con su pequeña recepción. Sentí un cosquilleo que bloqueó mi mandíbula por unos segundos. Estaba tensa. Había varios policías en el interior, situados junto a los ascensores y en la escalera, controlando los accesos a cada planta. Lamentablemente, no tenía la sensación de que todo lo ocurrido el día anterior hubiera sido una pesadilla y que, llegado el momento, entraría por aquella puerta como lo había hecho cada mañana en los últimos cinco años. Me dirigí hacia los ascensores y esperé con la mirada de uno de los policías clavada sobre mis manos. Me apresuré a guardarlas en los bolsillos de los pantalones de lino que llevaba esa calurosa mañana. Otra más.

Entré y esperé a que la puerta se cerrase para sentirme más cómoda, deseando que nadie más viajara conmigo. Nada más lejos de la realidad. En su interior, otra policía controlaba el piso al que se dirigía cada persona.

—¿A cuál va? —preguntó.

—Al cuarto —respondí, mientras intentaba no mostrar mi desasosiego.

Pulsó y ambas esperamos mirando al frente en una situación entre incómoda y cómica. Había ocasiones en las que sentía que las puertas de aquellos ascensores tardaban menos de diez centésimas de segundo en cerrarse y otras en las que bien podrían ser un lustro. Aquella fue una de las segundas. Fue tal la pausa que se tomó que dio tiempo a que otra persona aprovechara para colarse. Si hubieseis apostado quién era la última persona que me hubiese apetecido que entrara en ese ascensor en aquel momento, estoy segura de que Rosa hubiera sido la ganadora. Pues en este caso fue la penúltima. La subcampeona de gente a la que odiaba.

—Buenos días. —Elsa se dirigió a la compañera sin reparar en mí.

—Buenos días, subinspectora. ¿A la segunda?

—Sí —respondió seca, como la tarde anterior. No fuera nadie a pensar que era una persona amable.

Se giró de frente al pasillo, de espaldas a mí, mientras yo me recluía en el fondo, junto a una de las esquinas, para intentar pasar desapercibida. Por fortuna, las puertas se cerraron con rapidez y el ascensor comenzó a subir.

—¿Cómo se encuentra? —dijo Elsa sin dejar de mirar las puertas del ascensor. Me mantuve en absoluto mutismo convenciéndome de que hablaba con su compañera.

Durante un piso y medio estuve en silencio, pero pensando a gritos.

—Creo que se dirige a usted —apuntilló la policía mientras me clavaba la mirada. Estaba claro que me había visto y me sacó de mi abstracción.

—Bien. Un poco dolorida, pero bien —respondí tímida, cuando en realidad mi cabeza hubiese contestado: «¡Pues hecha una puta mierda, señora!».

—No deberías haber venido hoy a trabajar —comentó con un tono comprensivo. Sorpresivo a todas luces. Además, comenzó a tutearme, algo que al menos consiguió rebajar mi nivel de ansiedad.

Las puertas se abrieron y el distribuidor de la segunda planta hizo acto de presencia. Inevitablemente tuve un *flashback* del día anterior y de forma inmediata mi corazón comenzó a acelerarse. Elsa salió del ascensor y mi mirada, perdida por momentos, no pudo evitar detenerse en los baños. Habían acordonado la zona con un perímetro de seguridad que impedía el acceso, pero mantenían las puertas abiertas, por lo que la escena era visible para todos. Varias personas, imagino que agentes, estaban trabajando en el interior. Podían apreciarse las manchas y surcos del agua, ya seca y sucia sobre el suelo, como si fuera tierra quemada. Las puertas de madera estaban hinchadas por las esquinas. Todavía quedaba pelo adherido a las baldosas, no sabría decir si suyo o mío. La taza del baño estaba desmontada, guardada en una bolsa de plástico apoyada sobre la pared. Los pomos de las puertas estaban desarmados y alineados en el suelo. Cuando vi los restos de cinta escupidos en el suelo, mi mandíbula se cerró por instinto y mis manos se contrajeron con fuerza.

No fue ni rápido ni agradable. No lo fue porque el ascensor volvió a tardar una eternidad en cerrarse, como si me obligara a revisar cada detalle, a revivir por segunda vez lo sucedido. Sin compasión. Así que terminé por bajar la mirada al suelo, distrayéndome con cualquier pequeño remache, hasta que la cabina volvió a moverse y aparecimos en la cuarta planta. Salí del ascensor como una niña que termina su primer día en la guardería y se abraza a las piernas de su madre agarrándolas con fuerza.

Entré en la sala y respiré hondo. A pesar de que las miradas de mis compañeros eran barreras invisibles que en cierto modo me impedían avanzar, escudriñándome, preguntando en silencio, llegué hasta mi mesa tras varias paradas obligatorias en las de algunas compañeras que querían cotillear y por fin me sentí a salvo. Distraída, desubicada, pero a salvo. Con esa terrible sensación de quedarme en blanco, sentada, sin capacidad para reaccionar.

—¿Estás bien? —me preguntó Diana cuando se acercó hasta mi mesa un poco más tarde. Era la tercera persona que lo hacía esa mañana.

—La verdad es que no —contesté sincera.

—No deberías haber ven...

—Sí, eso también me lo han dicho ya —la interrumpí bruscamente—. Perdona, es que al llegar he pasado por la segunda planta y ha sido como recenar un plato de espaguetis fríos de la noche anterior. —Tiré del clásico recurso del humor barato para sobrellevar un momento jodido y una conversación que no quería que se tornase incómoda como todas las que había tenido hasta entonces. Lo sencillo era hacer la comparación con los espaguetis. Lo complicado era enfrentarse a lo ocurrido.

—Está claro que hay que calentarlos antes... —continuó Diana con la broma para proporcionarme cierto respiro.

—Ya ves...

—Intenta distraerte. Te vendrá bien. Si quieres que bajemos a tomar un café, dímelo y...

—¡No! No pienso volver a pasar por la segunda planta jamás —respondí, con lo que conseguí sacarnos una sonrisa a ambas.

—Vale, yo te lo subo, entonces.

—Mejor.

Diana sonrió cómplice y puso su mano en mi hombro mostrando su apoyo. Éramos amigas desde muy pequeñas, cuando coincidimos en el último año de colegio. Después fuimos juntas al instituto y más adelante el destino quiso que trabajásemos en el mismo medio. No hizo falta gran cosa para convertirnos en inseparables cuando nos conocimos. Con dieciocho años ambas estábamos obsesionadas con el horóscopo del teletexto, algo que nos unió más todavía. No había margen de error en esa relación.

Por aquellos felices tiempos, yo me sentía muy afortunada porque en casa teníamos dos televisores. Uno de ellos era nuevo y el mando a distancia contaba con un botón de acceso a ese maravilloso mundo de colores e información por el que muchos compañeros suspiraban. En cambio, en 1989 Diana tenía una enorme piscina dentro de la urbanización en la que vivía, algo que cotizaba una barbaridad a esas edades y que no era tan común como lo es ahora. Íbamos todos los fines de semana de verano hasta que los vecinos se quejaron e instauraron un sistema de carnets para acceder. Pues bien, ella afirmaba con rotundidad que hubiese cambiado sin dudarlo su piscina por aquel televisor de última generación con teletexto que mi padre había comprado a finales de los ochenta.

En aquella época no solo se desarrolló mi pasión por la astrología, sino también la vertiente más comunicadora, ya que era la encargada de dar el reporte zodiacal en mi clase por las mañanas a primera hora y ser anfitriona por las tardes, cuando varias compañeras pasaban por casa para trastear en mi teletexto por las secciones de noticias, deportes, tarot, ocio... Era algo inabarcable para unas casi veinteañeras. Era otra época, en la que disfrutábamos con lo que por aquel entonces pensábamos que sería el futuro.

Con el paso del tiempo, pude darme cuenta de que lo importante en aquel entonces no fue tener el teletexto en sí, sino haber sido la primera en tenerlo. Esto puede aplicarse a cualquier ámbito de la vida. Ser la primera en lo que sea es lo que marca, y en aquel momento yo era la primera persona en atraer todas las miradas del resto de la oficina y sus cuchicheos. Ironías de la vida.

Cuando Diana se alejó de mi mesa y con ella mis recuerdos sobre nuestra amistad, me centré en convencerme a mí misma de que podía trabajar. El silencio en la redacción era inusual, dibujando en el ambiente una atmósfera que dejaba constancia de que lo sucedido el día anterior había sido duro para todos, no solo para mí. Podía notarlo en sus caras y en la incomodidad que había supuesto el registro y control de sus mesas que la policía había llevado a cabo, así como el de ellos mismos. Me di cuenta de que no era la única que me sentía culpable de aquel intento de asesinato, ya que percibí que, en cierto modo y de manera indirecta, ellos también me hacían responsable. Parecía la excusa perfecta para mirarme con desprecio una vez más. Cuando me dispuse a intentar revertir esa situación, entablando una charla con algún compañero, Lorena, la editora jefe, me hizo un gesto desde su despacho para que me acercara.

Me aproximé y de camino vi a Rosa sentada en su puesto. Cercano al de la jefa, por si podía trepar hasta ella. Se levantó y me siguió hacia el despacho como lo hace una hiena al ver a una presa malherida. Antes de que Lorena preguntara, iniciado el gesto, respondí, sintiendo el aliento carroñero de Rosa sobre mi cuello.

—Estoy bien, gracias.

—No deberías haber venido a trabajar —añadió Lorena, lo que me obligó a contenerme al escuchar de nuevo las mismas palabras.

—No pasa nada, me viene incluso mejor estar activa, distraerme un poco —respondí.

—Sí, de eso es justo de lo que quería hablarte.

Y aquella frase que Lorena dejó en el aire, seguida de un pequeño silencio, se hizo tan fuerte en la sala que me empecé a preocupar.

—He estado comentando con Rosa que quizás este sea un momento delicado. Me preocupa que lo de ayer, que nos ha dejado a todos un poco trastocados, la verdad, pueda influir sobre la revista y tu sección en concreto...

Antes de que siguiera con la palabrería, ya tenía claro lo que venía a continuación. Lorena miró a Rosa y mientras hablaba se dirigía a ella en vez de a mí.

—Rosa me ha propuesto, con la idea de que puedas reponerte y distraerte, ocuparse de tu apartado durante este mes o el siguiente incluso, mientras tú te recuperas de...

Y ya no pude contenerme más.

—No, Lorena, de verdad, no te preocupes. Está todo bien. No hay nada que me apetezca más que dejar esto atrás y centrarme en lo mío.

—¿Estás segura, Luci? Ya sabes que aquí estamos para echarnos una mano —respondió Rosa.

«Una mano al cuello, ¿no? ¡Zorra!», pensé.

Obviamente, no fue eso lo que respondí, pero sí tenía claro que no iba a dejarme pisotear de nuevo en aquella ocasión. Estaba hablando de mi trabajo y de todo lo que había construido para mí y para mi hija. Así que le mandé un explícito mensaje:

—Sí, muy segura. Además, ya sabemos que Rosa, por su edad, quizás no sepa utilizar el tono adecuado para la sección y no queremos perder el buen *feedback* que estamos recibiendo —respondí, haciendo lo que creí que era correcto: defender lo mío.

Nunca he sido de las que utilizan las palabras para hacer daño a las personas, pero Rosa no era una persona. Era una auténtica trepa. Le gustaba aprovechar cada ocasión para sentirse superior a los demás, para desmarcarse y humillar de manera sibilina y calculadora. Me aburre la gente así. Hay que tener mucho tiempo libre para comportarse de ese modo tan premeditado, hay que entrenar frente al espejo y estoy segura de que ella lo hacía.

Estuvo mal por mi parte ir directa a por su mayor inseguridad. No llevaba bien la edad que tenía, la manera en que envejecía, y no dejaba de recordármelo cuando me lanzaba alguna indirecta sobre mi forma de vestir o mi escote. Aún recuerdo la frase que salió de su boca el primer día en que nos conocimos: «Qué blusa más bonita, menudo escote, si lo llevara yo, pensarían que soy una puta». Palabras textuales. Aquel día, por mi inexperiencia y juventud, por ser mi primer día en el trabajo, no le contesté. Pero ya habían pasado varios años y no pude reprimirme. En el fondo, sentía lástima porque era una mujer imponente, pero ella no se veía de tal manera. Al final, su reacción era la propia del ser humano en esas situaciones: atacar y defenderse. Quién quiere enemigos, teniendo compañeros de trabajo así, ¿no?

—Sí, sí... Sin duda, eres quien mejor conoce tu sección... —intervino Lorena al instante, imagino que percibiendo la tensión existente—. Pero si ves que necesitas ayuda, unas vacaciones o... un abrazo, dínoslo y vemos cómo solucionarlo —concluyó, y dio la conversación por cerrada ante la atenta mirada de Rosa. Ofendida, rabiosa.

No se puede vivir así. Odiar no es sano.

Salí de aquel despacho dispuesta a superar lo ocurrido, por mi propio bien y en tiempo récord. Casi como un imperativo que me autoimponía, advirtiendo que mi puesto estaba en peligro. Si Rosa entraba en mi sección un mes, sería imposible despegarla de ahí, ni siquiera con disolvente, así que no tuve más remedio que hacer de tripas corazón y autoconvencerme de que era más fuerte que lo que me había tocado vivir. Ser madre soltera a los veinticinco me había dado los ovarios necesarios para sobreponerme a mí misma y a ese talante a veces insulso que me rodeaba. No quise pensar qué hubiese sucedido si esa mañana no hubiese aparecido por la oficina.

Cuando llegué a mi cubículo, Jota me esperaba, apoyado en la esquina de mi mesa. No voy a negar que ver una cara amiga en ese preciso momento me produjo cierto alivio.

—¿Qué vas a comer hoy? —me preguntó.

—Mira, eres la primera persona que nada más verme no me pregunta cómo estoy —respondí.

—Es que te veo bien.

Sonreí, porque sabía de sobra que estaba abatida, hecha una mierda, básicamente, pero agradecí el detalle que nadie había tenido conmigo todavía.

—Tienes que decirme dónde has comprado este ventilador —dijo, al mismo tiempo que lo cogía de mi mesa—. No sé cómo podemos seguir así, sudando como pollos. Hay veces que las manos me sudan tanto que mancho la correspondencia.

—Te lo presto, si quieres.

—No, no te preocupes. La verdad es que era una excusa para llegar al momento clave de mi visita...

—Que es...

—Traigo algunas cartas...

Y, de repente, aquella pequeña activación del olvido convertida en persona se transformó de nuevo en un mal recuerdo. Quise afrontar aquella frase agradeciendo cómo había acolchado la conversación para llegar hasta ese punto en concreto, pero no pude esconder mi reacción. No habían pasado ni veinticuatro horas desde que había recibido la peor de todas. Sinceramente, lo que menos me apetecía era tener un segundo susto y estaba segura de que no era la única. Parte del equipo también me miraba de reojo, y hasta con cierta angustia.

—No te preocupes, las he mirado por encima y no creo que... —añadió con una sonrisa—. Si te sirve de consuelo, las que he repartido en administración, las ha recogido Sebas y estaba acojonado.

—Eso no ayuda, Jota...

—Vale, perdona —matizó—. ¿Quieres que las abramos juntos? Hoy son solo tres...

Imagino que el gesto de mi cara me delató. Debí de mirarle como quien ve un barco de salvamento acercarse, después de gastar su último aliento en mitad del océano.

—Te prometo que solo leo la primera frase y luego ya... toda tuya.

—Tampoco pasa nada si llegas hasta la segunda línea o al último párrafo... —respondí aliviada al instante. Jota sonrió.

Y así conseguí quitarme un peso de encima gracias a él. Porque desde que había llegado aquella mañana era imposible que más impactos involuntarios pudieran recordarme lo sucedido el día anterior. Estaba saturada.

—Había pensado en una tortilla de patatas —respondí.

—¿Cómo? —preguntó Jota descolocado.

—Me has preguntado que qué iba a comer hoy. ¿Te apetece?

No pude frenar mis ganas de planteárselo.

—¡Claro! —respondió.

«¡Pues claro que sí, coño!», pensé. Pero solo lo pensé.

Algunas veces sentía que en mi cabeza debía de haberse instaurado una especie de síndrome de Tourette por todos los tacos que acababa soltando mentalmente.

No me hizo falta excusarme con Diana por no comer con ella ese día. Ya me alertó de que un géminis como Jota podría ser el talento que completaba a una escorpio como yo, tímidos en apariencia, pero fuertes por dentro como una roca.

Aunque aquello no era cierto, yo siempre le daba la razón con sus presunciones. De todas las estrellas del mundo, Diana sí que era mi nigromante favorita.

CAPÍTULO 8

Elsa salió del ascensor dejando atrás a Lucía, que estaba apoyada sobre una de las esquinas, cabizbaja. Su experiencia la hizo notar que seguía desubicada y que no debería haber aparecido aquella mañana por la oficina, tal y como se lo hizo saber. No pensaba en absoluto que Lucía fuese sospechosa, pero adoptaba una posición de defensa de forma involuntaria cuando notaba que Gustavo tomaba esa pose tan paternal que le hacía perder la perspectiva.

En el fondo, empatizaba con ella. Aún era demasiado pronto y la situación, más propia de la puesta en escena de un loco que de un intento de asesinato, no era fácil de entender para nadie, incluidos Gustavo y ella misma.

Costaba reconocerlo, pero nunca se habían enfrentado a un sospechoso en estas circunstancias. En la España de 2002, quien agredía, asesinaba, o al menos lo intentaba, no solía hacerlo de una manera tan premeditada. Ocurría en reyertas o ajustes de cuentas donde la droga estaba de por medio, peleas callejeras entre bandas, discusiones comunes que se iban de las manos o violencia de género. Pero *a priori* aquello no obedecía en absoluto a ninguna de las situaciones más comunes. Ni siquiera respondía a los desvaríos de un loco, porque como bien decía Gustavo: «Nadie con ese nivel de perfeccionismo puede estar loco. Todo lo contrario: es minucioso, elige las palabras con esmero para que se sepa que tiene un objetivo. No caigamos en el error de pensar así sobre él». Ella también estaba de acuerdo. Al final, los dos siempre coincidían en lo más importante.

Elsa caminó hasta el perímetro acordonado. Colocó sobre sus zapatos unos patucos de plástico azul para evitar contaminar la zona. Dentro del baño, dos agentes de la científica trabajaban. Uno de ellos terminaba de desmontar el pomo de la puerta interior, mientras el otro intentaba desencajar una de las baldosas del suelo sin romperla. Gustavo estaba allí.

—¿Y? —preguntó Elsa a Gustavo, que tenía la mirada clavada en el inodoro y reaccionó saliendo del ensueño en el que parecía estar sumido.

—Hemos encontrado una huella en esa baldosa. No es ni de la mujer ni de Lucía.

—Podría ser la de cualquiera —inquirió Elsa con su tono habitual.

—Por eso nos la llevamos, para que no sea de cualquiera —respondió Gustavo armado de paciencia.

—¿Y los registros de entrada al edificio? —insistió, como si ella fuera la única inspectora al mando. Le gustaba sentirse así y a Gustavo, dada su experiencia, no era algo que le importara.

—Los están revisando. ¿Hay algo en la cámara de la entrada?

—De momento solo personas que salen a por un café y vuelven, que salen a fumar y vuelven, o gente que se va a comprar en horas de trabajo y no vuelve... lo habitual. En este país no trabaja ni Dios.

—Pues nosotros no paramos... —respondió uno de los agentes desde el suelo, mientras pincelaba la junta de una baldosa.

Elsa se dio cuenta en ese instante de que la conversación con Gustavo debía ser privada.

—Ven, te invito a un café.

—¿Tú también quieres salir a por un café? Luego te quejas de los que no trabajan... —respondió Gustavo, intentando hacerla sentir mal.

—Es un café de trabajo —aclaró con el ceño fruncido.

—Inspectora, ¿podría traerme uno a mí?

—Y a mí otro, por favor —añadió el segundo con cierta desesperación—. Llevamos aquí desde primera hora y no hemos desayunado nada.

Elsa los miró con condescendencia. Le costaba ser amable.

—¿Con leche? —preguntó a regañadientes.

—Sí, fría, pero muy poquita, que luego me sienta mal.

—El mío solo.

—¿Algo más? ¿Un bollito de crema, una tostada?

—No, gracias, así está bien.

—Así está bien, así está bien... —masculló Elsa entre dientes. Se contuvo. Respiró hondo y salió cabreada del baño, ante la mirada de Gustavo, que sonrió con descaro y dirigió un gesto cómplice a los agentes. Elsa vivía así, permanentemente enfadada.

Salieron del edificio y subieron un par de números sobre la misma calle hasta una cafetería que se encontraba veinte metros más arriba. Era una de las muchas que se estaban poniendo de moda por aquel entonces. «Bakery» las llamaban, en inglés, y tenían un servicio de panadería, café y dulces en un entorno muy agradable. Decoradas en madera, tonos pasteles y muchas plantas decorativas. Todo muy natural y orgánico.

—Que cafetería más cuqui. No te pega nada —observó Gustavo.

—Ni a ti decir «cuqui»... Además, ¿y tú cómo sabes qué es lo que me pega? —increpó Elsa.

—La verdad es que no tengo ni idea, pero pensaba, por ese carácter que tienes, que eras más de bar de barrio. De botellín de cerveza en barra.

—Qué poco me conoces... —contestó Elsa ligeramente ofendida.

—Es que no te dejas, Elsa —respondió Gustavo contundente.

La frase sembró una sensación incómoda entre ambos.

—¿Qué querías contarme? —aprovechó Gustavo para cambiar de tema.

—Paula no pudo ver nada. El tipo la golpeó por detrás. No hay nada que rascar por ese lado.

—¿Tenemos alguna grabación?

—Sí... —añadió Elsa de inmediato—. Ayer estuve hablando con el personal de seguridad. Revisamos todas las cámaras del edificio, y cuando digo «todas», digo las dos que hay. No hay cámaras en las entreplantas, ni en las escaleras de incendios, ni tampoco en los espacios comunes. Solo en la entrada y en la puerta que da acceso a la terraza de arriba.

—¿Esa es toda la seguridad del edificio?

—Es un bloque de oficinas. Está la redacción de la revista, la administración de una empresa de alquiler de coches, una agencia de publicidad y una productora de cine.

—Vale, ahora lo entiendo.

—Son empresas sin dinero. No necesitan más seguridad. Bastante que tienen a un tipo en la puerta. Luego, en el interior de cada oficina hay alguna más. Dos en la redacción, como vimos ayer, una en la productora y dos más en la agencia y en la empresa de alquiler. Con ellas hemos podido controlar los movimientos de los trabajadores. Quiénes salieron, quiénes creemos que entraron en los baños aquella mañana...

Gustavo asintió interesado.

—También he revisado todos los movimientos de la víctima desde primera hora con las imágenes que tenemos.

—¿De cuál de ellas? —preguntó Gustavo. Elsa se quedó algo desconcertada.

—¿Cómo que de cuál? De la única, de Paula.

—No creo que sea la única en este caso.

—Pues ya me dirás entonces...

—Lucía es víctima también. Y te diría que es la clave, porque todo estaba preparado para que fuese ella quien la encontrase. Creo que Paula es circunstancial. Quienquiera que sea que ha escrito esa carta quiere castigar a Lucía y la sermonea... Tengo la sensación de que no se va a quedar aquí.

Elsa chocó su lengua contra los dientes, tragó saliva y respiró con paciencia.

—¿Puedo seguir?

—Claro.

En ese momento, Elsa abrió una carpeta donde había una secuencia de imágenes de las cámaras de seguridad.

—Las he impreso porque el portátil pesa una barbaridad. Me está dejando la espalda destrozada.

Gustavo asintió con una sonrisa a media vela, sabedor de lo mucho que le gustaba quejarse a su compañera.

—He hecho un seguimiento de Paula —comenzó Elsa, señalando la primera de las imágenes—. Llega a primera hora, sube en el ascensor, entra en la oficina, deja el bolso en su puesto y se dirige hasta la mesa de una compañera. Bajan a fumar, vuelve a su despacho, habla con otra compañera...

—Mejor que no se entere su jefe.

—Ya te lo he dicho... En este país no trabaja ni Dios —insistió Elsa de nuevo, molesta, antes de continuar—. Entonces, a media mañana Paula baja a por un café...

Enseguida, Gustavo reaccionó y completó la frase.

—Un café que compra justo aquí... —añadió ante la sonrisa cómplice de Elsa, que señalaba la fotografía de Paula en el mismo mostrador que tenían a sus espaldas.

—Exacto. Y cuando vuelve a la oficina, con este mismo vaso de cartón que tenemos encima de la mesa, va hacia el ascensor, que no está operativo en ese momento. Lo que la obliga a subir por las escaleras...

—Qué cabrón.

Elsa asintió, dando a entender que estaba premeditado.

—¿Crees que no es una coincidencia?

—No lo sé... Pero no me parece que sea circunstancial —remarcó Elsa recordando las palabras de Gustavo—. Solo sé que nadie en la oficina la echó de menos durante todo el tiempo que estuvo en el baño, al ser tan habitual que desaparezcan a media mañana para ir a comprar o a hacer sus cosas. Ya te he dicho que todo el mundo lo hace. Tampoco nadie echó en falta que el ascensor no funcionara porque minutos más tarde volvió a estar operativo. No hubo cortes de luz. Simplemente, dejó de funcionar durante unos minutos.

Elsa miró a Gustavo con intensidad antes de continuar.

—Creo que la persona que lo hizo ya estaba dentro del edificio.

—Estoy de acuerdo.

—Y creo que sabía que Paula bajaba a por el café todas las mañanas.

—En eso también estoy de acuerdo. Entonces solo hay que ver quién ha entrado en esa oficina en las últimas setenta y dos horas.

—Eso mismo pensé, pero no es posible...

Gustavo se quedó totalmente desconcertado.

—¿Cómo que no? Alguien con una mochila grande tuvo que haber pasado por esa puerta, con alguna herramienta, comida... No sé, si permaneció dos días dentro del edificio, como mínimo, tiene que notarse en algo.

Elsa asintió, cambiando el semblante. Gustavo entendió a la perfección el gesto de su compañera y añadió:

—Pero no has visto a nadie así, ¿verdad?

—No. No he visto a nadie...

—Porque... —Gustavo continuó la respuesta de Elsa.

—Porque las grabaciones del edificio se borran cada noche.

El enfado de Gustavo fue en aumento. Soltó un ligero puñetazo sobre la mesa y culminó blasfemando delante de todas las personas que se encontraban en la cafetería, que le miraron con incredulidad.

—Joder, ¡no puede ser...!

Elsa asintió decepcionada. Pero Gustavo tiró de recursos de inmediato.

—Llama a Informática para que las recuperen de los discos. Seguro que hay alguna manera de...

—La grabación es en cinta —interrumpió Elsa contundente—. Es un sistema de seguridad de hace diez años por lo menos. Tiene un temporizador y a las doce de la noche borra las del día anterior... La cinta se rebobina sola y graba a intervalos.

Gustavo se frotó la cara con las manos buscando consuelo.

—Ya te lo he dicho. No hay dinero en ese edificio —sentenció Elsa.

—De acuerdo... —dijo Gustavo mientras le daba vueltas al asunto—. Pero hay una cosa que no termino de entender: quienquiera que hiciera esto se tomó su tiempo, Elsa. No fue improvisado. Conocía al detalle todas las rutinas —añadió.

—Yo también lo creo, pero...

Elsa dejó en el aire aquel «pero», mientras lo acompañaba de una imagen impresa en la que aparecía un hombre de mediana edad con gorra, gafas de sol y una maleta de mantenimiento. Gustavo reaccionó sorprendido. Elsa continuó:

—... pero esta cafetería tiene una cámara exterior que graba el escaparate y almacena las imágenes hasta setenta y dos horas.

Gustavo se mostró contrariado, pero expectante. No entendía la relación.

—He hablado con ellos esta mañana y la instalaron hace unos meses porque sufrieron varias pintadas de grafiteros en la puerta y en el cristal.

—¿Y?

—Es una cámara angular que permite ver una parte de la entrada del edificio de oficinas, lo justo para saber quién pasa por delante, y este hombre —remarcó señalando la foto— se detuvo en el escaparate y, acto seguido, siguió caminando, justo hasta la puerta del edificio.

—¿Le vemos entrando?

—Sí.

—¿Hemos comprobado que no sea nadie de mantenimiento, seguridad o que trabaje ahí?

—Estamos en ello, pero, *a priori*, no hay nadie que sepa quién es o que recuerde haberle visto. No es una imagen nítida...

—¿Esto fue el martes?

—Eso es.

—Qué hijo de puta... No se le ve la cara. Podría ser casi cualquiera.

Elsa dio un trago a su café dando por concluida la reunión. Le gustaba dejar los temas en todo lo alto. Gustavo reflexionó un momento para asimilar la información que acababa de procesar.

—Creo que habrá más cartas... —susurró.

Aquello provocó que Elsa le mirase abruptamente.

—Pues yo creo que no. Y quiero seguir investigando a la mujer, a Paula, y a todo su entorno. No descartaría una venganza familiar o incluso laboral. Si te parece bien, me gustaría continuar en esa línea.

Gustavo dudó durante un segundo. Estaba muy convencido de sus palabras, pero asintió. Pensativo. Mascullando.

—Habrá más cartas... Ya lo verás. Lo veremos.

CAPÍTULO 9

—¿Qué te ha dicho Lorena? He visto cómo te llamaba a su despacho —me preguntó Jota mientras se llevaba un pedazo de tortilla a la boca.

—Estaba con Rosa —repliqué.

—Vaaaaale, no sé si quiero saber más —respondió con un claro gesto de desprecio—. Está buena —afirmó mientras masticaba.

—¿¿Rosa??

—La tortilla, idiota. Venga, cuéntame qué ha pasado.

—Estaba sugiriendo que, si en este momento no me encontraba bien, ella podría quedarse con mi sección de manera provisional.

—¿Y qué le has dicho?

—Que no se preocupara, que estaba perfectamente.

—¿En realidad lo estás?

No contesté. Es algo que hago a menudo cuando no quiero mentir: omito información.

—Lucía, ¿vas a poder...?

—Espero que sí... —respondí.

—Eres muy educada. Esa mujer está dominada por su ansia de poder. Es de ese tipo de personas horribles que se sienten fuertes en grupo, pero que fuera de él son unas cobardes.

—No sé... Siempre me he preguntado por qué me odia tanto. Hay gente que te cae mal o que no tragas, pero en ella noto rabia cuando me mira. Es como si me hubiese tirado a su marido...

—Y no lo has hecho, ¿verdad?

—Hoy todavía no.

Jota soltó una sonora carcajada. Me encantaba cuando abría la boca y mostraba su dentadura imperfectamente perfecta.

—Mira, Lucía... —dijo en tono conciliador—. Rosa no te odia a ti de manera personal, odia todo lo que representas. Una mujer joven y sin ataduras. Libre. Eres el futuro y eso es lo que le da miedo.

—¿Sabes que comparte el mismo signo que mi hija?

—Pues lo siento por tu hija. Por cierto... ¿tienes una hija?

—¿No te lo he contado?

—No, es la primera vez que...

Jota dejó la frase abierta y sonreímos. Es alentador ver cómo convergen las conversaciones cuando dos personas quieren. Cualquier comentario se convierte en un punto de unión, un nexo que nos acerca poco a poco sin poder evitarlo. Solo pasa en el amor o cuando hay un interés común, el que sea. Las personas se ponen de acuerdo rápidamente si todos tienen algo que ganar. Incluso los signos incompatibles. Tampoco hacía falta ser muy lista, en este caso no era necesario que se alinearan los astros para ver que había esa captación entre los dos. Existía porque ambos así lo queríamos.

Durante muchos años he estudiado a miles de parejas de signos diferentes. He analizado cartas natales, la posición lunar que rige las emociones, la solar, que ofrece un punto de vista sobre la personalidad, y el ascendente. He incluido variables como la quinta casa y Venus para no dejar al azar cualquier duda que pudieran albergar sobre su compatibilidad.

Jota era géminis. Un signo de aire, mientras que yo, siendo escorpio, era de agua. No compartíamos trígono ni de lejos. En astrología, nuestros signos estaban separados por seis meses de distancia, ciento ochenta grados, pero dentro de la misma mitad del círculo zodiacal. Por tanto, si hablamos en términos profanos, no éramos especialmente compatibles. De hecho, lo estudié a él, nos estudié a nosotros, pero desde el momento en que fui consciente del tortuoso camino que se presentaba sobre el papel, preferí dejarlo al albur del destino. No es que la conjunción de nuestros signos saliera muy bien parada, la verdad. Y no porque no encontráramos un equilibrio en el aspecto intelectual —él es un conversador inteligente—, sino porque ambos signos tenemos una forma muy distinta de ver la vida. No en vano, el suyo era el más complejo de todos por su personalidad dual.

—Se llama Violeta.

—¿Qué edad tiene?

—Siete.

—Vaya... La tuviste siendo muy joven.

—Bueno... tampoco tanto. Es verdad que ahora la gente se anima menos y acaban retrasándolo. Tampoco es que yo lo buscara, pero...

—¿Pero...?

—Ocurrió y no puedo estar más feliz.

—¿Y el padre?

Un pequeño silencio mantuvo mi boca sellada por un instante. El tiempo mínimo imprescindible para que alguien se dé cuenta de que no quieres responder.

—Vaaaale. No preguntaré por el padre —añadió Jota con rapidez y arrastrando de nuevo las aes.

—No lo harás —respondí directa mientras le apuntaba a la cara con el tenedor. Jota lo entendió al momento—. ¿Y tú? Cuéntame algo de ti...

—Tengo un gato.

—Eso ya lo sabía.

—Pero no que lo quiero como a un hijo.

—¿Y él a ti?

—Eso nunca se sabe.

Una sonrisa apareció de nuevo en mi rostro.

—No conocía este sitio —apuntó Jota, obligado a cambiar de tema.

—Vengo aquí con Diana cuando no me apetece comer con la gente de la oficina. Hacen unas tortillas con trufa espectaculares —añadí.

—No te adaptas, ¿verdad? —preguntó con intención.

No pude evitar suspirar. Era «la pregunta». La tenía tan presente en mi cabeza que, cada vez que me la hacían, dudaba si contestar lo que pensaba en realidad.

Es agotador. Extenuante hasta decir basta tener que acallar tu mente de modo constante. Es como mantener encerrado a un animal salvaje en casa y obligarlo a observar el bosque desde la ventana. Una crueldad.

—Cuando me preguntas que si no me adapto, ¿te refieres a ahora en concreto o desde que tengo memoria?

Jota me miró con una leve sonrisa, intentando que esta vez, como ya había hecho con el padre de mi hija, no acabase por desviar la atención sobre el segundo tema peliagudo de los últimos diez minutos.

—No lo sé, la verdad... —titubeé, algo desmotivada—. Los miro desde mi mesa, observo con atención la manera en que se comportan y los veo sin motivación. Todo el día están confabulando para salir antes del trabajo, para escaparse a fumar o a tomar interminables cafés, rajando los unos de los otros en cuanto se dan media vuelta...

—Vale, vale... Lo pillo.

—Tú has preguntado...

—Sí, y creo que vamos a dejarlo aquí, no quiero que me salpique —dijo con sorna.

Sonreí. Me gustaba que me llevara de forma involuntaria a hacerlo. Hacía un tiempo en que solo mi hija lo conseguía. Ella y alguna frase desproporcionada de mi madre o de mi amiga Sol. En eso se parecían bastante las tres. Tres generaciones diciendo las mismas burradas que acababan por sacarme de mi ostracismo interior.

—¿Sabes lo que pasa? —añadí—. Me cuesta mirar para otro lado, Jota. Es superior a mí. Veo el mundo que se nos está quedando y es terrible, pero no solo en la oficina, lo que ocurre a nuestro alrededor, la mujer de ayer... Y lo peor es que actuamos como si no nos importara. Seguimos hacia delante por inercia.

—Esto no es nuevo, Lucía. No viene de ahora. Esta reflexión ya la han hecho otros antes que tú y la harán los que vengan después. Parece que estamos asistiendo a la decadencia del mundo y al final sigue girando, por mucho que nos parezca que la siguiente generación será la que acabe con nosotros. Por muy imbéciles que nos parezcan los que vienen por detrás.

—Ya... —respondí—. Supongo que en el fondo estoy enfadada y me molesta que se rían de mí sin ni siquiera ser capaz de reaccionar como debería.

Jota me miró con cariño, comprendiendo el trasfondo de mis palabras.

—¿Se ríen de ti? —me preguntó, haciéndose el tonto.

—No te hagas el sorprendido... Lo sabes.

—Yo solo sé que somos más los que no lo hacemos.

—Gracias —respondí sincera.

—Además, no es la primera vez que la gente en la oficina dice alguna gilipollez o se comportan como cretinos cuando están todos juntos y luego, a solas, son los primeros en recordarte cuál es el signo del Zodiaco de su hija. Por si acaso... —añadió, siendo generoso en hacerme sentir bien—. Además, no puedes dejar que Rosa y cuatro idiotas más, que no son nadie, me oyes, que no son nadie, te rocen lo más mínimo.

—Lo sé, pero no solo es eso...

—¿Entonces?

Suspiré por segunda vez. No suelo hacerlo. Siempre me he considerado fuerte de espíritu, tanto como para dejar los suspiros solo para cuando me falta el aliento en el gimnasio.

—Ayer, cuando leí aquella carta, sentí por un instante que me trataba como si yo formase parte de ese mundo terrible que no me gusta. Sentí que me estaba haciendo responsable de lo ocurrido con esa mujer.

—Perdona, Lucía, pero eso es una tontería.

—¿Tú crees?

—¿No lo crees tú?

—No lo sé... Por un momento, cuando ayudaba a esa mujer a sacar la cabeza de la taza, tuve un sentimiento que no consigo desprender de mi cuerpo. Creí que no lo conseguiría y que era mi culpa.

—Pero lo conseguiste. No murió.

—¿Y si no hubiese sido así?

—¿Y si no me hubieses invitado a comer hoy? —sentenció con un gesto impasible. Era rápido con las ideas.

—Ya... —reflexioné, entendiendo sus palabras—. Pero es imposible no pensarlo.

Me quedé en silencio y noté cómo el repertorio de Jota se agotaba por momentos.

—Yo no hago daño a nadie con lo que escribo, Jota, por mucho que esa carta dijera lo contrario.

—Pues no le demos más vueltas entonces. ¿Crees que si pido una tarta de queso de postre estará bien?

—¿Para ti solo? Son enormes.

—Pues para compartir entonces, ¿no?

Aquella conversación duró lo que tenía que durar. Lo justo para darte cuenta de la comprensión que pueden ofrecerte algunas personas, no solo con sus palabras, sino también con sus silencios, con sus cambios de tema en el momento preciso. Es tan importante saber cuándo hay que apoyar como saber cuándo no hay que insistir.

De vuelta a la oficina, el calor asfixiante había obligado a Lorena a enviar a todo el mundo a su casa antes de las cinco de la tarde de aquel viernes 14 de junio. La flama que entraba por la ventana era casi tan insoportable como el carácter de la mayoría de los que trabajaban allí. Las camisas abiertas dos botones por debajo de lo que las normas de decoro obligaban y algún pantalón corto se complementaban con el movimiento de las manos abanicándose con lo primero que encontraban en su mesa. No importaba que fuera la revista *Hogar* de El Corte Inglés, en cuya portada se podía leer un sugerente título: «Segunda vivienda. Decora tu casa de verano», cuando ahora apenas podemos pagar la primera. Era otra época.

Jota dijo que el mundo seguía girando y, en efecto, en aquel momento pensé que lo hacía a tal velocidad que me mareaba.

Aquella tarde llegué a casa aturdida, pero con una sensación agradable. La que me había proporcionado la compañía de Jota durante la comida y la esperanza de un fin de semana de tranquilidad por delante que me restableciera la flora intestinal y mental. Aún me costaba comer y tenía náuseas. Todavía me dolían las manos y la boca. Necesitaba calma y cama. Y no precisamente en ese orden.

Conseguí que Violeta se entretuviera dibujando con su amiga Dora de fondo, y yo aproveché para llenar la bañera con agua fría. Solíamos disfrutar del baño las dos juntas, pero aquella tarde no pude. Como madre, mi hija era una bendición, pero su energía me absorbía el poco tiempo libre que me quedaba para mí y mis sentimientos tras el trabajo. Nunca lo planteé como una queja, ni siquiera como una penitencia, sino como una búsqueda de fortaleza. Si no encontraba mi espacio, por pequeño e insignificante que fuese, acabaría por afectarme a mí y, por ende, a ella. Cuidar del que cuida es fundamental.

Dejé la puerta entreabierta con la intención de desconectar, sin embargo fueron quince minutos en los que apenas pude cerrar los ojos. Cada vez que lo hacía era como revivir de nuevo la escena en mi cabeza. La sensación era tan real que podía sentir cómo algunas de mis uñas se mecían, a punto de caerse. Lo llamaban estrés postraumático, donde el incidente parece estar sucediendo de nuevo una y otra vez.

Opté por mirar al techo. Había una pequeña imperfección en la esquina y ahí me quedé. Observándola hasta que Diana llamó. Sopesé la opción de apagar el teléfono y justificarme con la excusa de que se había agotado la batería, pero la de ese móvil era eterna. No se descargaba en una semana, incluso jugando a la serpiente a diario. Luego caí en que aquella llamada no sería la primera ni la única, ya que después vendrían las de Sol y mi madre y, si no respondía a ninguna de ellas, era presumible que aparecieran las tres por casa. Sin duda, en aquellas circunstancias, atender esa llamada en pos de mi futura tranquilidad era la mejor de las opciones.

—¿Qué tal con Jota?

Al grano. Para no perder las buenas costumbres.

—Estoy bien, gracias por preguntar.

—Ya te pregunté ayer y esta mañana. Imagino que después de comer con él, tu estado de ánimo no ha podido ir a peor.

Algo me conocía esta muchacha.

—Digamos que ha sido lo más positivo del día.

—¿Positivo como un embarazo?

—No hemos llegado a ese punto.

—Vale... Solo quería ver el grado de enchochamiento.

—Ha sido una primera aproximación. Muy agradable, eso sí. La verdad es que conversar con él me ha dado un pelín de paz mental.

—¿De qué habéis hablado?

—No sé, del trabajo, de...

—Venga ya... —me interrumpió—. ¿Salís del trabajo para ir a comer y habláis del trabajo?

—Es lo que nos une de momento. Pero también hemos hablado de Violeta...

—¿Le has contado que eres madre soltera en la primera cita? —me preguntó sorprendida.

—Me ha preguntado hasta por el padre...

Diana hizo un pequeño silencio al otro lado del teléfono, conocedora de todo el contexto que esa frase implicaba.

—No le he contado nada... —me justifiqué enseguida.

Diana reaccionó al instante. Por las inflexiones en su respiración noté que se había sentido mal.

—Perdona si te he dado la impresión de que te juzgaba. Solo quiero que estés bien, en ningún caso quiero que pienses nada malo —añadió avergonzada.

—Para nada, cariño. Sé que solo te preocupas por mí.

—Así es —afirmó mi amiga.

—Para tu información, te diré que me parece muy buena persona. Sabía cuándo podía forzar y cuándo parar. Me he sentido muy cómoda. ¿Eso es bueno, no? —le dije.

—Mucho, Lucía. Eso ya es un mundo.

—No quiero ilusionarme, la verdad, pero...

—¿Por qué? —me interrumpió Diana contundente—. ¿Hay algo malo en ello? ¿Hay alguna ley que prohíba ilusionarse de primeras al conocer a alguien? A no ser que manejes información astral que desconozco, te diría que hicieras lo que el cuerpo te fuese pidiendo.

—El cuerpo ahora mismo me pide poco.

—Ya, pero eso cambia. Llega un día en que el pasado se olvida y desaparece.

Las palabras de Diana llevaban implícita una carga emocional que por entonces no estaba dispuesta a soportar. Así que opté por cerrar la conversación para evitar sobrecargarme removiendo el pasado. Al menos en ese momento.

—Me gusta, es guapo, muy guapo a decir verdad, amable, me hace reír, tiene un humor inteligente... Es un hombre peculiar, pero creo que nos llevamos bien... Y me lo encontraré cada día en el trabajo, así que... veremos qué pasa.

—¡Bien! Me gusta escuchar a esta Lucía. Y sí, claro que es guapo... Dale una oportunidad, te lo mereces.

Diana tenía la capacidad de llevar las conversaciones donde a ella le interesaba. En el fondo sé que lo hacía por mí. Durante años, el daño que el padre de Violeta pudo hacerme fue un sufrimiento indescriptible y mis amigas lo vivieron conmigo en primera persona. Diana veía a Jota antes de que yo misma lo viese, y este pequeño paso, que para mí suponía batir el récord mundial de salto de longitud emocional, era también una pequeña victoria para ella tras permanecer a mi lado durante estos años de manera incondicional.

Para mí, Jota era como haber quitado uno de los pestillos de la puerta de casa. Era una concesión que me hacía, de momento, porque así lo sentía. Y no me importaba.

—¡Mamá, se han acabado los dibujos! —dijo Violeta entrando en el baño, cortando el clímax en el que estaba sumida su madre con la «tita» Diana.

—Ahora voy, cariño —respondí, saliendo de la relajación que me habían otorgado aquellos veinte minutos, para vestirme de madre de nuevo con rapidez—. Te dejo, que tengo a Violeta ya encima.

—Vale. Mándale un beso a mi niña.

—¡Besos de la tita Diana! —grité, y ella se los devolvió encantada.

No había nada que la hiciera más feliz que escuchar a su ahijada pronunciar su nombre. La felicidad es tan sencilla que a veces resulta complejo no verla.

Aquel fin de semana no salí de casa. No quise. Disfruté de la soledad, las visitas por sorpresa de mi madre, e intenté dormir con alguna ayuda que me ofrecieron y que, dado mi estado de ánimo, acepté.

También revisé los mensajes de aquel número que nunca contestó. Y me conecté cada noche al Messenger, justo antes de que el Stilnox hiciese su trabajo para llevarme hasta los brazos de Morfeo, esperando a que *Paula_piscis* lo hiciera también. Aguardaba aquella conexión como quien espera una llamada de socorro.

Y entonces, el domingo 16 de junio a las 22:37 de la noche, aquel impersonal icono que había estado *off line* durante días, se conectó. Su estado: ausente.

CAPÍTULO 10

Sin foto. Así aparecía el perfil anónimo que me habían indicado días antes por SMS. Solo se veía el icono por defecto de MSN Messenger con un pequeño reloj debajo que avisaba de que no se encontraba delante del ordenador.

«¡Los cojones vas a estar ausente!», pensé, incluso juraría que en aquella ocasión lo verbalicé. No dudé un segundo en abrirle chat.

> *Es posible que* Paula_piscis *no conteste, su estado es Ausente.*

«Es posible, sí, pero le voy a brear tanto a zumbidos que los va a escuchar hasta su vecino», decidí.

Y, en efecto, los zumbidos eran una llamada de atención maravillosa que todo el mundo conocía. Un sonido parecido al de unas campanillas constipadas que retumbaba al mismo tiempo que la pantalla del chat se sacudía. Era lo más parecido a decir: «¿Hola?, ¿estás?», «¿Hola, estás?»... He dicho: «¡¡¡Hooooola!!! ¡Estáááááás?». Como un niño cansado de un viaje en coche que cada cuatro segundos pregunta cuánto falta para llegar. Una manera de hacerse respetar ante quienes pretenden ignorarte.

> *Nunca envíe sus contraseñas o el número de sus tarjetas de crédito en las conversaciones instantáneas de Messenger.*

Me quedaba claro el aviso que Messenger mostraba siempre que abrías una conversación, pero me preocupaban más otros temas, así que fui directa a hacer que retumbara su ordenador. Allá vamos:

Has enviado un zumbido.
Has enviado un zumbido.
Has enviado un zumbido.
Has enviado un zumbido.
Has enviado un zumbido.
Has enviado un zumbido.

Y al sexto, cuando estaba dispuesta a enviar uno más, o los que hiciesen falta, *Paula_piscis* respondió:

***Paula_piscis* dice:**
Mi querida Lucía. ¿Cómo estás?

Me quedé bloqueada. No esperaba recibir ese mensaje inicial. Era como ponerle de nuevo voz a la carta en mi interior, como sentirme halagada en cinco palabras, al tiempo que me desbordaba una rabia incontestable frente a quien me había obligado a pasar por la peor experiencia de mi vida esa última semana. Aun así, hablar con esa persona era un deseo involuntario que anhelaba de manera inconsciente desde el primer día y no sé muy bien por qué. Imagino que, como con el horóscopo, las cartas astrales o el tarot, nos sentimos atraídos por lo desconocido, por lo perverso e inexplicable. Le eché valor, porque no voy a negar que estaba temblando.

Lucía dice:
¿Quién eres?

Paula_piscis dice:
Quizás esa pregunta resulta un tanto simplista. Es poco probable que vaya a contestarte, ¿no crees?

Me cabreaba, a la vez que me atraía, ese tono condescendiente. Me obligaba a hacer la pregunta correcta, si lo que pretendía era que no se desconectara. Y, por supuesto, es lo que buscaba.

Lucía dice:
Vale, pues probemos con otra. ¿Por qué?

Paula_piscis dice:
Eso ya te lo respondí, Lucía. La carta era meridianamente clara.

Lucía dice:
Sí, recuerdo cada palabra a la perfección. Me hacías responsable de tus errores sentimentales y luego los proyectabas en otra persona inocente a la que yo ni

siquiera conocía. Pero lo que te estoy preguntando no es eso. Lo que te cuestiono es ¿por qué eres tan cobarde?

Lo escribí sin más. No lo pensé. Estaba tan alterada que no fui consciente de las posibles consecuencias. Tan solo me dejaba llevar por la necesidad de información e incluso por esa fatal curiosidad que había conseguido despertar en mí. *Paula_piscis* dudó. Durante un segundo no tecleó y sentí que mi pregunta le había desconcertado.

***Paula_piscis* dice:**
Entiendo tu ira, querida. Pero no es propio de una escorpio con ascendente en Libra dejarse llevar por la pasión. No te olvides de tu gran capacidad para la autorreflexión y el autocontrol.

Y, entonces, la que dudé fui yo. Temblé helada al leer sus palabras mientras que aquella noche el termómetro de mi casa marcaba los treinta grados. Casi nadie conocía mi ascendente porque solo mi madre y otras ¿veinte, quizás treinta, personas más, siendo más que generosa? sabían la hora en la que nací. Aquello me dejaba un poso de nerviosismo que, como dijeron los policías, me obligaba a poner el foco de la mirada hacia mi entorno. Tenía que conocer a esa persona. Tenía que ser alguien cercano a mí o que al menos se hubiese tomado la molestia de indagar.

***Lucía* dice:**
¿Nos conocemos?

Paula_piscis dice:
Claro. Te conozco a la perfección, mi querida Lucía. Al igual que tú, yo soy un estudioso, pero no de las estrellas, sino de las personas. Estas son más complicadas, si cabe. Mienten, se adaptan, manipulan...

Lucía dice:
¿Eso es lo que estás haciendo? ¿Manipularme?

Paula_piscis dice:
No, por Dios, yo te admiro. ¿No recuerdas la carta? Es amor lo que siento. Quizás debería enviarte otra.

Era astuto ¿o astuta...? Llevaba el tempo de la conversación sin despeinarse, con una facilidad que me dejaba sin opciones. Yo, como experta en tiempos verbales, me sentía indefensa en ese momento. No era capaz de conseguir abrir un hueco donde sentirme cómoda. Pero no iba a renunciar. Que mi personalidad contenida pudiera hacerme parecer una pavisosa no significaba que fuera idiota.

Lucía dice:
¿Es una amenaza?

Paula_piscis dice:
Nunca. Ni siquiera una advertencia. Solo es un hecho.

Lucía dice:
¿Querrás decir «será»?

Paula_piscis dice:
El tiempo verbal poco importa. La segunda carta ya está en camino. Espero que lo hagas de la misma manera.

Lucía dice:
¿Igual de bien o igual de mal?

Respondí contundente. Buscando entrar en su juego.

Paula_piscis dice:
Le salvaste la vida. Si era buena persona, entonces lo hiciste bien, pero si no lo era..., aunque esos juicios morales te los dejo a ti.

Me quedé pensativa de nuevo. Era extraño porque cuanto más hablaba con aquella persona, más tenía la sensación de que me sermoneaba. Como si quisiera castigarme con un dialogo pasivo-agresivo colmado de tranquilidad. Era como si sus palabras viniesen acompañadas de una melodía clásica que te envolvía por su lógica aplastante.

Entonces, pensé que debía cambiar de estrategia mostrando desinterés.

Lucía dice:
¿Sabes qué? Creo que me aburres.

Paula_piscis dice:
¿Ah, sí? No es mi intención, pero permíteme que te recuerde que no he sido yo quien ha llamado tu atención enviándote seis zumbidos.

Me mordí el labio, porque no era capaz de estar lúcida. Porque tenía la sensación de que me golpeaba contra un muro una y otra vez.

Paula_piscis dice:
No estás a la altura aún, Lucía, pero lo estarás. Ya lo creo que lo estarás y, cuando eso ocurra, entonces, te destrozaré.

Aquellas palabras me asustaron. Respiré hondo y grité desesperada.

Lucía dice:
PERO ¡¡¡¿QUIÉN ERES????

Golpeé el teclado con rabia. Ofendida. Durante unos segundos no contestó. Era como si estuviese esperando a que me calmara para seguir la conversación. Como si pudiese verme a través de una pequeña cámara. O incluso sus propios ojos.

Paula_piscis dice:
No importa quién sea, Lucía, lo que importa es lo que va a pasar. Hasta ese momento... Felices sueños, mi nigromante favorita.

Entonces se desconectó. Y lo hizo antes de que tuviera mi derecho a réplica, que no hubiera sido otra que un insulto en mayúsculas porque estaba desbordada.

Siempre me sentí ágil de palabra. Incluso vestida con ese hábito anodino que me acompañaba, de toda la vida he sabido defenderme. Pero estaba nerviosa. Había conseguido llevarme a su terreno y, lo que es peor, dejarme aterrada de nuevo, vulnerable frente a lo que estaba por venir. Si me conocía tanto como presumía, debería saber que en todo momento he sido una fanática del conocimiento, de la información y del estudio, y en aquel instante la falta de las tres me convertía en el eslabón más débil de la cadena.

CAPÍTULO 11

17 junio de 2002. 10:15 a. m.

Fui yo misma quien los llamó. Aunque esta vez la carta no me llegó a mí de manera directa.

Durante el trayecto no mediamos palabra. Sin dilación, me indicaron que subiera a la parte trasera de uno de los coches de policía. Parecía que estuviese detenida o algo así, por eso Gustavo le propuso a Elsa que se colocase en el asiento de delante y él lo hizo conmigo en el de atrás. Imagino que para darme confort, ya que estaba muy nerviosa.

Nunca había estado en el interior de un coche de policía y mucho menos a esa velocidad. Prácticamente volábamos. Mientras el resto de los vehículos se apartaban a nuestro paso, como si del mar Rojo abriéndose se tratase, observaba a través de las ventanillas tintadas las miradas de curiosidad y preocupación de las personas que caminaban por la calle. Yo he estado siempre del otro lado, sé lo que se siente; también he paseado tranquilamente por la acera, cuando de golpe me han sobresaltado unas sirenas que durante un segundo me han hecho preguntarme: ¿qué habrá pasado?

Esta vez era al contrario. Era yo quien iba en el coche y, aunque no lo sabía al cien por cien, intuía el motivo.

Llegamos al centro de salud en apenas diez minutos. Qué pequeña parece Madrid en una situación así. Los atascos no existen y la ciudad se vuelve más abarcable. Cuando entramos en el edificio, las caras de asombro y miedo empezaron a reflejarse en cada una de las personas que se encontraban aquella mañana en el ambulatorio. Aunque caminaba unos metros por detrás, pude observar cómo los compañeros de Elsa y Gustavo corrían por los pasillos con disimulo para no generar una sensación de pánico intencionada, pero difícil de enmascarar. Entramos buscando algo, o a alguien, no lo teníamos muy claro del todo, y eso generaba un desasosiego que se reflejaba en nuestras caras y, por ende, en las del personal que allí trabajaba. Ni siquiera sabíamos si era cierto, pero después de lo sucedido la semana anterior, no dudaron en creer en ello.

La carta aportaba muy pocos datos. Solo sabíamos que era un hombre mayor y que estaba en el centro de salud del barrio de Puerta de Toledo, en una zona céntrica de Madrid. Aquel lunes no podía ser ni peor día ni peor hora. Era cuando se realizaban las extracciones de sangre para los análisis que los médicos especialistas pedían para sus pacientes. La sala principal estaba atestada de gente e iban llamando de forma ordenada por números y hora de cita.

Las circunstancias no eran las mejores, pero pude comprobar que el equipo de Gustavo y Elsa estaba organizado al milímetro. Nos desplazábamos con mucho cuidado, pero con rapidez, distribuyéndonos por todo el edificio.

Elsa iba tocando la puerta de todas las consultas y, si no respondían, entraba sin pensárselo. Gustavo caminaba y se asomaba en cada sala de espera, precavido, porque en ningún caso sabíamos a qué atenernos. Otros compañeros corrían escaleras arriba hacia la segunda planta con las mismas instrucciones. Se revisaron los baños, la recepción, las salas de curas, los box de urgencias... todo. Todo excepto una pequeña unidad de rehabilitación que estaba cerrada al público en la planta menos uno.

—Esta área del paciente ya no se utiliza. Hace años que ya no se ofrece ese servicio —dijo la enfermera, acelerada, dada la urgencia que le transmitieron. Blandía en sus manos un manojo de llaves mientras nos guiaba a Elsa, Gustavo, un compañero policía y a mí por un pasillo secundario—. Ya estamos. Aquí es.

Aquellas palabras pusieron sobre aviso a Gustavo. No entendí el motivo, pero hubo algo en ellos dos que me obligó a preocuparme sin remedio y sin quererlo.

La enfermera abrió la puerta y Elsa la detuvo cuando se disponía a entrar sin ningún tipo de precaución. Fue el compañero policía el primero en dar un paso dentro con cierto recelo. El lugar se intuía bastante desastrado, unido a que las persianas estaban cerradas y solo entraba la luz por algunas rendijas. La penumbra lo ocupaba todo.

—¿Esta sala tiene luz? —preguntó Gustavo a la enfermera.

—Sí, es que las persianas se rompieron y no hemos podido arreglarlas. Nunca hay presupuesto.

—¿Puede encenderla?

—Sí, ahora mismo.

La enfermera se acercó a una de las paredes contiguas donde había varios interruptores. La sala se iluminó por partes y pudimos ver lo que una desinteresada gestión política de la sanidad pública deja para una sociedad a la que exprime. La desidia de quienes no se preocupan por nosotros ni un minuto de sus vidas.

—Esto es un desastre... —murmuró la enfermera visiblemente afectada. Dolida. Estaba claro que eran las verdaderas víctimas de lo que ocurría.

Cuando la luz cesó de tintinear, pudimos comprobar que en aquel lugar reinaban el polvo y suciedad. En el suelo había esterillas apiladas apenas sin uso, gomas de tensión, balones de fisioterapia, pesas, tensores e incluso una máquina de magnetoterapia. En su mayor parte todo estaba nuevo, sin apenas uso.

—¿Cómo es posible que ocurra esto? —preguntó Gustavo mientras confirmaba que la sala se encontraba vacía.

—Es posible cuando montas la sala dándole la concesión a la empresa de tu primo, te llevas la mordida y luego no contratas personal... —afirmó Elsa mientras se acercaba con sigilo a un cristal, completamente oscuro, que reflejaba nuestra imagen en una de las paredes del cuarto.

—¿Qué es esto? ¿Un espejo? —preguntó a la enfermera.

—No, es un cristal que da a la sala de espera. ¿Quiere que encienda la luz?

—Sí, por favor —dijo Gustavo mientras sacaba su arma.

No sabéis lo que impresiona ver una pistola de verdad en manos de una persona. Es grande y pesada. No pretende disimular en absoluto para lo que está concebida, quiere transmitir miedo y creedme que lo consigue.

La enfermera salió de la sala y volvió a acercarse a los interruptores.

—¿Ya? —solicitó desde fuera, mientras esperaba confirmación.

Ninguno de nosotros contestó. De pronto, Elsa guardó su arma y salió corriendo junto con Gustavo hacia aquella sala de espera. Yo no pude moverme. Volví a quedarme sin fuerzas. Como en un sueño donde estás agarrada a una cuerda a punto de caer y tus brazos no te sostienen.

Me quedé mirando a través del espejo a un anciano sentado tras el cristal en aquella sala contigua. Completamente solo. Miraba al frente, con unas gafas oscuras puestas, como si se hubiese quedado dormido. En paz. Como quien se sienta en el sillón después de comer y, casi sin quererlo, cierra los ojos para después quedarse traspuesto.

Elsa entró y se mantuvo a una distancia prudencial del anciano durante unos segundos, mientras llamaba su atención verbalmente. No hubo respuesta. Entonces, Gustavo se acercó hasta él, a pesar de que Elsa intentó detenerle y, al tocar su brazo, la cabeza de aquel hombre se precipitó con ligereza hacia su hombro izquierdo. Sus gafas oscuras se cayeron y dejaron al descubierto unos ojos cerrados.

No estaba dormido. Y cuando vi a Elsa hablar por la radio y a Gustavo devolverme la mirada a través del cristal, entendí qué pasaba. Estaba muerto.

CAPÍTULO 12

17 de junio de 2002. 9:07 a. m.

Segunda carta

Mi querida Lucía:

No sabes cuánto me gustó charlar contigo. Porque lo de anoche fue eso mismo, una charla entre amigos. Entre iguales.

Lo hiciste muy bien con Paula en el baño. Tengo que darte la enhorabuena porque tu determinación te avala. No te quedaste mirando al frente, presa del miedo. No eres una pusilánime como el resto del mundo mediocre que campa como una enfermedad sin cura. Como un virus rabioso que muta y muta.

Vaya, casi sin quererlo, he llegado al tema en cuestión de esta segunda carta. Creo que no estoy hecho para las introducciones. Los resúmenes son para los idiotas y es posible que me esté volviendo uno de ellos. Espero que no te moleste y sepas disculparme.

¿Conoces el adagio: «Fue peor el remedio que la enfermedad»? No será este el caso porque, mi querida Lucía, este paciente no tiene remedio.

Camus dijo una vez: «La enfermedad es el tirano más temible». Es una sentencia que suena muy bien, como todas esas frases hechas que hay en los libros. Pero para mí, sin ser yo alguien a su altura intelectual, la de Camus, quiero decir, creo que se equivocaba. No hay nadie que provoque más terror que quien controla la enfermedad y estaremos de acuerdo, mi querida Lucía, en que este país anda muy mal de salud, ¿no?

Tú misma lo dijiste en tu última predicción. Sé que «predicción» no es el término adecuado, que incluso te molesta, pero permíteme que sea laxo en este caso, para que quienes de modo indirecto también lean esta carta no se sientan ninguneados.

En tus propias palabras: «Marte en el signo de Virgo no es buena señal. Es posible que el calor de ver al tito Rober sin camiseta nos juegue una mala pasada con el aire acondicionado y se resienta nuestra salud. La edad no perdona. Visitar al médico será la mejor manera de pasar página».

Qué bonita metáfora esa de «pasar página», ¿verdad? Es tan real, Lucía...

Hoy me he levantado temprano y he decidido visitar al médico. Es increíble cómo estaba el centro de salud. Saturado, con enfermeras que no dan abasto y enfermos completamente desatendidos.

He tenido la suerte de sentarme junto a un anciano y no he podido evitar hablar con él. Era muy amable, aun-

que estaba especialmente fatigado. Dolorido. Lleva años yendo al mismo centro. Creo, sin temor a equivocarme, que me ha confesado que más de veinte. Los mismos años en los que ya solo la artrosis y su diabetes le acompañaban. Sin su mujer, fallecida, y olvidado por sus hijos. Sin ayuda médica.

La curiosidad ha podido conmigo y creo que también con él. Le he preguntado la fecha de su nacimiento: 16 de septiembre de 1926.

Entonces me he dado cuenta, mi querida Lucía, de que volvías a tener razón. Un virgo al que la edad no perdona, ni este país tampoco, olvidándose de él. De los recursos que necesita para tener una vejez decente.

Hoy he decidido erigirme en su virgen, la que luce al frente de su horóscopo, y comprobar si tu talento vuelve a superar las expectativas del tiempo. Ese que necesitas para encontrar a esta pobre alma, condenada por todos, incluida tú.

Era un ambulatorio pequeño. En el centro de Madrid. En el barrio de Puerta de Toledo.

Era hoy y era temprano.

Atentamente, para mi nigromante favorita.

CAPÍTULO 13

No volvimos a la redacción cuando salimos del centro de salud. Aparecimos de inmediato en la comisaría. Y empleo la palabra aparecimos porque en aquella ocasión, durante el trayecto, no fui consciente de nada. No podía sacar de mi cabeza el rostro de aquel anciano que había fallecido a primera hora de la mañana en la soledad de una sucia sala que sudaba polvo por las paredes. Nadie merece tener una muerte así.

Las primeras noticias le indicaron a Gustavo que la hora de la muerte fue sobre las 8:30, aproximadamente. Apenas una hora y media antes de nuestra llegada.

Por lo que pude entender, Antón era diabético y le habían provocado una sobredosis de hipoglucémicos. Era irónico, porque en particular los hipoglucémicos son para controlar la diabetes, pero cuando la cantidad es excesiva, el resultado es el contrario del esperado. El hombre padeció una caída del nivel de azúcar en sangre, lo que le provocó una taquicardia que derivó en un paro cardiaco. A esa edad, su corazón no pudo soportarlo.

Su cuerpo inerte todavía desprendía calor. Casi podía notarse su aliento. Parecía que aquella persona lo tenía todo coordinado en una especie de juego sádico para que yo recibiera la carta justo antes de que ocurriese. Antes incluso de que la carta llegara a la redacción.

Aquella mañana dejé a Violeta algo antes de lo habitual en la entrada del colegio y cogí un taxi hasta la oficina. No quise ir en metro para no retrasarme ni un solo minuto. La amenaza de Rosa para quedarse con mi trabajo me había puesto en alerta. Mi sección era mi modo de vida y no iba a dejar que nadie se interpusiera en mi camino. Había luchado, trabajado y sufrido como una perra durante muchos años, había soportado las miradas de continuo desdén estoicamente y había creído en mí para llegar a este momento de mi vida —con más o menos éxito, eso lo dejo a elección de cada uno—, pero sí lo suficiente para poder ofrecerle a mi hija la mejor vida que estuviera en mi mano.

Cuando llegué a mi puesto aquel lunes 17 de junio, todavía faltaba la mayor parte de mis compañeros. Solo habían llegado los tres de administración, como de costumbre. Algún directivo, nuestra ilustradora, el maquetador y algún becario con aspiraciones a quedarse en la empresa. Al resto de secciones les costaba madrugar.

Las prisas de aquella mañana no me habían permitido desayunar en casa, así que aproveché para encender el ordenador y, mientras cargaba el sistema operativo y arrancaba, saqué de mi bolso un pequeño sándwich que había comprado en uno de los dispensadores que se encontraban en la entrada del edificio. No quise reparar en si la policía aún estaba trabajando en la segunda planta. Quise olvidar ese inconcebible suceso de mi vida y enterrarlo en lo más profundo de mi memoria. Retenerlo lo justo, por si en un futuro quisiera escribir un *thriller* sobre asesinatos en la redacción de una revista juvenil a principios del siglo XXI. Pero nada más.

Era innegable que seguía cabreada por la conversación que había tenido la noche anterior en Messenger con... quien fuera, porque no tenía ni idea de quién me estaba castigando de esa manera. Así que mientras le daba un primer mordisco al queso que sobresalía por el lateral del sándwich, Jota entró en la sala.

Era algo extraño porque solía venir más tarde, como a media mañana. Pero esta vez, imagino que por ser lunes y tener el correo del fin de semana acumulado, lo hizo más temprano de lo habitual.

—Joder, qué vacío está esto, ¿no? —vociferó, al tiempo que la frase reverberaba por toda la sala—. Aquí los lunes no trabaja ni Dios.

—Ni los martes tampoco. Esta empresa es un cachondeo —respondió uno de los chicos de administración.

Jota sonrió mientras dejaba algunas cartas en las mesas de compañeros que aún no habían llegado. Resultaba obvio que no pudiera evitar ponerme nerviosa, pero Jota, que tenía gran sensibilidad para apreciar los estados de ánimo de las personas, me miró con un pequeño gesto amable con el que me indicaba que no tenía motivo alguno para preocuparme. Entendí que ya había revisado el correo y me tranquilizaba desde la distancia.

Soltó un par de cartas más en administración y caminó hasta mí con esa sonrisa que encandilaba a todo el mundo. Yo no era especial en ese sentido, pero sí que notaba crecer esa conexión después de nuestra ¿cita? comiendo una tortilla de patatas. Hay citas con glamur y luego las hay con tortillas de patatas.

Durante el fin de semana llegué a pensar que había aceptado la invitación por lo ocurrido el jueves anterior. Mi mente me llegó a sugerir que lo había hecho por pena, porque se sentía responsable de haberme entregado aquella carta y que, llegado el lunes, la relación se enfriaría y volveríamos a ser dos compañeros de trabajo sin más. Hay que ver el daño que puede hacerse una misma solo con el pensamiento.

—¿Cuándo comemos otra vez? —me preguntó Jota elevando la voz, sin importarle quién pudiera escucharlo—. Creo que aún me quedan como unas diez tortillas más por probar. Vi que había muchos sabores.

Sonreí agradecida, y me sentí un poco idiota por la película que me había montado. Él continuó hablando:

—¿Te puedes creer que no he podido dejar de pensar en ellas durante todo el fin de semana? ¿Te lo imaginas? Salivando, era como tener en mi boca una ligera baba constante...

Por supuesto que me la imaginaba. Su boca me encantaba.

—Claro, vamos otro día —respondí contenida, pero emocionada—. Además, también hay un hummus casero buenísimo.

—Bueno, yo pido tortilla y tú hummus. No hay problema —dijo sonriendo.

—¿Qué me traes? —pregunté, mirando hacia el pequeño manojo de sobres que aún quedaba en sus manos.

—Algunas cartas. Nada que pueda hacerte daño —respondió con cariño.

Por un segundo respiré aliviada mientras me las entregaba. Todas decoradas con alguna pegatina exterior y dibujos con un toque infantil.

—¿Las abrimos juntos? —añadí.

—Por supuesto. Esto y las tortillas deben convertirse en tradición.

Qué cómoda me hacía sentir con tan poco. Cómo me gustan los hombres que lo consiguen sin artificios.

Comencé a abrir una de ellas con Jota sentado a mi lado. Debatiendo sobre si sería alguien que agradecía los «consejos» de Romasanta o reclamaba el euro ochenta que costaba solicitar tu horóscopo por SMS y que nunca le había llegado.

Estábamos relajados, conectando, como otras tantas veces, con la sensación de volver a la rutina, pero sin dejar de ser conscientes de la complicidad que se estaba gestando. Pausada. De repente, cuando ni siquiera había leído la primera frase, mientras comentábamos uno de los dibujos que adornaba el sobre, uno de los chicos de administración gritó:

—¡Joder! ¡¡Coño, no!!

Los dos levantamos nuestras cabezas al mismo tiempo y observamos cómo se despegaba de su silla con violencia a la vez que lanzaba una carta abierta contra la mesa y se limpiaba con asco las manos sobre la camisa que llevaba.

En un segundo, Jota se acercó a su cubículo, cogió un lápiz, y con la parte trasera, movió los folios con cuidado, ante la atenta mirada de los pocos, pero presentes, que estábamos en la redacción.

—No me jodas... ¡Lucía, hostias! —continuó blasfemando, mientras Jota la leía en profundo silencio.

No hizo falta. Entendí a la perfección lo que estaba pasando sin escuchar ni una sola palabra salir de su boca. El muy cabrón me había enviado una segunda carta, pero esta vez la había dirigido a administración. Imagino que para asegurarse de que llegaba a mis manos, o al menos que fuese consciente de ella, por si habían intervenido mi correo. Me acerqué despacio y leí las primeras líneas en voz alta:

«Mi querida Lucía:

No sabes cuánto me gustó charlar contigo. Porque lo de anoche fue eso mismo, una charla entre amigos. Entre iguales».

—Hay que llamar a la policía —se apresuró Jota.

Respiré profundamente y así lo hice. A los pocos minutos me encontré en el interior de un coche de policía que llegaba al Centro de Salud de Puerta de Toledo donde hallé a un anciano, al que no conocía, muerto en aquella infrautilizada y abandonada sala de espera llena de sillones azules mohínos y desconchados.

En aquel momento, después de leer la carta y no poder hacer nada por salvarle la vida, sentía que la mía, cuatro días después del *shock* que había vivido con la primera mujer, se hundía de nuevo. No tuve tiempo físico para recuperarme. Y así lo entendió Gustavo cuando no quiso retenerme en la comisaría más de lo necesario.

—Vamos a hacerte unas preguntas y después te llevaremos a tu domicilio, ¿vale? —me dijo mientras perdía la mirada en el café—. Quiero que alguna oficial suba contigo a casa y revise que todo está en orden.

—¿Tengo que empezar a preocuparme por mí? ¿Por mi hija?

Gustavo respiró hondo e hizo un gesto de inseguridad.

—No lo sé, pero por si acaso quiero que estés acompañada... Si te soy sincero, no hace falta ser muy listo para darse cuenta de que esto empieza a ser algo personal, pero no sé hasta qué punto. Es como si esta persona quisiera tenerte dentro del juego por algún motivo... Pero no lo sé, Lucía. Démosle tiempo al tiempo.

Aquella última frase me pilló por sorpresa y, sorprendentemente, me tranquilizó.

—Mi padre utilizaba mucho esa paremia —le dije.

—¿Cómo? —preguntó Gustavo descolocado.

—Sí, esa frase hecha... Es una paremia y mi padre solía utilizarla cuando me impacientaba de niña. Mi personalidad me llevaba a forzar las situaciones para que las cosas ocurrieran cuando yo quería, no cuando debían. Él se acercaba para tranquilizarme y me decía: «Dale tiempo al tiempo, Lucía».

Gustavo me sonrió comprensivo y yo continué hablando:

—Esa y la de «Roma no se...

—... no se construyó en un día» —me interrumpió completando mi frase—. Supongo que tu padre y yo somos casi de la misma generación, entonces.

—El mes pasado habría cumplido los setenta y uno —dije con cierta nostalgia.

—Lo siento.

—No pasa nada. Fui muy feliz junto a él. Aprovechamos todo el tiempo que pasamos juntos.

Gustavo hizo un gesto de contención. Como si le costase expresar sus sentimientos. Me pareció intuir que quería contarme algo, desahogarse, puesto que sus ojos se tornaron vidriosos y su gesto expresaba algo que su boca no quiso o no supo verbalizar. La ausencia de palabras llenó la sala por completo.

Aprovechando el silencio, Elsa entró en la habitación como un elefante en una cacharrería. Gustavo se recompuso enseguida para que su compañera no lo notara. Se sentó a la mesa con algunos informes y la misma cara de amargada que siempre la acompañaba.

—No sé por dónde empezar... —dijo algo aturdida.

—¿Tenías relación con la víctima de hoy? ¿Sabías quién era aquel hombre? —la interrumpió Gustavo con denuedo para dirigirse a mí.

—No, la verdad es que no tengo ni la más mínima idea de quién era.

—¿Y a Paula? La mujer del baño, ¿la conocías? —añadió Elsa.

—No —respondí con contundencia, aunque maticé—. A ver, es posible que me hubiese cruzado con ella alguna vez, pero no, no tenía relación como tal. Ni siquiera sabía que se llamaba Paula.

—El hombre que hemos localizado esta mañana se llamaba Antón. Junto a él hemos encontrado vuestra revista, abierta por la sección del horóscopo con el signo de Virgo marcado.

—Eso ya es un patrón —añadió Gustavo mientras revisaba la prueba, plastificada sobre la mesa. Elsa no tardó en lanzarle una mirada incómoda para que se callase, imagino que para que no me ofreciera información.

—Antón vivía solo —continuó Elsa—. Su mujer falleció hace unos meses. Hemos intentado contactar con sus hijos, pero ha sido imposible hasta el momento. Sus vecinos dicen que no le visitaban desde hace años. ¿Reconoces a alguno de ellos?

Elsa abrió otra de las carpetas que traía y me mostró varias fotos de dos hombres y una mujer.

—¿Son sus hijos? —pregunté.

—Sí.

«Pues vaya hijos de mierda», pensé.

—Lo siento, no los conozco —respondí.

—Muy bien.

Elsa guardó las fotos como si aquello hubiese sido un mero trámite. Quizás una manera de evaluar mi reacción como la primera vez que nos encontramos días atrás. Con posterioridad me enteré de que sus hijos vivían fuera de España desde hacía años, que apenas mantenían el contacto con él, con lo cual era del todo imposible que hubiese tenido relación con ellos. Entonces me di cuenta de un detalle.

—La carta ya lo decía.

—¿A qué te refieres? —preguntó Gustavo.

—La carta de esta mañana. Tengo memoria para cosas inútiles, pero recuerdo lo que decía: «Sin su mujer, fallecida, y olvidado por sus hijos. Sin ayuda médica».

—Justo decía eso... —replicó Elsa mientras sacaba una fotocopia de la carta y la extendía sobre la mesa.

—Eso puede significar que le conocía —añadí.

—Eso es —respondió Elsa—. ¿Y sabes qué decía también?

Vi como señalaba el primer párrafo de la carta, reconociendo al instante cuál era su intención. Dudé, pero no lo notaron. Lo camuflé bajo un gesto de enfado que me ofrecía algo de desahogo para mentir.

—No tengo ni idea de a qué se refiere.

Gustavo empezó a violentarse. Elsa continuó.

—Te leo: «No sabes cuánto me gustó charlar contigo. Porque lo de anoche fue eso mismo, una charla entre amigos. Entre iguales».

—¿Y? —pregunté, al tiempo que intentaba falsear mi desconcierto.

—No me jodas, Lucía —respondió Elsa cabreada.

—También habla de lo bien que lo hice con Paula en el baño. Te leo —remarqué mientras me incorporaba para citar con palabras textuales—: «Tengo que darte la enhorabuena porque tu determinación te avala. No te quedaste mirando al frente, presa del miedo». Y no he visto que nadie me felicite por ello.

Elsa se sorprendió con mi respuesta. No la esperaba. Pude ver cómo cogía aire antes de empezar una ofensiva que se iba a convertir en amenaza.

—Te voy a decir una cosa, Lucía. Esto no es como en las películas. Te lo digo porque aquí no se puede ir de graciosilla o hacerse la interesante. Aquí no estamos ni la pobre chica lista, ni los polis más superdotados e inteligentes del mundo para entretener al público detrás de una pantalla. Aquí te meto en el calabozo veinticuatro horas, que es lo que me permite la ley, y te jodes; y no solo tú, también tu hija. Y luego ya veo si no presento cargos contra ti porque la carta te implica de manera directa. ¿Me has entendido?

—Elsa... —interrumpió Gustavo conciliador.

—No, Gustavo. Es que estoy hasta los cojones de las tonterías de las novelas negras y esas mierdas. Que se creen que estamos jugando —dijo antes de dirigirse a mí de nuevo—. Escúchame: por si acaso no te queda claro, ha muerto una persona y otra ha estado a punto de hacerlo.

—Lo sé. Estaba allí. Fui yo la que... —respondí con rabia después de que me amenazara con no ver a mi hija.

—Pues eso, que estabas allí —me interrumpió con brusquedad—. Así que déjate de gilipolleces y dime si se ha puesto en contacto contigo y cómo, porque si no, te requiso ahora mismo el móvil y el ordenador, y me quedo tan ancha.

—¿No necesitas una orden para eso? —pregunté.

—Tócate los cojones... —respondió Elsa mientras se giraba para respirar profundamente. Yo no tenía ni idea, pero en las películas pasa.

—Paremos, por favor —intervino Gustavo—. Vamos a ser sensatos y a centrarnos.

Gustavo me miró a los ojos. Conseguí relajarme para no estar a la defensiva.

—¿Te ha escrito? ¿Has hablado con él? —inquirió Gustavo con delicadeza, diría que incluso con cariño—. No te preocupes, porque es algo que no va a incriminarte. Todo lo contrario. Sabemos que pretende hacerte daño y es algo que puede ayudarnos a que deje de hacerlo.

Respiré conteniendo todo el aire en mis pulmones y, tras exhalar, contesté:

—No. Las cosas no son verdad solo porque estén ahí escritas.

Elsa sonrió de forma irónica. Recogió los documentos que había encima de la mesa y se levantó. No dijo nada más.

Gustavo también lo hizo y se despidió de mí.

—Voy a llamar a una agente para que te lleve a casa, ¿vale?

—Gracias —respondí, sintiéndome algo desprotegida.

Gustavo lo notó. Fijó sus ojos en mí y sonrió cariñosamente. Con afecto. Entonces, echó mano de su bolsillo y sacó un trocito de papel mal cortado. Me recordaba tanto a mi padre... Podías encontrar las cosas más inverosímiles en sus pantalones. Caramelos, *tickets* de la compra, pañuelos, recortes de papel...

Gustavo escribió un número de teléfono y me tendió el papel.

—Toma, me gustaría que tuvieras mi móvil. No es el del trabajo. Es el mío personal. Por si quieres desahogarte o... por si de repente quieres contarme algo. Lo que sea.

Qué listo era.

Mi madre siempre dice que hay muchas maneras de hacer las cosas. Esa es la gran diferencia entre las personas.

CAPÍTULO 14

Gustavo salió de la sala mientras observaba cómo Lucía se marchaba acompañada por una agente. De camino, su mirada tropezó con la mesa donde se encontraba Elsa, que tecleaba en el ordenador con rabia. Se acercó a ella con la intención de disculparse.

—No quiero hablar contigo ahora —dijo Elsa con tirantez antes de que Gustavo pudiera abrir la boca.

—Elsa, escúchame...

—No, escúchame tú. Si quieres seguir haciéndote el tonto con ella, me parece perfecto, pero entonces no me metas de por medio en esto... ¿Quieres seguir jugando a ser el padre perfecto? Adelante, pero no cuentes conmigo.

—¿Quieres escucharme? —insistió.

—Nos ha mentido en la puta cara. Lo has visto, en la puta cara —insistió, apuntándole con un bolígrafo—. Sabes perfectamente que esconde algo, y no porque seas el policía más listo del mundo, sino porque llevas cuarenta años en esto y conoces de sobra lo que está haciendo.

Gustavo respiró de manera profunda, recargándose de paciencia.

—Claro que lo sé, pero, si la presionas de esa forma, está claro que no conseguirás nada.

—Voy a pedir una orden para acceder a su móvil y al ordenador, y voy a solicitar que intervengan el correo postal que llega a la redacción.

—¿Para qué?

—¿Cómo que para qué?

—¿Ves? Es increíble que no te des cuenta. No tienes paciencia.

—Se trata de actuar, Gustavo, no de quedarnos de brazos cruzados.

—¿Actuar? ¿Cómo? ¡Dime! ¿Como la semana pasada, cuando querías investigar el círculo familiar de Paula porque creías que era una venganza personal de su entorno? ¿Vas a ir ahora a por los hijos de este pobre anciano, que viven a cinco mil kilómetros de su padre? ¿O vas a investigar a la familia de Lucía? ¿Así, de la nada? ¡Dime! ¿Cuál va a ser el siguiente sinsentido con el que vas a empezar a dar palos de ciego?

Aquella retahíla de preguntas dejó a Elsa sin palabras, que reaccionó mordiendo su labio inferior con fuerza y rabia, y después se llevó la mano cerrada a la boca, intentando dar una respuesta a la altura que ciertamente no tenía.

Gustavo aprovechó para recuperar el pulso de la conversación, fiel a sí mismo. Comprensivo.

—Si cortas el flujo de comunicación que tiene con él, impidiendo que le lleguen las cartas, o si le intervienes el móvil y la fuerzas a que te muestre cómo lo hace para hablar con quien coño quiera que sea quien las escribe... desaparecerá. No hace falta llevar cuarenta años en esto para darse cuenta de que este... asesino... va a seguir así hasta que consiga lo que quiere de ella. Y es ahí donde tenemos que estar.

Elsa se frotó la cara amargamente y se hizo una diadema con sus propias manos, como si quisiera aclararse las ideas. Gustavo continuó hablando:

—Así que déjate de presionar y presionar, y empieza a pensar con la cabeza. Vamos a repasar las pruebas; vamos a cotejar grafías y la pisada del baño; vamos a preguntar si alguien acompañó al anciano al centro de salud aquella mañana..., lo que sea, menos actuar a la deriva como parece que estamos haciendo.

Elsa se humedeció los labios, intentando recomponerse.

—No te contienes, Elsa, este es tu problema. Y eso te hace ser peor policía de lo que eres —sentenció.

—Te puedo asegurar, Gustavo, que si hay algo que esté haciendo ahora mismo es contenerme.

—Pues pareces una cría.

Elsa miró a Gustavo ofendida.

—¿Puedo irme ya, papá? —preguntó con ironía.

Gustavo sintió aquella frase como una puñalada en el pecho. Se quedó inmóvil, con la mirada perdida, mientras Elsa recogía su chaqueta para marcharse.

—¿Era necesario decir eso...? —añadió Gustavo, visiblemente afectado.

—No, pero era fácil decirlo —sentenció.

Elsa tiene un carácter impulsivo que no puede controlar. Un pronto que siempre ha sido un lastre en su vida. Es de esas personas que no pueden sostener algo en las manos sin que les queme. No pueden vincularse a nada por más de unos minutos antes de lanzarlo y pasar a otra cosa. Era impaciente por naturaleza. Y eso le sucedía no solo en su vida laboral, sino también en la personal. Al menos se conocía a la perfección, lo que le daba cierta ventaja frente a los errores que pudiera cometer, fruto de su personalidad.

Tenía cuarenta y tres años, y era respetada por méritos propios, pero tenía ese innecesario impulso de estar siempre reivindicándose. Había asumido que todo lo que conseguiría en su vida sería fruto de dar un doscientos por cien. Incluso en aquellos momentos en los que, en cierto modo, era la máxima responsable, lo seguía haciendo. Sencillamente, ya había conseguido el respeto de todos, pero no era capaz de darse cuenta.

Es muy duro apreciar que alguien se ha hecho a sí misma a base de sufrimiento y sacrificio en busca de un objetivo, pero quizás sea más cruel percibir que, una vez que lo ha logrado, no es capaz de volver a su estado natural, al origen. Si pierdes la perspectiva durante el proceso, corres el riesgo de seguir en la misma dinámica. Y ese continuo sobresfuerzo había convertido a Elsa en una persona con insatisfacción crónica.

Gustavo sostenía a menudo una actitud distendida y amable, que ella percibía como un condescendiente tono paternal, cuando lo único que él pretendía era descargarla de ese peso que la acompañaba, no solo en el trabajo, sino también en lo personal.

Elsa era una persona muy introvertida. Nunca quedaba con sus compañeros de oficina y tampoco se le había conocido relación alguna. Solo Gustavo había llegado a ser consciente de su parte más personal: la parte dentro de esa parte que ella había decidido mostrarle. Aquella que forjó ese carácter rudo que se acrecentó exacerbadamente hacía más de diez años cuando se declaró a su compañera de piso y esta la rechazó. En aquella España que progresaba despacio en 1991, a la que aún no habían llegado las Olimpiadas para abrirnos al mundo, declararse siendo mujer a otra mujer todavía costaba, por mucho que Mecano y su «Mujer contra mujer» lo hubiese mostrado de modo cristalino pocos años antes. A Elsa, por desgracia, aquella compañera de piso también se lo dejó claro a su manera, la más cruel: «Perdona, Elsa, pero yo no soy una bollera como tú». Ese «una» es determinante para destruir a una persona. No medimos las palabras porque las ignoramos. Nos enseñan a hablar, pero no a hacerlo de forma correcta y sin provocar dolor.

Desde aquel momento años atrás, vivió a la sombra de sí misma emocionalmente. Estaba tan atormentada que lo único que estaba claro era que tarde o temprano explotaría.

No pasaron muchos años cuando, saliendo de un bar con otra mujer, alguien volvió a llamarlas bolleras. Elsa no se contuvo. Se dirigió al idiota que había abierto la boca, golpeándole hasta que perdió el conocimiento. La mujer que la acompañaba se asustó tanto de Elsa que optó por no volver a verla. Ya lo decía la canción: «Nada tiene de especial, dos mujeres que se dan la mano, el matiz viene después...».

Había sufrido mucho. Y lo camuflaba como el resto de los seres humanos: estando ocupada. Nos distraemos con todo aquello que nos evade para no afrontar el daño. Por eso, Elsa era una curranta incansable que solo se comprometía con su trabajo porque así no se defraudaba. Y de ahí que se viera superada por la indiferencia; porque, si esperaba a ver qué pasaba, las experiencias de la vida no le traían buenos recuerdos. Prefería actuar.

Aquella tarde, Elsa volvió pronto a casa. Se arregló y bajó a uno de sus bares de cabecera, buscando el desahogo emocional que necesitaba. El mismo de siempre. Corto, intenso y fugaz.

Si había algo con lo que tanto Elsa como Gustavo tenían que lidiar a diario, era con su sentido de la responsabilidad. Y mientras el ímpetu de una la obligaba a no parar ni un segundo para encontrar alivio de todo aquello que enfrentaba en el día a día, Gustavo llegaba a casa y empañaba su mente con los quehaceres cotidianos. Arreglaba la persiana, fregaba los platos, cambiaba las pilas del reloj de la mesilla... Lo que fuera para llegar a las once, abrazarse con su mujer en la cama e intentar no despertarse en mitad de la noche con el recuerdo de la muerte de su hija en la cabeza. Con los ojos llenos de sufrimiento.

No es fácil vivir con dolor a las espaldas. No es fácil ser humano en el mundo en el que vivimos.

CAPÍTULO 15

Diana me esperaba junto con Violeta cerca de casa. Sentadas a la sombra de un platanero en el banco de un pequeño parque que había en el barrio. Cuando me vieron bajar del coche policial, rápidamente noté la preocupación en la cara de ambas, puesto que pararon de absorber el batido que sostenían entre sus manos dejando un sonoro *slurp* en el aire.

Aquella mañana había sido un caos y solo había tenido tiempo de enviarle un mensaje a Diana para que fuera a recoger a mi hija a la salida del colegio. Imagino que le contaron lo sucedido cuando llegó a la oficina.

Hice un pequeño gesto para que se quedara con Violeta en el parque mientras los agentes subían conmigo y revisaban todas las estancias. No quería que mi hija percibiera ni por un solo instante que pudiéramos estar en peligro. Para mí, ella era la prioridad más absoluta.

Al entrar en el edificio, saludamos al portero, que se quedó estupefacto. Iba casi escoltada por dos policías y eso impresiona. Abrí la puerta del piso y una agente entró antes de que yo pusiera un pie en él. Aguardé durante unos minutos, no muchos, ya sabéis que mi casa no era especialmente grande, hasta que regresó.

—¿Hay alguna otra habitación o zona anexa a la casa? ¿Alguna terraza? —preguntó.

—No —dudé—. Bueno... solo en la parte de arriba del edificio. En el tejado hay una azotea común que de vez en cuando está abierta.

—¿Quién vive en el «b»? —preguntó el otro agente.

—Una pareja mayor.

—Vale, pues voy a echar un ojo arriba y le diré al conserje que de momento solo abra la azotea para reparaciones o por fuerza mayor.

Asentí, preocupada, sobre todo porque percibía cierta inquietud en sus palabras, interesándose no solo por mi casa, sino por el edificio y mis vecinos.

—Tiene una casa muy acogedora —dijo la agente antes de despedirse, para rebajar la tensión, lo cual agradecí.

Cuando se marcharon, aproveché para echar el doble cerrojo de la puerta y me dirigí al parque para reunirme con Diana y mi hija. Hablé con el conserje y le tranquilicé. Su carácter, cotilla por naturaleza, le obligó a preguntarme y tuve que mentir: «Es que he tenido un problema con el coche y al final me han tenido que acompañar a casa». Creo que es la peor excusa que he dado en mi vida.

No era un parque que destacase por ser grande ni mucho menos bonito. Pero era el único hueco con árboles y sombra donde los niños de la zona podían correr más de veinte metros en línea recta sin darse de bruces con una carretera o un edificio.

Violeta estaba jugando al «tú la llevas» con varias de las amigas que se había granjeado en estos años. Acostumbrábamos a quedar por las tardes con madres y padres del barrio para que los más pequeños crearan de forma natural su propio grupo de amistad. En una gran ciudad no es fácil que los niños disfruten y cultiven esa sensación de aprecio común, tan importante a esas edades. Aunque yo no era muy proclive a participar de aquellas quedadas de madres, sentir cómo Violeta disfrutaba con sus amigas era una satisfacción que estaba muy por encima de tener que sostener conversaciones triviales sobre el tiempo, el redondeo al alza de los precios con la llegada del euro o comentar el nuevo modelito de cualquier vecina.

—¿Cómo estás? —me preguntó Diana.

—Pues es como estar viviendo en la película esa del Día de la Marmota...

—Jota ya nos ha contado por encima esta mañana...

—Pues estoy segura de que lo que os haya dicho no es ni la mitad de lo que en realidad he vivido después. Ha sido tremendo, Diana. Estoy a punto de explotar...

—¿Estaba muerto? —preguntó con reticencia.

Asentí con dolor mientras hinchaba mi pecho de aire para contener las lágrimas, justo en el momento en que mi hija me saludaba entre los árboles y tenía que sonreír de manera forzosa. En menos de un segundo pasé por cuatro emociones diferentes. Eso te deja exhausta.

—¿Y en la oficina? ¿Qué ha pasado? El de administración estaba muy nervioso cuando nos fuimos... ¿Cómo se llama...? —pregunté, castigándome por no acordarme de su nombre.

—Yo tampoco los distingo, no te preocupes —me interrumpió Diana para no estresarme más de la cuenta con ello—. En cuanto se ha extendido el rumor, tu amiga Rosa, que ha sido la última en llegar a la oficina, como de costumbre, se ha puesto a soltar mierda, diciendo que estabas poniendo en riesgo a los trabajadores del edificio. Creo que la he oído decir incluso que nos ibas a matar a todos...

—¿Eso ha dicho?

—Ese es solo un ejemplo...

—¿Hay más?

—Con ella siempre hay más.

—¡Qué hija de...!

—Jota le ha parado los pies. Se ha ido directo hacia ella cuando se dirigía al despacho de Lorena y no sé qué le ha dicho, pero a Rosa le ha cambiado la cara y se ha vuelto a su mesa.

—No jodas...

—Sí, me he quedado alucinada. Sin levantar la voz, sin que nadie se enterase.

—Tendré que preguntarle. La verdad es que el pobre se está comiendo una gran parte de responsabilidad de este marrón. Creo que se siente hasta culpable, por no mencionar que la policía también le presiona...

—¿Y se sabe algo?

Negué con la cabeza mientras contenía la respiración en mi pecho.

—Cada vez estoy más preocupada. Sobre todo por Violeta. Me horroriza pensar que pudiera pasarle algo por mi culpa.

—¿Por tu culpa? —dijo sorprendida—. Cariño, yo no sé lo que puede estar pasando, pero si hay algo que tengo claro es que no es tu responsabilidad.

—Pues parece que quienquiera que sea se está empeñando en que así se entienda.

—Ya...

Se hizo un silencio entre las dos y perdimos la mirada en las sombras de los niños que se balanceaban en los columpios. Buscaba algún resquicio, alguna palabra de aliento que nos sacara de esa sensación de desasosiego. Necesitaba salir de aquel pozo de preocupación en el que estaba sumida. No quería que un loco, porque estaba empeñada en pensar que nadie en su sano juicio podría actuar como esa persona lo hacía, copase mi vida, y mucho menos que me hiciera sentir responsable de algo tan terrible como una muerte. Porque lo de Paula podía parecer solo un aviso de algo que no alcanzaba a comprender, pero esto ya era demasiado. Me alegré mucho de tener cerca a Sol, Diana y a Jota para intentar sobrellevar el peso que un desquiciado había dejado caer sobre mis hombros. Un peso que no me pertenecía.

—¿De verdad ha hecho eso Jota? —pregunté con una leve sonrisa.

—Tal cual.

—Qué huevos... —dije halagada y aliviada por haber encontrado un saliente al que agarrarme y superar el miedo que llevaba en el cuerpo.

—A ti Jota te gusta, ¿no? —me preguntó Diana con intención.

Sonreí de manera involuntaria a la pregunta. No por nada en especial, sino porque, en cierto modo, conocía la respuesta.

—Me alegro de que estés ilusionada. Lo de Álex pasó hace ya mucho tiempo y no todas las personas son tan... como él —dijo Diana, ahorrándose el insulto descriptivo y lanzándome un abrazo. Diferente de los abrazos que me lanzaba Sol. Más comedidos, pero igual de sinceros.

—Por cierto, no he llamado a Sol —dije al recordarla.

—Tranquila, le he dejado un mensaje y le he contado un poco por encima la historia...

—¿Por encima?

—He omitido algunos detalles...

La miré con un gesto de desaprobación consentido. Diana se defendió.

—Es que me hubiese tenido al teléfono dos horas y la oficina parecía una casa de locos... Llámala esta noche y que sea lo que Dios quiera.

—Mejor mañana —respondí.

—Sí, mejor —añadió Diana mientras sonreíamos con cariño, siendo ambas conscientes de que las conversaciones con nuestra amiga podían alargarse tanto como las de una madre cuando llevas un par de días sin hablar con ella.

Nos quedamos mirando al infinito de nuevo durante unos segundos. Sin hablar. Observando en concreto a dos jóvenes que estaban sentadas en un banco al fondo. Sonreían desinhibidas, sin miedo a que sus voces y risas contagiasen su propia felicidad por todo el parque. Nos quedamos escuchándolas involuntariamente durante unos minutos. Una de ellas, más esbelta y morena, que se llamaba Lauri, le decía a su amiga, más canija y pequeña, a la que llamaba «Rubia», algo sobre un tal Nacho y su moto. Entendimos que debía ser el nuevo novio de una de ellas por lo nerviosas que se ponían al hablar de él. Los «jo, tía» brotaban de sus bocas a una velocidad casi agotadora para nosotras. Lauri y aquella rubia no paraban de vacilarse, derrochaban energía y felicidad a partes iguales. Como lo haces cuando el tiempo no te cuesta dinero. Imagino que aquellas dos niñas jugando a ser mujeres nos obligaron a sentir la nostalgia de otros tiempos que ya no volverían.

Otros tiempos donde no percibíamos el peso de la responsabilidad porque, sencillamente, íbamos en chándal como ellas.

Diana se ofreció a quedarse aquella noche en casa y, aunque sentía una angustia que me rondaba el pecho y me obligaba a centrarme en inspirar más aire del acostumbrado para poder seguir respirando, no quise que lo hiciera. Su madre era ya muy mayor, estaba enferma y cuando mi amiga salía del trabajo se pasaba a acompañarla todo lo que su reloj le permitía, exprimiendo los minutos al máximo, justo antes de que se marchara una de las asistentes que la cuidaba. Su ayuda y su tiempo eran impagables para mí.

Diana y yo tuvimos una conexión especial desde que nos conocimos, aunque éramos bastante diferentes, como así lo era nuestro contexto familiar. La relación con mi madre a lo largo de mi vida había sido impecable. Ella es, como lo son casi todas las madres, algo pesada y protectora, pero comprensiva y cariñosa, mientras que la suya había sido cruel con ella desde la infancia. Y no por maldad, simplemente por ignorancia. Mi amiga nunca tuvo una imagen feliz de sí misma como la de aquellas dos adolescentes del parque.

Diana lamentaba mucho que su madre hubiera vivido una situación tan terrible que acabara por forjar aquel carácter tan adusto. Una época donde la mujer aguantaba y aguantaba. E incluso aguantaba por tercera vez si era necesario. Una historia que hablaba de un padre que no merecía tal nombre porque nunca lo fue. Diana no estaba dispuesta a vivir así. Se reveló contra esa educación y de muy joven se marchó de casa para no hacerle daño a su madre ni a sí misma. Su madre no se lo impidió, la dejó sola frente a la vida de adulta cuando todavía era una niña. Ahora se comportaba como una mujer de bandera, capaz de reconciliar aquel pasado agrio con la situación de necesidad y cuidados en la que se encontraba su madre. Sin buscar vindicta. Una solo es libre cuando vive sin rencor.

Recordé que Jota afirmaba que los animales eran maravillosos por muchas cualidades, pero sobre todo porque no atesoraban ni un ápice de resentimiento. El ser humano es tan egoísta que siempre le ha costado compartir. Incluso en algo tan innecesario como es el rencor, le gusta tener la exclusividad.

Aquella noche, mi preocupación no me permitió abrir las ventanas a pesar del calor. Como no teníamos aire acondicionado, encendí un par de ventiladores en el salón. Estaba atormentada por todo lo ocurrido, y me consumía que aquello pudiera llegar hasta mi hija. Las víctimas eran ajenas a mí, pero la situación se estaba volviendo tan personal que me inquietaba sobremanera que mi familia entrara en las intenciones de quien estuviera al otro lado de las cartas. Me dio un escalofrío solo de pensarlo. Mi máxima en aquel tiempo era encontrar subterfugios para escapar de la realidad en la que estaba siendo obligada a vivir.

Me tumbé en el sofá junto a mi hija después del baño, acariciando su larga melena hasta que se quedó dormida. Le encantaban las cosquillitas en el pelo. Los domingos por la tarde nos echábamos la siesta y hacíamos turnos de cinco minutos de cosquillas cada una. Pocas veces me tocaba. Siempre me decía: «¡No han pasado cinco minutos! Me quedan todavía por lo menos dos». Y así, Violeta, que en lo insistente había salido a su abuela, alargaba su turno eternamente hasta que se quedaba roque.

—Vamos, a la cama... —le dije levantándola con cariño. Era temprano, pero la hora justa para ella. No tanto para mí, que era una auténtica ave nocturna.

La metí en la cama y dejé un ventilador encendido mirando al techo con la puerta abierta para que corriera un poquito de aire. En realidad, comprobé que la ventana estuviera bien cerrada y que podía escuchar a Violeta desde mi habitación.

Cuando me acomodé de nuevo, fui a la cocina a buscar algo de comer. Más por inercia que por hambre. No había probado bocado en todo el día y aun así seguía sintiendo el estómago cerrado. En el momento en el que mi niña ya descansaba en la cama, sentí la necesidad de buscar algo que mantuviera mi mente ocupada. Ni por asomo quería revivir noches pasadas. Habían pasado pocos días entre los dos incidentes, pero ya acumulaba una gran experiencia. Cogí el mando del televisor para encenderlo y oír algo de ruido de fondo. Cualquier programa al azar me valía esa noche. *Operación triunfo*, *Confianza ciega*, o las noticias... sinceramente, me daba igual, o al menos eso pensaba.

La pantalla del televisor parpadeó luciendo el logo de Antena 3 y apareció Isabel Gemio. Cuando vi el nombre del programa sonreí, porque por desgracia no podía hacer otra cosa. *Hay una carta para ti* se llamaba. Un formato donde la gente se dirigía por carta al programa, y solicitaban contactar con otra persona a quien deseaban transmitir un mensaje. Una nota de amor, de perdón, una sorpresa...

Qué terrible ironía. Sin duda, el nombre del programa acababa por ser una broma de mal gusto que incluso tenía su gracia.

Por fortuna, y antes de que fuera consciente de ello, recibí un SMS. Era de Jota.

«Bendito seas», pensé. Creo que fue una de las pocas veces en que mi pensamiento coincidió con lo que en realidad dije.

------SMS------

¿Cómo estás? ¿Quieres que hablemos?

Respondí al instante.

------SMS------

Sí, por favor.

Agradecí poder apreciar las minúsculas en el mensaje de Jota. El móvil que había tenido antes y que en aquel momento había heredado mi amiga Sol era un One Touch Easy de color amarillo, enorme, que solo escribía en mayúsculas, como si siempre estuviese gritando. Cuando le mostré mi nuevo Nokia 3310 que distinguía las letras versales solo pudo exclamar: «¡Lucía, tía, esto es el futuro!». Cuánto valoramos el futuro mientras nos encontramos en el presente y qué poco cuando llega...

Con la reflexión acerca del futuro de mi amiga Sol en la mente, me senté cerca del teléfono fijo. Con la mano puesta en el auricular para descolgar en cuanto sonara el primer tono y que Violeta no se despertase.

A pesar de que la gran mayoría ya teníamos un móvil personal, el teléfono fijo seguía siendo un aliado insustituible para las conversaciones largas. Utilizar el móvil para llamadas de emergencia era lo habitual, y casi su único uso al margen de escribir SMS, si es que no querías andar recargando las tarjetas prepago varias veces por semana. Una ruina.

Cuando descolgué, me alegré de oír su voz.

—¿Qué haces? —me preguntó con un tono amable. Como si el día hubiese pasado sin pena ni gloria.

—Estaba pensando a quién cargarme mañana —dije con ironía. Jota sonrió al otro lado del teléfono.

—¿Necesitas ayuda? —añadió en claro tono de broma.

—Qué va, por lo visto me sobro y me basto yo sola... Unas interpretaciones por aquí, una mala semana para Capricornio por allá y estás condenado a muerte.

—Calla... Que ayer estuve mirando lo que habías previsto para Géminis, por si acaso.

—No te preocupes, tu signo se mueve en la sexta casa.

—¿Eso que significa?

—Es la casa de la salud y el trabajo. Cuando Géminis transita por ella, busca conexiones y proyectos en común, y como es más consciente de la salud personal, se cuida para llevarlos a cabo. Explora la capacidad de tener nuevas relaciones laborales.

Jota hizo un pequeño silencio al otro lado del teléfono. Quizás algo confuso por mis palabras. A decir verdad, yo las veía meridianamente claras.

—Eso es bueno, ¿no? —preguntó.

—Sí, es bueno —contesté esbozando una pequeña sonrisa.

—Genial... Aunque cuando hablas de «proyectos en común» y «nuevas relaciones laborales», me gustaría pensar que no tiene nada que ver con nuestras cartas.

—¿Nuestras? —pregunté con recelo.

—Claro, no voy a dejarte sola en esto.

Entonces, la que hice un pequeño silencio al otro lado del teléfono fui yo. Relajada y animada. Jota percibió la pausa y corrigió al momento, pensando incluso que se había equivocado, cuando era todo lo contrario.

—Si me dejas... En ningún caso quisiera agobiarte más.

—Para nada, no eres precisamente quien me agobia ahora mismo.

—¿Qué te preocupa?

Hubiese sido más fácil contestar qué no me preocupaba.

—Pues un poco todo... Sentirme culpable por lo que ocurre, no estar concentrada en el trabajo, la seguridad de mi hija, Rosa...

—Rosa... —repitió Jota en modo irónico—. ¡Qué gran mujer, mejor persona! Hoy he tenido una breve conversación con ella.

—Algo me ha contado Diana... —dejé caer, buscando la confidencia.

—Justo cuando iba a esparcir mierda sobre ti a Lorena, me he acercado de forma muy educada...

—¿Y? —le interrumpí, fruto de la impaciencia.

—Y le he dicho, con palabras textuales: «Rosa, o te callas o empiezo a contarle a todo el mundo que engañas a tu marido con Sebas».

—¡No jodas! —dije alterada —. ¿Y quién es ese?

—Joder, Lucía, si llevas trabajando con él cinco años... Sebas, el de administración —afirmó con obviedad.

—Si es que no los distingo —dije justificándome una vez más entre risas. Siempre me había lastrado tener tan buena memoria para unas cosas y tan mala para otras.

Jota volvió a reírse al otro lado del teléfono. Podía imaginar su perfecta sonrisa a través del auricular. Podía sentirle tan cerca en la conversación que, casi sin querer, me estaba liberando de todo lo acumulado. Porque el ser humano necesita de la vacuidad para sobrellevar el peso existencial con el que carga. Porque, como decía una de mis profesoras de astrología, las estrellas pueden equivocarse, pero no somos conscientes del bien que hacen. Y en aquel momento, Jota era la estrella que más brillaba para mí.

—Pero ojo, no puedes decir nada. —Me hizo prometer—. Es un comodín que he tenido que emplear, pero no me gustaría que se supiera. Sobre todo por Sebas... es un buen tipo con muy mala suerte.

—Sin duda...

—¿A quién se le ocurre? ¿Con Rosa? Por favor...

Volvimos a saborear la intrascendencia de nuestras palabras. Tan reconfortantes. Tan sanadoras. Entonces, el cuerpo me lo pidió. Pensé que debía lanzarme, exactamente igual que lo hice la última vez. Porque me apetecía y lo necesitaba.

—¿Te apetece que quedemos para cenar una noche? Puedo dejar a Violeta con mi madre y...

—No hace falta. Puedo acercarme a tu casa y cenar con las dos —me interrumpió.

—Vale —respondí bastante sorprendida, aunque agradecí el gesto.

Durante los últimos años apenas había tenido un par de rollos a los que poco les interesaba mi faceta como madre, es más, diría que se estresaban cuando mencionaba a mi hija. Tampoco es que yo me prodigara con ellos en ese aspecto. Quedábamos, nos divertíamos y se marchaban. Nunca sentí que fueran merecedores de conocerla. Y, por supuesto, ninguno compartió una cena en mi casa con ella, por eso aquella frase de Jota me dejó algo descolocada, pero ilusionada.

—¿Te veo mañana en la oficina? —preguntó para concluir.

—Sí... si quiero conservar mi trabajo —dije apurada.

—Hasta mañana... Un beso.

Con aquel aparentemente insustancial beso a distancia nos despedimos. Siempre he pensado que las relaciones más épicas e inmortales, aquellas que perduran al paso del tiempo y quedan guardadas en la memoria para toda la vida, están llenas de frases perfectas en el momento adecuado. Diálogos útiles, llenos de carácter y ambigüedades, de contextos y dobles sentidos. De sentimientos puros. Pero no es así. El amor real, el mundano, el de la clase media que campa por este mundo sobreviviendo, está lleno de comentarios desafortunados, imprecisiones, confidencias, silencios e improvisaciones. Pero, por encima de todo, está repleto de complicidad en lo banal y besos enviados por teléfono o SMS.

Con Jota sentía que cada conversación aparentemente insustancial era un paso más que nos acercaba. Una bonita relación que se estaba forjando, real y tangible. Sin ser tormentosa como en una película de Woody Allen, ni empalagosa como una comedia romántica de los noventa. Sin desgastarnos en aparentar lo que no éramos, con nuestros defectos y nuestras virtudes. Nos entendíamos. Nos atraíamos. Era fácil, y eso, en estos tiempos, suponía lo más difícil.

Colgué el teléfono y me tumbé bocarriba en el sofá durante más de media hora, mientras intentaba dejar mi mente en blanco, mirando de nuevo al gotelé del techo como buscando refugio en la Capilla Sixtina de mi propia casa, hasta que cerré los ojos. Pero no fue buena idea. La primera imagen que me sobrevino fue la de aquel anciano a través del cristal. Estaba claro que iba a ser una noche dura y que iba a necesitar la ayuda de alguna pastilla relajante como acompañante para dormir. Lo justo. No quería despertarme a las once de la mañana o que mi hija me despertara a las 7:30 gritándome al oído porque estaba completamente grogui.

Fui a la cocina y abrí el cajón de las medicinas cuando sonó un SMS en el móvil. Eran ya casi las doce de la noche. Intuí que era Jota de nuevo y sonreí. En el fondo lo deseaba.

Entonces cogí mi móvil y vi con sorpresa y algo de terror que era de un número desconocido.

------SMS------

Antón_virgo@hotmail.com

Me quedé en blanco, presa del pánico. ¿Qué se suponía que debía hacer en ese momento? Empezaba a creer que aquella angustia nunca se iba a acabar.

CAPÍTULO 16

18 junio de 2002. 00:07 a. m.

Abrí la aplicación de Messenger. Allí estaba. Un nuevo usuario con un nuevo mail. «Ausente» de nuevo, solo que esta vez no tuve que enviarle ningún zumbido. No desaprovechó la oportunidad de iniciar la conversación.

> ***Antón_virgo* dice:**
> Buenas noches, Lucía.

Me detuve antes de contestar, mientras miraba la pantalla del ordenador en silencio y siendo consciente de la presencia del reloj que había en la pared de la cocina. Tictac. Tictac. Un sonido acompasado y desesperante a partes iguales. El ensordecedor ruido del ventilador clamaba por encima de mis respiraciones. Sopesé cómo me encontraba y dudé sobre si tendría las fuerzas intactas para volver a mantener una conversación que ya me había dejado muy tocada en la ocasión anterior. No podía permitirme seguir presa de esta situación de la que era una víctima y que me obligaba a cerrar las ventanas de mi casa por miedo un 18 de junio en la peor ola de calor que se había conocido, como rezaba la frase, desde que se tenían registros.

***Antón_virgo* dice:**
Sé que estás ahí. Adelante, charlemos. Dicen que hablar sana...

Me lancé.

***Lucía* dice:**
¿Aunque no nos guste lo que vamos a oír?

***Antón_virgo* dice:**
Eso ya depende de cada uno, Lucía.

***Lucía* dice:**
¿Sabes? Durante un tiempo dudé si eras un hombre o una mujer.

***Antón_virgo* dice:**
¿Y qué soy, Lucía?

Tragué saliva como si fuese un Gelocatil sin partir.

***Lucía* dice:**
Entonces me di cuenta de las pequeñas imprecisiones que había en tu carta.

Antón_virgo dice:
¿Imprecisiones?

Lucía dice:
Sí, errores casuales. Aquellos que cualquier persona común cometería.

Intenté abordar su ego. Se mostraba muy seguro de sí mismo en todo momento. De ser así, el orgullo sería uno de sus puntos débiles. Percibí que aquel «persona común» no le hizo ninguna gracia.

Antón_virgo dice:
¿Ah, sí? ¿Me los dirías?

Lucía dice:
En tu última carta declaraste, y cito con palabras textuales: «permíteme que sea laxo».

Noté por un segundo cómo había tocado hueso.

Lucía dice:
Ya ves que es difícil no señalar quiénes somos mientras hablamos...

Probablemente él, porque tenía claro que era un hombre, no fuera consciente de que lo había hecho y sentí que ese detalle me otorgaba cierta ventaja.

Cuando aprendí a utilizar con solvencia los tiempos verbales durante mis años de estudio, uno de los retos más complicados a los que nos enfrentábamos era conseguir que nuestros textos fueran impersonales. Casi sin quererlo, de modo inconsciente —que es como funciona nuestra mente—, acabas por describir los horóscopos e incluso detallar los test de personalidad en primera persona. Como si tú fueras parte de ellos. Como si de una recomendación para ti misma se tratase. Solo el tiempo te da la experiencia suficiente para no caer en ese desacierto.

Pasados unos segundos, *Antón_virgo* se recompuso y vi cómo tecleaba de nuevo, pero por primera vez sentí que le había golpeado, metafóricamente hablando.

> ***Antón_virgo* dice:**
> Sé que te afanas en descubrirme, pero poco importa quién soy. Ya te lo dije, solo lo que está por venir es lo único que debería preocuparte.
>
> ***Lucía* dice:**
> Sí, eso ya me lo dejaste claro, pero ¿y si no me importa?
>
> ***Antón_virgo* dice:**
> Sí que lo hará... Ya verás como sí.

Me molestaba que adoptara esa pose aleccionadora, alternando frases cortas y directas con estructuras rimbombantes; era como si un profesor tuviera la respuesta adecuada para todo y yo asistiera extasiada a sus palabras, enganchada de manera inconsciente al misterio que le rodeaba.

> ***Antón_virgo* dice:**
> Deja que te cuente una historia. De una mujer

de férreas convicciones que se pasa media vida dando consejos. Muy útiles *a priori*... Un buen consejo para una amiga. Un buen consejo para su madre. Un buen consejo para un lector... pero, claro, los buenos consejos solo son buenos si funcionan, ¿verdad?

***Lucía* dice:**
Ya sabes lo que dicen...

***Antón_virgo* dice:**
¿Qué dicen, Lucía?

***Lucía* dice:**
«Quien toma el buen consejo llega a viejo y quien no lo tomó no llegó».

***Antón_virgo* dice:**
¡Ah, preciosa paremia! Siempre es valioso honrar el legado de los viejos, de los mayores. De un padre, ¿verdad, Lucía?

Qué hijo de puta. Estaba claro que, aunque conseguía mantenerme firme en la conversación, a menudo se refería a mí de una forma tan personal que me cagaba de miedo. Sentía que me conocía bien y eso me preocupaba sobremanera. Me hacía pensar que podría saber dónde vivía o a qué colegio iba Violeta, pero no estaba dispuesta a dejar que me amedrentara. Estaba harta de que me achantasen. De que fueran otros los que tomasen el control. Harta de ser una actriz de reparto, la corista del cantante, una oveja en la obra de teatro de fin de curso cuando los demás son los pastorcillos.

Contrataqué. Mejor de lo que pude hacerlo la primera vez.

Lucía dice:
Fíjate, es curioso que, hablando de honrar a un padre, tú hoy has matado a uno.

Antón_virgo dice:
No te equivoques, Lucía. No he sido yo... Antón era padre de tres malnacidos que le habían abandonado a su suerte. Nadie le ha acompañado en los últimos años de su vida. Nadie ha estado con él, más allá de quienes le veían pasear por los pasillos de ese centro de salud. Antón ha fallecido por culpa de las faltas de respeto de su familia. De la soledad que otorga el egoísmo. Ha muerto por culpa de la pasividad rácana de nuestra sociedad. Pero Antón también ha muerto por tu culpa. Tú también eres responsable.

Lucía dice:
Yo no tengo nada que ver en esto.

Antón_virgo dice:
Sí que tienes. Eres parte de este ecosistema, mi querida Lucía, ese que nos vuelve ciegos frente al mundo con la insustancialidad que nos distrae de la verdadera realidad... Ese que nos convierte en marionetas consentidas que permiten que se

cierren salas de rehabilitación y hospitales públicos a la vez que unos pocos se lucran ante la impávida respuesta a la que estamos acostumbrados, mientras que los demás invertimos nuestro tiempo en leer el horóscopo.

Al leer aquellas palabras impresas en la pantalla sentí miedo. Eran más violentas y no respondía con frases cortas. Se exponía a dar su opinión siendo juez y verdugo a la vez. No estaba cómodo o, si lo estaba, me sermoneaba de manera diferente. Ofendido.

***Lucía* dice:**
Ya... eso es algo que suena muy bien, pero que no significa nada.

***Antón_virgo* dice:**
Mi querida Lucía, ser cómplice del mundo en el que vivimos lo dice todo.

***Lucía* dice:**
Te equivocas. Yo no soy cómplice de nada. Yo no he matado a ese hombre. Lo has hecho tú. Mi horóscopo no ha matado a ese hombre. Lo has matado tú. Solo tú has decidido acabar con la vida de un hombre inocente.

***Antón_virgo* dice:**
No hay inocentes en este mundo, Lucía. Todos somos culpables. Pero solo tú pagarás por ello.

Intenté contenerme para no cometer el mismo error que la primera vez. Para no actuar presa del pánico alentada por mis nervios. No iba a permitir que tuviera el control o al menos de una forma tan sencilla. No iba a consentir que jugara con el pánico que infunden las amenazas veladas por muy personal que me pareciese esa venganza. Porque así lo entendí, como una venganza, y por ello debía obrar en consecuencia.

Lucía dice:
Deja que te cuente yo una historia.

Antón_virgo dice:
¿Una historia?

Lucía dice:
Una en la que esa mujer de férreas convicciones ya no se siente responsable de lo que esté por venir. Una en la que no se involucra, en la que no mueve ni un dedo. Una en la que no le afecta nada ni nadie porque no es parte de ese ecosistema que nos rodea.

Antón_virgo dice:
Me gusta esa historia...

Lucía dice:
¿Quieres saber la moraleja?

Antón_virgo dice:
Me encantan las moralejas...

Lucía dice:
Pues esta es clara: tanto fue el cántaro a la fuente que acabó por romperse.

Antón_virgo dice:
No te rompas, Lucía, eres un cántaro precioso.

Lucía dice:
Veo que no la has entendido.

Antón_virgo dice:
¿No?

Lucía dice:
No es el cántaro el que se rompe... sino la fuente.

Tras aquella frase, pude notar su desconcierto al otro lado de la pantalla. Pude sentir que, por un momento, tecleó la primera letra de su siguiente frase y frenó en seco. Desconcertado. La fuente, tan esbelta y arrogante, esculpida en piedra, se secaba.

Antón_virgo dice:
Interesante reflexión. Hasta entonces... Felices sueños, mi querida nigromante favorita.

Por supuesto, no iba a dejar que él dijera la última palabra. Esta vez la victoria moral iba a ser mía.

Lucía dice:

Hasta entonces... Felices sueños, mi querido asesino en serie.

Y se desconectó. El icono se volvió bermejo y yo solté toda la adrenalina que llevaba dentro, mordiendo mi puño con fuerza. Gritando en silencio toda la rabia y el miedo que no había expulsado sobre el teclado. Dejando que la tensión acumulada saliera sin que Violeta me escuchase, con mi mano sufriendo las consecuencias.

Cuando me calmé y fui capaz de retomar el ritmo pausado de mi respiración, miré, aún temblorosa, cómo las marcas de mis dientes habían dejado restos de sangre en los dedos. Tomé una decisión. Y lo hice mientras miraba con atención aquel trozo de papel en el que Gustavo había apuntado su teléfono personal... por si acaso.

CAPÍTULO 17

Jota apareció en la redacción a media mañana. Empujaba un pequeño carro donde llevaba paquetes de folios y varios recambios de tinta para las impresoras. Además de repartir el correo era quien solucionaba los problemas de los más inútiles en la oficina. Esas personas que han nacido para llevar a cabo una sola tarea y que en cuanto tienen que enfrentarse a una situación nueva se atoran. No importa lo difícil o ridícula que sea. Se bloquean como niños de diez años justificando su incapacidad con un sencillo: «Es que ese no es mi trabajo, ¿sabes? No me pagan por eso».

A Jota tampoco le pagaban por «eso», pero si un flexo dejaba de funcionar, cambiaba la bombilla. Si se atascaba el papel en la impresora, le abría las tripas, cambiaba los cartuchos, y la dejaba de nuevo operativa. Si una persiana se quedaba bloqueada, metía sus manos en el tambor, desencajaba las láminas y cambiaba la cinta. Incluso a nivel informático era bastante resuelto. Contábamos con una empresa externa que se encargaba del mantenimiento, pero siempre que alguien tenía un problema llamaba a Jota.

Nada más cruzar la puerta, buscó con la mirada a Lucía. No estaba en su mesa, pero vio que su chaqueta yacía sobre el respaldo de la silla. Rápidamente se dirigió al despacho de Lorena. Desde el exterior pudo contemplar, a través de la cristalera, cómo Lucía hablaba con Gustavo y Elsa delante de la directora. No parecía una conversación fácil.

Aunque sintió la tentación de intervenir, no era el mejor momento para abrir la puerta de aquel despacho.

—Los ha llamado Lucía —dijo Diana, asaltándole por la espalda sin que él lo esperase.

—¿Y eso? —preguntó Jota preocupado.

—No me lo ha querido contar.

—Yo hablé con ella anoche por teléfono sobre las diez.

—Pues ni idea...

—Claro, por eso hoy no me han dado el correo. Me ha parecido extrañísimo que no hubiera ni una sola carta ni una factura... ¿Lo habrán intervenido?

—Imagino que sí.

Los dos observaron cómo Lucía sostenía su mirada perdida mientras Elsa gesticulaba con vehemencia.

—Pobre... —respondió Jota con un claro sentimiento de empatía.

Una sonora risa lejana rompió la conversación entre ambos. Era Rosa charlando con uno de los gafapasta de la sección de noticias internacionales. Y cuando se habla de noticias mundiales dentro de una revista juvenil de principios de los años 2000, está claro que se hace referencia al cotilleo internacional sobre Leonardo DiCaprio, Ben Affleck o Brandon de *Sensación de vivir*. Algo que no da para el Pulitzer, desde luego, pero tampoco era algo que le importara a nadie. Se prefería la comodidad que te ofrece el no saber cambiar la bombilla o reemplazar el tóner de la impresora. Es la tranquilidad que ofrece la ignorancia y la mediocridad. Eso sí, es imprescindible creerte el rey del mambo aunque tu trabajo bien pudiera hacerlo un niño de seis años.

En lo que ella consideraba un tono de broma, aunque era despectivo e hiriente, Rosa comentaba en voz alta cómo Lucía recibía más visitas de la policía que de sus amigas y lo hacía con la complicidad de quienes la rodeaban.

—Si la meten en la cárcel, yo no pienso visitarla —concluyó.

Por un momento, Jota se revolvió con intención de ir hacia ella, pero Diana lo detuvo.

—No te preocupes. Ella sabe valerse por sí misma de sobra —dijo mientras volvía su mirada hacia aquel despacho donde su amiga, de pie, empezaba a expresarse con fuerza frente a los dos inspectores.

Elsa resoplaba mientras escuchaba las palabras de Lucía, conteniéndose:

—No avisé la primera vez porque me pareció poco relevante... —contesté.

—¡Te pareció poco relevante? —preguntó Elsa completamente incrédula ante mi respuesta—. Poco relevante es el sueldo que percibo como policía para las horas que le echo. Si después de un intento de asesinato, te escribe un número anónimo con un correo que lleva el nombre de la víctima para que te conectes con él, perdona, Lucía, pero creo que es de todo menos poco relevante.

—Pensaba que era una broma —respondí.

—¿Una broma? —inquirió Gustavo.

—Sí, una broma de cualquiera de los gilipollas que están ahí fuera. ¿No los ves? —repliqué alzando la voz y señalando a Rosa de manera directa.

—Una broma, dice... —insistió Elsa cogiendo aire mientras se llevaba las manos a la cabeza—. ¿Sabes qué pasa, Lucía? Que mientras tú nos mientes a la cara, yo no puedo hacer mi trabajo porque no me ayudas.

—Cálmate... —interrumpió Gustavo.

—¿Cómo quieres que me calme? Esto es ridículo. Nos ha llamado cuando se ha visto con el agua al cuello. Y cuando digo nos, es que te ha llamado a ti, a tu teléfono personal.

Y entonces exploté. Sentí cómo mi cabeza rozaba el límite de lo que una persona puede aguantar. Al menos en mi caso.

Es una sensación extraña porque un calor poderoso te presiona el pecho. No sé si fruto de la ansiedad o del estrés, el cuerpo se debilita por momentos y un hormigueo se apodera de tus dedos. Desde hacía una semana había sufrido un acoso y derribo sin que hubiese levantado la voz lo más mínimo. Había perdido peso y dormido muy poco. Así que estallé.

—¿Tu trabajo? —respondí mirando a Elsa de frente—. ¿Me puedes explicar en qué coño consiste tu trabajo? Porque llevamos una semana con esto y solo te veo pulular por la oficina con esa actitud de mierda que tienes, pavoneándote de un lado para otro, dando órdenes y hablando mal a todo el mundo, pero nada más... Nada más —remarqué—. Si en vez de juzgarme todo el tiempo como si fuera culpable, dejaras a un lado la tara personal esa que tienes conmigo o contra mí, cuando ni siquiera te conozco, quizás, y digo solo quizás, no estaríamos en esta situación. Así que no me jodas con que no puedes hacer tu puto trabajo, porque yo he seguido haciendo el mío y soy la víctima aquí.

Imagino que hay muchas palabras para definir la sensación que quedó impresa en la cara de cada una de las personas que se encontraban en aquel despacho después de soltar semejante retahíla. Perplejidad podría ser la más adecuada, porque era una de las pocas veces que tanto mi cerebro como mi boca se expresaban al mismo tiempo. Había dicho «puto». Quedaba claro que estaba harta de ser el saco de boxeo de todo el mundo. De ser esa persona que se controlaba por no levantar la voz, no fuese a molestarse alguien que no fuera yo misma.

—¿Tú sabes lo que es la obstrucción a la policía? —respondió.

—¿Y tú sabes lo que es que me la suda?

—¡¿Lucía?! —gritó Lorena sorprendida ante mi respuesta. Incluso yo me sorprendí.

—Mira, Elsa, te voy a decir una cosa...

—¿Solo una?

—Sí, solo una para evitar que te pierdas por el camino... —repliqué con ironía, irreconocible incluso para mí misma—. A partir de ahora no pienso sentirme responsable de nada en absoluto. No pienso recibir más cartas, de la misma manera que no voy a preocuparme por si al degenerado ese le da por matar a gente que ni siquiera conozco. Como si le da por sacrificar a una cabra, ¿entendéis? Me da igual.

—Cuidado con lo que dices... —amenazó Elsa.

—¿Ah, sí? ¿Por qué? ¿Me vas a obligar a leer las cartas que me lleguen? ¿Me vas a detener si pasa algo?

—Nadie te va a detener, solamente... —respondió Gustavo con tono conciliador.

—¡Mira, que paso! —le interrumpí, fuera de mí—. Que no me da la gana. Ni conocía a Paula ni a Antón y no quiero seguirle el juego al tarado este. Si quiere entretenerse torturando a la gente, o lo que sea que haga, por mí genial, pero no pienso dedicarle ni un segundo más de mi vida. ¿Que quiere enviarme cartas? Perfecto, que las lea su madre. Esto ya es cosa vuestra, de la policía, o de quien coño sea. Y si queréis mi ordenador, no hay problema: venís a casa y os lo lleváis. Si también queréis el móvil, todo para vosotros, pero eso sí, me los reemplazáis mientras tanto y con uno que tenga el juego de la serpiente, porque lo único que quiero hacer ahora mismo es recuperar mi vida —finalicé contundente.

Sol siempre dice que cuando una no tiene nada que perder es cuando aflora tu verdadero yo. En sus propias palabras: «No puedes romper lo que ya está roto, Lucía, así que...».

En mi caso, era más partidaria de ajustar aquella particular —pero no por ello menos razonable— forma de ver la vida de Sol a la mía propia y al principal motivo de mi vida: las estrellas.

Para una escorpio como yo, aquella semana tenía un *stellium* de manual en Piscis. Esto ocurría cuando tres o más planetas, entre ellos la Luna o el Sol, se agrupaban bajo un mismo signo, lo cual podía tener implicaciones positivas o por el contrario totalmente negativas, lo cual daba más miedo que hacer la maleta sin haber mirado el pronóstico del tiempo.

Mientras todas estas ideas rondaban por mi cabeza, haciendo que me doliera más si cabe que los días anteriores, Lorena acabó por darme el toque de gracia.

—Lucía, ¿por qué no descansas unos días? Rosa te puede sustituir para la siguiente publicación, luego te vas de vacaciones mientras se aclara todo esto y así aprovechas y vuelves nueva.

Sin duda, aquel potente *stellium* me iba a dejar completamente diluida, como el signo de agua en el que se encontraba.

Miré a Lorena, abatida después de aquella «orden» velada con clara forma de vacaciones forzadas. Con la sensación de que poco podía hacer en aquel momento, pero me aferré, como quien se agarra a un clavo ardiendo, a lo que consideraba como mío por esfuerzo propio, ya no solo por derecho: mi trabajo.

—Ella no puede hacerlo. Mi sección es más seria que elegir las plantas perfectas para decorar tu casa según tu signo.

—Lo sé, pero me importa más tu salud que el horóscopo.

Aquello me desarmó, porque no me quedaban muchas esperanzas de que mis palabras fueran a cambiar la decisión que parecía que ya había tomado. Esto suponía que Rosa escribiría el próximo número y yo me iría de vacaciones las tres semanas siguientes, con lo cual perdería varias publicaciones de mi sección. Lo suficiente para que Rosa, si los números eran buenos, se planteara reclamar algo que no le correspondía. Si en el mundo de los negocios siempre ha existido el concepto de trepa, Rosa era lo más parecido a un babuino. En todos los sentidos.

—¿Sabe alguien más que has hablado con él? —me preguntó Gustavo por sorpresa.

—No.

—¿Absolutamente nadie? —presionó.

—No —volví a responder tajante.

Gustavo miró a Elsa y le pidió a Lorena que saliera de su propio despacho. Nos quedamos a solas los tres.

—No vamos a requisarte el móvil, ni tampoco el ordenador. Ve a casa, descansa, toma las vacaciones que te ha propuesto Lorena y pasa tiempo con tu hija. El curso estará a punto de acabar.

Elsa hizo un gesto de desaprobación, pero no abrió la boca. Por mi parte yo asentí, convencida de que poco me importaba lo que dijera.

—Eso sí, te pido solo un favor. Si vuelve a ponerse en contacto, llámanos.

—No va a volver a ocurrir.

—Eso nunca se sabe —dijo Elsa.

La miré, cansada de su animosidad.

—No me estás tomando en serio —respondí desafiante—. Así que voy a hacer lo mismo contigo...

Salí de aquel despacho, el único con un *split* de aire acondicionado en toda la oficina, con una idea clara: apartarme lo antes posible de todos los obstáculos que se habían interpuesto en mi camino en forma de cartas, SMS, mensajes por Messenger y personas que, de repente, habían llegado a mi vida sin haberlo solicitado en absoluto. También de Rosa.

Estaba claro que Diana y Jota lo vieron incluso antes de que yo misma lo hiciera, porque se movieron con rapidez.

Me encaminé sin rodeos hacia la mesa de administración en la que Rosa estaba hablando con los cuatro idiotas de siempre de actualidad y noticias internacionales. Me dirigí directa, con la intención de expresar lo que mi cabeza pensaba en realidad y no lo que mi dato social me obligaba a decir para ser educada. Cansada de ser políticamente correcta con aquellas personas cuyo valor humano rozaba el del sabor de un zumo de apio. Esto era lo que en realidad llevaba años pensando sobre ella:

—Estarás contenta. Ya tienes lo que querías, ¿verdad?

—Perdona, Lucía, no sé a qué te refieres. ¿Estás bien? —contestó Rosa con retintín.

—Pues no, no estoy bien —repliqué con la mirada fija en sus ojos hasta hacerla sentir incómoda—. A ti hay dos cosas que se te dan de puta madre, ¿verdad, Rosa? Una es hacerte la tonta, cosa fácil para ti, porque como lo eres de nacimiento te sale de forma natural...

—¿Y la otra? —preguntó ella, visiblemente enfadada y con ganas de que yo lo estuviera también.

—La otra es que se nota que te gusta meterte en cama ajena —respondí.

El gesto de Rosa cambió por completo, así como la mirada de toda la redacción, que dejó de ser individual para convertirse en una grupal y única, fijada sobre nosotras. Está claro que el morbo vende.

Cuando me disponía a golpearla donde más le dolía, cuando iba a exponer delante de todos el tipo de persona rastrera que era, y no porque fuera infiel, eso me daba igual, sino porque se lo escondía como una auténtica cobarde a su marido, entonces pude ver la cara de Sebas tras ella, sentado en su mesa de administración, abochornado por lo sucedido, mirando al suelo.

La mano de Jota tocó mi hombro para que no continuara. Aquello supondría traicionarle también a él y al que era su amigo en la oficina. Un buen hombre con muy mala suerte.

Miré a Diana, quien negó con la cabeza para que no siguiera. No iba a conseguir nada y tenía razón, hacer daño gratuito solo tiene un ganador: el propio daño. Así que respiré y me di la vuelta, plantando mi espada y mi desprecio sobre su cara.

Entendí que no cabía más discusión posible, o al menos eso creía, porque cuando caminaba hacia mi mesa para recoger mis cosas, Rosa quiso ser la última en dejar constancia de su poca educación y peor gusto.

—Nos estás poniendo en peligro. ¡Nos vas a matar a todos! —gritó.

No pude evitarlo, y es muy probable que fuera el error que me condenaría más tarde, pero no sabéis lo poderosa que puede llegar a ser la ira; lo que te obliga a decir y hacer, y a mí, en aquel momento, me desbordaba.

—No te equivoques, Rosa, yo solo te mataría a ti —respondí.

Un comentario ridículo fruto de la tensión. Una amenaza con treinta testigos delante y dos agentes de la policía.

Qué lista eres, mi querida Lucía...

CAPÍTULO 18

Elsa y Gustavo salieron de la redacción muy contrariados y sorprendidos con la actitud de Lucía. Un cambio radical que no pasó desapercibido para ninguno de los dos, pero que retrasó mantener una conversación que ambos sabían que tarde o temprano llegaría.

El ambiente era sofocante. Los últimos coletazos de aquella ola de calor noqueaban y ralentizaban el ritmo de la vida, a pesar de que el sudor intentara regular la temperatura de tu cuerpo. Un bochorno que dejaba una sensación de ahogo dentro de aquel coche de policía camuflado, castigado ya por el paso de los años.

—¿Qué pasa con el aire acondicionado? —preguntó Elsa resoplando.

—Está roto.

—Joder, yo no sé qué coño pasa este año, pero se han estropeado todos a la vez. Estoy chorreando —insistió Elsa mientras bajaba la ventanilla.

—No es para tanto. Recuerdo las tardes de agosto a cuarenta grados a la sombra en Sevilla, cuando era un crío. Veías a los pobres turistas chinos, que por aquel entonces ya visitaban la Giralda, cómo se refrescaban en las fuentes y se tiraban en las esquinas con pañuelos en la cabeza, completamente deshidratados.

—Los chinos no se enteran de nada.

—Los chinos en veinte años se habrán apoderado del mundo. Acuérdate de lo que te digo —afirmó Gustavo mientras se acomodaba las gafas de sol.

—A saber dónde estaremos en veinte años. Este calor nos va a matar a todos.

Gustavo sonrió con cariño ante la queja continua en la que Elsa vivía instaurada. Esperó el momento preciso construyendo el ambiente necesario para retomar una conversación obligada, tal y como acostumbraba a hacer: creaba un pequeño paréntesis en el que acolchar las palabras, una breve introducción que versaba sobre temas comunes para luego volver a la carga con su compañera. No pasaron más de cinco segundos.

—¿No te ha parecido extraño su repentino cambio de actitud? —preguntó Elsa directa y sin dilación, para iniciar una conversación que ayudase a llegar a un punto en común con Gustavo, algo que ambos sabían que era imperativo.

—Sí, pero creo que es normal. Si te paras a pensarlo, hay que ser muy cruel para intentar hacer cargar a alguien con la muerte de otras personas. Está sobrepasada —añadió Gustavo comprensivo, como siempre lo era con ella.

Elsa sabía que la confrontación de sus puntos de vista acabaría en la habitual discusión y ella, inteligente como era, prefería acercar posturas dando un pequeño rodeo. Desquitándose de su característica agresividad.

—¿Tú harías eso?

—¿El qué?

—Tomar esa pose. Primero hablas con el supuesto implicado y luego no quieres saber más. No sé, me parece raro e incomprensible.

—¿Por qué no? Las personas tienen un límite y creo que Lucía ha llegado al suyo. ¿No lo harías tú, si sintieras que amenazan tu estabilidad y con ello a tu hija?

—¿Lo harías tú? —repitió Elsa con intención.

Gustavo torció el gesto, sintiendo que la conversación derivaba hacia el terreno personal.

—Por supuesto.

—¿Le das la razón, entonces?

—Es que tiene razón, Elsa. No es su responsabilidad. Es la nuestra. Nosotros somos quienes tenemos que solucionar esto y evitar que muera gente. Te has empeñado en que Lucía forme parte de la investigación, ya sea inculpándola o como parte del proceso, pero no está obligada a hacerlo.

—¿Has escuchado la amenaza de muerte a su compañera?

—¿La detenemos por una amenaza en un claro contexto de tensión?

—Es un delito y puede tener prisión.

—Sí que lo es, sí. ¿Quieres que volvamos a por ella? Con suerte, sigue en la oficina y no tenemos que ir ni a su casa.

Elsa no contestó ante las evasivas de Gustavo, perdió la mirada por la ventanilla y esperó a que el aire que entraba y la refrescaba le ofreciera un nuevo punto de arranque.

—Gustavo, ¿tú crees que estás siendo objetivo? —preguntó de forma directa. Sin rodeos.

—Probablemente no —respondió al instante—. Pero creo que es lo mejor que podemos hacer.

—No estoy de acuerdo. Teníamos que haberle requisado el móvil. Mantenemos el número y, si llama o se pone en contacto, contestamos nosotros y rastreamos. Es lo lógico.

—No es tan fácil que te aprueben algo así. Tiene que haber una finalidad legítima clara. Además, los móviles utilizarán tarjetas de prepago de un solo uso.

—Ha habido una muerte y un claro intento de asesinato evitado *in extremis*, ¿no te parece eso lo suficientemente legítimo y claro?

—Pues no me lo parece, porque no hay relación entre las muertes.

—Las dos cartas las relacionan. Lucía las relaciona. El horóscopo lo relaciona todo. Todo es una prueba de que es un acto delictivo en serie.

—Sí, Elsa, pero no dejan de ser circunstanciales. No hemos conseguido nada con la pisada en el baño. No hemos conseguido nada con la equivalencia grafológica y no hemos conseguido nada con las imágenes de la cafetería. Estamos trabajando en el centro de salud y nadie sabe si alguien acompañó al pobre anciano, porque le vieron entrar solo y no hay cámaras en ese ala por estar cerrada al público.

—Tenemos las conversaciones en el ordenador y los móviles.

—Sí, eso es verdad... Pero ¿y si luego quien escribe desde el otro lado es un crío de dieciséis años? O, mejor aún, ¿y si es la tal Rosa presionándola para quedarse con su puesto de trabajo? Prefiero pensar que, si vuelve a ponerse en contacto con ella, nos llamará.

—Pues yo quiero pensar que si vuelve a ponerse en contacto estaremos rastreando la IP en esa línea.

Estaba claro que con Elsa era imposible. Y estaba claro que, por algún motivo, Gustavo era un fiel defensor de Lucía. Pero cuando a ella se le metía algo en la cabeza era muy difícil hacerla cambiar de idea. Por supuesto, Elsa siguió a lo suyo.

—Mañana voy a solicitar al juez permiso para intervenir su ordenador y en cuanto me den vía libre, me presento con el Grupo de Delitos Informáticos.

Gustavo continuó conduciendo, impasible ante aquellas palabras de Elsa que sonaban a sentencia. Sin duda, no le pillaban por sorpresa, conocía demasiado bien a su compañera.

—Vale, me parece bien —respondió—. Pero asegúrate de hacerlo como marca el procedimiento. Hay que tenerlo muy claro para que la nueva ley reguladora de control judicial previo te apruebe la intervención de un ordenador privado.

—¿De verdad? —respondió Elsa, sorprendida, haciendo caso omiso a su advertencia.

—Sí, si es lo que consideras... adelante, pero no se lo digas a ella. Deja que, al menos de momento, retome su vida con normalidad.

—No vamos a tocar nada de su vida. Será únicamente controlar las conexiones que se hagan a través del ordenador. Ni siquiera podremos leer los mensajes, solo tendremos datos de conexión, desconexión, las horas y las direcciones IP desde donde se hicieron. Nada más. Si ella nos lo quiere contar, perfecto. Si no lo hace, tendremos los datos.

Gustavo asintió, como si ya hubiese dicho todo lo que pensaba. Unos segundos de silencio dejaron el tiempo justo para que Elsa se excusase frente a su compañero.

—No tengo nada en contra de ella, Gustavo. Solo quiero ayudarla. Es mi trabajo. Nuestro trabajo —añadió.

—Lo sé.

Elsa cambió el gesto. A veces era como esa niña que solo cuando conseguía la aprobación del mundo se volvía más humana.

—¿Piensas mucho en tu hija?

—Mucho.

—¿Es porque te sientes culpable? —añadió Elsa con cariño.

—Siempre.

CAPÍTULO 19

Cuando llegué a la puerta del colegio, Sol había recogido a Violeta. La ayuda que me prestaban tanto Diana como ella era impagable. No solo por la logística, que estaba siendo un quebradero de cabeza, sino porque sentía que mi hija estaba en las mejores manos. No había nadie, junto con mi madre, que la tratara con más cariño y amor.

A mamá no quise involucrarla. Siempre fue muy proclive a preocuparse en exceso e intentar solventar los problemas en primera persona y por la vía rápida. Era de ese tipo de personas que buscaba la solución más sencilla que tuviera a mano. Simplificaba todo a bajar a comprar el pan cuando tienes hambre. No entendía las complejidades ni los matices de las cosas ni de las personas. Por eso se empeñaba en buscarme un novio cada año.

Si se lo hubiera contado, estoy segura de que hubiera sido ella misma quien buscase al autor de las cartas como una madre que se cree capaz de encontrarlo todo en el fondo de un cajón. Hubiera bajado a la oficina de Correos de debajo de su casa y le habría pedido a la chica del mostrador: «Niña, mira a ver qué pasa con estas cartas. Busca en el ordenador ese que tienes quién se las está enviando...».

La amaba con locura y sé que no había ningún tipo de mala intención en sus actos, pero prefería no preocuparla. No quería que me juzgara ni escuchar de su boca su consabido: «¿Ves? Te lo dije...». Cuántas personas he conocido a lo largo de mi vida que han dicho esa frase a toro pasado. Cuántos tauros no me habré encontrado en mi vida así, conocedores de todo lo ocurrido cuando ya ha ocurrido.

Mi madre ahondaba en un defecto que siempre la había acompañado. Tenía una insultante y desvergonzada tendencia a simplificarlo todo buscando soluciones. Todo lo contrario que Sol, quien era poco práctica para solucionar ciertos asuntos. La noche y el día.

—¿Cómo estás, mi amor? —dije mientras me abrazaba a Violeta con fuerza y posteriormente me dirigía a Sol—. Gracias por recogerla, está siendo la peor semana de mi vida...

Mi amiga me miró con cariño antes de responderme.

—No sé yo qué decirte... Si tuvieras un bloqueo de chakras, no dirías eso.

La miré perpleja y algo desencantada.

—Hombre, Sol, pues teniendo en cuenta que ha muerto una persona esta semana, otra casi lo hace y que me están implicando de forma directa en ello, no sé si los chakras...

—Te equivocas —me interrumpió—. Los chakras están relacionados con nuestro sistema endocrino. Son muy importantes.

Respiré hondo. Cansada. Supongo que el agotamiento hizo que mi gesto evidenciara mi indiferencia y escepticismo ante aquel comentario que a todas luces sonaba ridículo en ese momento. A decir verdad, no estaba para tonterías. Sol lo notó.

—¿Te imaginas qué pasaría si te dijese que el horóscopo no es más que una mezcla de opiniones y creencias sin evidencia alguna? —respondió dolida.

«Cómo puedo ser tan idiota —pensé—. Cómo he podido hacer sentir a mi amiga de semejante manera...».

—Tienes toda la razón, perdóname.

—Vale, te perdono, porque acumular una sensación negativa por más de diez segundos en tu cuerpo no es bueno. Hay un estudio que deja claro que exponerte a un estrés negativo superior a ese tiempo envejece el alma y la vida en un minuto. Es una proporción de uno a diez. Es una barbaridad... Lo repito mucho en clase: «Hay que acabar...».

—¡Hay que acabar con la «tita» de los pensamientos negativos! —interrumpió de repente Violeta exaltada.

—La tiranía, cariño... —la corrigió Sol—. La tiranía de los pensamientos negativos. No la tita. La tita soy yo.

—¡Eso! —gritó mi hija.

Miré a Violeta, que sonreía de oreja a oreja tras sus perfectos ojos azules y sus tirabuzones castaños, y lancé una pequeña carcajada fruto de la *performance* que habían montado las dos en la puerta del colegio.

—Venga, os invito a merendar. Que con el estómago lleno una piensa mejor... —respondí.

Sol sonrió y se abalanzó sobre mí para darme uno de sus abrazos de energía. Violeta hizo lo mismo al momento, convirtiéndonos en una especie de tótem, inmóviles ante la mirada del resto de padres y profesores que abandonaban el edificio.

Aquella tarde, en el interior de la única pastelería con una mínima opción sin gluten que conocía, con el aire acondicionado a tope, entretuve a Violeta con uno de sus pasatiempos favoritos. Aunque era pequeña, se le daban sorprendentemente bien las sopas de letras y, a pesar de que no tenía el conocimiento y el vocabulario para hacer crucigramas, lo intentaba. Ella lo intentaba todo. Una cualidad de la que me empapaba para aplicarla en algunos terrenos de mi vida, como el personal.

—¿Qué vas a hacer? —me preguntó Sol, mientras sorbía el café. Fuera estábamos a treinta y seis grados, pero ella lo seguía pidiendo ardiente como el infierno.

—¿Qué puedo hacer?... Cogeré vacaciones, intentaré desconectar y cuando vuelva veré cómo está todo. Igual ya ni siquiera tengo trabajo, pero...

—Esa Rosa pelea como una ganadera en el barro.

—Muy apropiada la metáfora, Sol...

—No le importa ensuciarse las manos, hiciste bien en no manchar las tuyas.

—Ya... Tampoco era justo para Jota ponerle en una situación comprometida solo por el placer de hacerle daño a ella. No estoy en ese punto.

—Eso... y que Jota es «el elegido».

Sonreí. Siempre me hacía gracia cómo Sol representaba las cosas con sus palabras. «El elegido» bien podía ser uno de los arcanos mayores del tarot. Aquella comparación consiguió que por un instante cesara de darle vueltas al tema de manera constante y caer en el miedo por sistema. Un miedo que pasaba por la integridad de mi hija.

—Bueno... Ahora mismo estoy intentando recomponerme a mí misma, que soy lo más importante. Y mi hija, por supuesto.

Sol se quedó inmóvil. Sin inquietarse lo más mínimo. Hizo una pausa antes de continuar en lo que, a mi juicio, parecía una conversación fluida. Con el tiempo entendí que lo hacía a menudo cuando quería que sus palabras cobrasen cierta repercusión.

—¿Puedo hablarte con sinceridad? —preguntó.

—No lo sé, Sol, esa frase me da pavor... —respondí.

—Un profesor mío me dijo que nuestro cerebro está lleno de neuronas y que la cooperación entre ellas es fundamental para su supervivencia.

—Algo había oído sobre el tema, sí...

—¿Sabes lo precioso y necesario de todo esto? Que estas neuronas no trabajan solas. Se apoyan las unas en las otras para poder desarrollar sus tareas... y seguir viviendo.

Esbocé una sonrisa porque comprendí enseguida su mensaje, *a priori* inconexo, pero que arrastraba dentro de sí todo el sentido que quería transmitirme. Juntas éramos más fuertes.

—Vale, ya lo he entendido...

—Chica lista —respondió mientras dejaba caer un trozo de pastel sobre el café.

—¿Te puedo hablar con sinceridad yo ahora?

—Por esta vez, sí.

—Tengo mucho miedo y rabia a la vez... —dije susurrando para que Violeta no me escuchase—. Y no sé cuál de las dos emociones es peor.

—Pues si ocupan más de diez segundos en tu día, estás desperdiciando tu tiempo.

—Violeta, ¿quieres escuchar mi MP3?

Aunque parecía concentrada, quería protegerla. Así que saqué mi reproductor con algunas canciones que había descargado de Shakira o Bunbury y que Violeta solía tararear en casa.

Se puso los cascos y volvió a su sopa de letras a buscar las tres últimas palabras que le faltaban.

—Suéltamelo. Venga, deja que también lo haga mío para que pese menos...

Esa frase solo podía salir de la boca de una verdadera amiga.

—Pero es que no es tuyo, Sol. Ni siquiera sé por qué es mío... Me he esforzado toda mi vida por agradar, por callar lo que pienso. Lo que tengo lo he conseguido con esfuerzo y sacrificio, y en este momento, sin saber muy bien por qué, tengo la misma sensación que hace años, cuando me encontré sola con mi hija.

—Y saliste adelante...

—Gracias a vosotras, a mi madre...

—Las neuronas están para eso, Lucía... y ahora también.

—Ahora es diferente... —dije intentando no derrumbarme, ya no solo por mi hija, sino porque la cafetería estaba repleta de gente y por aquel tiempo todavía tenía el innecesario prejuicio de que llorar en público no era lo correcto.

—Vamos, suéltalo.

Respiré y dirigí la mirada hacia la ventana. En dirección contraria al lugar donde estaba mi hija para que no me viera, y volví con todo el aire del mundo para recomponerme.

—Cuando nació Violeta, tuve mucho miedo...

—Lo sé.

—... pero por mí. Sé que puede parecer egoísta, pero sentía que, sin pensarlo siquiera, me habían dejado en la puerta de mi casa una especie de «problema» que no iba a saber resolver... Mi hija un problema, ¿te parece normal? La amaba con locura, pero era terrorífico pensar que estaba sola con esa responsabilidad. Ahora es diferente —afirmé de nuevo—. En este momento tengo un miedo constante de que pueda pasarle algo. El problema soy yo y siempre lo fui.

Giré mi cabeza hacia la ventana justo cuando sentí que las lágrimas iban a deslizarse por mi cara.

—Tranquila...

Respiré profundamente, y me volví a contener.

—No sé por qué está pasando esto. No sé qué daño he podido hacerle a alguien para que quiera verme en esta situación, pero desde luego no es justo... después de todo lo que he luchado, no es justo, Sol.

—Por supuesto que no, pero es así. Eres lista, sabrás darle la vuelta. Ya lo hiciste una vez —respondió Sol mirando a Violeta.

—Lo hicimos.

—Pues eso. Lo volveremos a hacer.

—Ya está —dijo Violeta de repente alzando el bolígrafo al cielo. Mi niña de siete años había resuelto una complicada sopa de letras con palabras cuyo significado desconocía. Quizás la felicidad era eso, el desconocimiento.

Aquel desahogo con Sol fue más liberador que cantar a grito pelado una canción en el coche, pero sentía cómo el terror continuaba agarrado a mi pecho y no dejaba de preguntarme: ¿quién estaba detrás de las cartas? ¿Tenía razón cuando decía que era mi responsabilidad?

Siempre tendemos a culparnos por cosas que ni siquiera nos incumben, pero que nos hacen daño y se lo hacen a los demás. Nos culpamos de no disponer de más horas al día para llegar a todo. Nos culpamos del mal ajeno y eso no es justo.

Cuando salimos de la pastelería, me vi en la necesidad de pedirle a Sol que viniera a casa esa noche para no estar sola, pero me detuvo antes de hacerlo. Ella, que me conocía de sobra, lo vio claro.

—Llama a Jota y cena con él, si quiere, claro, no es cuestión de presionar su contexto emocional y, si no puede, llamo a Diana y nos acercamos.

—No te preocupes, si dice que no, me lo cargo directamente.

—¿Lo enchufas, como al móvil?

—No, cargar de matar... me lo cargo —dije al tiempo que hacía un gesto con un cuchillo invisible sobre mi garganta.

—Era una broma, Lucía. Las hago para sentirme más cerca de vosotras, no porque me apasione esta exaltación del humor vacuo —dijo Sol, con lo que consiguió arrebatarme una risotada.

—Vale, tomo nota.

Volví a reírme ante aquel comentario que, por suerte, puso tierra de por medio a parte de mi angustia. Ella, que siempre me había protegido, y sin apenas conocer a Jota más allá de los cuatro o cuatrocientos comentarios que había podido hacer sobre él durante estos últimos meses de manera inconsciente, optó por verbalizar la opción que rondaba por mi cabeza desde hacía tiempo. Más del que seguramente pudiera o quisiera reconocer.

—Yo creo que Jota es la neurona más interesante ahora mismo para ti. A nosotras ya nos conoces de sobra —terminó por responder Sol antes de despedirse.

La «tita» de los pensamientos negativos era, sin duda, una luz al final del túnel.

Asentí con descaro. Dentro de la montaña rusa emocional en la que estaba subida, en cierto modo, aquello era el empujón que esperaba. Solo quería estar segura de que el contexto no influía en mi decisión. Que la situación tan surrealista que estaba viviendo no me hacía tomar la decisión más fácil con Jota. No quería sentir que mi miedo por estar sola me arrastraba hacia una salida sencilla que pudiera lastrarnos más adelante. Sol percibió lo que estaba pensando por la expresión de mi cara, porque enseguida me hizo abandonar semejante idea.

—Y no, Lucía. No pienses que la evolución natural de tu situación te acerca a una figura masculina para solventar el problema. Lo que ocurre es que quieres quedar con él y punto. Es guapo, es majo, es listo, es guapo... ¿He dicho ya que es guapo? En esto sí que no hay más.

Y, ciertamente, no hubo más.

------SMS------

¿Quieres cenar con una madre de vacaciones forzadas y su hija esta noche?

Tardó tan solo unos minutos en contestar. La tontería de hacerse el interesante no iba con él.

------SMS------

¿Son los Beatles el mejor grupo de música de la historia? Dime la hora y allí estaré.

Jota se presentó a las siete y media. Llamó al timbre, algo tímido. Con una pulsación tan suave que dudé incluso de si había sonado. Cuando abrí la puerta, me lo encontré del otro lado como una seta, inmóvil. Después de sonreír y saludarle, tuve que insistir con un pequeño gesto para que entrara. De no hacerlo, temía que pasáramos la noche en el rellano. Incluso me imaginé fugazmente brindando con una copa de vino, él junto al ascensor y yo al lado del perchero que había en la puerta de entrada de mi casa. Estaba segura de que conocer a mi hija le intimidaba más a él que a Violeta.

—Este es el salón. Salón cocina. Esa puerta es el baño, la de allí es la de mi habitación y aquella la de Violeta. Por cierto, esa de ahí es Violeta —dije señalando a mi hija que estaba sentada en la mesa, cenando.

—Hola, Violeta, ¿estás cenando?

—Eso parece —soltó Violeta de repente.

Jota me miró sorprendido. Podría parecer que estaba preparado, pero me quedé igual de perpleja.

—Pues parece una tortilla francesa —afirmó Jota siguiéndole el juego.

—Tiene queso.

—Es que a ella le encanta el queso. Ha salido a su abuela.

—¿No te gusta el queso? —me preguntó Jota dolido.

—No mucho, la verdad —respondí.

—Pues a mí me encanta el queso, Violeta... —dijo mientras se acercaba a la mesa y se sentaba junto a mi hija con mucha naturalidad—. Así que no te preocupes, que, si tu madre no quiere, nos comemos esta tarta de queso de postre solo nosotros dos.

Violeta dejó la tortilla a un lado y centró toda su atención en una pequeña cajita de cartón que Jota puso encima de la mesa.

—Tenemos que ver si lleva gluten, cariño... —dije intentando acolchar el golpe de las intolerancias.

—No lleva galleta —aclaró Jota al instante.

—Anda, ¿y eso? —pregunté sorprendida.

—Le pregunté a Diana qué traer esta noche en cuanto me enviaste el mensaje. Me comentó que no te gustaba mucho el queso, pero que a tu hija le encantaba...

—Y aun así has preferido traer la tarta de queso.

—Quería impresionarla.

—Yo también lo haría.

Sonreímos cómplices mientras Violeta, más ágil que su madre, ya había cogido una cucharilla para hincársela a la tarta, sin mediar palabra. Como si esa manida conversación de adultos que juegan a conocerse no fuese con ella ni le importara lo más mínimo.

Aproveché el momento para sacar algo de picoteo mientras llegaba la hora de acostar a Violeta. Desde un principio pensé que para Jota ese sería el plan ideal, pero lejos de seguir la hoja de ruta y «aguantar» con mi hija hasta quedarnos a solas, cogió su copa de vino y se sentó junto a ella lo que quedaba de tarde. Como si la hora de irse a la cama le apeteciese menos a él que a Violeta. Como si quisiese aprovechar cada segundo hasta que llegase el momento y, por desgracia, tuviéramos que encaminarnos hacia la habitación.

Despedimos al sol haciendo crucigramas, compartiendo mi atención al cincuenta por ciento entre ser parte activa del proceso de resolver las palabras y, por otro lado, observar la implicación que desde el principio mostró Jota por complacer a mi hija. Sin duda, también se complacía a sí mismo porque la conexión entre ambos lo invadió todo.

La situación era tan cómoda que me relajé. Nunca pensé que aquel primer contacto pudiera ser tan natural.

Cuando el sol se ocultó tras los edificios de manera completa, lo hizo dejando tras de sí un precioso cinturón de Venus, la banda de color anaranjado que se puede observar en ocasiones en los atardeceres y cuyo nombre se debe a la diosa del amor y la belleza. Lo sabía porque todo lo que tenía que ver con los astros era mi trabajo.

—Bueno, creo que esta sagitario tiene que irse a la cama —dije justo cuando ella y Jota encontraron el último siete de una sopa de números.

—¿Mañana tiene clase? —preguntó Jota.

—Sí, hasta el viernes 22 nos toca hacer el último esfuerzo, ¿verdad, Violeta?

—Es lo que hay... —respondió resignada.

Jota soltó una carcajada ante la respuesta, mientras yo no terminaba de dar crédito a las contestaciones de mi hija aquella noche.

—Pero, Violeta, ¿dónde aprendes esas frases?

—De la abuela.

—¿Las aprendes de la yaya? —pregunté extrañada.

—Sí, es lo que le dice al vecino cuando se queja porque la abu tiene la tele alta.

—¿Eso le dice? —aseveró Jota, interesado.

Violeta asintió con la cabeza. Convencida.

—Sí, le grita: «Estoy un poco sorda, Antonio... ¡Es lo que hay!».

No pudimos contener la risa.

—Vale, mañana hablaré con la abuela... —dije mientras avanzaba con ella hacia la habitación—. ¿Me das diez minutos? —le pedí a Jota.

—No tengo ninguna prisa —respondió.

Ni hicieron falta. A los pocos minutos, Violeta se había

quedado completamente dormida. Entorné la puerta de paso del pequeño pasillo y volví al salón.

—Ya está.

—Se ha dormido enseguida, ¿no?

—Sí. Debería irse un poquito antes a la cama, pero ahora, con este calor, mientras haya luz fuera, es imposible. Creo que va a ser como su madre: un ave nocturna.

—Es una niña preciosa y muy inteligente.

—Sí, en eso no ha salido a la madre —respondí en broma mientras Jota me miraba con cariño.

—¿Cenamos? —pregunté para salir de aquel silencio que decía más que las propias palabras.

—Uf, no sé si voy a poder, entre el jamón, las aceitunas y el vino, creo que estoy lleno.

—Y la tarta...

—Y la tarta, por supuesto. He empezado por el postre.

—A ver... no te voy a engañar. No soy una gran cocinera y tampoco me ha dado mucho tiempo con el día que he tenido...

—Es broma, Lucía. Cualquier cosa estará bien.

—¿Hummus? —dije, a sabiendas de que no era su plato favorito.

Jota dudó. Noté las ganas de agradarme en su gesto, así que reculé al momento, manteniendo la atmósfera de complicidad de la que estábamos disfrutando.

—No te preocupes, no voy a obligarte a comer hummus. He hecho una tortilla de patatas.

—Acabas de abrirme de nuevo el apetito.

—Lo malo es que lleva puerro.

—Me encanta el puerro. De hecho, podría ser peor. Podría llevar aceitunas —dijo riéndose bajito para que Violeta no se despertase. Tenía cierta sensibilidad hasta para eso.

Para mí, la mejor de las virtudes que Jota tenía era su capacidad de adaptarse a todo. No había situación que consiguiera descuadrarle. Me gustaba la gente así, porque, en cierto modo, era como el horóscopo, mutable, cambiante. Él, que además era un géminis puro, lo llevaba anclado a su personalidad.

Cenamos con una conversación de lo más agradable y cercana, real. Lejos de los chascarrillos y las batallas dialécticas constantes. Ya sabéis que odio esas películas y novelas donde los personajes solo se comunican a través de frases ingeniosas, como si todo el mundo mereciese el premio Nobel de Literatura y del humor. Como una apuesta que sube y sube con cada diálogo, una triste novela en la que los «ja, ja, ja» de las risas no están permitidos. Porque desde la más pura a la más tímida, una risa suena a eso, a «ja, ja, ja» y no a una descripción descafeinada de «una desproporcionada y sonrojante felicidad que irradia la protagonista». Aquello era una puta risa de felicidad y yo la tenía dibujada con Jota.

A todas nos gusta la química y el juego, la poesía y la metáfora. A todas nos gusta enamorarnos de la frase adecuada, aunque ni la entendamos, pero cuando vuelves a casa y preguntas si te han echado de menos, lo que menos esperas es una pose interesante y una reflexión sesuda. Esperas un maldito sí y muchos jajajás.

Por eso, la charla con Jota fue adoptando el camino pausado de las conversaciones que viajan cómodas de boca a boca, tocando todos los temas peliagudos sin obligarnos a quedar el uno por encima del otro. Solo éramos honestos con lo que empezábamos a sentir.

—Tenía un poco de miedo, la verdad.

—¿Por?

—Por presentarte a Violeta.

—Pero si es una niña encantadora.

—Desde luego, como madre no he podido tener más suerte, pero... —Hice una pequeña pausa ante su silencio, ya que Jota me dio pie a abrir mis sentimientos—. Soy muy protectora con ella. Nunca ha conocido a ninguno de mis... —obvié la palabra—. Digamos que eres el primero.

Jota sonrió con agrado.

—Pues me alegro mucho de que lo hayas hecho.

—Pensé que igual te incomodaba.

—¿Porque otros se sienten incómodos?

—Bueno, ser madre soltera sigue sin estar muy bien visto.

—Ya... —respondió Jota, sin hacer la pregunta que realmente quería hacer—. ¿Es un buen momento para preguntar por ello? —dijo, arriesgando.

—¿Por la receta de la tortilla? —pregunté evadiendo la respuesta—. Lleva patata, huevo, nada de cebolla y puerro.

Jota sonrió amable y se mantuvo en silencio. De nuevo, me invitaba a sincerarme, algo que se le daba bastante bien, a decir verdad.

—¿Qué quieres saber?

—Solo lo que tú me quieras contar.

—Hay poco que contar.

—Pues más fácil será entonces.

—Qué va... los temas que más duelen son los más difíciles de verbalizar, aunque sean cortos.

—A veces ayuda soltarlo.

—Ya...

Hice un ejercicio de contención antes de responder, como un repaso mental de lo que quería contar y de lo que no. Porque solo hablaba de ello con Diana o Sol, ni siquiera con mi propia madre sacaba el tema, y no quería que me doliera más de lo que estaba dispuesta a controlar.

—Con poco más de veinte años conocí a un chico, se llamaba Álex. Vivía en mi barrio y nos veíamos los fines de semana por los bares que hay cerca de casa de mis padres. Salimos un par de veces, nos liamos y bueno... al final pasamos tres años juntos hasta que nació Violeta.

—¿Él es el padre?

Aquella era la pregunta que tanto temía que me hiciera, no por la respuesta en sí, sino por lo que implicaba recordarlo. No respondí de forma directa:

—Él estaba terminando la carrera de Derecho, siempre quiso ser abogado. Era bastante bueno en lo suyo, o al menos eso escuchaba de sus compañeros, con los que salíamos de vez en cuando. Le habían cogido en un bufete de esos que te explotan doce horas al día como júnior... pero estaba feliz, las horas de trabajo de más no le importaban. Cuando le dije que estaba embarazada, aquella noticia que se suponía que iba a ser algo maravilloso, le descuadró por completo. Digamos que con las aspiraciones que tenía en aquel momento, Violeta no... no entraba en sus planes.

—Trabajar horas extra no, pero tener a su hija... Eso sí que le importó... —apuntó Jota.

Sonreí con tristeza.

—Resumiendo, porque no quiero estropear esta bonita cena... Álex se negó a reconocer a Violeta como su hija, incluso intentó convencerme de que me había acostado con otro, o varios incluso. En resumen, me insinuó que le había puesto los cuernos... Te puedes imaginar lo que supuso para mí, que la persona en la que confiaba y quería, con la que había tenido una relación durante tres años de mi vida en la que lo compartimos todo, de repente me dijera a la cara que era una zorra... Y no porque no pudiera, me hubiese encantado serlo en ese momento y que tuviera razón, que hubiese ocurrido así, pero no... porque por desgracia yo estaba enamorada.

—Qué terrible, Lucía... —respondió Jota consternado.

—Bueno, quiero creer que fue para bien. Tengo a mi hija conmigo, que es lo que importa.

—¿Puedo preguntarte algo? —añadió con suavidad.

—Claro.

—¿No le pediste una prueba de paternidad? —se cuestionó Jota sorprendido—. Quiero decir... Si lo tenías tan claro, seguro que la ley estaba de tu parte.

Miré a Jota con los mismos ojos con los que había observado a las decenas de personas que me habían regalado la misma pregunta siete años atrás, obviamente sin yo pedirla. El mismo razonamiento que hizo mi madre, mis tíos, mis amigos de por aquel entonces, mis compañeras... No los culpo. Intentaban buscar una explicación que me hubiese dado la razón.

—¿Tú crees que un padre que reniega de su hija merece ser reconocido?

Jota se quedó en silencio.

—No quise... Así que le di la razón —sentencié.

—¿Cómo que le diste la razón? No lo entiendo...

—Le dije a todo el mundo que él no era el padre. Me inventé que no recordaba quién era porque una noche iba borracha y me acosté con dos chicos que no conocía... Preferí quedar como una zorra delante de todos, algo que me importaba poco, con tal de que mi hija tuviera al menos a su madre. ¿De qué hubiese servido tener a un niñato que no quiere reconocerla como padre? No le necesito para darle la mejor vida a mi hija. Eso lo supe desde siempre.

Cuando terminé aquella frase, sentí cómo los recuerdos me aplastaban como una avalancha. Todo el camino recorrido hasta entonces, las noches en vela estudiando, mi madre haciendo de madre para mi hija mientras yo trabajaba, el día que alquilé la casa donde vivíamos en aquel momento... Todo un camino agridulce de pequeñas victorias basadas en esfuerzo y sacrificio. Jota esperó el tiempo necesario para que me recompusiera y me abrazó.

—¿Sabes qué es lo peor? Que hace unos años volvió a contactar conmigo. Supongo que, una vez había conseguido lo que perseguía en su profesión, se acordó de su hija y me llamó para intentar ejercer de padre. Me dijo que había estado pensando mucho en nosotras durante este tiempo, que se había dado cuenta del error que había cometido, que estaba dispuesto a todo, incluso a reconocer su paternidad, pero...

—Le dijiste que no.

Asentí mientras notaba el latido acelerado de mi corazón, porque revivir aquella conversación me hacía daño.

—Luego él quiso pedir la prueba de paternidad por su cuenta, pero como en su momento no había reconocido que era el padre...

—No pudo hacerlo —completó Jota.

—¿Qué ironía, verdad? Creo que es el error más recurrente del ser humano: cuando puedo, no quiero y cuando quiero... ya es tarde —dije sonriendo llena de dolor y tristeza. En absoluto con resentimiento, pues nada hubiese agradecido más para mi hija que tuviese a su padre cerca. Pero fue él quien tomó la decisión y yo la respeté.

Aquella noche nos terminamos la botella de vino y se quedó a dormir en casa. No tuvimos sexo, no hicimos el amor, simplemente nos besamos en el sofá, maldecimos a Rosa entre risas para quitarle hierro al asunto y comentamos algunos detalles sobre la policía y las cartas. Todo muy por encima, porque, como les había dejado claro a Gustavo y a Elsa, estaba decidida a cambiar el rumbo de mi vida y a no sentirme responsable de nada ni nadie más. Solo de disfrutar de lo que Jota y la vida me ofrecían en ese momento y de ocuparme de lo que únicamente yo era responsable.

CAPÍTULO 20

Las semanas siguientes fueron completamente distintas a lo que mi mente había dibujado y teñido en blanco y negro. Cuando mi jefa me obligó a cogerme aquellas vacaciones, pensé que no volver a la oficina me hundiría a nivel mental, que no dejaría de darle vueltas a que mi otra criatura, aquella sección en la que había invertido los últimos años de mi vida, estaba en manos de Rosa. Sin embargo, no fue así. Esas semanas se convirtieron en un desahogo y estuvieron repletas de color.

Para ello, dos cosas fueron fundamentales. Por un lado, me aislé del mundo. Cuando parecía que la era de la noticia a golpe de clic me podría conducir a explotar de manera definitiva, pese a todas las cosas buenas que el fácil acceso a la información conllevaba, ocurrió todo lo contrario. Aun estando en pañales y sin la inmediatez de las redes sociales que en la actualidad damos por sentada, se abrieron foros de debate que comentaban con bastante crueldad lo que la prensa en papel, las revistas, los programas de radio y la televisión se encargaron de hacer noticiable. Así que decidí no leer ni ver más que lo estrictamente necesario. Ni artículos de opinión ni debates en programas de investigación de media mañana y demás circo que se montó cuando la prensa supo de Paula y del fallecido Antón. Nunca los relacionaron como posibles víctimas de la misma persona. En el caso de Paula, lo enfocaron como una posible venganza de su exmarido y con Antón aprovecharon para incluir los términos «negligencia» y «sanidad pública», que tan buenos resultados daban a la hora de vender titulares. En cualquiera de los casos, era triste ver el poco respeto con el que se trataba a las víctimas y el morbo que desencadenaban palabras como «secreto de sumario», «muerte en condiciones extrañas» o incluso el término «posible asesino», al que llegaron a vincular con otras tres muertes que ocurrieron entre diez y quince años atrás. Por supuesto, todo sin corroborar y sin relación plausible alguna.

Al menos mi nombre y el contenido de las cartas no aparecía en estas noticias. Paula tampoco ofreció entrevistas en programas de pseudoperiodismo. Imagino que Gustavo, Elsa y todo el cuerpo de la Policía Judicial hicieron un gran trabajo promoviendo que la prensa se enfocara más en fomentar su imaginación que en crear alarma. Si el delito se disfraza de entretenimiento, todos hacen negocio menos las víctimas.

Mi madre decía que el futuro le daba miedo y, dado que ella había pasado por una época de hambre y posguerra, creo que su opinión tenía cierto peso. El miedo solo existe cuando tienes el conocimiento suficiente para saber que está ahí. Entonces puedes dominarlo. No tienes miedo de una cucaracha que convive contigo en la habitación hasta que la ves y eres consciente de su presencia. Y no te aterra hasta que vuela...

En la actualidad nos educan para negar la existencia de ciertos temas que podrían rompernos. Como una aspirina que te quita el dolor durante unas horas, pero no ataca el problema de base. Es lo que hice yo durante aquellos días: controlar mi miedo a base de no querer saber nada de las cucarachas.

Por otro lado, la relación con Jota se afianzó de tal manera y tan rápido que consiguió abstraerme de todo aquello. Hasta tal punto que volví a retomar algún trabajo personal y disfruté de nuevo de tener tiempo libre para confeccionar la carta natal de alguna amiga de mi madre o de compañeras de Sol. Era una vuelta a mis inicios y, en cierto modo, a la tranquilidad. Como si de repente me hubiese transportado hacia el pasado, diez años atrás, cuando me ofrecía en el barrio de mis padres para practicar con las vecinas, aunque muchas no supieran ni la hora exacta en la que nacieron. Formaban parte de otra generación, una que se dedicó a vivir por y para sus hijos, sin autocuidado alguno. Y aunque en la actualidad vivimos una época más egoísta, porque nos dedicamos a vivir por y para nosotros, las madres siempre serán madres, con los pros y los inconvenientes que ello conlleva. Mi hija es lo más importante para mí por encima de todo, pero sin olvidarme de mí como persona. Me gusta pensar que es lo que proyecto cuando alguien me conoce por primera vez. Que soy una madre que consiguió cumplir sus metas y las de su hija. Ambas, sin dejar atrás ningún sueño por cumplir.

Aproveché las vacaciones forzadas de aquellas semanas para disfrutar de un pequeño descanso junto a Violeta. En esos planes distendidos no solo estaban incluidas Diana, Sol o mi madre, también lo estaba Jota, quien aprovechaba cuando salía de la oficina para pasar por mi casa y disfrutar con nosotras. Estaba claro que ya no trabajaba allí la tocapelotas de turno —básicamente, yo—, que le obligaba a quedarse hasta última hora para cerrar la redacción, así que, con las horas de luz que nos regalaban las largas tardes de verano y el calor sofocante que podía llegar a hacer en mi salón, era habitual verle en el parque con nosotras o cenando y durmiendo en casa. Todo muy rápido, pero muy natural. Tan natural como el sexo que teníamos cuando mi madre se quedaba con Violeta los fines de semana.

Cuando ocurrió lo de Álex, perdí la ilusión y el gusto por el sexo. Sentí que hubo algo en mi interior que se extinguió. Como un vacío dentro que no era capaz de llenar con nada. Como si me hubiesen arrancado una parte de mi cuerpo que de manera inconsciente intentaba revivir, pero que ya no existía.

Tuve relaciones, por supuesto, conocí a personas que no fueron capaces de llenar aquel vacío o, incluso, lo hicieron más profundo. Relaciones que cuando se acababan, se acababa todo. Con Jota resultaron ser pasionales, excitantes hasta tal punto que incluso llegamos a probar en lugares distintos: en los baños de restaurantes, en el campo, incluso en la azotea del edificio contemplando el atardecer. Disfrutábamos de nuestros cuerpos, de lo prohibido, de lo que tenía oculto y enterrado dentro de mí tras años dedicados solo a mi hija y a mi trabajo.

Me atraían muchas cosas de Jota, pero, sin duda, lo que más me gustaba de él era algo que iba mucho más lejos de lo físico, más allá incluso de que me hiciese reír cada dos frases. Algo que siempre salía a flote en mis conversaciones con Diana y Sol, y era la dulzura con la que trataba a mi hija. Verlos juntos era una verdadera delicia. Verlos juntos era lo más parecido a que Violeta tuviese un padre y eso me hacía sentir inmensamente feliz.

Aquel 18 de junio de 2002 le había dicho a la policía que no quería saber nada más. Cuando Lorena me mandó a casa, tuve la sensación de que todavía no había tocado fondo y de que lo peor estaba por llegar. Pero no fue así.

Mientras mi vida personal se recompuso durante las semanas siguientes, tuve que aguantar en silencio y de manera estoica las acometidas que recibí en forma de SMS. Porque que consiguiera aislarme del mundo no significaba que consiguiese aislarme de él.

------SMS------

¿Dónde estás, mi querida Lucía?

------SMS------

¿Por qué no me contestas?

------SMS------

¿Voy a tener que llamar tu atención?

------SMS------

Recuerda, Lucía, que no hace daño quien quiere, sino quien puede...

Por supuesto, no compartí con nadie que recibía estos mensajes, cada vez desde un número de teléfono distinto. Fiel a su estilo, nunca utilizaba el mismo más de una vez.

Era muy fácil conseguir tarjetas prepago en cualquier estanco. Él lo sabía y yo también.

Por suerte, estos mensajes nunca llegaban cuando estaba con Jota. Ciertamente, me hubiera sentido muy mal si hubiese tenido que mentirle. Prefería seguir con la estrategia que me había impuesto por salud mental y que ya había dejado lo suficientemente clara a Elsa. Sí que dudé en llamar a Gustavo a su móvil personal, pero estaba tan cansada y tan necesitada de evadirme de todo aquello que decidí vivir, no revivir lo ocurrido. Ellos tampoco se pusieron en contacto conmigo. Imagino que seguirían con sus investigaciones, si es que aún continuaban con ello, y habrían tomado la decisión de dejarme a un lado de toda aquella parafernalia.

Aun así, durante esas semanas, coincidiendo siempre con la llegada de estos SMS, y durante diez minutos al día como mucho, me resultó inevitable revisar los periódicos y revistas a primera hora y ver las noticias en la televisión a mediodía y por la noche. «No es mi problema» era un mantra que me repetía para dejármelo claro a mí misma, por si surgían las dudas. En ningún caso quería que las amenazas de esos mensajes se tornaran en realidades, aunque no conociera a esa persona, como tampoco conocía a Paula y a Antón. Tampoco quería que esas intimidaciones afectaran a mi familia. Aquello era lo que me mantenía intranquila y desvelada, lo que me quitaba el sueño cada noche y cada siesta de verano que me perdí. Me preocupaba mi hija Violeta en especial. Sería muy distinto si solo me afectase a mí, pero en el momento en que un loco se dirige a ti de forma personal, es inevitable pensar que tu entorno pueda estar también en su punto de mira.

Mentiría si no dijera que estar rodeada de mis seres queridos, incluido Jota, me ayudó a alejar estos sentimientos e inseguridades de mi cabeza. También ayudó que decidiera cambiar el número de mi teléfono móvil. Compré una tarjeta nueva y solo compartí mi número con las personas de confianza. Tampoco es que fueran muchas: mi familia, mis amigos y mi jefa Lorena para estar localizable en temas laborales. Entonces, por fin los mensajes desaparecieron y, por primera vez en mucho tiempo, me sentí libre y aliviada.

El lunes 22 de julio, un mes más tarde de haber dejado mi puesto en la redacción, y con media España a punto de comenzar sus vacaciones estivales de agosto, yo volvía de las mías.

Violeta se quedó a dormir con mi madre. Jota y yo cenamos en casa, pero esa noche se marchó temprano a la de sus padres, que vivían bastante cerca de la mía.

Creo que Jota no quería que apareciésemos de la mano en la puerta de la oficina al día siguiente. Yo tampoco. Queríamos evitar ser protagonistas de cotilleos y comidillas de una redacción chismosa *per se*, y menos el día de mi regreso.

Pasé la noche en vela, muy nerviosa y preocupada por lo que me podría encontrar al llegar a la oficina. No solo por cómo reaccionarían mis compañeros, sino por mi sección, de la que había intentado desvincularme durante las vacaciones en pos de mi salud mental, aunque había sido inevitable ojear la revista de vez en cuando. Ayudó no haber recibido ninguna llamada de Lorena, así que, después de pasar un mes habiendo hecho oídos sordos a lo que Rosa había hecho con mi trabajo —en aquel momento el suyo—, mi principal objetivo era llegar y evaluar los daños en primera persona.

Aquella mañana, como de costumbre, cogí el metro a las 7:45. Busqué un vagón sin gente, elegí uno que iba casi vacío. Solía seleccionarlos caminando por su interior para estar más tranquila. Apenas un par de chicas jóvenes con sus MP3, un trabajador del Ayuntamiento que reconocí por su indumentaria y algún ejecutivo con traje. Se percibía que Madrid estaba en pleno verano. La ciudad cambia y se vuelve mucho más amable y accesible, menos ruidosa e ingrata.

Entonces, cuando parecía que por fin mi cuerpo se adaptaba de nuevo a la sensación rutinaria de la vuelta al trabajo, y el calor de aquella mañana me obligaba a beber desde primera hora para no deshidratarme, recibí un mensaje. Uno en mi nuevo móvil con aquella tarjeta prepago que había comprado en un estanco hacía un par de semanas. Un mensaje que, lejos de preguntar o amenazar, como los anteriores, me daba la bienvenida:

------SMS------

Mi querida Lucía:

No sabes cuán grata ha sido mi sorpresa al encontrar tu nuevo teléfono en el móvil de Rosa. Me lo estabas poniendo muy difícil... Espero que mi regalo de bienvenida esté a la altura de lo que me pediste.

Cerré los ojos como quien hace un esfuerzo por creer que aquello no estaba pasando. Esperaba que fuese una ilusión óptica y que al abrirlos el mensaje no estuviera allí. Pero estaba.

De manera casi involuntaria até cabos mientras mi pulso comenzaba a alterarse. Cuando le di a Lorena mi nuevo teléfono para el caso de que hubiera alguna emergencia, imagino que ella lo compartiría con Rosa por si, en plena crisis de orgullo con mi sección, necesitaba que la sacara de algún apuro. Para Lorena, la revista estaba por encima de las personas y del respeto a los demás. Poco importaban mis sentimientos, si se trataba de salvarse el culo. Poco importaban los de Rosa también.

Bajo una constante apariencia de involuntario despiste, Lorena gobernaba con mano de hierro. Caminaba de una forma muy digna sobre la delgada línea en la que, por un lado, te obligaba a trabajar doce horas diarias con una sonrisa, pero, por otro, cuando cambiaba su gesto tan amable, nadie emprendía la ofensiva contra ella. Era una experta en el arte de obligar sin presionar para presionar sin ofender. Para ofender sin opción a réplica. Una auténtica loba de los negocios con piel de cordero que nunca tomaba partido de las disputas triviales entre sus trabajadores. Simplemente, al final se hacía lo que ella decía y punto. Lo mismo que en una dictadura, pero con una sonrisa, lo cual al menos era de agradecer en según qué casos.

Aquel SMS me dejó vacía de repente. Después de semanas sin tener noticias de la que estaba siendo mi peor pesadilla, no tuve la fuerza suficiente para afrontarlo, o al menos mi cuerpo no reaccionó como esperaba.

Y sucedió. Algo que jamás había experimentado. Una terrible sensación de indefensión por la falta de control.

Aún no había llegado a mi destino cuando un ataque de pánico me golpeó con fuerza en plena línea 1 entre las paradas de metro de Bilbao y Tribunal a las 8:05 de la mañana. Mi respiración empezó a acelerarse sin que pudiera moderarla a tiempo, antes de que un hormigueo empezara a recorrerme pies y manos perdiendo la sensibilidad por completo.

A los pocos segundos, una de las chicas sentada un par de asientos más hacia el fondo del vagón se levantó con celeridad, pensando que era un golpe de calor, efectos de una anemia o un mareo. Sostuvo mi cabeza entre sus manos, me tranquilizó mientras me ofrecía algo de agua y un poco de aire agitando el libro de poesía que estaba leyendo.

Cuando el metro se detuvo, me quedé sentada en la estación de Tribunal durante una hora junto con un guardia de seguridad que insistía en llamar a una ambulancia. Pero lo peor ya había pasado y me encontraba mejor. «Mejor» comparado con lo que aún me quedaba por vivir esa mañana.

Aquel 22 de julio crucé la puerta de la entrada al edificio a las 11:30 de la mañana. Llegaba muy tarde, pero allí estaba, casi de una pieza. Parecía que nada había cambiado desde que me fui. «Es poco tiempo para que las cosas lo hagan», pensé, aunque quería creer que yo, a pesar del incidente en el metro, sí había conseguido cambiar. Estaba nerviosa, pero comprendí que debía controlarme y estar preparada para todo, incluso para un potencial despido. Siempre concebí que existía esa posibilidad, incluso me agarré a la idea de que en cierto modo me daba igual, para conseguir sobreponerme. Los mecanismos de defensa que tiene el ser humano para hacer frente a las adversidades son increíbles. Cómo tu cabeza es capaz de negar lo evidente y se adapta para sobrevivir.

A decir verdad, yo solo quería recibir noticias cuanto antes, asumirlas fueran las que fuesen, y ver a Jota y a Diana. No anhelaba nada más.

Al llegar, noté un agradable aire fresco. Una sensación muy reconfortante y diferente al horno en el que habíamos envejecido el mes anterior y que aquel día se ajustaba a los veintidós grados de temperatura. Evidentemente, el aire acondicionado estaba de vuelta, como yo, aunque con distinta fortuna.

Nada más crucé el recibidor que daba acceso a mi departamento, pude ver que todos estaban de pie. Tuve la sensación de que me esperaban. Y cuando digo todos, incluía a Elsa y a un nutrido grupo de policías que llenaban la sala. Los rostros eran mortecinos e incluso percibía cierto terror en sus gestos. Algunos lloraban. No lograba entender absolutamente nada.

Busqué con la mirada a Jota y a Diana. Estaban detrás de dos agentes de policía. Me observaban con impotencia.

Antes de que mi cerebro pudiera analizar la situación, Elsa se acercó a mí y con cierta violencia cogió mi brazo derecho llevándolo contra mi espalda mientras hacía lo propio con el izquierdo y me colocaba unas esposas. Fue una sensación muy desagradable. Estaban muy frías.

—Lucía Ortiz Álvarez, alias Romasanta, queda usted detenida por el presunto asesinato de Rosa Pérez Labarga —dijo con vehemencia.

Y a partir de ese momento dejé de escuchar. «Asesinato de Rosa» repetía en mi mente una y otra vez. Me quedé bloqueada mientras ella seguía con la famosa doctrina Miranda y su «tiene derecho a permanecer en silencio, cualquier cosa que diga podrá...».

Y no. No dije absolutamente nada.

CAPÍTULO 21

22 de julio de 2002. 10:08 a. m.

Tercera carta

Mi querida Lucía:

Ya contábamos con la difícil empresa de seguir con nuestra rutina a medida que avanzara nuestra aventura juntos, esta que nos lleva, como dos enamorados, a escribirnos mediante tinta y sangre.

Ya lo decía el poeta Lihn: «Equilibrio inestable de la tinta y la sangre que debes mantener de un verso a otro, so pena de romperte los papeles del alma». Y nuestras almas, mi querida Lucía, permanecen unidas como lo están los versos anclados de un poema.

He tenido que hacer un gran esfuerzo. He de reconocer que me costó comprender tus deseos de mantenerte al margen sobre nuestro viaje juntos. Del desprecio que mostraste por Paula, por Antón y por mí.

Ahora lo entiendo y lo comprendo. Como el que conoce el doloroso camino de quien ha sido traicionado por el amor verdadero.

Fue duro no desfallecer cuando me diste la espalda. Cuando obviaste mis palabras, que eran las tuyas, y te marchaste dejando en manos de una analfabeta lo que tu tiempo, dedicación y alma te habían otorgado por derecho. Ella no merecía vilipendiar el trabajo de toda una vida y tú lo sabías.

Por eso, cuando recurriste a mí, te escuché. Aunque no quieras reconocerlo, como un niño no admite que ha mentido a su padre, te escuché... y obré. Obramos. Porque no solo eres parte de esto, eres la responsable.

Hoy no puedo ocultar mi más sincera satisfacción cuando me pediste que la sedujera y acabara con la vida de quien empaña tu trabajo y nuestra relación.

No fue agradable hacerlo, ni lo he disfrutado, pero fue necesario. Y aunque anoche, en aquel lugar lleno de hedonismo propio y olor a ella, tuve que reírle las imbecilidades primero y subir a su casa después, hoy puedo decir que tu plan era perfecto. Conocías bien cómo engrosar el ego de quien solo se quiere a sí misma.

Mi querida Lucía, hoy nos hemos deshecho de Rosa. Desecho es la palabra apropiada. La hemos disecado como una alimaña con la sal de tus propias palabras, ¿las recuerdas?:

«No te equivoques, Rosa, yo solo te mataría a ti».

Ella desde luego que sí lo haría, porque no ha dejado de repetir la frase esta noche, remedando tu voz como un papagayo. No hizo falta animarla en exceso para corroborar su animadversión por ti, estaba patente cada cinco minutos. Solo cambió el diálogo cuando gemía y estoy seguro de que no era de placer.

Su falta de clase no enturbiará tu obra maestra. ¡Qué gran frase, mi querida Lucía! Qué apropiada nota final para esta sublime composición.

Que el pecado no nuble la honestidad de la enmienda. Esa insoportable mujer, usurpadora de lo que no le correspondía, era una crapulosa que manipulaba y engañaba a su marido y a todo el que tenía la desdicha de cruzarse en su camino. Pues ya no caminará más.

¿Es eso un crimen o es justicia? Estos juicios morales no son de nuestra incumbencia. Son dilaciones comunes para el vulgo, la policía y quienes no están a la altura.

Me hubiese gustado hacer oídos sordos al desdén que mostró por tu sección, como una verdulera en un mercadillo, pero mi paciencia tenía un límite, como la tuya. Fue imposible negarme a tu canto de auxilio. Hoy Rosa ha cumplido con las exigencias del guion que había preparado para sí misma, las de una sagitario que se enfrentaba a una semana «con las alas de su signo listas para volar hacia el éxito»... ¡Y vaya que si ha volado!

Pobre infeliz. El verdadero éxito es que te decidiste a pedir mi ayuda. Tú me ofreciste la manera de entrar en su casa y yo la tiré por la ventana.

Mi querida Lucía, me ha gustado trabajar contigo, aunque solo sea por esta vez. Es gratificante saber que vuelves al lugar donde te corresponde.

Atentamente, para mi nigromante favorita.

CAPÍTULO 22

Lucía se quedó retenida, aislada y vigilada en una sala contigua durante horas. Mientras, Elsa esperaba impaciente a que llegara Gustavo en una de las dependencias comunes que albergaba la comisaría del distrito de Arganzuela. Era una estancia mucho menos glamurosa que las que aparecen en las series de televisión americanas. En ella había un sofá marrón camel desgastado, un par de ventiladores, un microondas y algunos pupitres de colegio con su tabla de madera anexa para tomar notas; una de aquellas sillas verdes de colegio en las que era inevitable recordar cómo el pelo largo se quedaba enganchado en el tornillo cada vez que te sentabas, y que debía ser el vestigio de alguna oposición o curso que se habría hecho en algún momento y que nada tenía que ver con el asunto actual.

Gustavo y Elsa pertenecían a la Unidad Judicial de la Policía Nacional. Esta, a diferencia de la Unidad de la Guardia Civil, se ocupaba de los crímenes que se cometían en las grandes ciudades y capitales de provincia. En concreto ellos dos, por su talento, dependían directamente del Ministerio de Interior como parte de un grupo especial. Si bien cada comisaría tenía su propio equipo de Policía Judicial, cuando el caso requería de una intervención distinta, era este grupo especial quien se desplazaba hasta el centro, al mando de la comandancia donde se había cometido el delito.

No tenían despacho fijo, o sí, pero no sabían muy bien dónde y, aunque estaban en un rango superior que los jefes de equipo e inspectores, brigadas o comandantes de cada unidad de la Policía Judicial de las distintas comisarías, se sentían como unos apátridas. Siempre trabajando en terreno de juego ajeno. Constantemente juzgados por sus propios compañeros. En silencio, por supuesto. Como un extraño que llega a tu propia casa para organizar la ropa de tu armario.

Cada vez que Gustavo y Elsa entraban por una de las puertas de cualquiera de las comandancias de Madrid, podían percibir el desdén y la tensión de quienes, de mala gana, cedían el mando a favor de dos compañeros desconocidos que no pertenecían a su equipo. Era una carga difícil de digerir para Gustavo, quien se mostraba como una persona afable y conciliadora, y en ningún caso imponía su autoridad. Elsa, por su parte, al ser mujer tenía el doble de trabajo por delante para hacerse respetar, pero gracias a su carácter, forjado a base de superación propia y ajena, lo conseguía, aunque fuese de una forma algo más violenta.

A las 19:30 horas, Gustavo entró en la sala, sudando, con una carpeta y un gesto serio, nada habitual en él. Lucía seguía detenida desde las doce de la mañana en la sala aneja y al pasar por delante comprobó que tenía pinta de estar exhausta.

—¿De veras era necesario ponerle las esposas delante de todo el mundo? —preguntó a Elsa con contundencia.

—Claro, es el protocolo.

—¿Ah, sí? ¿Acaso había riesgo de fuga o indicios de posible autolesión? —respondió con ironía.

—No te preocupes, que no va a ser algo traumático para ella. ¿Qué habéis encontrado?

Gustavo cerró la puerta y se sentó en una de las incómodas sillas de estudio, al tiempo que colocaba uno de los ventiladores apuntando hacia él antes de responder:

—Cayó por el patio interior del edificio. Es un octavo, con lo cual hay más de veinticinco metros. Fue sobre las tres de la madrugada más o menos.

—¿La empujaron?

—¿Qué quieres que te diga?

—Quiero que me digas lo mismo que las pruebas. Las que nos han hecho detenerla.

—Su detención es preventiva, que no se te olvide.

—Sí, setenta y dos horas —respondió Elsa con rotundidad—. ¿Me lo vas a contar o prefieres que lo lea yo misma?

Gustavo suspiró mientras abría la carpeta. En la primera página de un informe de varios folios aparecían varias imágenes. Una fotocopia de la tercera carta, una copia de la revista abierta por el horóscopo de Rosa, Sagitario, al lado de una ventana de la casa y, unida con un clip, una foto del cuerpo de la víctima, que yacía sobre el suelo del patio interior del edificio sobre un charco de sangre. No era una foto agradable, pero a Elsa no pareció impresionarle lo más mínimo. Si algo había aprendido en la academia de Policía Nacional de Ávila, y que tuvo que poner en práctica desde su primera escena de un crimen, era que no podía vincularse con los casos y que un cadáver era el mero inicio de una investigación. En su mente tenía grabada a fuego una frase de un comisario que impartió un curso sobre Investigación

Probática y Criminal: «Los muertos hablan más que los vivos o, al menos, no mienten», por lo que enseguida se acercó a Gustavo y le arrebató el informe, casi por inercia, para escuchar lo que aquella exánime víctima podía contar.

—No se ha forzado la cerradura, ningún vecino ha oído golpes. La mujer no presenta forcejeo ni violencia, pero estaba sedada con Rohypnol. Lo hemos encontrado en una de las copas de vino de la casa y ha dado toxicología positiva en el cuerpo.

—Por eso no gritó mientras caía. El cuerpo ha sido descubierto por una vecina cuando ha salido a tender la ropa esta mañana —añadió Gustavo.

—¿Crees que le dejó pasar?

—Seguramente le invitó a entrar. Tal como lo describe la carta.

—¿Y del resto?

—Han confirmado que el pelo que había en el sofá coincide con las muestras de Lucía. Hay huellas suyas también en una libreta que estaba en la mesa del salón.

—Pues ya está —respondió Elsa uniendo las piezas de un puzle que en su cabeza ya estaba resuelto.

—¿Ya está qué?

—Tenemos la carta, las huellas y una prueba de pelo. ¿Necesitas algo más? —insistió Elsa.

—Hombre, creo que poder situarla anoche en esa casa estaría bien —respondió Gustavo.

—No tiene coartada.

—Ya... —dijo Gustavo respirando hondo, desconcertado—. No sé, Elsa, esto es como una escena de teatro. ¿Primero la hace responsable de un intento de asesinato y la muerte de otra persona que aparentemente no guardan relación y ahora traman un plan juntos para seducir y matar a esta mujer?

—Eso es lo que te estoy diciendo. Tal como yo lo veo, esto es cosa de dos, Gustavo. Ella le pide que la seduzca y él la engaña para que le invite a subir a su casa y matarla. Creo que ella no contaba con que este sujeto fuera a incriminarla después con una carta en la que contara el plan. Creo que se la ha jugado.

Gustavo intentaba analizar el complicado razonamiento que Elsa llevaba a cabo, según el cual forzaba la situación en más de una ocasión para que cuadrase según su necesidad.

—¿Te das cuenta de lo rocambolesco que suena todo esto?

—Yo ya te lo dije, Gustavo. Siempre he pensado que siendo la víctima de esas cartas, ella se autodescartaba del todo. Y esta vez es diferente. La carta la inculpa de modo directo. Hay un cambio en la manera de actuar porque la hemos presionado, Gustavo. Hemos conseguido que cometan un error. Los dos.

—Pero ¿qué sentido tiene que una vez que está sedada y lista para morir, Lucía entre en la casa para dejar un pelo y sus huellas en una libreta? Lo lógico sería no haberse ensuciado las manos. Si había cambiado la relación entre ellos, lo normal sería haberse buscado una coartada y dejar que el sujeto se encargara.

—No estoy de acuerdo. Esa mujer odiaba a su compañera. Si había algo que esa noche ella ansiaba era subir a esa casa y comprobar con sus propios ojos que estaba muerta. Eso justificaría que la cerradura no estuviera forzada y que pudiera dejar la prueba biológica en el sofá, tal y como reza la carta. A mi modo de ver, la implicación es clara y directa —concluyó Elsa.

Gustavo se frotó la cara con fuerza con sus manos. Parecía algo confuso.

—¿Y el hombre de la oficina con el que la víctima tuvo una aventura? ¿Lo habéis descartado?

—¿El de administración? Fue al cine con sus hijos y luego volvió a casa con su mujer.

—¿Todos en la oficina tienen coartada para la noche de ayer?

—Estamos en ello, pero de momento ella es la única que no la tiene, Gustavo. Y no solo hay pruebas de que Lucía estuviera en esa habitación anoche, hay un móvil verbalizado en forma de intimidación que tú y yo presenciamos en primera persona y que es constituyente de delito grave de amenazas que, en este caso, además, ha sido consumado.

—Mira, eso puedo entenderlo. Si fuera Lucía, me jodería que me quitaran mi puesto de trabajo y aprovecharía este tiempo para ver cómo quitármela del medio, pero ¿y las otras dos víctimas? ¿Qué tienen que ver con esto? Si es cómplice, ¿qué sentido tiene lo de la mujer del baño y Antón? ¿Qué relación tiene?

—Puede que no estén relacionados.

—No te entiendo.

—Quizás lo que ocurre es que se ha aprovechado de los otros dos delitos para encubrir el asesinato de Rosa como si fuera parte de los anteriores. Piénsalo; está claro que aprovechar los dos intentos de homicidio, uno de ellos ejecutado, para replicar un tercero como parte de ellos desvía totalmente la atención.

—¿Y la carta? Eso tendría sentido si la carta tuviera otra grafía diferente, pero incluso sin que la haya visto el perito, juraría que es la misma letra.

—Está claro entonces, ¿no?

—¿Qué quieres decir?

—Quiero decir que no dudo de que en un principio pudiera ser algo personal contra ella, una especie de venganza, pero también sabemos que él se puso en contacto con ella de forma privada más allá de las cartas y nos mintió sobre ello desde el principio. No sabemos la relación que tienen ahora mismo o la que han tenido en las últimas semanas. ¿Puedes asegurar a ciencia cierta que Lucía y el sujeto no están colaborando? No lo sabemos. Lo único que tengo claro es que desde que ella dejó el trabajo y se fue de vacaciones las cartas desaparecieron. En cuanto ha vuelto...

El inspector respiró hondo ante las palabras de Elsa. Parecían rebuscadas, pero tenían cierto sentido.

—Es innegable la admiración que Lucía siente por este sujeto y, no solo eso, la propia carta habla de su relación, de «trabajar juntos solo por esta vez». ¡Qué más quieres!

Gustavo empezó a entender el desarrollo de Elsa, que, inevitablemente, cada vez cogía más empaque. Ella insistió:

—Cito de manera textual: «Hoy no puedo ocultar mi más sincera satisfacción cuando me pediste que la sedujera y acabara con la vida de quien empaña tu trabajo y nuestra relación». «Por eso te escuché. Por eso, aunque no quieras reconocerlo, como un niño no admite que ha mentido a su padre, te escuché... y obré. Obramos. Porque no solo eres parte de esto, eres la responsable».

Gustavo la escuchaba sin mediar palabra.

—Y sigue: «Hoy Rosa ha cumplido con las exigencias del guion que había preparado para sí misma, las de una sagitario que se enfrentaba a una semana»... «Con las alas de su signo listas para volar hacia el éxito»... «El verdadero éxito es que te decidieras a pedir mi ayuda. Tú me ofreciste la forma de entrar en su casa y yo la tiré por la ventana».

Elsa remarcaba las palabras en las que el plural se hacía patente durante todo el escrito. Justificando la implicación de Lucía a través del texto.

—Y concluye con: «Mi querida Lucía, me ha gustado trabajar contigo, aunque solo sea por esta vez».

Elsa dejó la carta con un golpe seco sobre la mesa y miró a Gustavo con decisión. Tenía claro su objetivo, como otras tantas veces, pero parecía que en aquella ocasión había madurado la idea más de lo habitual.

—Puede que alguna prueba sea circunstancial, Gustavo, pero quiero jugármela a una posible declaración. Quiero presionarla y conseguir una confesión.

Gustavo respiró hondo por segunda vez. Esa última frase había llegado directa a pinchar sus pulmones, que perdieron fuerza ante el empuje de su compañera. Tras unos segundos de reflexión, simplemente asintió.

—Vamos.

CAPÍTULO 23

Estuve sentada en aquella sala durante horas. A solas con mis propias conjeturas. En mi cabeza se repetía sin parar aquella frase que solo hubiese esperado escuchar de la boca de un policía en una serie de televisión: «Lucía Ortiz Álvarez, alias Romasanta, queda usted detenida por el presunto asesinato de Rosa Pérez Labarga». Estaba exhausta de aquel pensamiento circular con aquella muerte, de la que me estaban haciendo responsable y que, por momentos, llegaba incluso a creer que yo había cometido. Con la sensación de estar a miles de kilómetros de mi casa y de mi hija. Con la impresión de llevar demasiado tiempo invitada a un terrorífico viaje que no había pedido hacer, sin saber quién lo organizaba. Lo único en lo que pensaba era en volver a mi casa y hacerme un ovillo en el sofá cuando todo hubiese pasado. Porque tenía que pasar, más tarde o más temprano. O eso es lo que yo pensaba en aquel momento.

Una siempre simplifica y ve muy sencillo el dolor ajeno. Te dicen: «Oye, me alegro de que al final no fuera nada» o «¿Te das cuenta de que fuiste un poco dramática?» y probablemente el que más adeptos tiene: «Tampoco fue para tanto».

Imagino que desde fuera, mi situación podría responderse con cualquiera de ellas. Con la constante desvergüenza de banalizar la angustia de otros. Con la rutina de pasar por alto todo, sin que nos roce ni nos importe. Acostumbrados a dar por hecho que conocemos el dolor en el cuerpo de otros sin estar ni siquiera cerca de saber lo que se siente.

Muchas veces mi madre me pregunta, afirmando: «Ya estás mejor, ¿no? Se solucionó todo, ¿no?». Imagino que intenta dar por sentado que el problema, cualquiera que fuera, se ha solucionado solo y ya no existe. Aunque si sigue existiendo, ya sabéis, utiliza el camino más corto, el suyo, el que no tiene ni matices ni sentimientos, simplemente soluciones fáciles.

Nunca se lo he dicho, pero creo que mi madre no quiere saber qué problemas tengo, lo único que quiere escuchar es que estoy bien y que, de haberlos, los solucionaré como hago siempre.

Así somos las personas: egoístas descaradas, dispuestas a minimizar el dolor de los demás como una ventana de menú en el ordenador. Y si no, ya sabes: «Que te acusen de asesinato tampoco es para tanto, ¿no?».

De todo el ruido que asolaba mi cabeza, amplificado por el calor de una habitación sin ventanas que me obligaba a cerrar los ojos presa del mareo, solo extraía con claridad la imagen de Violeta. Mi hija, la única y verdadera víctima de todo lo que estaba ocurriendo. La que esa misma tarde probablemente empezase a sospechar, como la niña inteligente que es, que su tía Diana o su tita Sol la recogían del colegio con demasiada frecuencia. Más de lo habitual. No pude contener las lágrimas.

Entonces, Elsa entró de golpe en la habitación. Noté cómo todo su empuje se diluía al encontrarme totalmente desmadejada. Pero ella era capaz de camuflarlo y reinterpretarse en cuestión de segundos.

—Te encuentras bien, ¿no? —preguntó.

Estaba claro que, tal y como hacía mi madre, solo quería escuchar una respuesta positiva para continuar con lo suyo. Gustavo, que apareció tras ella, por el contrario, nada más entrar y verme se asomó al pasillo y gritó:

—¡Traed ahora mismo unas botellas de agua y dos putos ventiladores a esta sala! ¡¿Qué coño es esto, Guantánamo?!

Al momento, dos agentes entraron con las botellas y colocaron sendos ventiladores de pie junto a nosotros. Gustavo me ofreció agua fresca y cambió la posición de una de las aspas para que el aire me llegase de forma indirecta.

—Es mejor así, con el sudor te puedes quedar fría —dijo con cariño.

—Gracias —respondí.

Los dos esperaron a que bebiera y, en cierto modo, me recompusiera. Instintivamente, en cuanto me bebí casi una botella entera quise preguntar qué estaba pasando, pero Elsa comenzó a hablar antes de que pudiera hacerlo. Ella siempre tomaba la iniciativa.

—Lucía, quiero explicarte cuál es la situación por la que estás retenida. Como te indiqué en el momento de la detención, se te retiene por un presunto caso de homicidio.

—Yo no he matado a Rosa. ¿Estamos locos! —grité al instante.

—Eso, Lucía, es algo que se verá después —me corrigió Elsa—. Pero de momento solo...

—¿Dónde estuviste ayer entre las doce y las tres de la madrugada? —la interrumpió Gustavo con vehemencia.

—¿Qué? —respondí sorprendida—. En mi cama, dormida.

—¿Estabas sola? —continuó.

—Sí, Jota se fue sobre las nueve y media a casa de sus padres y Violeta estaba en la de su abuela.

—¿Qué hacía con Jonás en su casa? —inquirió Elsa, cuyo tono empezaba a molestarme.

—¿Acaso eso importa?

—Podría —respondió de nuevo Gustavo.

Le miré con recelo. Gustavo ya no parecía tan comprensivo. Respiré profundamente antes de contestar.

—Estábamos juntos porque habíamos quedado para cenar como otras tantas veces en este último mes.

—¿Le invitaste a marcharse o se fue él? —insistió Elsa.

—Y yo qué sé... —respondí aturdida—. Es solo que no queríamos llegar juntos hoy a la oficina. Sin más.

Gustavo abrió una botella de agua y bebió despacio. Imagino, sin ser yo una experta, pero conociendo bien al ser humano, que hacía una pausa para continuar con el siguiente bloque de preguntas. Así fue.

—Rosa ha aparecido en el patio interior de su edificio. Ha caído desde un octavo. Estaba sedada.

—¡Qué! —dije al instante, interrumpiéndole.

—En el registro hemos encontrado una nueva carta que iba dirigida a ti. Es el mismo papel que las anteriores y, a falta de confirmación, es probable que sea la misma letra.

Elsa dejó sobre la mesa dos folios de ese color ocre tan reconocible. Venían acompañados de un sobre del mismo color, pero esta vez sin franqueo. Aquello me extrañó.

—¿Y esta carta? ¿Cuándo ha llegado?

—No ha llegado. Hace un mes intervenimos el correo de la redacción, pero desde que te marchaste no ha vuelto a escribir allí —respondió Gustavo mientras yo le miraba desconcertada.

—Esta carta estaba en el piso de la víctima —aseveró Elsa con rotundidad.

—De Rosa, querrás decir —respondí tajante mirándola a los ojos. Desafiante.

—Sí, se me olvidaba que la conocías bien. De hecho, creo que no congeniabais demasiado bien, ¿no? Hubo algunos incidentes en la oficina. Nosotros pudimos comprobarlo de primera mano.

Y aquí estaba el verdadero quid de la cuestión. Las últimas palabras que Elsa pronunció con total desvergüenza fueron clarificadoras dentro del caos en el que estaba sumida. Entendí a la perfección lo que estaba ocurriendo. Aquella frase desafortunada que dije en la oficina justo el día en que Lorena me invitó a disfrutar de unas inmerecidas vacaciones forzadas parece que no solo se volvía contra mí, sino que me inculpaba de manera descarada. No pude soportarlo más. Todo el mundo tiene unos límites, y que insinuara que yo era una asesina superaba los míos.

Había pasado el mejor mes de mi vida en mucho tiempo, disfrutando de mi hija y de Jota. Y de los dos a la vez, lo cual era maravilloso. De repente, con el tópico por bandera de «de un día para otro», mi vida cambió por completo, trayéndome de vuelta a la espiral en la que me había visto inmersa por las vicisitudes del destino. Del destino de un ser repugnante que se había propuesto hacerme la vida imposible y de la que había perdido el control. Rompí a llorar fruto de los nervios.

Siempre me he considerado una persona con la templanza suficiente como para encontrar salidas a las dificultades que me había planteado la vida, incluso cuando trabajaba sobre mi horóscopo y no venían muy bien dadas. Como cuando una ola te arrastra y te sumerge durante unos tensos segundos hacia el fondo, donde debes aguantar, con calma, hasta que la espuma se disipe. Sin caer presa del pánico, buscando salir antes de que la siguiente te arrastre.

Esta vez me ahogaba y no veía con claridad ese hueco por donde salir y respirar de nuevo. Sentía que el tiempo y las fuerzas se me agotaban.

Entonces, Elsa apretó aún más y pude percibir lo que pretendía. Como si una falsa mano entrase en el agua para sacarte del mar embravecido, pero justo en el último momento te soltase.

—Tranquila, Lucía. Solo queremos saber qué paso. Cuéntanoslo y te prometo que haremos todo lo que esté en nuestra mano porque estoy segura de que tienes tus motivos.

Qué hija de puta. Ella buscaba una confesión. Y Gustavo, en silencio, oculto tras un gesto impasible, no pudo evitar bajar la mirada avergonzado. Cómplice del teatro.

Paré en seco.

—Yo no he matado a Rosa. Y si lo hubiese hecho, tampoco te lo diría —repliqué.

Aquella frase provocó un vacío que llenó la sala por completo. Un vacío tenso que dejó en primer plano únicamente el sonido de los ventiladores y una sensación de falta de oxígeno que fue interrumpida a los pocos segundos por unos pequeños golpes en la puerta. Gustavo se levantó, a la vez que tomaba el poco aire que quedaba. Abrió la puerta y habló en susurros con una agente que se encontraba al otro lado, en el pasillo. Tras escuchar a su compañera, su gesto cambió por completo, miró a Elsa con cierta preocupación y se marchó con ella. Era un hombre tan transparente que era muy fácil adivinar sus emociones y él, desde el principio, no estaba nada convencido con lo que ocurría en aquella sala.

Desde que Gustavo salió por aquella puerta, Elsa no volvió a dirigirme la palabra. A los pocos minutos, no podría decir exactamente cuántos, ya que había perdido la noción del tiempo y bien podría haber sido media hora, Gustavo abrió de nuevo la puerta de la sala y lo hacía acompañado de la última persona que esperaba ver no solo aquel día, sino en toda mi vida.

CAPÍTULO 24

Álex. Era él quien acompañaba a Gustavo. El que fue mi primer amor, esa persona que de manera inevitable pasa a formar parte de tu historia y es irremplazable en ella por más personas que vengan después. El hombre, por etiquetarlo de algún modo y sin hacer grandes esfuerzos, que renegó de su hija Violeta. Mi hija Violeta. El egoísta convertido ya en abogado al que Gustavo presentó como Alejandro Muñoz delante de Elsa.

He de reconocer que nuestros gestos fueron diametralmente opuestos. El mío era de desconcierto absoluto. El de Elsa reflejaba una sensación de desasosiego y malestar. Imagino que mientras que para ella la llegada de Álex suponía una posibilidad de interrumpir el proceso que tenía en mente, para mí era una vuelta al pasado sin estar muy segura de querer regresar a él, incluso en una situación límite como aquella en la que me encontraba.

Álex me miró de manera furtiva, casi avergonzado, y cambió el tono con rapidez y soltura para dirigirse a los dos. En apenas unos segundos se apoderó por completo de la autoridad en aquella sala. No llegó a sentarse. Conocía bien el proceso y se le notaba. Por cómo dominaba la situación, sin duda, se había convertido en aquello que más llegué a odiar.

—Si no les importa, me gustaría estar a solas con Lucía, antes de iniciar un posible proceso de interrogatorio, donde no ha sido notificada en ningún caso de las causas de su detención...

—Sí que ha sido informada —interrumpió Elsa con fuerza—. De hecho, estábamos exponiéndole los...

Álex, sin dudar, la interrumpió de nuevo elevando el tono y continuó con su exposición sin vacilar ni un solo segundo.

—... y sin haber ofrecido una defensa legal, tal como reconoce el artículo 24 de la Constitución Española como derecho fundamental de un Estado de derecho.

Aquella última cita sonó muy convincente. Sin conocer el artículo y sin terminar de comprender el alcance de lo que estaba exponiendo, creo que la frase no solo tenía el aplomo, sino también la fuerza de la razón, por lo que un pequeño gesto de Gustavo hizo levantarse a Elsa, con su correspondiente mal humor, ese que también aparecía en mi hija cuando algo no caminaba por la senda que ella misma había trazado.

Para mí, que era una persona acostumbrada a viajar por los vaivenes circunscritos al movimiento de los astros, siempre estudiados, pero a veces impredecibles, esta situación me parecía el colmo de la imprecisión y digna del más retrógrado de los Mercurios. De toda la vida me he jactado de ser capaz de adaptarme a las realidades que la vida me había ido planteando, por muy jodidas y surrealistas que fueran, pero esta superaba a todas las anteriores. Hay que mutar, adaptarse y aceptar la derrota, porque vas a perder infinidad de veces y esa es la única manera de sobrevivir.

Y entonces, la puerta se cerró. Y en aquella habitación, años después, me encontré de nuevo a solas con Álex, olvidando por completo el contexto que esta vez nos rodeaba. Los recuerdos me asaltaron de una forma brutal, principalmente los malos, los desagradables, y tras ellos, la posterior indiferencia. Él lo sabía y se mantuvo en silencio, aguardando a que fuera yo la primera en iniciar la conversación.

—¿Qué haces aquí?

—Me ha llamado Diana esta mañana.

No daba crédito a todo lo que me estaba ocurriendo aquel día. Me quedé en silencio.

—¿Y tú? ¿Qué haces aquí? —preguntó con cierto cariño, casi tan sorprendido como lo estaba yo. Las horas que me llevaba de adelanto, en las que Diana le habría puesto al día, le hacían partir con esa ventaja a la hora de afrontar una conversación incómoda a todas luces. Respiré hondo porque no sabía ni por dónde empezar. Álex fue muy comprensivo con mi forma de reaccionar.

Cuando Álex y yo éramos pareja, él sembró en mí, o al menos lo intentó, la semilla de la corrección. Cuando me estaba sacando el carnet de conducir me decía: «Lucía, tienes que ser muy cuidadosa. Jamás bebas ni una sola gota de alcohol cuando vayas a conducir y ten cuidado en los cruces. Detrás de un arbusto puede haber una persona a punto de cruzar y, si te la llevas por delante, puedes acabar en prisión. Y una cosa te voy a decir, Lucía, tú en la cárcel no aguantarías, así que más te vale recordar siempre esto que te digo». Eran buenos consejos, sin duda, pero sus palabras retumbaban en mi cabeza cuando frenaba en un paso de cebra con poca visibilidad, acojonada por lo que pudiera pasar. En aquel momento me encontraba a las puertas de la cárcel por un motivo bien distinto. Le miré con cara de absoluta preocupación, al punto del llanto, y él me tendió la mano que necesitaba en aquel momento, pero quizás no la suya:

—No te preocupes, esta mañana Diana me lo ha contado todo, o al menos lo que ha podido. Estaba un poco nerviosa. La verdad es que me parece increíble.

—No lo sabes bien.

Álex aguantó un segundo antes de continuar.

—Imagino que no tienes letrado ahora mismo. No se te ha asignado uno de oficio, por lo que veo.

—Llevo aquí retenida como diez horas y nadie me ha comentado nada.

—¿Eso te han dicho? ¿Que estás «retenida»? ¿Con esa misma palabra?

—Sí, creo que sí.

—¿Seguro?

—Sí, creo que sí, no lo sé —respondí algo agobiada.

—Es increíble... —dijo replicando para sí mismo.

—¿Qué ocurre?

—Digamos que la subinspectora está pasando por alto algunos procedimientos legales. No te preocupes, ahora, en cuanto vuelvan, lo que vamos a hacer es...

—Álex —le interrumpí para no escuchar lo que mascullaba. Intenté que focalizara toda la atención sobre mí—. ¿Qué haces aquí?

—Ya te lo he dicho, Diana me ha llamado y...

—Sí —le interrumpí de nuevo—. Eso ya lo he escuchado, pero mi pregunta es: ¿por qué estás aquí? Diana podía haberte llamado y tú podrías haberlo derivado a otra persona o simplemente pasar del tema.

—Sí, podría haberlo hecho, pero me explicó lo que estaba pasando y, a decir verdad, creo que otro no sería tan bueno como yo.

—Ya... Sin duda, otro no hubiese hecho lo que tú hiciste —sentencié.

Álex respiró hondo y se llevó las manos sobre la cabeza. Todavía reconocía sus gestos a pesar del tiempo. Era su manera de controlarse, de no perder la paciencia. Entrelazaba sus dedos sobre la nuca, cerraba aquellos ojos azules que algún día miré enamorada y resoplaba.

—Mira, Lucía, yo no vengo a remover el pasado y ni muchísimo menos quiero incomodarte. Estoy aquí para que me dejes ayudarte en una situación que quiero que entiendas que es muy delicada, algo de lo que creo que te estás dando cuenta ahora mismo.

Tragué saliva. Como lo hice siete años atrás, cuando tuve que afrontar que el padre de mi hija pasara página y me faltara al respeto. Tragué saliva, pero aquella vez no iba a callarme.

—Mira, Álex, me han detenido y acusado de matar a mi compañera de trabajo, no he podido hablar con mi hija en todo el día y llevo sola en esta sala retenida... ¿diez?, ¿once? horas, y ¿pretendes que sea consciente de algo que no vaya más allá de no mandar a tomar por culo a estas personas? Creo que lo tuyo no es la psicología, desde luego. Nunca lo fue.

Álex se mantuvo en silencio y me sostuvo la mirada con aplomo antes de hablar de nuevo.

—¿Puedo hacerte una pregunta?

—Por poder...

—¿Lo has hecho?

Para ser solo una pregunta era bastante directa.

—¿Me estás preguntando si he matado a Rosa?

—No, yo nunca te preguntaría eso.

—¿Tú crees que yo haría algo así?

—No, pero en estos años he visto cómo cambia la gente, Lucía... He visto de todo.

—Pues yo no. Yo no he cambiado en este tiempo, Álex. Te sigo odiando exactamente igual que hace siete años.

Álex perdió la mirada de nuevo. En el fondo, tras el impecable traje de chaqueta hecho a medida que llevaba, con la impoluta camisa abrochada hasta el último botón a pesar del calor que hacía, se sentía vulnerable.

Entonces, antes de que tuviéramos la oportunidad de seguir rememorando el pasado, volvieron a tocar a la puerta. Gustavo y Elsa entraron con decisión y ella, con ese tono de voz faltón que siempre denotaba una falta de respeto hacia su interlocutor, como si todos fuésemos idiotas cuando ella estaba delante, preguntó dirigiéndose a Álex:

—Perdona, ¿cómo te llamabas?

—Alejandro.

—De acuerdo, Alejandro, una pregunta: ¿estás aquí en calidad de su abogado? Es que no me ha quedado claro todavía, porque ella no ha solicitado ninguno, que sepamos. Ni siquiera hemos podido ofrecerle uno de oficio.

Álex se mantuvo en silencio y me miró fijamente. Yo sabía a la perfección lo que me estaba pidiendo. Y aunque ese reencuentro nunca llegó a entrar dentro de mis planes a corto, medio e incluso largo plazo, creo que estar acusada de homicidio tampoco era lo que yo esperaba de mi vida hacía una semana. Y, qué cojones, pensé que solo por ver a Elsa nadar en el barro, estaba dispuesta a todo. Así que me dirigí a aquella policía amargada y dije:

—Por supuesto, Elsa, Alejandro es quien me representa en este caso.

Y así, con una frase afirmativa en tiempo presente, sin ninguna de las conjunciones verbales que empleaba en mis estudios e interpretaciones estelares, fue cuando todo se desató. Y cuando digo todo, digo Álex en todo su esplendor, como abogado, no como padre. Estaba claro que el abandono y el hueco que dejó en mi vida lo había aprovechado con creces en llenarlo de conocimiento y profesionalidad.

—Bien, pues solventada esta parte, tomen asiento, por favor. Me gustaría exponer la situación con el fin de aclarar este asunto con mi cliente.

Gustavo tornó su gesto en preocupación, conociendo de sobra lo que iba a ocurrir antes de que Álex tomase la palabra. Elsa también lo sabía.

—Quisiera dejarles claro que se han cometido varias irregularidades en esta detención, que no «retención». A mi cliente se le ha hecho saber que se encontraba retenida, pero como figura legal no procede. Si es una detención, que no una retención, como es el caso, no ha sido informada debidamente de los motivos, ni se le ha ofrecido la posibilidad de hacer una llamada o estar en presencia de su abogado. Quiero dejar constancia de que cualquier cosa que haya podido declarar en mi ausencia en ningún caso podrá ser validada dentro de un proceso judicial. A tal efecto, ¿cuáles son los motivos de la detención?

Gustavo tomó la iniciativa ante la atenta mirada de Elsa.

—La señorita Lucía se encuentra detenida debido a que tenemos indicios de que podría ser la presunta culpable de un homicidio.

—¿Podrían exponernos cuáles son esos indicios?

—Es una investigación que está aún abierta —respondió Elsa.

—Claro, y lo entiendo a la perfección, pero, como comprenderá, si no nos cuentan los motivos de su detención, resulta extraño presuponer qué hacemos aquí.

—Hemos encontrado en la casa de la víctima una carta que incrimina de manera directa a su cliente, así como restos biológicos que la sitúan en el lugar, sin ninguna coartada comprobable para el momento del homicidio.

Gustavo parecía otra persona. Distante. Como si hubiese crecido una barrera entre los dos que no existía hacía escasos minutos. Elsa aprovechó las palabras de Gustavo para colocar la carta precintada sobre la mesa. Álex se detuvo un segundo para observarla antes de hacer una pregunta que no por menos lógica, resultaba fácil.

—¿Está escrita por mi cliente?

—Aún no hemos podido comprobarlo —respondió Elsa.

—Yo creo que sí lo hicieron. De hecho, ya tomaron pruebas caligráficas de mi cliente y quedó descartada la equivalencia con las cartas anteriores. Siendo sincero, y sin revisar dichas correspondencias, no creo que sea necesario acudir a un perito, si es que no lo han hecho ya.

La verdad era que Álex estaba siendo implacable y no dejaba hueco alguno para que Elsa o Gustavo pudieran sacar la cabeza y respirar.

—También encontramos un pelo en el sofá de la víctima que se corresponde con el de Lucía —añadió Gustavo.

Álex asintió con la cabeza durante un segundo.

—¿Alguna prueba o evidencia más?

Elsa hizo un pequeño gesto de conformidad, con el que asumía que todo estaba sobre la mesa. Álex, por su lado, respiró profundamente y negó con la cabeza.

—Perdonen, pero no termino de comprender el motivo de la detención —dijo de manera contundente ante la atenta mirada de Elsa, cuyos ojos mostraban cierto nerviosismo.

Álex continuó:

—Me presentan una carta anónima que incrimina a mi cliente y que quiero dejar claro que no ha sido escrita por ella, de hecho podría haberlo hecho cualquier persona, lo cual resulta incomprensible. También me comentan que han encontrado restos de ADN de mi cliente en la casa de la víctima, en concreto un pelo, cuando, como bien sabrán, eran compañeras de trabajo. Seamos serios, ese cabello ha podido viajar desde la oficina hasta el domicilio de la víctima en una chaqueta, en el bolso o en un pantalón y, obviamente, eso no la sitúa en el momento del homicidio...

Álex hizo la pausa justa después de la última frase para que Elsa y Gustavo no escaparan a la lógica de su razonamiento, retratándolos. Y entonces sentenció:

—Discúlpenme, pero si no hay alguna evidencia real de que mi cliente empujara o sedara, como dice el informe, a la víctima, no cabría catalogar esto de otra forma que no sea como un claro abuso de autoridad, no solo en la detención, sino en la búsqueda ilegal de una posible confesión, presionando a mi cliente sin presencia de un abogado.

Noté cómo Elsa tragaba su propia saliva con dificultad mientras le sostenía la mirada a Álex. Aquella fue de las pocas veces que se ahorró hacer alguno de sus comentarios ridículos e hirientes.

—También hemos encontrado este cuaderno en casa de la víctima. Pertenece a la sospechosa. Obviamente tiene sus huellas y la letra concuerda a simple vista —replicó Gustavo, sorprendiéndonos a los dos. A mí la primera, ya que, sin ninguna duda, reconocía aquel cuaderno como mío.

—¡Esa es mi libreta! —exclamé.

—Lucía... —dijo Álex intentando frenar mi impulso.

—No, espera —respondí—. Esa es mi libreta de trabajo. Es donde tengo los apuntes de los próximos movimientos solares y anotaciones sobre algunas de las interpretaciones para los próximos meses.

—¿Y qué hacía en su casa? —dijo Elsa incidiendo de nuevo.

—¿Qué relevancia tiene eso? —justificó Álex antes de que le interrumpiera lanzando mi mano sobre su brazo para que se detuviera. Entonces respondí.

—Estaba en su casa porque la muy perra, que en paz descanse, me la robó antes de que me marchara de la oficina y se quedara con mi puesto de trabajo. De hecho, si lo comprueban, verán que las anotaciones que hice en esa libreta han sido malinterpretadas por ella durante estas semanas, lo que resulta obvio porque no tenía ni puta idea. Seguro que hay frases calcadas o muy parecidas... —hice un silencio antes de continuar—. No sé, pero tiene poco sentido que me haya dejado la libreta en su casa el día de su muerte, si ella ya transcribía mis anotaciones desde hace más de un mes...

—¿Y cómo sabe eso? —indagó Elsa, preguntando de manera directa.

—Porque yo misma, como cualquiera que haya comprado la revista durante este tiempo, he podido comprobar de primera mano cómo vilipendiaba mi sección durante este mes, en el que, por cierto, he estado de vacaciones forzadas, y confirmar que no solo se había quedado con mi libreta, sino que copiaba párrafos enteros sin tener ni idea. En realidad, solo leí lo que escribía un par de veces y al principio, porque era sufrir en vano.

—Bueno, quizás tengamos un motivo entonces contra ella... Quizás, incluso, ayer no era la primera vez que estuviste en su casa —respondió Elsa, dejando una ridícula duda en el aire que enseguida Álex se encargó de despejar.

—Lo siento, subinspectora, pero no estamos aquí para dar por válidas sus conjeturas. Ahora mismo es más factible demostrar que la víctima usurpó la libreta a mi cliente para utilizarla en beneficio propio que como probatorio de su presencia en el lugar del crimen. Cuando tengan algo más sólido contra ella, entenderemos una acusación de tal grado, pero en este momento...

Tras aquella frase, un silencio mortecino invadió la sala, sustentado en las razones aplastantes que Álex había defendido a la perfección y que para mí, sin tanta retórica, no dejaban de ser la pura verdad.

—¿Podemos marcharnos? —preguntó Álex.

—Sí —respondió Elsa ante la atenta mirada de su compañero.

—Solo una cosa —dijo Gustavo deteniéndonos antes de salir—. No se olvide de que fuimos testigos de una amenaza directa de muerte por parte de su cliente. Mi compañera y yo estábamos allí —añadió.

—Muy bien. Encuentren las pruebas y en ese momento la amenaza será constitutiva de delito. Hasta entonces... —respondió Álex justo antes de que me invitara a salir por la misma puerta por la que había entrado esposada diez horas antes.

CAPÍTULO 25

Álex me advirtió de que no dijera ni una sola palabra dentro de la comisaría, así que salimos en silencio acompañados por una agente hasta la puerta. Una vez fuera, con el bochorno que se había instalado en la ciudad desde hacía más de lo que podía recordar, caminamos unos minutos hasta llegar a una pequeña cafetería a dos calles más abajo. Allí encontré a mi hija Violeta acompañada de Diana, sentadas en una de las mesas del fondo. Mi hija lucía una gran sonrisa en la boca que abría con gusto para comerse una tortilla francesa. Mi niña seguía ajena a todo lo ocurrido.

En un primer momento no quise acercarme a ellas porque necesitaba hablar en privado con Álex, ante todo por dos motivos: primero, saber qué podría ocurrir en un futuro dadas las circunstancias, porque sentía que a esas alturas cualquier cosa era posible y necesitaba estar preparada mentalmente por si de pronto volvían a detenerme. Y no solo por mí, sino también para evitar el sufrimiento de mi hija.

Por otro lado, presentarme frente a ella en aquella cafetería acompañada de Álex era una posibilidad que descarté al instante. En ningún caso quería que Violeta fuese consciente de su existencia y mucho menos de su presencia.

Agradecía que me hubiese ayudado, por supuesto, pero nada más, por eso quería saber si tenía alguna expectativa con Violeta después de tantos años.

Saludé a Diana en la distancia mientras Violeta seguía entretenida con la cena. Despistada, leyendo algún cuento. Noté de forma clara el alivio en el rostro de mi amiga. A veinte metros pude notar cómo su pecho se hinchaba y soltaba el aire para desahogarse en silencio. Con los ojos brillantes, como lo era nuestra amistad incondicional, le grité un «gracias» que solo vocalizaron mis labios sin sonido alguno y que ella respondió de la misma manera con un «lo siento». Imagino que se sentía culpable por haber recurrido a Álex, pues en ese momento no era consciente de lo agradecida que le estaba.

Le hice un pequeño gesto, indicando que me dirigía con Álex hacia otra zona de la cafetería. Asintió y volvió sobre Violeta para distraerla y que no se diese cuenta de que había llegado. De no hacerlo así, hubiera sido imposible separarme de ella.

—¿Y ahora qué? —le pregunté a Álex, iniciando la conversación con el primero de mis motivos.

—Tendría que estudiarlo todo bien. Ha sido todo tan improvisado que no me ha dado tiempo a nada. Desde que Diana me ha avisado esta mañana y me ha contado el tema de las cartas, las personas que han fallecido... todo ha sido una locura. Hemos tenido suerte. Estaba claro que no tenían nada probatorio contra ti.

—Claro, es que yo no he matado a nadie, Álex.

—Y entonces, ¿qué es todo esto? ¿Qué está pasando? —preguntó desconcertado.

—No tengo ni idea. Lo único que sé es que un día llegué a la oficina y recibí una carta, como otras tantas que me escriben todos los días, solo que esta me hablaba a mí, como si me conociera.

—¿Crees que podría ser alguna persona de tu círculo? ¿Alguien cercano a ti?

—¿Qué círculo, Álex? Pero si yo no... —respiré profundamente—. No lo sé. No creo que las veinte personas cercanas a mi vida sean capaces de hacer una cosa así.

—Ya... Bueno, tampoco tiene por qué. Tal y como están las cosas hoy día, miras mal a alguien sin querer, das una mala contestación...

—O haces una mala interpretación de los astros —le interrumpí.

—Claro, haces una mala predicción... y te has ganado a un enemigo para toda la vida —añadió con una sonrisa.

—No las llames predicciones.

—Perdona —respondió.

Parecía una conversación cómplice y cómoda, también condicionada por el contexto del que veníamos. Una conversación con el color de los matices que quedaron en el subconsciente de años atrás, como un buen recuerdo. Dudo que hubiese sido tan placentera de habernos encontrado por casualidad un par de meses antes, pero no podía controlar el destino y mucho menos obviar que gracias a él, yo dormiría con mi hija esa noche.

—No sé qué tienes en mente, pero si quieres, yo puedo ayudarte en el proceso, si es que continúa.

—¿Qué significa eso?

—Pues que no sé en qué puede derivar, porque no hay ningún proceso penal abierto, con lo cual no hay nada. Imagino que seguirán investigando en la línea que los lleva a ti, no lo sé. También puede que presenten pruebas ante un juez y te lleven a declarar.

—Eso sí que suena a predicciones y nada halagüeñas.

—No, es solo que al menos de momento no tienes de qué preocuparte, pero... no puedo asegurarte lo que va a pasar. También tenemos la opción de ir por delante y proceder a denunciar que no se han cumplido las garantías legales durante tu detención.

—No, no... de verdad. Está bien así. No quiero jaleos. Solo quiero volver a mi vida de ayer. Ayer no está tan lejos aún. No ha pasado tanto tiempo.

—Vale... De todas formas, si quieres que sea otro compañero quien te ayude, no tengo ningún problema. Ellos lo harán encantados y yo puedo supervisarlo todo de forma indirecta para que te sientas más cómoda.

—Ahora mismo, Álex, estoy bastante lejos de sentirme cómoda.

—Lo sé, por eso no quiero complicarte la vida más. Ni a ti ni a Violeta.

Y en ese momento, hilado como si de una reflexión final se tratase en pleno juicio, el abogado llegaba a una última conclusión de manera impecable, sacando a relucir el nombre de mi hija. Como si fuese un cuarto premio el día de la lotería de Navidad. Sin el ruido del Gordo, pero lo bastante importante como para que le prestara mi más absoluta atención. Sin duda, y a pesar de la sutileza, este era el tema que más me preocupaba de todos.

Y es que ese egoísmo natural, que como madre se reflejaba en la protección que ejercía sobre mi hija en un tema tan delicado como necesario, relució casi de forma espontánea cuando sus labios pronunciaron su nombre.

En todo este tiempo, Violeta, lejos de rehuir las preguntas adecuadas a nuestra situación familiar, las había hecho en varias ocasiones. Y yo había tenido que responder.

Apenas tenía cinco años cuando se cuestionó por primera vez la figura paterna. No lo hizo de forma directa, sino de un modo que no denotaba otra cosa más que inteligencia. «¿Vendrá mi padre a recogerme al colegio algún día?», preguntó. Dando por sentado que tenía un padre, como el resto de sus compañeras del cole, y que lo haría, pero sin incidir en el motivo por el que no había aparecido hasta el momento.

Nunca manifesté nada que perjudicara su figura. No se me ocurriría decirle a mi hija que su padre había muerto, como me propusieron algunos, o que nos abandonó. Tampoco le dije lo más doloroso, la verdad: que no la deseaba. Solo le expliqué que su padre había elegido otro camino y estaba en otro lugar. Muy alejado de nosotras. «¿En China? —me preguntó—, porque China está muy lejos», añadió. Lo único que pude hacer fue reafirmarlo: «Sí, cariño, China está muy lejos».

Sabía que en un futuro no muy lejano tendría que sostener una conversación más profunda y sincera con ella, pero en ningún caso quería que pudiera reprocharme que le hubiese mentido. Nunca dije que su padre estuviera en China, solo confirmé que China estaba a miles de kilómetros, tantos como él mismo había querido, ni uno más ni uno menos.

Es realmente asombroso cómo en situaciones límite tendemos a pensar más en los demás que en nosotros mismos y, aunque me consideraba una misántropa convencida, nunca quise que la imagen que tuviera de su padre fuera negativa y esto, en parte, se lo debo a cómo la astrología formó mi carácter y mi manera de ser.

Cuando empecé a estudiar en profundidad, percibí que mi trabajo estaba muy vinculado con la filosofía y con la psicología. Sé que no goza de la reputación de las anteriores, tengo plena conciencia de ello, pero los lenguajes simbólicos de la astrología pueden ayudar a reforzar de forma positiva una actitud o a superar el duelo. Y pueden hacerlo con la misma eficacia que lo hacen las otras dos, sin sustituirlas en ningún caso.

Siempre entendí la astrología como parte de ese deseo inherente al ser humano por comprender nuestro futuro, del mismo modo que la psicología busca el autoconocimiento o la filosofía el sino del hombre.

Llegué a comprender que el horóscopo era un simple pasatiempo para muchos; tengo claro que no todas las personas que leen el suyo creen que nos ofrece una verdad irrefutable, pero no cabe duda de que todos podemos disfrutar y soñar con sus hipótesis, lo que resulta muy valioso como terapia personal. Si lees que lo que se depara para tu signo es positivo y te cuadra, te crearás unas expectativas positivas, que es lo que se denomina el efecto Galatea. Un fenómeno psicológico considerado por muchos como la llave del éxito, porque si estás motivado y piensas que vas a lograr algo, tendrás más probabilidades de conseguirlo.

Citando textualmente los apuntes de mi segundo año: «La astrología psicológica es para toda aquella persona que pretenda tener un autoconocimiento de sí misma, desarrollar sus relaciones personales y mejorar una existencia plena». Entonces sirve para un alto porcentaje de personas en este mundo, aunque también entiendo que muchas otras no puedan comprenderlo e incluso estén en contra de ello. Yo misma he adaptado mi trabajo al papel cuché, donde tengo que hablar en términos generalistas, pero lo hago porque sé que aporta felicidad. Sé que no hay una explicación empírica de por qué hay personas que comparten características si nacen bajo un signo concreto, pero aunque no haya una ciencia que lo pruebe ni lo explique, no significa que no suceda. Y sé que la astrología no es una ciencia, pero sí sé a ciencia cierta, porque miles de personas así me lo han hecho saber, que mis interpretaciones los animan y acompañan, lo que es impagable.

La astrología me ha ayudado a simplificar mis conocimientos para que todo el mundo pueda entenderlos y esto lo aplico en cada aspecto de mi vida. Una vida fácil y simple es una vida feliz.

Siempre he creído que todo es más sencillo con los niños hasta los cinco años. Cuando todavía no los han cumplido y en un cuento infantil ven a un pequeño patito amarillo caminando solo por el mundo, lo único que se preguntan es dónde estará su madre, nada más. Cuando Violeta superó la barrera de los cinco años, preguntó por papá pato, y en aquellos momentos yo lo tenía delante.

—Álex, yo te agradezco todo lo que has hecho hoy, pero tú ya decidiste hace mucho tiempo, y de la peor manera posible...

—Sí, lo sé —me interrumpió enseguida. Avergonzado. Como si no quisiera que continuara con aquella frase, a todas luces dolorosa para él. Un tema tan delicado como un castillo de naipes al que colocar una carta más en el aire.

—Álex, Violeta está bien, pero no te necesita —añadí con contundencia—. Y quiero dejar claro que si esta ayuda es una moneda de cambio para acercarte a ella, no es el momento y no la quiero. Nunca le impediré en un futuro que si por decisión propia quiere buscar a su padre, lo encuentre, de la misma forma que no le ocultaré lo que le hiciste y entonces será ella, solo ella, la que decida sobre vuestro futuro. Pero no ahora.

Álex perdió la mirada durante un segundo. Imagino que reflexionando sobre los últimos siete años de su vida.

—Eres muy generosa.

—No, no lo soy, porque ahora vas a salir por esa puerta sin acercarte a ella y sé lo difícil que va a ser hacerlo. Pero no puede ser.

Aquellas fueron las únicas y las últimas palabras que estaba dispuesta a pronunciar. Álex lo entendió. Nos levantamos de la mesa, me ofreció su teléfono móvil de empresa, no el personal, y nos despedimos.

Cuando nos acercamos a la puerta, dirigimos la mirada hacia la mesa donde estaba Diana con Violeta. Jota había llegado y estaba con mi hija en brazos resolviendo alguno de los crucigramas que tanto le gustaban a ella. Ambos cruzaron la mirada durante unos segundos antes de que Álex y yo nos despidiésemos. Unos segundos que, con total seguridad, traerían consigo una conversación posterior. No me preocupé en absoluto por ello, solo tenía una cosa presente en mi cabeza: abrazar a mi hija con todas mis fuerzas.

CAPÍTULO 26

Cuando Lucía y Alejandro salieron de aquella sala, Gustavo cerró la puerta y se quedó a solas con Elsa. Los dos, en silencio durante algunos minutos, meditaron con cuidado cuáles debían ser las siguientes palabras que pronunciarían. Estaba claro que habían hecho el ridículo y que en aquella comisaría del distrito de Arganzuela poco tardaría en correrse la voz. Pronto trascenderían las noticias a la Jefatura de Policía Judicial y a todas las cúpulas.

En apariencia, no era más que una posible sospechosa que, haciendo uso de las herramientas del Estado, salía de una detención temporal. Es algo que podríamos pensar que sucede a menudo, pero no es así. Cuando se detiene a alguien es porque las pruebas lo sostienen, pero, en el fondo, ambos sabían que el caso que tenían entre manos había sido una apuesta sin fundamento basada en un ímpetu innecesario, otras veces racional y analítico. Todo lo que los había llevado a ser dos grandes policías parecía desaparecer sobre la sombra de un proceso que los estaba superando.

—Lo siento, es culpa mía —aseguró Elsa.

—Es culpa de los dos —respondió Gustavo taxativo—. Y mientras no resolvamos nuestros problemas personales, seguiremos cometiendo errores.

—¿Qué problemas?

—Lo sabes de sobra, Elsa. Ni tú puedes continuar con esa rabia que te consume y que has personificado en Lucía, ni a mí me puede lastrar el recuerdo de mi hija. Al final, nos encontramos en esta situación por nuestros propios errores. Nadie más debe ser responsable de ellos.

Elsa no respondió. La presión que ejercía el peso de aquellas palabras provocó que se derrumbara sobre la mesa llevando sus manos a la cara para evitar que Gustavo la viese desmoronarse. Como si el espejo más duro del mundo se hubiese partido por la mitad, fruto de una fuerza desmesurada.

Mientras pretendía contener las lágrimas sin éxito, Elsa intentó normalizar su respiración, que se aceleraba de forma incontrolada. Gustavo se acercó despacio, esforzándose en contener su reacción dentro de la comisaría, ya que de no conseguirlo, no sería beneficioso para ninguno de los dos. Pero Elsa explotó, desbordada con toda la tensión acumulada, y golpeó violentamente su cabeza con las manos mientras gritaba de forma desconsolada:

—¡No puedo más, no puedo...! ¡No puedo más!

El llanto fue en aumento y Gustavo se lanzó sobre ella para sujetarla con fuerza, pero Elsa se zafó, gritando cada vez más alto. Las voces alertaron a varios agentes que entraron enseguida en la sala.

—¡Fuera, fuera! —dijo Gustavo mientras señalaba la puerta con ira.

—¿Está todo bien, señor?

—¡He dicho que fuera! —volvió a vociferar mientras sostenía los brazos de Elsa, quien golpeaba con sus piernas las sillas de la sala.

Gustavo abrazó con fuerza a Elsa sin que ella pudiera controlar las lágrimas ni los movimientos de sus extremidades. Hiperventilando. Intentaba tranquilizarla.

—Ya está cariño, ya está. Yo sé lo que has sufrido, yo lo sé...

—No puedo más —se lamentó.

—Ya lo sé. No lo has tenido nada fácil.

El dolor, el desprecio e incluso la indiferencia que Elsa había sufrido como persona durante toda su vida, no solo en el apartado laboral por ser mujer, sino en la parte personal, por ser lesbiana, le habían pasado factura. Durante años convirtió todo ese desdén, repulsa y menosprecio de sus capacidades en ira y rabia, y cuando una persona actúa tanto tiempo bajo esas emociones, sin duda, acaba explotando.

Resulta bastante fácil intoxicarse con los propios pensamientos, con los mecanismos de defensa que generamos frente a los demás. Su fuerza de voluntad para conseguir lo que se propusiese le había proporcionado una defensa útil contra el mundo: el orgullo, pero no se podía vivir así para siempre y ella lo sabía. Era cuestión de tiempo, y el suyo se colmó cuando Lucía salió por aquella puerta. Notó que la barrera que había construido se desmoronaba frente a Gustavo, pero también lo haría con sus superiores y con ella misma. Principalmente con ella misma.

Ese era el gran dolor de Elsa. Una persona que no estaba acostumbrada a equivocarse y que cuando lo hacía se autoflagelaba a sí misma con una dureza impropia. Ella era su peor enemiga. Gustavo lo sabía y no quería añadirle más daño, solo acompañarla en el proceso.

Cuando ambos se calmaron, Elsa se sintió muy avergonzada por lo sucedido. Es la reacción propia de una persona tan perfeccionista como ella. Los insatisfechos no conciben su momento de flaqueza como algo natural, propio de su condición humana, sino como un desacuerdo con ellos mismos que no puede volver a repetirse bajo ningún concepto.

Gustavo creyó que tras aquel desahogo acabaría por cerrarse en banda de nuevo, pero no fue lo que ocurrió.

Aquel ataque de pánico los había dejado en una posición difícil. Sobre todo frente a los comentarios de los propios compañeros. Las relaciones entre departamentos dentro de la Policía Nacional y de la Judicial no son muy diferentes a las que suceden en cualquier otra empresa. Se trata de que tu departamento, tu distrito, tu comisaría y hasta tu equipo se lleve siempre el mérito sobre cualquier victoria y que si otro departamento falla, puedas aprovechar su desventaja para ponerte por delante.

Era habitual escuchar en los pasillos: «Vaya cagada en Extranjería»; «Menos mal que no nos ha salpicado a los de Documentación»; «¿Has escuchado lo que han hecho y la que les va a caer a esos dos fulanos?»... Esos fulanos iban a ser Gustavo y Elsa.

Daba igual lo enmoquetados que esos pasillos estuvieran o el rango de quienes por ellos paseaban. La idea de base, el objetivo común era el mismo: el mí, el yo, el nos, por encima del todo.

—Perdona, Gustavo. Lo siento muchísimo.

—Yo también lo siento.

—Es el peor sitio y el peor momento —inquirió Elsa mientras se recomponía.

Gustavo sonrió, intentando quitarle hierro al asunto.

—Bueno... tampoco ha sido para tanto. No creo que trascienda.

Elsa le sostuvo la mirada, agradeciendo que rebajara la importancia a lo ocurrido, pero ambos sabían que un incidente así no iba a pasar desapercibido. Sobre todo a nivel de evaluación interna.

—¿Estás bien? ¿Quieres que hablemos o prefieres que...?

Elsa respondió al momento, algo que sorprendió a su compañero.

—No sé qué me pasa, Gustavo. Hay veces que me obsesiono con las cosas de una manera que no es normal. Siento mucha presión en el pecho y acaba convirtiéndose en odio, en fijación, en rencor.

—¿Es eso lo que te está pasando en este caso?

Elsa sonrió con ironía.

—Es lo que me está pasando en mi vida.

Gustavo no respondió. Dejó el tiempo justo para que su compañera rumiara lo que llevaba dentro, como si de un interrogatorio se tratase. Como quien está a punto de confesar el dolor que lleva arrastrando durante mucho tiempo. No como policía, sino como persona.

—Ya no recuerdo la última vez que me reí. No recuerdo la última vez que alabé el trabajo de un compañero o que hice un comentario positivo sobre cualquier puta cosa... No hay nada que me guste, no hay nada que me emocione, todo lo malinterpreto, todo el mundo me provoca; si veo a alguien por la calle sonreír pienso: «¿Y ese gilipollas de qué se ríe?». Lo critico todo, me molesta el éxito de los demás y, lo que es peor, envidio a las mujeres como Lucía, una madre luchadora que sale adelante y a la que todo el mundo cuida. Sus amigas, su nuevo noviete, su abogado. Tú la cuidas. Y yo me siento otra vez dos escalones por debajo, como quien empieza una carrera de un kilómetro cien metros por detrás de la salida. Teniendo que remontar de nuevo.

—Lo sé. Sé todo lo que te ha costado estar aquí. Y también sé lo que has perdido en el camino, pero tienes que tener muy presente dónde estamos ahora mismo.

—Soy consciente de dónde estoy.

—Y te das cuenta de que todo lo que me has dicho es compatible con un cuadro de depresión, ¿verdad? Además del ataque de ansiedad...

Elsa se detuvo un segundo antes de contestar. Mordió su labio, contuvo las lágrimas y al final asintió con la cabeza mientras perdía la mirada sobre el suelo de aquella sala.

—Elsa, mírame. Sé por lo que estás pasando, lo reconozco porque sigo en ese proceso. A mi manera, pero sigo en ello...

—Me he convertido en una sombra de lo que era, Gustavo.

—No te has convertido en una sombra. Es solo que has sometido a un sobresfuerzo a tu cuerpo y a tu mente durante años y años para sostener todo ese dolor. Pensabas que el sacrificio compensaba porque ibas consiguiendo tus objetivos, pero a costa de ir perdiéndote en el camino como persona. Tarde o temprano tenía que salir.

—¿Crees que me he equivocado con Lucía por culpa de mis mierdas?

—Creo que, sencillamente, querías tener razón. Yo quería tener razón... pero cometimos un error. Seamos más inteligentes la próxima vez.

Elsa miró a Gustavo y aspiró el poco aire que quedaba entre el calor sofocante que invadía aquella habitación. Respiró hondo y aceptó el abrazo de su compañero. Algo impensable no solo para él, sino para ella misma.

CAPÍTULO 27

Aquella noche llegamos a casa con el cuerpo derrotado. Aunque era una victoria, puesto que entraba por la puerta de la mano de mi hija y acompañada de Jota, en el fondo no lo sentía así. Necesitaba reposar todo lo ocurrido. Esta frase la había repetido varias veces en los últimos meses, pero ya no me quedaban muchas fuerzas ni para reposar.

Diana me escribió un SMS. Se sentía culpable por haber llamado a Álex, pero no había nada que reprochar. Si estaba en casa y no en aquella habitación infame de la comisaría era gracias a la decisión que mi amiga había tomado.

------SMS------

Lo siento, cariño. No se me ocurrió otra cosa. Estaba muy asustada.

------SMS------

Ni se te ocurra volver a pedirme perdón. No sabes lo agradecida que estoy. Hablamos en estos días.

Me tumbé en el sofá mientras Jota preparaba algo de cena. Era tarde, más de las once, pero estaba hambrienta.

Por su parte, Violeta se encontraba muy activa a pesar de la hora. Toda la odisea vivida había sido como un día de excursión.

—Mamá, dice Jota que te pregunte que si me puedo comer otro tarzanito.

—¿Cómo?

Mi cerebro, que flotaba desde hacía horas en más líquido cefalorraquídeo de lo normal, se hundió de manera definitiva.

Hasta donde yo sabía, los tarzanitos eran esas pequeñas zurraspitas que quedaban colgadas del culo cual liana de Tarzán, si no ejercías una limpieza a fondo. Una descripción que preparé en mi cabeza y que intentaba rebajar por si Violeta quería profundizar en el tema, aunque, dado que ya quería comerse «otro» tarzanito, era muy probable que me estuviera vacilando. Mi propia hija. Tampoco ayudaba la risa contenida de Jota desde la cocina. Así que me arriesgué a preguntar:

—¿Qué es eso del tarzanito, cariño?

—Una cosa larga marrón.

Vale, la definición seguía sin ayudar.

—Está muy rico y blandito —añadió ante mi gesto de asombro.

Jota no pudo aguantar y estalló de la risa. Me giré para declararle la guerra con cara de pocos amigos.

—Es una chuche, Lucía. Esto es un tarzanito.

Jota sacó de una bolsa de plástico una especie de palo marrón que, como mi propia hija había definido a la perfección, estaba blandito. Una chuchería de la que no tenía constancia y que era muy parecida a una nube fina bañada en chocolate. Por supuesto, probé el tarzanito.

—Venga, la mitad para cada una y a la cama.

—¿Vais a compartir mis tarzanitos? —preguntó Jota a carcajada limpia.

—Sí, pero solo por esta vez —respondí mientras lo comía—. Madre mía, esto tiene muchísimo azúcar. ¡Así está, que no tiene ni pizca de sueño!

—Pero si solo se ha tomado un par.

—Pues venga, ¡acabemos con este y a dormir!

Violeta condujo su parte durante unos minutos para prolongar el tiempo antes de irse a la cama. A diferencia de su madre, ella no quería que el día se acabara. Su tita Diana y ella habían ido a comer fuera a la salida del cole, luego al parque, más tarde a una cafetería a cenar y encima Jota había llegado con chucherías. El día completo.

En cuanto se quedó dormida, volví a la sala donde Jota había preparado algo para cenar. Y digo algo porque ni siquiera recuerdo qué fue. Aunque me hubiesen puesto delante el plato más exquisito del mundo, no hubiese sabido valorarlo. Es muy probable que me supiera igual que aquel tarzanito que había probado minutos antes.

Cuando dieron las doce de la noche y dimos el día por finalizado de manera oficial, los dos nos tumbamos en el sofá, abrazados. Cuando estaba tan cansada, solía pedirle a Jota que me tocara el pelo como lo hacía yo con mi hija los domingos. Me encantaba que sus dedos se enredaran en mi cabello hasta quedarme dormida. Era bastante egoísta en este aspecto, porque me daba más placer a mí que a él y, aunque al día siguiente tenía que lavármelo después del manoseo, poco me importaba por todo el deleite que me ofrecía. No obstante, esa noche apenas podía siquiera distraerme con eso y ni mucho menos iba a conseguir conciliar el sueño pese a las cosquillas.

Estuvimos en silencio, pero despiertos. Aún notaba toda la adrenalina recorrer mi cuerpo y, aunque estaba extenuada, mis ojos, abiertos como una farmacia veinticuatro horas, se perdían en el blanco mar del techo de mi casa. Y a todo esto, aún me quedaba una conversación pendiente, que Jota se encargó de hacer fácil. Por eso me gustaba tanto, porque con él todo era sencillo.

—¿Qué tal en la oficina? —pregunté, iniciando yo la conversación.

—Mejor hablamos mañana...

—No, no te preocupes, me va a ser imposible dormir ahora. Prefiero estar distraída. No quiero quedarme a solas con mis pensamientos.

Jota sonrió cariñosamente mientras despejaba mi frente y me dejaba el flequillo visto para sentencia.

—Pues ha sido una locura, Lucía. Cuando te han llevado detenida, nos han metido a todos en varias salas. A mí me han interrogado durante cerca de cuatro horas con preguntas sobre dónde estuve ayer por la noche, hasta qué hora estuve contigo en casa...

—¿Y después?

—No sé, al rato nos han dicho que nos podíamos ir. En mi caso, supongo que han hablado con mis padres o con el conserje de la urbanización para cotejar todo.

—Ya...

—También me han preguntado si me habías comentado algo en este tiempo sobre Rosa.

—Algo como un plan para matarla...

—Dicho así suena fuerte, pero sí, imagino que buscaban al cómplice.

Respiré hondo ante lo ridículo que se había vuelto todo. Tanto como una película de bajo presupuesto disfrazada de modernidad.

—¿Estás bien?

—La verdad es que ya no sé ni cómo estoy.

—Ha tenido que ser muy duro. Estar encerrada tanto tiempo, sola...

Le miré y asentí, sin querer explicarlo. Nadie que no hubiese pasado por algo similar podría imaginarse los estados de ánimo que te atraviesan mientas estás retenida en una comisaría. No hay nada peor que enfrentarse a tus propios pensamientos a solas y con todo el tiempo del mundo por delante. Pasadas unas horas, te hundes por completo. Si a eso le sumas la preocupación por tu familia y tu hija, que te acusen de asesinato es casi una anécdota después del cansancio físico. Álex me explicó que es parte del proceso. Te agotan para que digas cualquier cosa. Cualquier cosa como una confesión de que eres la autora de la muerte de una compañera de trabajo a la que llevas sin ver un mes, por poner un ejemplo.

—Entonces, ¿ese era Álex? —preguntó Jota sin rodeos.

—Sí.

—Menos mal que ha ido, ¿no?

—Sí.

Respondí de nuevo con un segundo monosílabo, algo que cortó el ímpetu de Jota por seguir preguntando.

—Vale.

—Perdona.

—No te preocupes. Esto debe ser un *shock* de los buenos.

—Ni te lo imaginas.

Llené mis pulmones de aire y lo retuve, como quien hace una pausa antes de acelerar y coger fuerza para iniciar una conversación, incómoda a todas luces.

—Mira, Jota, yo agradezco mucho que Álex haya venido hoy, pero nada más. Esto no va a suponer ningún acercamiento a Violeta. Tú has ejercido más de padre en este tiempo que cualquier otra persona y eso no va a cambiar. Se merece estar contigo.

—No estoy preocupado.

—Yo creo que sí lo estás, pero no pasa nada.

Jota se quedó pensativo tras esta última frase y perdió la mirada a través de la ventana del salón, dejándose llevar por los reflejos de las luces de la calle y el ruido del camión de la basura.

—Conozco esa sensación, Jota, porque la he vivido muchas veces. Esa inseguridad de que alguien pueda robarte algo que es importante para ti. Yo misma he sentido miedo de perder mi trabajo, mis amigas, el amor, de perder todo por lo que he luchado. Luego, cuando ocurre, si lo hace, porque el destino así lo quiere y pierdes parte de todo eso, el miedo no desaparece con ellos, sigue ahí, solo cambia de lugar. Simplemente se muda.

—¿Tenías miedo a perder tu trabajo? —me preguntó Jota con la generosidad de pensar en mis sentimientos antes que en los suyos.

—Ese miedo ya ha desaparecido.

—¿Y adónde ha ido? —se cuestionó como lo hubiese hecho mi propia hija cuando se pregunta algo que ni tú misma te has planteado nunca.

Hice un pequeño silencio antes de contestar. Como

cada vez que tenía que enfrentarme a alguna de mis inseguridades.

—Ahora temo no ser lo suficientemente buena como madre.

—Pues no deberías dudar de ti en ese sentido ni un solo segundo.

—Tienes razón, aquí el géminis eres tú —respondí para hacer liviana una conversación que tarde o temprano podría acabar con alguna lágrima recorriendo mi cara. Aunque estaba seca, el cuerpo es sabio y siempre puede desahogarse una vez más. El dolor es infinito cuando quiere.

—Sí, la verdad es que me cuesta aclararme algunas veces —respondió Jota mientras me sonreía, como en otras tantas ocasiones, y lograba que por unos segundos me abstrajera de todo.

No sé si es bueno o malo rodearte de personas así, que consiguen que pierdas la perspectiva y te dejes llevar por completo por su aura tan especial, pero, en aquel momento, yo estaba perdida en el intenso color verde de sus ojos.

—¿Sabes cuál es el astro regente de Géminis?

—No tengo ni idea.

—Mercurio.

—¿Regente en plan rey? —preguntó interesado.

—Algo así. Todos los signos están asociados a un astro que los regenta.

—Es un buen planeta, entonces.

—El más popular. Todo el mundo quiere saber si Mercurio está estacionario, directo o retrógrado. Cuando Mercurio entra en su casa, géminis se vuelve más brillante e inteligente, y le ofrece el don de la facilidad de palabra.

—¿Ah, sí?

—Mercurio es el astro de la comunicación.

—¿Insinúas que por eso reparto cartas en la oficina? —bromeó Jota con ternura mientras sonreía de nuevo.

—Insinúo que puede ser un signo muy persuasivo y amable. Solo quería que lo supieras.

—Pues yo solo quiero que las dos estéis bien, y no porque sea el típico géminis retrógrado en plan proteccionista, sino porque me importáis de verdad.

No pude evitar sonreírle. No solo por la equivocación —que por supuesto solo yo había percibido—, al afirmar Jota que era su signo el que estaba retrógrado y no su astro regente, sino por el cariño que desprendían sus palabras y que tanto agradecía en ese momento.

—Gracias por ser así —respondí mientras acercaba mis labios a los suyos, y confirmaba así que era él la persona que había elegido y que la intrusión del padre de Violeta no supondría una piedra en nuestro camino, ese que hacía tan poco tiempo que habíamos empezado a recorrer juntos.

—¿Sabes? Lo que más me aterroriza de todo esto es que no termino de entender el motivo.

—¿El motivo de qué? —preguntó Jota sorprendido.

—¿Por qué lo hace?

—¿Te refieres a la persona que escribe las cartas?

Asentí. Más allá de quién era, la cuestión que, sin duda, no dejaba de dar vueltas en mi cabeza desde el primer día era el porqué.

—No lo sé... Puede que haya un tema personal en todo ello. Igual hiciste algo sin querer y no fuiste consciente...

—No creo que sea eso. Hay alguna cosa que se nos escapa detrás de la retórica de esas cartas. Está buscando conseguir algo.

—Busca hacerte daño, Lucía. Es un loco con tiempo libre que se ha obsesionado contigo y poco más. En cuanto le cojan nos reiremos de un señor pajillero que, a buen seguro, no salía de casa porque se pasaba el día sentado frente al ordenador.

—No lo sé... Yo creo que no es así. Esto es más real, Jota. Sé que es real porque puedo sentirlo.

—Pues lo afrontaremos juntos.

Y aquella frase, que perdida en un mar de palabras y conversaciones podría haber pasado desapercibida por ser una más, bonita eso sí, sincera también, pero una de las muchas que nos dirigimos desde que nos conocimos, me dio una pequeña clave para empezar de nuevo.

Afrontarlo. Aquella era la palabra, el verbo. Y aunque no incidí en ello en aquel momento, aquella inocente afirmación sembró una pequeña semilla en mí que estaba segura de que germinaría de cara a lo que estaba por venir.

—Venga, va, detállame un poco más cómo nos va a ir a una escorpio como tú y a un géminis retrógrado como yo esta semana. Hace mucho que no me cuentas tus predicciones.

—No digas predicciones, Jota.

—Interpretaciones, perdón.

Los dos sonreímos.

Jota no lo sabía, pero durante todo este tiempo nos había estudiado. Había hecho incluso el test de compatibilidad de nuestros apellidos que yo misma inventé para la revista. Siempre egoísta, no dejé de preguntar a los astros qué me depararía aquel verano de 2002 en todos los aspectos de mi vida y, aunque hasta ese momento no era nada positivo, tal y como había previsto, el 22 de julio de 2002 la Luna estaba en la casa de mi signo, Escorpio. Y una mujer con la Luna en su casa obtiene puntos de vista diferentes y sobre todo... se vuelve más voraz.

CAPÍTULO 28

Pasaron unos días hasta que de nuevo pude asentar mi cabeza sobre los hombros. En la redacción se declararon dos días de luto por la muerte de Rosa, que enlazaron directamente con el fin de semana. Con la oficina bajo mínimos y a medio gas por las vacaciones, Lorena aprovechó para dar un respiro a la plantilla que aún quedaba esa semana. En la rueda del Zodiaco de Leo y Virgo, la redacción se quedaba casi vacía. Solo permanecían al cargo tres o cuatro personas por departamento para dar respuesta a las posibles incidencias, recoger el correo y comprobar que todo el trabajo adelantado salía sin problemas. Las pocas secciones que necesitaban presencia continuada eran la mía y la de actualidad. Ya os dije que mi sección era especial. El apartado de moda era fácilmente programable ya que todos los veranos vuelven las rayas marineras y el *animal print* sin dar tregua.

No solo yo estaba padeciendo una insoportable tensión contenida. De un modo u otro, todos habían sufrido una presión que había calado en cada cuerpo y cada alma de aquella oficina de manera muy personal. Los registros de la policía, los interrogatorios individuales, las discusiones, tiranteces y sospechas, la exposición de las vidas personales en algunos casos y, por supuesto, la muerte de Rosa, fueron un infierno al que se debía sumar el calor sofocante y la necesidad de seguir sacando el trabajo adelante. Una tortura emocional que había dejado exhausto por completo al equipo. Como una bici que chirría cada vez que tocas el freno. Estaba deseando romper con aquel entorno tóxico que se había creado casi de la nada y en tan poco tiempo.

Aquel fin de semana sentí que necesitaba desconectar del mundo laboral. Pero no para poner en pie ese tópico publicitario que reza: «Desconectar para volver a conectar». No me gusta la positividad impuesta que emplea frases impropias, impersonales y que a menudo no reflejan la verdad. Por eso yo arriesgaba en mi interpretaciones, porque buscaba algo real y tangible para quienes me leían.

«Desconectar para volver a conectar», me volví a repetir. Yo no quería volver a conectar nada. Sencillamente, quería huir del punto de partida donde empezó todo, donde el tiempo se detuvo con aquella primera carta, después la muerte del anciano y la detención posterior. Necesitaba dar un paso adelante. Como el título de esa serie de moda que por aquel momento emitían en Antena 3 los martes después del telediario. *Uno, due, tre, quattro!* Aquella serie que transcurría en una escuela de danza en la que Miguel Ángel Muñoz encarnaba al tito Rober y cuyo título me sirvió para tomar fuerzas y dar ese tan necesario paso adelante.

Ese viernes, mi madre, quien seguía ajena a todo lo sucedido, me llamó para comentarme otra de las grandes ideas que a menudo se le ocurrían. La prejubilación le había venido que ni pintada para buscarse decenas de quehaceres: desde cursos de informática para mayores, pasando por presentarse como presidenta de la comunidad de vecinos hasta hacer todo tipo de recetas de cocina. Este último nuevo *hobby* fue el elegido en aquella ocasión. Mi madre quería que le llevase a la niña porque tenía la intención de preparar torrijas ese fin de semana. Torrijas en verano y con treinta grados a la sombra. Así era ella, pero me venía de perlas porque necesitaba algo de tiempo para mí y mis dos escuderas. Las dos a las que no había podido agradecer en primera persona todo lo que habían hecho y seguían haciendo por mí.

Coincidió que aquel era el último fin de semana de Diana antes de coger sus correspondientes vacaciones de agosto. Con Sol ocurría lo mismo, tanto en su «trabajo-no trabajo» de administrativa, como ella misma lo definía, como en sus clases particulares de teatro. Es curioso e indolente notar cómo casi todo se detenía durante treinta días. Un mes en el que se ralentizaba el ritmo de un país que ya de por sí caminaba lento.

Con mi hija remojando pan de molde sin gluten en leche en casa de su abuela y Jota liado con la mudanza de unos amigos, Diana, Sol y yo decidimos organizar lo que llamamos nuestra fiesta del verdejo, algo parecido a una fiesta de pijamas de adolescentes, pero en la treintena y con vino blanco fresquito. Ciertamente, rompía parte del esquema organizativo de descanso que había diseñado para mí durante esos días, pero prefería estar acompañada. Al menos las risas estaban aseguradas.

La primera en llegar fue Sol. Ella era la encargada de traer algo de cena, pero apareció con un pequeño táper de pasta con tomate, frutos secos y varias botellas de un *frizzante*, como a ella le gustaba definir al vino dulce con burbujas. La moda.

—¿Puedo guardar el vino en la nevera? —dijo nada más entrar en casa.

—Debes.

Cuando el minúsculo táper de macarrones hizo acto de presencia sobre la mesa, no pude evitar proponer algo antes de dar por sentado que así era mi amiga.

—Oye, Sol, quizás deberíamos bajar a comprar algo más para cenar, ¿no?

—Lucía, en esta noche de desfogue adolescente y sentimientos encontrados, donde acabaremos llorando cuando estemos ebrias, la pasta recalentada será nuestra mejor aliada. —Aquello parecía un horóscopo escrito por mí misma.

—Sol, que no tenemos veinte años.

De pronto, paró. Dejó de sacar el vino de las bolsas y, con la puerta del frigorífico abierta, se acercó poco a poco hacia mí, mientras se escuchaba un pitido de fondo como aguda queja de la nevera. No se puso nerviosa, colocó su mano sobre mi hombro con un gesto cariñoso y dijo:

—Te entiendo, pero no lo comparto. El primer plato será para ti. ¿Te parece bien?

Y ahora, con sinceridad, decidme qué coño hubieseis respondido ante una frase que no tenía ningún sentido. Pues algo como...

—Así sea —respondí.

—Así sea —replicó mientras se volvía hacia la nevera para silenciar su quejido y terminar su cometido inicial, enfriar el vino, antes de enredarse en una conversación vacua.

—Además, es integral...

—¿Cómo? —pregunté desconcertada.

—La pasta, que es integral. Cuida tu flora intestinal —indicó Sol valorando las ventajas.

—Vale... Gracias.

—A ti.

Nunca sabías cuándo se iba a cerrar una conversación con ella. Siempre había una frase más, un gesto añadido o una agradable sonrisa junto a un «a ti», porque jamás respondía a un gracias con un «de nada». Era agradecida por naturaleza y, aunque fuese ella quien te estuviera echando una mano, o las dos, siempre mostraba su gratitud.

Si en ocasiones la interpretación de los astros resultaba desconcertante y complicada de descifrar, Sol me desconcertaba unas veinte veces por conversación. ¿No es maravilloso que exista gente así? Personas que te rompen los esquemas para bien. Inocentes. Libres de toda esa fatalidad rodeada de esnobismo, de egoísmo.

Antes de que pudiera poner en pie mi siguiente argumento, Diana llamó al timbre. Por fortuna, había traído algo más que la recena para adolescentes de las seis de la mañana que nos proponía Sol. Algo de queso, uvas sin pepitas y una tortilla de patatas recién hecha del bar que había debajo de mi casa.

—No he podido traer nada de postre —dijo mientras soltaba las bolsas en la mesa.

—Tengo tarzanitos —respondí.

—¿El qué? —preguntó Diana.

—¡Ah, me encantan! —dijo Sol emocionada.

—Pero ¿los tarzanitos no son...?

—No... Bueno sí, pero también son estas cosas de chocolate. Siempre los compra Jota para Violeta —comenté mientras señalaba una bolsa de chucherías.

—Pues no son nada fáciles de encontrar.

—¿Ah, sí? ¿Se esconden de ti los tarzanitos o qué? —preguntó Diana a Sol en broma.

—¿Por qué se iban esconder de mí los tarzanitos? —dijo mientras degustaba uno de ellos con placer.

La pregunta fue tan demoledora que, aun estando acostumbradas a ello, Sol nos volvió a dejar sin palabras.

—Pues también es verdad, Sol, con lo amable que tú eres es imposible que los tarzanitos huyan de ti —dijo Diana con una sonrisa cómplice.

—Ah, vale, que era una broma. Me alivia saber que por mucho tiempo que pase, entiendo vuestras inquietudes mejor que hace algunos años. Me interesa seguir en esa línea, espero que podáis valorar mis progresos —respondió muy en serio.

—Por supuesto que sí, cariño. Y a nosotras estar a tu lado para verlos —contesté mientras me acercaba para darle un enorme abrazo. Era entrañable.

Mi madre dice que parte de los problemas del mundo tienen su origen en que la gente ha dejado de abrazarse. Y puede que tenga razón. Dejamos el contacto físico en manos de la palabra y a veces ni siquiera en ella: recortamos el cariño a un simple emoticono o un «OK» por SMS. Nos falta tiempo para demostrar lo que amamos y, por ende, nos falta tiempo para amar.

—¿Cenamos?

—Bebamos —respondió Sol.

La noche fue de lo más divertida, recordando las viejas anécdotas de siempre. Las que no fallan. Esas que dan pie a la risa incontrolada y que nos unen de la forma más sincera siendo nosotras tres las actrices protagonistas de ellas. Compartimos unas risas que, aderezadas por el vino, nos dejaron deshechas en el sofá comiendo tarzanitos a las doce de la noche.

Quizás fue ese el momento clave. Hicimos un pequeño silencio después de una escandalosa risa que soltó Diana mientras nos detallaba su última aventura sexual con el vecino del quinto. Un tipo muy majo, pero que tenía una incontinencia terrible a la hora de contarle chistes sobre su trabajo cuando estaban juntos. Era asesor fiscal, y cuando la broma se refiere a cuando te equivocaste al marcar la casilla en la declaración de la renta, todo se vuelve más difícil, hasta el sexo.

Pausamos nuestras respiraciones y notamos cómo la brisa, algo más fresca por fin a esas horas, entraba por la ventana y llegaba directa hasta nuestros escotes. Me serví una copa más de vino.

—¿Qué tal estos días? —me preguntó Diana sin rodeos. Bastante había tardado en salir aquella conversación sobre asesinatos entre recuerdos de caídas, pérdidas de dignidad y amoríos varios.

—Pues no lo sé. A veces tengo miedo, a veces estoy cabreada... Tengo una extraña sensación en el cuerpo que me gustaría interpretar de forma adecuada, pero no soy capaz.

—Eso es porque estás bloqueada, es algo normal. Yo trabajo con personas que no saben cómo gestionar emocionalmente los sentimientos que están padeciendo. Créeme que he probado todo tipo de técnicas orientales de desahogo emocional y, sin duda, hablarlo siempre es la mejor opción.

—Ya... —respondí, respirando hondo. Intentaba contener una conversación que quizás no me apetecía abordar, pero Diana tomó el testigo que Sol le brindó.

—Pues aprovechando que hablarlo es la mejor opción... siento mucho haber tenido que llamar a Álex —dijo bastante apenada—. Cuando vi que te esposaban me dio un ataque de pánico y no supe cómo reaccionar. La única persona que se me vino a la cabeza fue él.

—Pues yo no lo siento, Diana. Estoy aquí gracias a ti y gracias a él. No voy a negar que fue toda una sorpresa verlo aparecer por la puerta, pero es justo reconocer que de no haber sido por la decisión que tomaste, quizás ahora no estaríamos de vinos.

—¿Y qué va a pasar a partir de este momento? —preguntó Sol.

—Pues no lo sabemos. Puede que la policía continúe con la investigación, que me llamen a declarar ante un juez o...

—Me refería a Álex —interrumpió Sol, contundente, y pillándome por sorpresa.

—Es un tema cerrado, Sol. Una puerta no te permite entrar en la habitación solo porque se haya quedado entreabierta. No hay espacio de paso para él. Si quiere ayudarme como abogado, se lo agradeceré, pero nada más.

—Siempre queda algo... Hasta de las relaciones más tortuosas e infelices sobrevive algún detalle inoportuno. Y más en alguien como tú, que tiende a pegar los pedazos rotos de todo. Espero que sepas gestionarlo...

—¡Uf!, esa metáfora me ha dejado un tanto confusa hasta a mí —dijo Diana mientras se levantaba a por otra botella del frigorífico.

Aunque la manera que tenía Sol de expresarse era tan personal y original como críptica, no había momento en que no dejara ese poso de sabiduría cargado de razón. Me conocía bien. Por eso no dejó de mirarme a los ojos mientras Diana se encaminaba hacia la cocina. Sin duda, reconocía esa parte humanitaria de una escorpio que busca arreglar las cosas antes de tirarlas de forma definitiva, que no desiste en el esfuerzo. Mi amiga temía por ese defecto de la personalidad que acuciamos las personas que no terminamos de romper con el pasado, que buscamos la coincidencia que atraviesa la nostalgia.

—Sé lo que quieres decir, cariño, pero ahora mismo estoy más cabreada que dudosa de mis sentimientos. Si hay algo que me gustaría pegar son las piezas sueltas de esta puta mierda, porque sigo sin entenderlo —expresé lo que pensaba, sin cortarme.

—¡Uy, esa boca, qué peligro tiene últimamente! —respondió Diana mientras se servía.

—Es que estoy cansada de estar a la expectativa. Dime de qué me ha servido esa actitud siempre ultracorrecta hasta ahora... Me he convertido en una víctima sin saber por qué, me han robado la calma en el trabajo y vivo con la tensión en el cuerpo veinticuatro horas...

—Igual hay que tomar la iniciativa y que ese profundo sentimiento de inseguridad se le traslade a quien escribe las cartas. Que cambie el flujo de energía negativa, ¿sabes?

Diana y yo miramos a Sol intentando desencriptar esa última frase que parecía reforzar el significado de mi argumento.

—No estoy muy segura de que sea eso lo que quiero decir, pero creo que sí —respondí.

—Pero, Sol, ¿a qué te refieres con «tomar la iniciativa»? —preguntó Diana.

—Lo único que sé es que no puedo vivir con el miedo de salir a la calle, de recibir una amenaza en la puerta de mi casa o de plantear el horóscopo de la semana que viene... —aduje.

—Tengo claro que algo podemos hacer por nosotras mismas —añadió Sol—. Yo tengo preguntas.

—Yo también tengo preguntas.

—¿Preguntas de qué? —respondió Diana, algo perdida. Parecía que, por primera vez, mi sintonía con Sol en aquel momento era plena. Ambas pensábamos que debíamos actuar de una vez por todas. Obviamente, había una cuestión principal que expuse:

—La pregunta primigenia es quién lo hace, sin duda, pero creo que debemos ir más allá y preguntarnos: ¿por qué yo? —dije llevando las manos hacia mi corazón—. Es increíble que todavía nadie se haya centrado en eso. Todo el mundo está obsesionado con las cartas y las muertes, pero no analizamos lo más simple.

—Yo quiero insistir, aquí y ahora, en que hay un motivo personal —expuso Sol.

—Sí, pero exceptuando a Rosa, tú no conocías al resto —añadió Diana.

—Lo de Rosa ocurrió a raíz de decidir no volver a tomar partido. Cuando dejé de contestarle, le obligué a arriesgarse más, porque estoy segura de que matarla no entraba en sus planes.

—Pues ha sido un riesgo que casi te deja como culpable —añadió Sol.

—Es listo el cabrón... —espetó Diana.

De repente, fruto de esa variable incontrolable que era la vida interior de Sol, se levantó de golpe del sofá ante nuestro desconcierto, se acercó a la impresora que había en el mueble del salón y cogió unos folios.

—Hagamos una lista —dijo.

—¿Una lista de qué? —pregunté.

—Dejemos volar nuestra memoria con datos fútiles y superfluos. Tengo rotuladores fluorescentes, nueces de macadamia y pasas.

—¿Nueces y pasas?

—Estimulan la memoria.

—¿De dónde dices que son las nueces? —preguntó Diana.

—De macadamia —respondí.

—Macadamia no es un sitio, es un árbol —añadió Sol, poniendo en evidencia nuestra ignorancia.

—Vale... ¿Y qué quieres hacer?

—Quiero que pasemos a la acción —sentenció mi amiga Sol.

—Mira, ¿ves? Eso sí que lo he entendido perfectamente, pero igual estamos un poquito piripis...

—Nos tenemos que centrar en el porqué —insistió Sol—. Lucía tiene razón. No se está poniendo el foco en lo importante, sino en lo urgente.

—Yo acabo de perderme...

—¡Que no! Si partimos de la base de que el individuo, llamémoslo «malo número uno»...

—¿Va a haber un malo número dos? —pregunté, interrumpiéndola.

—Puede ser. Quizás no trabaje solo —respondió con coherencia ante nuestra atenta mirada, aunque cada vez más desconcertada—. Insisto, si partimos de la base de que el malo número uno tiene que conocerte, hagamos una retrospectiva de personas que pudieran tener un motivo para enviarte esas cartas y que a su vez estén relacionadas con las que han muerto o que casi lo hacen.

—Mira, eso me recuerda al trabajo que hago relacionando los ascendentes con las casas.

—¡Eso es! —dijo Sol mientras dibujaba en un folio una cuadrícula para tratar de organizar la información en un esquema.

—¿Y cómo vas a relacionar a gente que conoces con gente que no conoces, si no los conoces?

—Con eso —dijo Sol mientras señalaba el ordenador que estaba en la mesa del salón—. Y con esto —concluyó, señalando sus nueces de macadamia y las pasas.

No sé si fueron las dos botellas de verdejo que yacían vacías sobre la mesa o la tercera que acaba de hacer acto de presencia, pero a punto de dar las doce de la noche, nos vimos involucradas en una investigación, *a priori* algo chapucera, en mi propia casa.

Capitaneadas por una extramotivada Sol, hicimos un repaso de todas las personas que habíamos o había conocido desde los veinte en adelante y que estaban ya fuera de mi radar, y de las que no guardaba un grato recuerdo. Supongo que ellas de mí tampoco.

Lo organizamos por años, desde la época en la que cursé mi grado de astrología hasta la actualidad. Remontarse a los años de instituto sería recordar a adolescentes que solo hablaban de amoríos y ropa, aunque tampoco es que haya una gran diferencia ahora, pero los veintipocos fueron el punto de inflexión temporal. Dada la experiencia que demostraba con el lenguaje astral, mi «malo número uno», tal y como lo había denominado Sol, bien podría ser un estudiante de aquella época.

Aproveché para sacar todos mis apuntes, incluidas las fotocopias que hice de algunos compañeros cuando faltaba a clase, por si alguna de las letras coincidía con la de las cartas. No las tenía en casa, por supuesto, las tenía la policía, pero las pasas y las nueces de macadamia amplificaban mi memoria inútil para recordar algunos rasgos.

Revisamos las orlas de cada curso, para pasar unas horas más tarde a los compañeros de trabajo, rollos de una noche, vecinos míos y de mi madre, mientras Sol buscaba en internet una posible relación entre Paula, Rosa y Antón. La mesa empezó a llenarse de material que tocaba organizar. Cualquier detalle podía ser relevante. Subrayábamos nombres y tachábamos otros.

Yo estaba segura de que era una persona vinculada a mi etapa como estudiante, mientras Diana se decantaba por algo más cercano en el tiempo y el espacio, y no excluía que alguno de los muchos «amienemigos», como definía ella a los lacayos que peloteaban con todo el descaro a Rosa en el trabajo, fuera el responsable. Daba igual, de momento, pero aquella noche Sol y Diana durmieron conmigo, y también lo hicieron el sábado y el domingo. En solo dos días acabamos con las reservas de vino, nueces de macadamia y pasas del supermercado que había debajo de casa. Lástima que las torrijas que preparó Violeta llegaran el domingo por la tarde. De haber estado empapadas en vino y azúcar durante todo el fin de semana, el subidón nos hubiese hecho ser más conscientes de todo lo que habíamos recopilado.

Cuando me quedé sola el domingo por la noche, mientras estaba en la ducha y con Violeta ya en la cama, mi pensamiento y mi boca se unieron para soltar en voz alta una frase que llevaba todo el fin de semana tomando forma en mi mente: «Mi querido asesino en serie, o malo número uno, como diría la buena de Sol, estás muy pero que muy jodido».

CAPÍTULO 29

2 de agosto de 2002

Sobre las ocho de la tarde de aquel 2 de agosto, Jota llegó con Violeta. Venían de dar un paseo largo. Como a él mismo le gustaba decir, comiéndose la «a» de su nombre y pronunciándolo en un inglés macarrónico: «Violet, vamos a perdernos un rato» y al cabo de lo que suponía un buen rato, dos o tres horas más tarde, me llamaban para decirme que quizás se habían perdido demasiado.

No me importaba en absoluto. Mi hija estaba muy cómoda con él, se habían hecho inseparables y Jota la motivaba de manera constante. Creo que eran los únicos del barrio que habían utilizado las mesas de ajedrez del parque para jugar realmente al ajedrez y no para apoyar una litrona.

Aquellas tardes, como era habitual desde que Jota estaba de vacaciones, Violeta entraba en casa corriendo hasta el salón para hacerme una pregunta que ya por la costumbre se había vuelto recurrente:

—Mamá, ¿puedo comerme una?

—¿Cuántas llevas ya?

—Ninguuuuuna —decía Jota, sosteniendo una pequeña bolsa con chucherías de todo tipo en la mano y arrastrando la «u» como muchas veces hacía con las vocales—. Solo me he comido yo la letra «a» de Violet —dijo guiñándole un ojo a mi hija, que reaccionó llevándose las manos a la boca para taparse la sonrisa—. Hasta que la madre no lo autorice, no hay apertura de la bolsa.

—Pues una entonces, que en esta casa se cena dentro de poco.

Abierta la veda de la chuchería, Violeta seleccionaba con esmero y cuidado la elegida dentro de aquel surtido variado de esponjitas, dulcipicas, regalices y dientes de Drácula. Luego se marchaba, masticando y cantando, directa al baño, donde colocaba el tapón en el desagüe y abría el grifo para llenar la bañera. Violeta disfrutaba de su charquito de agua tibia durante unos veinte minutos hasta que llegaba yo para quitarle la «roña», como decía su abuela. Mientras, Jota y yo solíamos relajarnos tomándonos un vino tempranero.

Aquella tarde hacíamos lo propio y, mientras yo abría una de las botellas del verdejo que había sobrado de la fiesta de pijamas con Diana y Sol la semana anterior, Jota se sentó derrotado en el sofá. Una niña de siete años puede llegar a extenuarte hasta límites insospechados, aun cuando estás en muy buen forma, y Jota lo estaba. Doy fe.

Se tumbó, cogió todo el aire que había en el salón y mascculló asustado.

—Lucía...

—¿Qué? —respondí desde la cocina con el sacacorchos en la mano. Como de costumbre, el tapón se me resistía y temía tener que empujarlo hacia dentro de la botella si se me partía por la mitad. No era la primera vez que servía un vino con el corcho flotando.

Entonces Jota, sin responder, señaló hacia una de las paredes del salón, completamente asombrado.

—¿Qué coño es eso?

—Ah, lo he organizado mientras vosotros dos estabais fuera. Es nuestro panel de investigación.

Junto a una de las paredes ciegas del salón había montado un corcho gigante que conservaba de mi época de estudiante. Lo utilizaba cuando detallaba las cartas natales. Colocaba en él toda la información de la que disponía: perfiles, año de nacimiento, casas, ascendente, etcétera. De esa manera gozaba de una visión global de todos los datos para poder interpretarlos de manera fehaciente. Pues esto mismo es lo que había hecho con todo el material que habíamos recopilado durante el fin de semana anterior.

Aquel corcho contaba con documentación personal de Paula, Antón y Rosa que Sol había encontrado en la red; también tenía impresas las conversaciones por Messenger, una copia de lo que pude transcribir de memoria de las cartas, los SMS, las horas, los lugares y algunas personas de mi vida pasada a las que pude haber «fallado», por decirlo de un modo elegante.

Se parecía a la habitual pizarra de la típica serie policíaca americana de los ochenta, pero no tenía tanto glamur ni chinchetas de colores que relacionaban mediante hilos rojos las coincidencias que se encontraban en el panel. Simplemente estaban allí, ordenados, con detalles subrayados y brillantes como si fueran constelaciones, para ver si había algún detalle que nos llamara la atención. Jota no tenía ni idea de todo aquello porque yo no se lo había contado todavía.

—Madre mía, en serio... ¿Qué es esto?

—Esta es mi manera de afrontarlo.

—¿Cómo?

—Hace unos días me dijiste que debíamos afrontarlo. Pues yo ya he empezado.

—Vale. Ahora sí que estoy perdido.

—¿Te sitúo?

—Por favor. ¿Te dará tiempo a contármelo antes de que Violeta acabe arrugada como una pasa?

—Eso espero...

Llevé a Lucía unos juguetes: un pez payaso, una estrella de mar y una ballena flotantes y, tras ello, empecé por exponerle a Jota que había tomado una firme determinación. Una decisión de las que toma una mujer de a pie cuando está presionada hasta el límite. Una que resultaría inaudita para una madre soltera treintañera, introvertida, comedida e invisible.

Estaba rabiosa. Deseando encontrar el más mínimo detalle que me ofreciera la oportunidad de devolverle el favor a quien se había propuesto arruinarme la vida, y eso no lo iba a conseguir si me quedaba esperando de brazos cruzados.

En otros tiempos, quizás solo me hubiese compadecido de mí misma. Hubiese pensado que por qué a mí y cualquier otra chorrada que se habría diluido al momento con el resto de mis pensamientos, sin posibilidad alguna de cambiar ni un ápice mi situación. Llegados hasta ese punto, yo estaba un poco hasta el coño, sin eufemismos, y mientras que la policía no daba señales de vida, yo iba a reconducir la mía. No iba a permitir que se me escapase como la espuma por el desagüe tras el baño de Violeta al terminar de jugar con sus peces de goma. No estaba dispuesta a parar.

—Madre mía —susurró Jota mientras intentaba rescatar algún detalle—. ¿Hay algún resumen? ¿Algo importante que hayáis visto? —preguntó interesado.

—Todavía no, pero estamos en ello.

Omití detalles porque no quería implicarle más de lo necesario. Ya estaba metido hasta el cuello y la cosa no iba con él. Bastante tenía con haberme encontrado en ese momento de mi vida, en el que estaba más inestable que la mesa de la terraza de un bar.

—Cuando dices «estamos en ello»... ¿A quiénes te refieres?

—A Diana y a Sol, me están echando una mano.

—¿Y Álex?

Hice un pequeño gesto de sorpresa. Creía que ese era un tema que habíamos zanjado en nuestra última conversación.

—No —respondí con claridad.

—¿Y yo? ¿Podría ser parte de ese grupo o mi cometido es solo proveer de tarzanitos y demás chucherías a Violeta?

Me costó discernir si Jota estaba celoso, si estaba siendo irónico o si, simple y comprensivamente, estaba superado por los acontecimientos. Creo que todas las respuestas eran correctas y por un momento me sentí insegura. Miré a Jota a los ojos y él me observó, suspicaz, mientras daba un trago a la copa de vino. Siguió hablando y, aunque ya no incidió ni en Álex ni en otras ironías, mantuvo una actitud molesta, insidiosa. Denotaba cierta disconformidad, leve pero presente. Como cuando te estás probando ropa, presentas dos prendas sobre tu cuerpo y le preguntas a alguien qué vestido cree que debes ponerte para una ocasión especial y elige justo el contrario del que tú tienes en mente.

—¿Estás segura de que quieres hacer esto? —preguntó de manera rotunda, lo que me hizo flaquear.

—¿Por qué?

—No sé, estas cosas al final son trabajo de la policía y estar dándole vueltas en vez de olvidarlo puede que acabe haciéndote más daño. A ti y a Violeta. Quizás sea asumir un riesgo innecesario. ¿De verdad estás segura de lo que estás haciendo? —repitió.

Aquellas palabras me obligaron a respirar hondo y dudé, sobre todo por mi hija.

Puede que Jota tuviera razón y la emoción era fruto de unas botellas de vino blanco en una noche de desahogo con Diana y Sol, pero en el fondo había algo en mi interior que me hervía por dentro. Quizás se esperaba de mí que fuese una mera espectadora, pero cuando miraba aquella pared y releía parte de las cartas, sentía que se había abierto una puerta que ya no estaba dispuesta a cerrar.

En cierto modo, no dependía de mí aguardar a que ocurriera algo de nuevo, pero buscar una solución sí. No iba a aguantar sentada a que el próximo golpe acabara con mi cabeza en el patio de vecinos de mi edificio o en el baño público de la oficina. La mía o, peor aún, la de alguien a quien quería. El inmovilismo no era una opción y el miedo tampoco.

—Estoy segura de lo que estoy intentando hacer, que no es poco. Solo quiero encontrar respuestas.

Jota lo entendió al momento.

—Pues a por ello. Yo estaré aquí para ayudarte en lo que necesites.

Por fin parecía que remábamos en la misma dirección.

—Pues hoy mismo.

—¿Hoy mismo qué?

—Hoy puedes ayudarme. Tú has leído las cartas, al menos dos de ellas. Tengo huecos por rellenar que no recuerdo y como las cartas las tiene la Policía Judicial...

—No tengo muy buena memoria...

—Tengo nueces de macadamia y pasas.

—Vale, creo que esto es una broma interna que desconozco...

Me empecé a reír a carcajadas, algo impensable para mí, dado el nivel de estrés que estaba soportando. Jota siguió hablando:

—Venga, me adapto: pasas no, prefiero vino o Apisérum, ¿puede ser?

—¡Qué recuerdos! Mi madre me daba Apisérum cuando era pequeña.

—Está claro que entonces debieron prohibirlo. Por las secuelas que ha dejado... —respondió Jota continuando con la broma.

Los posibles celos, la posible ironía y el más que probable hastío por la situación dieron paso al verdadero Jota, al géminis cariñoso y capaz de relativizarlo todo que tenía frente a mí.

Sonreí, le besé y acto seguido cogí las transcripciones que había hecho de las cartas y las puse sobre la mesa. Repasamos los párrafos y fuimos rellenando los huecos o ideas que me faltaban con aquellas frases o conceptos a medida que Jota recordaba. Toda la palabrería pomposa e inútil la obviamos.

Estábamos absortos en la tarea, hasta que Violeta gritó desde el baño. La reina de la casa pidió audiencia. La sequé, se puso un pijama del color de su nombre, cenó y, llegado el momento, se resistió, como buena monarca, a su obligación real de irse a dormir. Obviamente, acabó abdicando de camino a la cama.

Cuando entré de nuevo en el salón, Jota estaba revisando las cartas. Lo hacía relajado. Se había desabrochado algún botón de la camisa para aliviar de algún modo los casi treinta grados que todavía calentaban el ambiente, y dejaba entrever parte de su trabajado pecho. Estaba despeinado, bronceado y, para qué nos vamos a engañar, muy atractivo. Creo que esa sutileza, unida a las copas de verdejo y a que no tenía en el estómago ni unas miserables aceitunas, hicieron que diera un trago a lo poco que quedaba en mi copa y me sentase a horcajadas encima de él para besarle. Jota me miró sorprendido, dejando los papeles sobre la mesa. Entonces, cuando quise pasarle el vino que aún mantenía en mis labios de forma sensual y sexual sobre su boca, me sobrevino una tos incontrolable que me hizo soltar y escupir todo aquel vino sobre su cara, y no de la manera que tenía planeada.

—¡Perdona! —dije mientras seguía tosiendo y ahogándome al mismo tiempo.

—¿Estás bien? —preguntó asustado mientras me golpeaba en la espalda para que se me pasase. Mis pulmones se abrazaron para no salir despedidos por mi boca ante tales sacudidas.

—Sí, es que me he atragantado.

—Ya lo veo, ya. ¿Sigo?

—Sí, pero más flojito, que vas a sacarme la escápula por la teta.

—Perdona.

—Ya está. Ya pasó.

Cuando miré de nuevo a Jota, estaba completamente empapado de vino y baba. No pude evitar reírme. Menos mal que era blanco y no tinto...

—Eso, tú ríete.

—Es que no se me da muy bien ponerme en plan...

—Pues ibas muy bien.

—Puedo continuar...

—Vale, pero voy primero a por un trapo, creo que me ha entrado algo en el ojo...

Y era cierto, porque lo tenía medio pipa. Ya sabéis que Jota era muy guapo, al menos para mí, para mi madre, Diana y Sol, y seguramente para media oficina, el resto de las empresas del edificio y para quien se cruzara con él, pero verle con el ojo medio cerrado, la camisa mojada y el gesto torcido era muy gracioso. Me reí con todas mis fuerzas mientras me afanaba en taparme la boca para no despertar a Violeta.

Aquella noche acabamos en la cama, cambiando las risas contenidas por respiraciones y suspiros silenciados, pero no por ello menos intensos.

Si había algo que realmente me excitaba de Jota era su sabor. Nuestros cuerpos sudaban por la temperatura y mi lengua recorría su pecho recibiendo el sabor dulce del propio vino que habíamos bebido unas horas antes.

Cuando los dos acabamos —algo que no siempre es fácil y mi experiencia así me lo decía—, con nuestras miradas fijas en el ventilador de techo y su cadencia pausada, tuve la necesidad de recordarle algo que había pasado inadvertido en nuestra conversación de aquella noche. No había sido obvio, Jota era muy listo y solía incluir sus miedos e inseguridades entre frases aparentemente insignificantes, pero ahí estaba.

—Jota, no quiero que te preocupes por Álex ni por un segundo.

Se mantuvo en silencio un momento antes de responder, sabiendo a la perfección a qué me refería.

—Vale.

Nos abrazamos con verdadero cariño. El amor no sobrevive por la confianza en el otro, porque esta puede ser traicionada. El amor sobrevive por la confianza en uno mismo.

CAPÍTULO 30

Elsa fue apartada del caso por «pérdida de confianza». Era una coletilla muy utilizada cuando se cometía un error grave y un jefe tenía que retirarte del operativo. Un eufemismo de cara a la galería como tantos otros.

Una vez que Elsa había «perdido la confianza» de su superior, Gustavo también renunció casi en el mismo momento. Tenía la jubilación muy cerca, tendría que trabajar con otro compañero y, tras todo lo sucedido, prefirió no seguir con el caso. Una actitud nada reprochable en un país donde tomar las riendas de algo es síntoma inequívoco de exceso de responsabilidad y posible fracaso. A decir verdad, Gustavo estaba superado por las circunstancias y seguir sin Elsa en un caso que le demandaba tanta energía suponía un esfuerzo que su edad ya empezaba a acusar. No obstante, ambos siguieron al servicio de todo cuanto sus compañeros pudieran necesitar. Eran conscientes de que no podrían desvincularse del todo, pero necesitaban cierto espacio, impuesto desde arriba como las preceptivas vacaciones de Lucía.

Gustavo siempre decía que su forma de actuar era ley de vida. Pasa el tiempo y la desfachatez humana te acaba dejando fuera de combate. Nocaut técnico por puro agotamiento.

La constancia de los idiotas, perseverantes, que permanecen impasibles mientras tú peleas y peleas, hasta que llega una edad en la que decides que ya está bien. Te han vencido con facilidad y has perdido media vida desgastándote. Nunca compensa realizar semejante esfuerzo para cambiar las cosas. Simplemente, a veces es mejor que exploten.

Elsa y Gustavo nunca se pusieron de acuerdo. Ni siquiera en esta cuestión. Una pensaba que el problema era el propio sistema y el otro que la rémora eran las personas que hacían funcionar ese sistema.

A los pocos días de la detención de Lucía, trasladaron toda la información referente al caso a otra unidad de la Policía Judicial. No fue un castigo, es algo que sucede de forma habitual cuando la situación llega a un límite, y Elsa había llegado al suyo. Había explotado, aunque Gustavo siempre sostuvo que la habían hecho explotar, que es distinto, y contiene un matiz importante a la hora de exponer el enunciado de las cosas. El sistema nunca se plantea su responsabilidad en estos casos, nos hace creer que son hechos aislados, mientras sigue arrasando todo a su paso. Incluidas las personas. Incluida Elsa.

La mañana en que se inició el cambio, cuando se originó un pequeño punto de inflexión que trajo asociada una revolución, Gustavo terminaba de cerrar trámites burocráticos en aquella mesa donde llevaba meses sin sentarse. Elsa hacía lo propio a pocos metros de él. Porque la administración solo tiene dos formas de actuar y más en pleno mes de agosto: a través de papeleo y a través de retrasar el papeleo. Es la manera que tienen de anestesiarte hasta que abandones.

Aquel lunes 5 de agosto, el móvil personal de Gustavo recibió un mensaje.

------SMS------

¿Te puedo invitar a un café?

Reconoció rápidamente el teléfono de la interlocutora. Era el de Lucía. Dudó durante unos segundos, al fin y al cabo habían pasado bastantes días tras el incidente de su detención; además, ya no formaba parte del caso y Lucía estaba bien asesorada por su abogado, quien podría buscarle las cosquillas si se ponía en contacto directo con ella. Evaluó los riesgos, pero venció el peso de la parte emocional y ese vínculo que los unía.

------SMS------

Claro. ¿Dónde?

------SMS------

En el Café Comercial. A las 12.

Probablemente era la cafetería con más tradición de Madrid. Con ese toque castizo que tantas pasiones y dolencias levantaba a partes iguales.

Gustavo se levantó ante la atenta mirada de Elsa. No le dijo nada. No porque estuviera enfadado con ella, sino porque la situación era delicada y, si alguien tenía que exponerse, debía ser él. Como recordaba a menudo el propio Gustavo, mientras que Elsa era el futuro, él ya estaba de vuelta. Eso y que en la oficina quedaban cuatro gatos y ya le importaba más bien poco que le mandaran a casa. Si le suspendían, sin duda, le harían un favor.

Cuando cruzó la puerta del Café Comercial, Lucía estaba sentada en una de las mesas del fondo, en penumbra.

Las columnas con reminiscencias de la decoración original de 1887 hacían muy acogedora aquella cafetería situada en pleno centro de Madrid.

—No era necesario que te pusieras en una mesa tan apartada. No debes preocuparte... Hoy vengo como Gustavo y no como policía —dijo nada más llegar.

—Para nada. Estoy esperando a que baje mi hija. En la planta de arriba hay un club de ajedrez y solemos venir una vez por semana. Está aprendiendo.

Gustavo cambió el gesto, sorprendido. Desconcertado por la coincidencia de que aquella niña jugase al ajedrez en aquel café como lo había hecho su hija. Incluso se sintió mal, algo que Lucía enseguida intuyó y trató de aliviar.

—¿Cómo estás? —preguntó con una sonrisa, iniciando de nuevo la conversación.

—Sudando... Este calor no se acaba nunca —respondió Gustavo con una sonrisa amable—. Antes de que digas nada, quería disculparme por lo que ocurrió en la comisaría el otro...

—Has dicho que venías como Gustavo y no como policía —le interrumpió Lucía.

—Sí, es verdad.

—¿Qué tal está Elsa?

La pregunta de Lucía pilló desprevenido a Gustavo, que dudó antes de contestar:

—Bien.

La respuesta, monosilábica y aséptica, no escondió en ningún caso la contrariedad que transmitió su gesto. Casi por inercia y por el silencio de Lucía, acabó por explicarse.

—Ya no llevamos el caso —se sinceró—. No quise decirte nada porque ahora son otros compañeros de la Judicial quienes se encargan y no quería generarles un problema.

—¿Por qué? ¿Me van a volver a detener? —Lucía se mostró muy preocupada ante aquella información inesperada.

—No, no —respondió Gustavo al momento—. Bueno, a decir verdad, no lo sé, pero intuyo que no —rectificó—. Al menos no fue la recomendación que yo hice antes de traspasar el caso.

Lucía respiró hondo. Aquella era una de las preguntas más importantes que tenía preparada para aquel encuentro y que por el momento quedaba resuelta. No con la certeza que a ella le hubiese gustado; obviamente un «No te preocupes, sabemos que no fuiste la responsable de la muerte de Rosa y de ninguna de las anteriores» habría sido más tranquilizador, pero al menos agradeció la sinceridad de Gustavo. Él transmitía culpabilidad en cada uno de sus finales de frase. Como una disculpa implícita en cada palabra, que Lucía amortiguaba con bromas para intentar hacerle más fácil la conversación.

—Pues estamos jodidos, Gustavo.

—¿Por qué dices eso?

—Porque eres la única persona que creo que podría ayudarme ahora mismo.

Aquella afirmación provocó una reacción de curiosidad en Gustavo.

—Sí, claro, dime qué puedo hacer.

Lucía abrió su bolso y sacó unos documentos que estaban dentro de una carpeta. Gustavo les echó un vistazo.

—Tranquilo. Puedes leerlos con calma. Tenemos al menos media hora hasta que baje Violeta. ¿Quieres que te pida un café? ¿Un capuchino?

Gustavo levantó la mirada y asintió, completamente atónito. Metiéndose de lleno y con tiempo en los folios que Lucía había puesto sobre la mesa. No como en esas películas de *thriller* poco realistas donde leer y asimilar informes de quince páginas a doble cara es cuestión de diez segundos.

—¿Y esta información de dónde la has sacado?

—La hemos encontrado en internet... y preguntando. Todo esto es responsabilidad de Diana, Sol y mía, por supuesto.

—Pero eso es trabajo de la policía.

—Ya, pero es que la policía me ha acusado de homicidio y estoy un poco cansada de llevar colgado ese letrero.

Gustavo dio un trago largo a su café, aún confuso.

—Tengo más —dijo Lucía.

—¿Más café?

—Más información.

Gustavo sonrió y acto seguido se llevó una de sus manos a la frente, incrédulo, cerrando los ojos para ordenar en su mente la revelación que tenía ante sí. En ese momento, Violeta apareció trotando y gritando por las escaleras que venían de la planta de arriba. Abrió los ojos y vio a la niña por primera vez. Fueron varias las ocasiones en aquel tiempo en que tuvo constancia de su existencia y en las que se ocupó de enviar a Diana o a Sol a que se encargaran de ella cuando Lucía había estado retenida o sacando cabezas de retretes. Fueron varias las veces en las que había escuchado a su madre preocuparse y sufrir por ella. En ese preciso instante, esa figura se materializó en una preciosa niña de brillantes ojos zarcos que hizo a Gustavo emocionarse casi involuntariamente.

—¿Esa es tu hija?

—Esa es.

Gustavo sonrió con los ojos vidriosos. La saludó de lejos, mientras la pequeña se encontraba agarrada a la barandilla de las escaleras. Le dijo una frase que la niña entendió a la perfección, ante la complicidad de Lucía:

—Ya sabes: «Pieza tocada, pieza jugada».

Violeta sonrió asintiendo con vehemencia y después se dirigió a su madre:

—Mamá, cinco minutos más, ¡por favor! Me quedan dos movimientos para dar jaque mate.

—Venga, machaca a ese niño en esos dos movimientos y luego nos vamos —añadió Lucía.

—No es un niño, mamá... Es el profesor.

Lucía y Gustavo no pudieron contener la risa mientras Violeta subía corriendo las escaleras.

—Ahora te entiendo. Es una niña preciosa y muy lista —comentó Gustavo visiblemente emocionado.

—Y valiente.

—Como su madre.

—Estoy cagada, Gustavo, pero no voy a dejar que nadie le haga sentir a mi hija ni una mínima parte de ese miedo. Nadie, ¿me oyes? Nadie va a conseguir que mi hija se quede sin su madre. Y si para eso tengo que coger del cuello yo misma a este descerebrado, lo voy a hacer, y si alguien me lo impide, me lo voy a llevar por delante.

Gustavo miró fijamente a Lucía. Aquellas palabras venían sustentadas por tanta fuerza que era imposible no estar de acuerdo con ellas.

—No sé si te lo he dicho, pero me recuerdas mucho a mi hija.

Lucía se sorprendió, relajándose, por un lado, ante la complicidad de aquella conversación, pero, por otro, poniéndose en alerta. Las palabras de Gustavo venían acompañadas de cierta nostalgia que nada tenían que ver con la adrenalina que suponía hablar de las cartas y el susodicho.

—Sí, algo he escuchado por boca de Elsa, pero... ¿dónde está ahora?

—Falleció hace algunos años.

La frase sonó igual de dura que como está escrita.

—Lo siento mucho, Gustavo...

—Lo sé. Todo el mundo lo siente.

Lucía se quedó en silencio, sin saber muy bien qué decir. Entonces fue Gustavo quien retomó la conversación, abriendo una parte de su corazón que Lucía no esperaba.

—Tenía tu edad más o menos. Era maestra en un centro de educación infantil para niños con problemas de adaptación. Te puedes imaginar... Críos con familias en riesgo de exclusión, problemas familiares o directamente sin familia... Esa realidad que no sale por la tele y que no te encuentras mientras paseas por Gran Vía.

Gustavo respiró hondo ante la atenta mirada de Lucía, quien se mantuvo en silencio. Un silencio que, lejos de ser incómodo, le ofrecía de forma generosa la oportunidad de que encontrara las fuerzas para seguir desahogándose.

—La verdad es que se desvivía por cada uno de ellos. No paraba nunca. En casa no cesaba de hablar de sus criaturitas, como ella misma las llamaba, y en especial de Javier, un niño huérfano de seis años al que podría decirse que acogió. Siempre estaba contándonos sus progresos, los de todos en general, pero los de aquel niño en particular. Que si fulanita había aprendido a multiplicar por dos números, que si menganito se había hecho amigo de Javi... Mi hija era una bestia, férrea en sus convicciones, no había nada que la detuviese. Por eso me recuerda tanto a ti.

—¿Y qué le pasó? Si me permites la pregunta, claro.

Gustavo se detuvo un segundo antes de contestar, perdiendo la mirada sobre el café. Masticando una respuesta que no era fácil de tragar y mucho menos de digerir. Marcando un silencio necesario para reponerse y continuar.

—Perdona, no quería incomodarte, si...

—Mi hija se quitó la vida —dijo Gustavo interrumpiéndola, con un tono de voz que se quebraba por momentos—. Sé que debería decir que falleció por autolisis; así es como nos enseñan a hablar del tema a los policías para no estigmatizarlo, pero... debo de ser uno de esos inspectores viejos que sigue empleando de forma errónea las palabras.

—Lo siento muchísimo, de verdad.

—No te preocupes, ocurrió como a menudo sucede con estas cosas... Que todo va normal, que parece que no pasa nada, porque ves a tu hija triste y piensas que es que ha tenido un mal día, que ya remontará. Porque es más fácil mirar para otro lado que sentarse con ella y pedirle que te cuente si algo va mal. Obviamente lo iba, pero cuando quise preguntarlo ya era tarde.

Gustavo respiró hondo y se llevó la mano al bolsillo para sacar un pañuelo de tela y limpiarse los ojos. Uno de esos pañuelos bordados con sus iniciales como los que también llevaba el padre de Lucía para secarse el sudor de la frente.

—No tienes por qué pasar por este trago ahora mismo.

—No, me está viniendo bien. Hacía mucho que no me desahogaba. Siempre es bueno, por mucho que la gente diga lo contrario.

—Sí que lo es. A mí madre y a mí nos ayuda muchísimo hablar para intentar superar la muerte de mi padre.

—Ojalá pudiera hacerlo yo también, porque a veces tengo la sensación de que sigo anclado en aquel momento. El día en el que murió aquel niño de seis años que para Rebeca era como su propio hijo.

—¿Falleció él también?

—Murieron los dos. Él por una meningitis y ella después de un dolor que no pudo soportar... —respondió con dureza—. Es lo que tiene la gente generosa, que se vincula tanto a los demás que pierden la perspectiva de sí mismas. Mi hija sentía a aquel niño como propio y cuando él se fue, ella también.

Gustavo contuvo el aire en sus pulmones y perdió la mirada por la ventana para evitar derrumbarse frente a ella. De manera casi involuntaria, Lucía sintió la necesidad de ofrecerle toda la comprensión del mundo. No necesitaba otra cosa. Puso su mano sobre la de Gustavo, ajada por el tiempo, tintada de esas manchas que aparecen con la edad en las zonas del cuerpo más expuestas al sol y al dolor de la vida.

—Estoy bien... —dijo devolviéndole el gesto de cariño con una sonrisa—. Esto es así. De repente, pasas de comer con ella los fines de semana a estar sentado en una sala del tanatorio de la M-30 donde la gente entra y sale, y te dice que tienes que darte tiempo, como si tuvieses que acostumbrarte a pasar el resto de tu vida sin tu hija. Y ya está. No hay un salvoconducto ni unos meses para despedirte o convencerla de que... No hay nada más después de esas palabras —añadió.

Lucía observó a un Gustavo que, sin duda, seguía inmerso en el duro proceso de la superación. Uno que, según cada persona, puede durar semanas, meses o una eternidad.

—Cuando estudiaba, tenía un profesor que siempre que aparecía en el tarot la carta de la muerte nos decía: «La muerte no es relevante, la historia sí». Detrás de tu hija hay un historia que pervive en ti, Gustavo, y eso es lo más importante.

—Pues ojalá no fuese tan triste.

—Es que eso depende de ti... De la historia que quieras seguir contando. Pudo ser una mujer fuerte y comprometida con su trabajo, tal y como me la has mostrado al principio, comparándola conmigo, o pudo tener una mala experiencia de vida. Depende del recuerdo que quieras otorgarle.

Y en aquel momento, Gustavo se derrumbó. No pudo evitar que las lágrimas recorrieran sin barrera alguna su cara mientras ella colocaba las manos en sus hombros para abrazarle. Devolviéndole el gesto que otras veces él había tenido con ella.

—¿Tienes una foto de tu hija? —preguntó Lucía con un tono distinto, con el que intentaba cambiar el contexto de tristeza que se había generado alrededor de ellos.

Gustavo asintió, se limpió la cara y sacó su cartera de piel. Una de esas carteras que Elsa definía, cuando bromeaba con él, de persona mayor. Una que, como el pañuelo que blandía, era igualmente una cartera que hubiese llevado el propio padre de Lucía. De las que aguantaban de manera impecable el paso del tiempo y las fricciones que este nos trae. Porque las cosas que están bien hechas son como los corazones que están bien educados: aguantan años y años intactos.

Al abrirla, Lucía vio su identificación policial. En ella aparecía un lustroso Gustavo. Con un bigote poblado y sin las canas que gastaba en aquel momento. Sonreía, probablemente orgulloso de la labor que desempeñaba antes de la muerte de su hija. En aquel tiempo, en persona, su rostro lucía agotado y el trabajo parecía más una inercia que un motivo del que sentirse satisfecho.

Detrás de una tarjeta de descuento del supermercado Pryca, inservible, ya que habían sido absorbidos por los nuevos Carrefour, Gustavo sacó un fotografía de una joven. Una chica de unos treinta, castaña con reflejos rojizos, de tez blanca y ojos oscuros. Miraba a la cámara en primer plano, rebosante de energía, rodeada por varios niños y niñas en el patio de un colegio.

Lucía se quedó estupefacta ante el gran parecido que guardaba con ella. Como si de una réplica se tratase.

—Se parece mucho a mí... —dijo Lucía antes de que la interrumpiera.

—Sí. Las casualidades de la vida, ya ves. También intentamos enseñar al pequeño Javier a jugar al ajedrez, pero era un niño que no tenía mucha concentración. No llegó a aprender el movimiento del caballo antes de...

Gustavo perdió la mirada de nuevo sobre el capuchino, dando vueltas al líquido con la cucharilla, de forma inconsciente, con la cabeza mirando al suelo del Café Comercial. Abrumado por el recuerdo en vida que suponía la imagen de Lucía, algo realmente muy duro para un padre que no había terminado de superar el fallecimiento de su hija.

—Hay noches en las que me sobrevienen recuerdos suyos, pero no es ella. Va vestida como tú y ya no trabaja en el centro, sino en una revista. Me cuenta cómo le ha ido el día y a mí me encanta escucharla... Es ella, pero eres tú —dijo Gustavo afligido.

—Lo siento, no tenía ni idea.

—Te miro y la veo. Está aquí conmigo, ahora mismo. Sentada. ¿Cómo se gestiona una cosa así, Lucía? No es justo.

—La muerte no es justa, Gustavo. Como tampoco es injusta. No tiene esos matices.

—Eso es muy bonito, pero no sé si significa algo.

Lucía sonrió con cariño.

—Significa que la muerte simplemente es, Gustavo. Sin más. Si queremos ponerle un adjetivo, eso ya es cosa nuestra. Como lo es que yo me parezca a ella o que un indeseable esté intentando arruinar mi vida.

—Te lo agradezco, pero creo que intentar racionalizarlo no va a conseguir quitarme el sentimiento de pérdida.

—¿Y el de culpa?

Gustavo miró a Lucía intuyendo la intención de la pregunta antes de que esta continuara.

—Uno no puede estar martirizándose por las cuestiones que no pudo controlar.

—Ya, pero no es eso lo que siento. Si hubiese prestado atención a las señales que me mandó, si hubiese escuchado con más cuidado la pena con la que hablaba de aquel niño de seis años, quizás podría haber hecho algo. Si no hubiese vuelto a hacer otro turno de quince horas que nadie me pagaba, si no hubiese llegado a casa cada noche cuando ella se había marchado, si hubiese cogido más vacaciones, no hubiese bebido tanto, y hubiese conseguido separar el trabajo de mi vida personal, quizás... la hubiese escuchado de verdad.

—Mi padre siempre decía que la culpa es necesaria. Nos hace mejorar y darnos cuenta de los errores, pero hay que tener mucho cuidado con ella, porque si sobrepasas el límite permitido, te ahoga y no te deja salir a flote.

—Tu padre y yo nos hubiésemos llevado bien.

Lucía sonrió cómplice. Agradecida por el cumplido. Porque así lo percibía también ella y lo confirmó justo en el momento en que Gustavo se acababa de abrir en canal con la muerte de su hija. Había algo que apenaba en extremo a Lucía y era que su padre no la había visto cumplir sus logros de adulta, así que también se sinceró:

—Te entiendo a la perfección porque hay veces que veo a mi padre por la calle, o al menos eso creo yo. Veo a una persona que se parece a él, incluso en su forma de andar y con la barriga que ya asomaba por debajo de su pecho... Y la sensación es terrible, porque por un instante siento que mi padre vuelve a estar frente a mí. Cuando ya me he hecho a la idea de que murió, aparece de nuevo y sé que no es real, pero hay algo en mi interior que me revoluciona la vida. Cuando desaparece, siento un inmenso dolor, aunque queda en mí un poso de agradecimiento por el recuerdo. No quiero imaginarme lo que esto ha supuesto para ti estos últimos meses.

Gustavo respiró hondo. Con cierto alivio. Había conseguido deshacer muchos de los nudos que atoraban su garganta. Mantuvo los ojos cerrados hasta que Violeta bajó de nuevo las escaleras.

—Ya he terminado, mamá.

—¿Has ganado?

Violeta hizo un gesto de obviedad y la madre sonrió complacida, orgullosa de su hija. Gustavo le devolvió el gesto a la niña, que se presentó, ofreciéndole la mano.

—Hola, yo soy Violeta.

—Y yo Gustavo. Encantado.

—Qué chica más educada. No pareces hija mía.

—Eso es lo que dice Diana...

—¿El qué?

—Que no parezco tu hija.

—La madre que la... ¿eso te ha dicho?

—Varias veces.

Gustavo sonrió ante el desparpajo de la niña.

—Pues nada, tendremos que hablar con Diana... Está en casa con Sol. Gustavo, ¿vienes con nosotras? Me gustaría que vieses una cosa.

CAPÍTULO 31

Gustavo abrió la boca al llegar a mi casa y no la cerró durante varios minutos. Delante de él había un panel con más información de la que podía procesar. Diana y Sol le miraban, disfrutando del momento en el que un inspector jefe de la Policía Judicial, con más de cuarenta años de servicio a sus espaldas, no daba crédito a lo que le mostrábamos delante de sus ojos. No habíamos resuelto nada, solo habíamos ordenado todo lo que creíamos que era relevante.

—¿Qué te parece? —le pregunté.

—No tengo palabras. Es verdad que hay mucho material recopilado que ya manejamos, pero claro, hay una retrospectiva personal que para nosotros es más complicada y que es muy interesante.

—Nadie me preguntó —respondí.

—Porque estaban más pendientes de acusarte —dijo Diana con cierta inquina. Gustavo se giró al escuchar aquella misiva con forma de dardo envenenado.

—Tienes razón —respondió.

—Lo único que estamos haciendo es recabar información, porque no quiero quedarme de brazos cruzados a ver de quién habla en la próxima carta.

—Te entiendo. Aun así, tengo la sensación de que estáis intentando cuadrar el círculo cuando buscáis algo que vincule a las víctimas. Esto es algo que ya hemos analizado durante todo este tiempo y no hemos encontrado nada que las relacione.

—Sí que lo hay —respondió Sol—. Para empezar, Paula y Antón. La mujer del baño y el anciano iban al mismo centro de salud —remarcó mientras señalaba una fotografía del ambulatorio que encontramos en internet y que habíamos colocado en el centro del corcho.

—Puede ser una coincidencia —respondió Gustavo.

—Sí, claro. Sería lo normal viviendo en la misma zona —respondí.

—Lógico.

—Pero es que Paula vive a siete kilómetros del centro de salud —sentencié.

—La hemos llamado —dijo Diana.

—Le preguntamos por qué iba a ese centro en concreto cuando estaba tan lejos de su casa. Por qué no se acercaba a uno de su zona —añadió Sol. Hablábamos como loros, pisándonos los turnos las unas a las otras.

—¿Y? —preguntó Gustavo.

—Y nos ha dicho que hace unos años vivía justo allí, en el barrio, y que cuando se mudó no lo notificó porque tenía confianza con una de las médicas de cabecera de allí.

—No es fácil encontrar huecos hoy en día en atención primaria y la suya es una de esas doctoras que se queda hasta última hora para hacerte un hueco incluso cuando llamas en el mismo día... Nadie querría perder algo así. Cuando, por ejemplo, necesitas una baja para el trabajo, eso es oro.

Gustavo sonrió con complicidad.

—También tiene su lógica, aunque puede ser casual —volvió a insistir Diana antes de cederme la palabra:

—Sí, pero pensamos que esto ya nos sitúa geográficamente sobre una localización muy concreta. Quizás este psicópata...

—El malo número uno —me interrumpió Sol.

Hacía esfuerzos titánicos para no matarla con mis propias manos cada vez que hacía aquella acotación. Observé el rostro de Gustavo ante aquel modo de referirnos a nuestro sospechoso. Estaba ojiplático.

—... Quizás este malo número uno viva también en esta zona, pertenezca al centro de salud y ese sea el motivo por el cual eligió a Paula y Antón —decretó Sol.

—¿Y Rosa? —preguntó Gustavo, obviando la manera en que Sol tenía de dirigirse a quien llevaba un tiempo poniendo en jaque mi salud mental.

—Pensamos que fue una venganza personal —respondió Diana.

Entonces yo misma tomé la palabra:

—Creemos que cuando dije que no me haría responsable de las muertes que llevase a cabo, intentó llamar mi atención de otra forma más directa. Rosa era una solución fantástica para meterme en el ajo. Le salió de diez. Eso si es que todavía no acabo ante un juez o me acusáis de algo más...

Gustavo cambió el gesto e intentó explicarse:

—Lucía, para nosotros la muerte de Rosa suponía un modo de actuar distinto, ¿entiendes? Era un cambio en su operativa y tú tenías un motivo para hacerlo. Si lo piensas bien, la relación entre vosotras dos era de primer nivel; la actuación no se llevó a cabo de manera premeditada como en las anteriores ocasiones, e incluso tú misma la habías amenazado... Podría ser otra persona diferente de la que casi mató a Paula y lo logró con Antón. Podrías haber sido tú.

Aquella frase me dejó muy mal sabor de boca. Las palabras de Gustavo removían viejos fantasmas que intentaba superar. O no tan viejos, la verdad, si tenemos en cuenta que hacía poco había estado detenida en aquella lúgubre habitación sin ventanas dentro de una comisaría de la que apenas recordaba ni el distrito. El tiempo parecía ser eterno.

—¿Creéis que son personas diferentes? —preguntó Gustavo directamente.

—Sol está convencida de que que hay un «malo número dos».

Gustavo se llevó las manos a la cara, tal y como ya le había visto hacer en otras ocasiones para despejar su mente.

—De todas las personas y compañeros de trabajo que veo aquí, sin duda el hilo del centro de salud parece un punto clave.

—Nosotras también lo creemos.

—Joder, ¿cómo no vimos esto...? —se reprochó Gustavo por algo que *a priori* podía parecer obvio.

—Y los SMS... —añadió Sol, sumiendo en un mayor desconcierto a Gustavo.

—¿A qué os referís con los SMS?

—Hemos recorrido todos los estancos de la zona con algunas de las fotos de estas personas —dijo Sol a la vez que señalaba las fotografías que habíamos recopilado.

—Y eso lo habéis hecho... ¿por?

—Está claro que cambia el número de teléfono cada vez que me envía un usuario de Messenger. Pensamos que los dueños de esos estancos podrían reconocerle, si ha entrado a comprar varias tarjetas prepago en este tiempo y vive en el barrio.

—Muy interesante... ¿y?

Negué con la cabeza. Decepcionada. La misma reacción que contemplé en sus ojos. Gustavo respiró profundamente como lo hicimos las tres.

—Bueno, creo que es demasiada información para un solo día. Y además ni Elsa ni yo estamos ya en el...

Entonces Gustavo se detuvo. Cayó en la cuenta de algo. Todas mantuvimos la expectación durante unos segundos.

—Antes me has dicho que yo sería la única persona capaz de ayudarte, pero no es verdad —añadió acelerado.

Gustavo se levantó con urgencia de la silla en la que estaba sentado. Se volvió hacia nosotras con un gesto de preocupación.

—¿Alguien más sabe esto?

Todas hicimos memoria y negamos con la cabeza.

—Por favor, guardad esta información. No la compartáis con nadie. Y cuando digo nadie, incluye a vuestras madres. Por mucho que las queráis, a una madre siempre le gusta hablar de las cosas de sus hijas.

—Pero ¿qué pasa? —pregunté intrigada por el cambio de rumbo emocional de Gustavo.

—Nada, todavía nada, pero quiero comprobarlo.

Esa misma noche, cuando todos se marcharon y conseguí dormir a Violeta, encendí el ordenador al compás de la radio, como lo hacía siempre que me costaba conciliar el sueño. Cuando Morfeo me negaba su abrazo —no sé si para sumarse al boicot generalizado—, en esos momentos de vigilia, me gustaba tener de fondo el programa *Hablar por hablar*, la tertulia de los insomnes, mientras revisaba noticias sobre astrología. Había un efecto calmante en la voz aterciopelada de la locutora a altas horas de la noche, mientras musitaba eternos silencios y respiraciones, al tiempo que otros desgranaban de manera anónima sus problemas. Escucharlos me ayudaba a relativizar los míos, aunque fuese una actitud egoísta y distase de la realidad, puesto que tampoco era menospreciable lo que me ocurría, por más que intentase aparentar cierta normalidad en mi vida por el bien de mi hija.

Aquella noche entró la llamada de una joven que había estado pensando en el suicidio. Fue emplazada a pedir ayuda profesional y se sintió escuchada. Así era el programa: una mezcla de opiniones comunes, desahogo emocional y pertenencia de grupo. El de los desheredados que estaban despiertos de madrugada y hasta el amanecer, exponiendo o respondiendo, según el caso, a los problemas de los demás con su propia experiencia.

Al escucharla, hice balance de la conversación que había mantenido con Gustavo. No solo por todo aquello que debatimos sobre el caso —y digo «caso» en términos policiales porque a las tres nos apasionaba denominarlo así—, sino también por la historia personal que arrastraba con su hija fallecida.

La curiosidad me llevó a buscar imágenes de Rebeca en internet. Pude ver la página web del centro donde trabajaba. Había una sección de agradecimientos, a modo de blog, donde aparecía ella junto a un niño y un texto que lloraba su fallecimiento. Quedaba patente que la hija de Gustavo había sido una mujer que dedicó su vida a los demás y, sin duda, se parecía a mí. Éramos calcadas físicamente. Durante algunos momentos me resultó perturbador porque era como estar mirando de frente en un espejo a mi propia muerte, con el tiempo detenido hacía algunos años.

«En recuerdo de Rebeca Martín, nacida en Madrid el 22 de septiembre de 1963».

«Qué interesante», pensé. Rebeca era una virgo que se encontraba justo dentro del límite que la separaba de haber sido Libra. Cuando una persona nace en lo que los astrólogos llamamos cúspide, muestra una personalidad con rasgos propios de ambos signos zodiacales. No deja de ser una especie de juego que realza los valores positivos de ambos signos. Aunque ello entraña poca certeza real, ya que nuestro Zodiaco se basa en la localización del Sol y este solo puede ocupar una única posición cuando naces. Por tanto, solo puedes pertenecer a tu propio signo, no hay más, pero no era menos cierto que al esbozar una carta astral aproximada sobre ella, sin tener la hora de su nacimiento, pude detectar en Rebeca esa capacidad innata para las causas difíciles. Las olvidadas. Con un sentido impropio de la responsabilidad que su padre había abandonado. Ese gesto tan generoso y típico de una libra que no soporta las injusticias aparecía de manera fehaciente sobre una virgo, con un actitud propia de admirar.

El texto describía a una mujer que nunca miraba para otro lado. Estamos acostumbrados a no afrontar los problemas. Cerramos los ojos pensando que, si no los vemos, no existen. Es lícito y no es de ahora. Yo también lo he hecho. Yo también le he dado la espalda a lo que me complicaba la vida en más de una ocasión, al sufrimiento de los demás.

En aquel momento me asaltó el recuerdo de los paseos invernales por la calle con mi hija. Justo detrás del portal de nuestro edificio se encontraba un pequeño callejón donde solía haber algunos gatitos callejeros, que se multiplicaban en la época de camadas. Cuando llegaban las heladas, mi hija Violeta, fruto de esa humanidad incorruptible inherente a una niña de siete años, siempre me pedía que los subiéramos a casa para que no pasasen frío. Me preocupaba mucho que uno de esos gatos pudiera meterse dentro del motor de un coche buscando calor y que, a la mañana siguiente, muriera por haberse quedado dormido, si el conductor no daba unos golpecitos en el capó para despertarlo. Pero no me enfrentaba a ello. A veces cambiaba la ruta de vuelta a casa para que Violeta no me preguntase cada día por los gatos y así evitar responder que no podíamos, y tener después el cargo de conciencia. No es algo de lo que me sintiera orgullosa, pero lo hacía.

Rebeca no trabajaba con gatos callejeros; miraba de frente a los problemas de decenas de niños, que eran como esos animales del callejón en pleno invierno. Ignorados de manera voluntaria. Pensando que no existen y que, en caso de hacerlo, fruto de una conversación furtiva e indirecta por pura casualidad, nos amparamos en el abrigo de que serán otros quienes se ocupen de ellos. Sé que no se puede vivir eternamente afligida por los desastres del mundo ni hacer tuyos los problemas existenciales de otros, lo sé, lo entiendo; no podríamos siquiera ver las noticias en el telediario de ser así, pero sí que podemos ser mejores personas, más empáticas, al menos durante una parte de nuestro tiempo de vida. Es muy duro ser consciente de que no siempre lo hacemos. En aquel momento, sentada frente al ordenador, pensé que el próximo invierno cumpliría con mis propios consejos y, entonces, agradecería que mi hija me hiciese de nuevo la pregunta: «¿Podemos subirlos a casa?», porque esa vez la respuesta sería distinta.

Aquella noche lloré por dentro la pérdida de Gustavo y las casualidades del destino con nuestro parecido. Lloré esa sensación de que siempre se van las buenas personas. Rebeca lo era.

------SMS------

¿Estás ya dormida?

El SMS de Jota me sacó de sostener la mirada anestesiada ante la imagen de Rebeca en el ordenador.

------SMS------

Ojalá. Me está costando dormir sin ti.

------SMS------

No te preocupes. Mañana nos vemos y recuperamos esos ronquidos tuyos de medianoche.

------SMS------

¡Idiota! ¡Son respiraciones fuertes!

------SMS------

¡Más fuertes que el vinagre! ¿Cómo está mi pequeña Violeta?

------SMS------

¿Sabes lo mucho que te queremos?

------SMS------

Sí, porque lo siento igual. Con la misma intensidad.

------SMS------

Buenas noches... Te quiero.

Me aventuré a dejarlo por escrito igual que él lo había hecho otras veces. Dos palabras, un sentimiento. Así de sencillo. Así de fácil es el amor cuando fluye, cuando existe, cuando es maleable en las conversaciones, y nosotros lo teníamos. Algo hermoso, puro; imagino que como en cualquier inicio de relación, eso sí, con algún intento de asesinato y alguna muerte que lo hacía algo más peculiar, pero era nuestro. Y nadie, ni siquiera yo misma, iba a acallar estos pequeños momentos de disfrute con Jota. De lo propio que era echarlo de menos cuando no estaba. De lo especial que era cerrar la conversación con un «te quiero» y recibir un último SMS con otro o al menos un «yo también». Entonces, mi móvil sonó y fui a comprobar si esta vez sería un «yo también» o un «te quiero».

------SMS------

rosa_sagitario@hotmail.com

Número desconocido y mail de la víctima. Como las otras veces. Cuando estaba dispuesta a intentar descansar con el sabor de una nota final apropiada por parte de Jota, aquel mensaje consiguió revolverme en el estómago lo poco que había cenado. Qué hijo de puta... Después de semanas de silencio, aprovechaba que estaba sola...

«¡Claro!», dije en voz alta, frenando mi razonamiento para cuestionarme: ¿cómo sabía que estaba sola? ¿Lo sabía...?

De repente, entré en un estado de psicosis total. Me levanté del ordenador y me dirigí a las ventanas para correr las cortinas. Tuve la sensación de que me observaba y estaba claro que, con el calor que hacía, tenerlas abiertas de par en par a esas horas de la noche ayudaba a fomentar esa mirada indiscreta. Me volví loca durante unos segundos hasta que una notificación llegó al ordenador. Una solicitud en Messenger para entablar conversación con *rosa_sagitario@hotmail.com.*

Dudé. Como cualquier otra persona lo hubiese hecho. Porque tenía miedo. Pero acepté.

Tomé aire. Incluso pensé en apagar el ordenador, pero esa ya no era una opción que contemplar. Para mí no había vuelta atrás, por mucho que mi cuerpo sintiera ese cosquilleo previo al bloqueo mental, así que le di un trago a la copa de vino que aún estaba encima de la mesa y me preparé para contestar. Con toda probabilidad, era la conversación más difícil a la que iba a enfrentarme porque, aunque estaba nerviosa e intimidada, ya no sentía la curiosidad de aquella primera vez donde me vi desbordada por su charlatanería y aplomo. Tampoco sería la batalla dialéctica de la segunda. Esta vez, para mí, era más real y plausible porque, después de tener toda la información que había acumulado con Sol y Diana, lo sentía cada vez más cerca, casi podía olerlo. Y aunque no tenía claro si esto llegaría a ser bueno o, por el contrario, podría ser peligroso para mí, lo hice intentando estar lo más segura posible de mí misma.

Rosa_sagitario dice:

Mi querida Lucía, cuánto te he echado de menos...

¿Y tú a mí?

Lucía dice:
Todo lo que se puede echar de menos a un asesino.

Rosa_sagitario dice:
¿Te resulta fácil llamarme así? ¿Acaso has visto mi nombre en los periódicos junto a esas muertes?

Lucía dice:
No, aún no, pero estoy segura de que será una cuestión de tiempo.

Rosa_sagitario dice:
Pues acelera, querida Lucía. Nos estamos quedando sin él.

Intenté no mostrar ni el más mínimo ápice de interés en su juego de ida y vuelta. Me centré en recopilar toda la información posible con la idea de acabar con esa puta pesadilla.

Lucía dice:
¿Sabes que ayer soñé contigo?

Rosa_sagitario dice:
No creo que tengamos tanta confianza como para eso, querida Lucía.

Lucía dice:
Yo creo que sí. Piensa que cada vez te conozco un poco más. Te siento más unido a mí.

Rosa_sagitario dice:
Eso es porque estoy muy cerca de ti, Lucía.

Esas frases me desestabilizaban por completo y estaba segura de que él lo sabía. Siempre que podía, hacía gala de esa intimidación pasiva que me convertía en una persona frágil y vulnerable.

Lucía dice:
Lo sé, estoy segura de que has formado parte de mi vida.

Rosa_sagitario dice:
¿Eso dicen tus amigas?

Lucía dice:
¿También conoces a mis amigas?

Rosa_sagitario dice:
Conozco vuestros gustos por la investigación. ¿Estáis ya a la altura de Jessica Fletcher?

Y entonces sí que me preocupé. Porque muy pocas personas conocían lo que Diana, Sol y yo habíamos estado haciendo durante las últimas semanas. Y en concreto, ese mismo día, solo Gustavo. Daba pánico leer aquellos mensajes, porque me hacía intuir que estaba metido dentro de mi círculo más íntimo.

Rosa_sagitario dice:
Sé que es complicado procesarlo. Es duro

contemplar que siempre te llevo ventaja. Que voy un paso por delante... pero tienes que luchar. Como decía Dylan Thomas: «No entres dócil en esa buena noche, que al final del día debería la vejez arder y delirar; enfurécete, enfurécete ante la muerte de la luz, mi querida Lucía». Tienes que ser una rival digna hasta el final y para tal empresa, ya queda poco.

Respiré hondo para calmar mis nervios. Sopesando la siguiente respuesta.

***Lucía* dice:**
Anoche soñé que estaba enferma. Me levantaba por la mañana con sudores fríos, y no tenía más remedio que ir al médico. Cuando llegaba, la sala de espera estaba a rebosar y todos tenían los mismos síntomas. Antón y Paula estaban allí.

***Rosa_sagitario* dice:**
Ah, se trata de otra historia con moraleja.
¿Y cómo acaba?

***Lucía* dice:**
Dímelo tú.

***Rosa_sagitario* dice:**
¿Por qué habría de hacerlo, mi querida Lucía?

***Lucía* dice:**
Porque tú también estabas allí. Vaya coincidencia, ¿verdad?

Y entonces lo sentí. Su silencio. De repente, el nerviosismo incontrolable que otras veces él me había obligado a padecer hacía acto de presencia del otro lado. Volvía a tocar hueso de nuevo. Me abría la puerta a un punto de partida que le desarmaba por completo.

Lucía dice:
Tranquilo, es solo un sueño. Y los sueños... sueños son.

Noté cómo se lo pensaba dos veces. Como un alcohólico al que le ofrecen una cerveza justo al salir de terapia.

Rosa_sagitario dice:
Cuidado, Lucía, los sueños pueden volverse realidad.

Lucía dice:
Eso espero. Hasta entonces...

Y cerré la conversación cambiando mi estado a «no disponible». Sin dar lugar a réplica. Observé cómo *Rosa_sagitario* seguía en línea, imagino que intentando enviarme algún mensaje que ya no llegaría. Lo hizo durante unos segundos hasta que su icono mutó a «sin conexión».

Suspiré, elevando la mirada al techo, buscando mi cúpula particular, aunque de nuevo solo me encontré con mi conocido gotelé blanco. Suficiente para sentir la satisfacción de una pequeña victoria, pero escasa, dado el riesgo que suponía haberle ofrecido aquella información. Solo Diana, Sol y Gustavo eran conocedores de la coincidencia que se daba con el centro de salud, ni siquiera Jota lo sabía, pero mi querido asesino número uno ya era consciente de que estábamos investigando y eso era un dato que me preocupaba. Podría haber salido involuntariamente de la boca de Sol, dado que en aquellos momentos tenía tiempo libre, o incluso Diana habérselo comentado a su madre de forma indiscreta y esta a su vez a todo el barrio donde vivíamos, como había apuntado Gustavo. También podría haber sido él mismo aquella tarde en cuanto salió de mi casa y llegó a la oficina. Aunque fue él quien nos aconsejó que no comentáramos nada con nadie. Una filtración, un comentario inocuo en apariencia... Cualquier cosa podría haberse escapado a nuestro control y estaba claro que él se encontraba en un círculo muy cercano. Tan claro, o cristalino, como decía mi padre, que debió ser muy certero aquel sueño inventado que utilicé como recurso para señalarle y ponerle nervioso porque, al día siguiente, las consecuencias fueron devastadoras.

CAPÍTULO 32

Cuarta carta

Mi querida Lucía:

Saramago dijo una vez: «Si el ser humano empezara a pedir perdón, no se escucharía otra cosa en el planeta», así que yo quiero disculparme, aunque quizás no quieras escucharme.

Dispensa que me entrometa en tu casa y lo haga de forma apresurada, sin invitación previa, pero después de lo ocurrido con Rosa, no quería que perdiéramos las buenas costumbres. Ni las malas.

Ayer entendí lo muy unidos que estamos. Tanto que di por cierto que lo tuyo también era mío. Nuestro. Qué bonito pronombre... «nuestro».

El destino, detallado en las páginas de una revista para adolescentes, se escribe con nuestros nombres. Uno al lado del otro. Por eso he querido tomarlo al pie de la letra y ser parte de tu vida. Nuestra vida. Aunque eso implique algunas concesiones que me he tomado la libertad de hacer mías... como ir a visitar a tu hija.

Violeta es una niña encantadora. No lo digo yo, lo dice su abuela, sus tías Sol y Diana, su profesor de ajedrez, Jonás... Cuántos nombres a su alrededor, mi querida Lucía, tantos y de tal calado que he sentido la necesidad de vivir su calor radiante en primera persona, porque es la única manera en que se degustan los deseos, no por boca de otros.

Así que hoy en el parque he disfrutado observando a Violeta con la calma y los minutos que su madre ha despreciado en este tiempo. Y todo ello mientras jugaba atrapada en la ingenuidad con la que solo una niña de siete años puede hacerlo. Sin miedo. Ese que estás padeciendo ahora mismo y te obliga a buscar respuestas.

La primavera de 2001 dijiste que un leo fuerte es egocéntrico, en el buen y en el mal sentido. Describías con precisión que a los signos de fuego nos cuesta ver más allá de nuestra personalidad, dibujar las consecuencias de nuestras decisiones. Cito textualmente, para no embarrar el peso de tus letras: «Leo, que en tan alta estima te tienes, a menudo pierdes el foco sobre lo importante»...

¡Qué razón tenías, mi querida Lucía! Al menos durante un párrafo y medio, antes de que sucumbieras de nuevo ante alguna chorrada de moda, de esas que tiranizan tu alma y te obligan a caer en el menosprecio propio, hablando como una adolescente excitada de un tal Leonardo DiCaprio... ¿Quién espera triunfar en la vida con semejante nombre?

Quiero creer que intuiste bien el fondo. Siempre lo haces. Rascas la superficie y consigues ver la culpa, pero obviaste la perseverancia. Esa es mi palabra, querida Lucía, no la autoestima.

Hoy, después de cuatro cartas, persevero aquí, culpándote de mi depresión y haciendo visibles tus errores, que condenaron mi vida. Así que esta vez he tenido que acercarme a Violeta porque sentía la necesidad de respirar la energía que recarga el vacío existencial que me acompaña y que tu inoperancia en este tiempo no ha llenado, mi querida Lucía. Tus vulgares predicciones, tu pérdida de profesionalidad y, sobre todo, tu ausencia de empatía hacia los demás te confieren el carácter de la vulgaridad. De ser una más. Donde empezaste de forma sublime con Paula, no fuiste lo suficiente meticulosa con Antón y condenaste al infierno a Rosa... ¿No crees que podrías haber evitado alguna de esas muertes?

Hoy he visto las alas invisibles de Violeta cuando sonríe. Las de una sagitario, como lo era Rosa, pero sin resentimiento y egoísmo. Pura.

Qué tristeza ver cómo cambiamos cuando tomamos conciencia de nosotros mismos, Lucía. Cuando nos formamos como personas adultas y dejamos de ser los niños inocentes e incorruptibles que éramos...

No dejaré que a Violeta le ocurra. No dejaré que se convierta en Rosa o en ti misma, aunque le cueste la vida.

Hasta entonces... es menester que sufras, mi querida Lucía, como sufre la esbelta torre con el viento hasta que se derrumba.

Atentamente, para mi nigromante favorita.

CAPÍTULO 33

El corazón se me paró. Literalmente. Me quedé sin aire, con la boca abierta, exhalando. De rodillas en el suelo, con el mismo gesto que cuando las náuseas tomaban el control de mi cuerpo con Violeta dentro de él. Me llevé las manos al estómago, como si mi hija estuviera en mi interior, como cuando todavía estaba embarazada de ella. Con mi propio cuerpo sintiendo en primera persona que algo malo le había ocurrido a mi pequeña.

Y grité. Grité tan fuerte que dejé de escuchar mi respiración. A los pocos segundos, mi vecina abrió la puerta de su casa y el conserje subió las escaleras para encontrarme desplomada llorando, con toda la compra que había hecho esparcida por el suelo, con las naranjas y el pan junto a aquella carta anónima que acababa de recoger de mi buzón.

Cuando pude reaccionar, apenas balbuceé el nombre de mi hija y señalé el bolso. Estaba paralizada. Mi vecina buscó mi móvil en él. Cuando lo tuve en la mano, casi no conseguí teclear el número de Jota. Violeta estaba con él en el parque aquella mañana.

—Dime, cariño —respondió Jota al coger el teléfono.

—¿Dónde está Violeta! —le grité sin contener las lágrimas a través del teléfono.

Pude sentir el susto de Jota en el cuerpo.

—¿Qué pasa?

—¡Jota, dime dónde está Violeta! ¡YA! —volví a gritar con más fuerza.

—Aquí, en el parque conmigo.

—¡Pero está contigo? ¿Está ahí contigo?

—Sí, está con sus amigas en la zona de la fuente.

—¡Jota, escúchame, por favor! ¿Está Violeta ahí contigo! —repetí prácticamente deletreando palabra por palabra.

—Espera, que ahora no la veo...

Y aquella última frase hizo que soltara el móvil aterrorizada. Cayó al suelo mientras mis manos temblaban como si el mismo miedo personalizado tomara el control de ellas. Igual que cuando no has comido durante horas y un cosquilleo involuntario hace que tus manos flojeen hasta que pierdes el equilibrio y la conciencia.

Durante unos minutos, que fueron eternos, mi mundo se quedó en blanco. Vacío como las páginas de las libretas de plástica antes de que Violeta las usara para colorear. Limpias y prístinas. Sin el más mínimo rastro de vida en ellas ni en mi propio ser. Con la mirada perdida sobre la barandilla de la escalera, noté cómo el conserje intentaba llamar mi atención, pero yo no le escuchaba. Solo leía sus labios a cámara lenta, hasta que mi vecina me puso delante el teléfono móvil de nuevo. Era Jota, y estaba con Violeta. Sana y salva.

—Gracias a Dios —dije en voz alta, aunque no pensase en él desde que hice la primera comunión.

Diana llegó al poco de haberla llamado. A Sol no pude

localizarla. Gustavo también lo hizo, acompañado de Elsa. Ni siquiera me fijé en ella, solo intenté mantener la calma hasta que vi a mi hija cruzar la puerta.

Ella estaba bien, pero yo no. Me abalancé sobre mi pequeña ante la cara de preocupación de Jota y la propia Violeta, que no entendían nada. Lloré mientras la apretaba contra mi pecho con fuerza. No hay un sentimiento más doloroso para una madre que pensar por un segundo que le han arrebatado a su hija. Pues en mi caso, aquellos minutos de incertidumbre que pasé fueron desgarradores.

Todos se quedaron en silencio hasta que Violeta, con toda su inocencia, se sintió obligada a consolarme.

—No llores, mamá. No me he manchado el vestido y no he comido ninguna chuchería...

Una risa casi involuntaria salió de mi pecho. Fue un alivio, que todos sentimos de la misma manera y contagió de una pequeña risa nerviosa a todos los que nos encontrábamos el salón.

—¿He hecho algo malo?

—Claro que no, mi amor... ¿Estás bien? —dije mientras sostenía su cara entre mis manos, revisándola de arriba abajo. Retiré su pelo de la cara, contemplé sus profundos ojos azules y conté cada una de sus extremidades para comprobar que estaba entera. Violeta asintió.

—¿Te vas con la tita Diana para que te prepare la bañera? —la animé, intentando relajar el ambiente para que no diese importancia a nuestra preocupación.

—Venga, vamos, cariño. Que nos vamos a dar un baño para quitarnos el polvo del parque... y el susto —respondió Diana mientras se la llevaba por el pequeño pasillo de casa.

—¿Qué ha pasado, Lucía? No entiendo nada —preguntó Jota desubicado por completo.

Me acerqué a él con una rabia interna que no fui capaz de contener, dejando la carta que había recibido en el buzón de mi casa entre sus manos para que pudiese leerla.

Jota la recibió sorprendido. Conforme la asimilaba, la expresión de su rostro de sorpresa inicial se tornó en miedo. Exactamente como me había pasado a mí unos minutos antes.

—Lo siento, Lucía... Yo no tenía ni idea. Estábamos en el parque como cualquier otro día, como siempre.

Me acerqué de nuevo con una ira desmedida, como no lo había hecho antes con ninguna persona.

—No vuelvas a dejar a mi hija sola nunca. O no estarás más con ella —respondí con firmeza y con la mirada fija en sus ojos.

Jota agachó la cabeza. Sorprendido y avergonzado ante mi reacción.

—¡Solo tiene siete años! ¿En qué estabas pensando? —le grité antes de romper a llorar de nuevo.

Jota asintió decepcionado mientras todos asistían atónitos a cómo perdía los nervios de nuevo. Cómo la histeria se apoderaba de mí otra vez y no era la primera en estos últimos meses.

—Lo siento mucho, Lucía. No sé qué más puedo decir.

—Mejor nos vemos otro día, ¿vale? —respondí, invitándole a marcharse.

Jota cogió su mochila y salió por la puerta ante el mutismo de todos los que me acompañaban. Se creó un silencio muy difícil de superar. Me derrumbé en el sofá, agotada, intentando contener una angustia que presionaba mi pecho de la misma forma que lo hacía una copa de sujetador varias tallas más pequeña, incapaz de retener mi busto y mi corazón desbocado.

—¿Cómo estás? —preguntó Gustavo acercándose.

—No lo sé. Esto ya me ha superado desde hace tiempo.

—Es normal —intervino Elsa por primera vez.

—No, no lo es. Normal sería que este cabrón estuviese ya detenido... —La miré con cierto desprecio.

Elsa bajó la cabeza avergonzada, con un gesto de disculpa en sus ojos. Como sintiéndose culpable por todo o parte de lo sucedido hasta el momento. La culpa justa que su orgullo le permitía, pero con la honestidad suficiente para que me diera cuenta de ello.

—Lo importante es que Violeta está bien —añadió Gustavo para calmar los ánimos.

—Sí, pero podría no haberlo estado. Y yo ya no puedo manejarlo.

Gustavo se quedó en silencio de nuevo. Agotando el oxígeno del salón de mi casa.

—Tenemos información —subrayó Elsa en un tono positivo, para intentar cambiar esa sensación de desasosiego que nos atenazaba.

—No sé si quiero saberla. Creo que no quiero saber nada más.

—Tiene relación con las llamadas y las conversaciones —destacó Elsa.

—¿Qué conversaciones? —pregunté sorprendida.

—Las que has mantenido con él —respondió Gustavo mientras señalaba el ordenador de mi mesa.

Y me volví a desubicar. Sorprendida, mi rostro quedó descompensado como un cuadro de Dalí, con el gesto torcido, porque entendí de golpe lo que me decían: habían intervenido mi ordenador.

—¿Habéis... espiado, o como coño se diga, mis conversaciones?

Cuando Elsa estaba a punto de arrancar a hablar, el sonido de un SMS en mi móvil retumbó en la sala y se hizo el protagonista del momento. Creí que podía ser Jota con una disculpa o un gesto amable, pero nada más lejos de la realidad: era un mensaje que vino a sumar la gota que colmaba el vaso.

El número, desconocido, como tantas otras veces. Era él y quería seguir jugando, si es que aquello era un juego para él.

------SMS------

¿Está Violeta de una pieza? Hoy en el parque llevaba un mono precioso. No he podido evitar dejar una nota de admiración. Yo, si fuera tú, miraría dentro del bolsillo derecho. En palabras de Isabel Gemio: «Hay una carta para ti».

Me levanté, dejé el móvil sobre la mesa y me fui directa al baño sin mediar palabra. Vi que el peto estaba colgado en el perchero, mientras Diana y Violeta disfrutaban con sus juegos en la bañera.

Cogí la prenda y la llevé al salón. Elsa sostenía el móvil que había cogido con guantes. Tanto Gustavo como Elsa habían leído el mensaje y observaban cómo metía mi mano en el bolsillo derecho.

—¡Espera, deja que lo haga Elsa con los guantes! —dijo Gustavo enseguida para evitar que pudiera invalidar una posible prueba, pero no pude contenerme. Él no mentía. Dentro del bolsillo derecho del precioso mono de mi hija había una nota doblada que ese hijo de puta había hecho llegar hasta allí esa misma mañana. Ese sujeto había tenido contacto con mi hija, con todo lo que eso conllevaba.

Mi querida Lucía:

Leí que esta semana era propicia para los signos de fuego. Para mí, por ser leo, para tu hija, por ser sagitario, y para todos los aries que ven transitar el Sol durante estos próximos días por su casa.

Recuerda, Lucía, que el Sol más brillante es siempre el que está a punto de explotar.

Hasta entonces...

Al leerla en alto todos nos quedamos en *shock*. Gustavo se acercó rápidamente para comparar la grafía de esta última nota con la de la carta, y las dos coincidían sin ofrecer ningún tipo de duda.

—Es la misma persona —dijo Gustavo.

—¿Por qué me hace esto? ¿Y qué significa esta nota? Voy a volverme loca —dije, presa del pánico de nuevo.

—Eso es lo que quiere —afirmó Elsa mientras ponía sus manos sobre mis hombros como una hermana mayor que intenta rebajar el dolor de la pequeña. Con una empatía que no me había mostrado hasta ese momento.

—Esto no puede estar pasando... —repetí varias veces mientras intentaba contenerme de nuevo y me mecía sobre mí misma en un movimiento pendular.

—Lucía, mantén la calma, respira conmigo —insistió apretando con fuerza mis hombros, tanto que creí que iba a desmayarme. Pero funcionó. Poco a poco, y gracias a la presión que ejercía Elsa sobre mí, pausé de nuevo el ritmo de mi respiración.

Diana entró en el salón, alertada por mi manera de haber irrumpido en el baño y asustada por las voces que había escuchado. Se acercó a la mesa y vio la nota.

—¿Es normal que la palabra «Sol» esté en mayúsculas? —dijo en voz alta mientras revisaba la nota en la distancia.

—Es correcto escribirlo con mayúscula inicial cuando hablas del astro. No creo que tenga importancia —dijo Gustavo.

Y entonces caí en la cuenta.

—Sí que la tiene. Ha dicho además «las aries»... No se refiere al Sol... Este cabronazo se está refiriendo a nuestra Sol.

Y ella no había cogido el teléfono ni me había devuelto la llamada.

CAPÍTULO 34

Gustavo y Elsa llamaron a sus compañeros de la Policía Judicial, quienes se personaron al momento en el edificio donde vivía Sol. No contestaba al timbre ni abrió la puerta. La UCO, Unidad Central Operativa, no podía intervenir sin orden judicial y tuvieron que esperar a que Diana trajera el juego de llaves que Sol le había dado por si las perdía o teníamos que ir a alimentar a su gato. Nunca llegó a tener gato.

La tensión acumulada durante la espera se hizo insoportable. Caminábamos en equilibrio sobre una línea que separaba la ansiedad de la falta de información. No sabíamos si simplemente había salido a hacer la compra o a pasear, pero la sensación que nos invadía era terrible, pues así lo constataba la experiencia acumulada durante los últimos meses.

Diana abrió la puerta y casi sin ser conscientes del caos generalizado, un fortísimo olor a gas nos golpeó a todos. Rápidamente, los compañeros de Gustavo se dirigieron a cerrar la llave general del gas del edificio y a avisar a los bomberos, quienes nos instaron a bajar las escaleras por nuestra seguridad. Diana y yo nos negamos, la situación era dantesca y, si nuestra amiga estaba dentro, queríamos afrontar lo que estuviera por venir, por muy doloroso que fuera.

Era tal el pavor que sentía en aquel momento, provocado por la incertidumbre, que notaba a la perfección cómo la sangre quemaba mi piel al atravesarme las venas, pero no podía permitirme ser una pusilánime. Saqué fuerzas para continuar del mismo sitio de donde las había estado sacando en las últimas semanas: de la nada.

Cuatro policías de la UCO entraron y revisaron la casa, abrieron las ventanas del salón y se dieron indicaciones precisas los unos a los otros para no encender ningún interruptor y cortar la entrada de gas del piso. Entonces, tras unos segundos de incertidumbre, uno de ellos gritó:

—¡Está aquí!

Mi instinto me llevó a querer entrar, pero Gustavo colocó su mano sobre mi pecho para detenerme. Elsa se tapó la nariz y la boca con un pañuelo y entró en el piso. Al poco tiempo y ante un silencio generalizado, Gustavo preguntó:

—¿Cómo está?

Elsa tardó unos segundos más en responder, oprimiendo el corazón de Diana y el mío igual que cuando aprietas con una vuelta de más tu coleta con una goma de pelo.

—Hay que llamar a una ambulancia porque no responde —dijo con un claro tono de preocupación.

Apenas nos separaban unos metros de Sol, pero la impotencia nos hacía sentir que estábamos a cien kilómetros de distancia. Desde el otro lado de la puerta, Diana y yo nos abrazamos en un acto reflejo de dolor.

—¡Compañeros, hay un cigarro encendido! —gritó alguien de repente.

—¡Apágalo ya! ¡Fuera, fuera, fuera!

De repente, se generó una gran tensión. Escuchamos ruido de pasos acelerados y voces de la propia unidad de policía que estaba dentro. La de Elsa destacaba por encima de todas las voces.

Gustavo nos agarró violentamente y nos empujó hacia las escaleras del edificio.

—¡Sol! —grité, pensando que podría escucharme—. ¡Déjame, Gustavo, no quiero bajar! —repliqué mientras intentaba zafarme de sus brazos, que me agarraban con fuerza para salir del edificio.

—¡Vamos, Lucía! No vas a ayudar a nadie estando aquí, si esto explota. ¡Lo único que vas a hacer es dejar a tu hija huérfana!

Aquella frase de Gustavo me dejó helada y Diana asintió dándole la razón. En el fondo la tenía, no solo como policía, sino también como padre que había perdido a una hija.

Mientras bajábamos las escaleras tan rápido que tropezábamos con nuestros propios pies, nos mezclamos con algunos de los vecinos del edificio escoltados por la policía que descendían igual que nosotros y también con miembros del 112 que, por el contrario, subían hasta el piso de Sol.

La angustia fue terrible. En la calle, y a una distancia prudencial, los bomberos acordonaron la zona junto con otras unidades policiales.

Pasados unos interminables minutos, los técnicos de la policía nos dijeron que los niveles de gas habían descendido y que procedían a bajar a la mujer afectada del piso.

Sol salió en camilla y, si soy sincera, lo único que me permitió seguir viviendo en aquel momento fue no verla tapada con una de aquellas mantas de plástico térmico de color dorado. Apareció inconsciente, con un respirador de oxígeno que sostenía uno de los auxiliares.

Bendito aquel año 2002 y bendito número de urgencias 112.

CAPÍTULO 35

Sol estuvo ingresada un par de días en la Unidad de Cuidados Intensivos de la Paz. La segunda mañana, Gustavo y Elsa esperaban fuera de la sala de Urgencias. Ella sostenía en sus manos un informe técnico inicial sobre lo ocurrido en casa de Sol, en el que se detallaba una primera aproximación sobre el motivo del escape de gas. En él se dejaba claro que, *a priori*, había sido intencionado. Los quemadores de la cocina estaban abiertos y las rejillas de ventilación y ventanas habían sido bloqueadas con cinta. Una cinta común que podría encontrarse en cualquier ferretería, pero de la misma marca y color que la que encontraron en el baño de la oficina de Lucía para impedir que Paula pudiese sacar su cabeza de la taza del inodoro. Una cinta especialmente fuerte, impermeable e ignífuga. Un detalle importante, ya que de haber tardado unos minutos más, y con la concentración de gas que se había acumulado en el piso, aquel cigarro o la más mínima chispa eléctrica provocada por cualquier electrodoméstico o interruptor hubiese hecho explotar gran parte del piso. De esa forma hubiera dejado entre sus restos pedazos de esa cinta, que a modo de firma rubricaba la autoría de todo lo que estaba sucediendo desde hacía unos meses. Tampoco se escapó el detalle de dejar un ejemplar de la revista abierto por la sección de Lucía y señalando el signo de Aries.

A pesar de que Gustavo y Elsa habían sido apartados del caso, que desde la judicial denominaron «Caso del horóscopo» como bien referenciaba el informe pericial, lo sucedido volvió a implicarlos en él casi de un modo personal y contó con la connivencia de sus superiores y todos los compañeros.

—Madre mía... —dijo Gustavo después de leer las páginas iniciales, frotando sus manos contra la cara.

—Ya ves... —respondió Elsa, sin saber muy bien qué más decir tras todo lo vivido en tan poco tiempo.

Uno de los agentes desplazados al hospital acompañó al jefe de servicio de la Unidad de Cuidados Intensivos hasta ellos.

—¿Qué tal, Gustavo? —dijo una voz grave mientras ambos se estrechaban las manos.

—Deseando jubilarme... —respondió cómplice, dada la relación de amistad que habían mantenido durante años. Un vínculo especial que se forjó cuando murió Rebeca, la hija de Gustavo, pues fue Daniel quien la atendió sin poder evitar que falleciera tras la autolisis.

Una relación marcada por una larga trayectoria compartida, un pasado en el que aquel médico fue un gran apoyo para Gustavo. No era necesario que aquel responsable de la UCI le hiciera más preguntas, sabía de sobra cómo se encontraba aquel padre que había perdido a su hija, pues de vez en cuando se encontraban en Urgencias por temas laborales e iba viendo cómo aquella herida cicatrizaba a base de rememorar las circunstancias de la muerte con profesionalidad y mediante una dosis justa de relativización para poder seguir adelante.

—Pues ya somos dos... —replicó Daniel algo hastiado, pero con una sonrisa.

—Menuda conversación de viejos. Si queréis, os dejo y habláis de cómo desgravaros los fondos de pensiones a partir de los sesenta y cinco... —respondió Elsa, fiel a su estilo irónico, necesario para rebajar la tensión generada por todo lo acontecido.

—Fondos de pensiones, dice... en unos años no sabrás ni qué es eso.

—Ni la jubilación tampoco —añadió Gustavo ante la sonrisa de Elsa, que cambió el gesto enseguida con la idea de encauzar la conversación cuanto antes. Aquel hombre tenía ese don de intentar hacerles la vida amable a los demás cuando la suya propia estaba descompuesta.

—¿Tienes algo reseñable?

—Hemos encontrado en su cuerpo una buena cantidad de flunitrazepam —comentó Daniel mientras revisaba el informe médico de Sol.

Gustavo frunció el ceño.

—Rohypnol... —afirmó Elsa sorprendida.

—Sí.

—¿De qué me suena ese nombre? —preguntó Gustavo algo desconcertado y acusando la falta de sueño en las últimas semanas.

—Es el mismo medicamento que encontraron en el cuerpo de Rosa. Es un depresor del sistema nervioso. Lo utilizan los violadores. Mezclado con alcohol puede hacer que la víctima se desoriente, que se quede inconsciente... —respondió de nuevo Elsa.

—¿Como el Lorazepam?

—Mucho más fuerte, puede incluso provocar la muerte —interrumpió Daniel—. En este caso, la ingesta provocó el desmayo, por eso ni siquiera se percató del olor a gas.

—Pues estaba convencido de que el desmayo lo causó la intoxicación por el propio gas...

—No, al contrario de lo que se suele escuchar, el gas es inodoro, pero se le añade metanotiol para que tenga ese olor característico y nos podamos dar cuenta de que se encuentra como agente libre en el ambiente; si no, no seríamos conscientes.

—Pero ¿y lo de la muerte dulce del gas? —insistió Gustavo—. Yo pensaba que en estos casos siempre...

Daniel negó con la cabeza.

—Eso que comúnmente se llama «muerte dulce» suele aparecer como consecuencia del monóxido de carbono. Del que lanzan los coches por el tubo de escape, por ejemplo. Para que alguien se intoxique con una fuga de gas en un piso de ochenta metros cuadrados tendría que ser una cantidad muy muy alta con mucho tiempo de inhalación...

—Entonces, ¿puede ser que su objetivo fuera que explotara el piso? —planteó Elsa.

Daniel respiró hondo ante una pregunta tan directa. Hacer valoraciones tan contundentes no era fácil.

—Yo no soy médico forense, Elsa, pero en mi opinión, con el flunitrazepam que llevaba en el cuerpo y el tema del cigarro, creo que la intención, si me pedís mi opinión aquí y ahora, no era la de intoxicarla con gas. Iba mucho más allá.

Elsa y Gustavo se miraron durante un segundo, conscientes de lo que aquellas palabras implicaban. Esa idea lanzada por Daniel dejaba en el aire una línea de interpretación muy diferente.

—Ya está consciente, por si queréis subir. Le hemos inyectado flumazenilo porque acusaba insuficiencia respiratoria.

—Muchas gracias, Daniel, me alegro de verte —se despidió Gustavo del jefe de la UCI.

Justo cuando el doctor se daba la vuelta para marcharse, Gustavo le hizo una última pregunta:

—Perdona, Daniel, un detalle, ¿este medicamento se puede encontrar en cualquier farmacia?

—Solo bajo prescripción médica.

—¿Habría que tener experiencia para provocar estos estados de inconsciencia?

—Sin duda.

Ambos le agradecieron toda aquella información, que dejaron convenientemente anotada. Una vez que se quedaron a solas, Elsa no tardó en aportar su valoración.

—¿Y si contaba con que Lucía se personase allí para...?

—Sí, yo también lo creo —interrumpió Gustavo.

—¿Y si llegamos a tardar algo más?

—Pues hubiésemos saltado todos por los aires... —reafirmó de manera tajante.

—¿Crees que su intención era matarlas a las dos?

—¿Se puede calcular cuándo va a explotar una casa con un cigarrillo encendido consumiéndose?

Todo eran preguntas.

Elsa miró a Gustavo asumiendo una respuesta clara. La escena estaba marcada y, si llegado el caso, la coincidencia hacía explotar el piso con Lucía dentro, hubiese sido un éxito para él. Con Lucía y todo aquel que se hubiese encontrado allí en aquel instante. El desasosiego era evidente en los inspectores porque la situación empezaba a ser límite, si es que no lo fue desde el principio.

—Tenemos que acelerarlo todo, Gustavo. No sabemos cuál va a ser su próximo paso. Todo está en nuestra contra. De momento, la prensa no relaciona los casos, pero no falta mucho para que haya una filtración y estemos dando la cara en la televisión. No podemos seguir así.

—O quizás sí. Igual hacerlo público genere dudas en el sujeto y abandone. Habría que saber cuál es su objetivo y si lo ha conseguido.

—Si la intención fuese llevarse la vida de Lucía por delante, podría haberlo hecho ya.

Gustavo reaccionó endureciendo el gesto ante las palabras de Elsa.

—Sabes lo duro que es escuchar esas palabras en boca de quien tiene que protegerla, ¿verdad?

—Claro que sí. No hay duda de que no estamos en nuestro mejor momento.

Gustavo miró a Elsa tras aquella afirmación que asumía el desastre de aquella investigación y de su trabajo. No solo por Lucía, sino por el malestar que aquella situación les provocaba como profesionales.

—No le demos más vueltas y encontremos soluciones. Siempre nos ha ido bien el pragmatismo —aportó Gustavo para salir de aquella incómoda circunstancia.

Elsa lo interpretó de buena manera e intentó reconducir de nuevo la conversación sobre el caso.

—Yo creo que este sujeto estaría encantado de ver sus cartas a página completa en cualquier periódico de tirada nacional y en los debates matinales de la televisión, pero no sé si eso le detendría. Si nos atenemos a lo último que ha escrito, parece que no, pero no podemos seguir a la expectativa y que muera más gente. Esta vez ha habido suerte, pero el azar no puede formar parte de nuestro trabajo. Es lo primero que un policía aprende.

Gustavo asintió, pero aceptó las palabras de Elsa como una nueva derrota. Tras unos segundos, respiró hondo, como solía hacer cuando necesitaba cambiar su estado de ánimo.

—Pongámonos en marcha —dijo mientras se giraba para dirigirse a la habitación de Sol, donde se encontraban Lucía, Violeta y Diana.

Decía Kant que la inteligencia del individuo se mide por la cantidad de incertidumbre que es capaz de soportar.

Y estaban llegando al punto de no poder enfrentarse a ninguna más.

CAPÍTULO 36

Al segundo día, Sol ya estaba consciente. Aparentemente no había secuelas graves. Seguía mareada y sufría algunos episodios de amnesia que, según nos contó el doctor, poco a poco desaparecerían. Tampoco quisimos presionarla. Solo ver que nuestra amiga seguía viva era una victoria.

—Hola, cariño, ¿cómo estás? —preguntó Diana mientras entrábamos por la puerta de su habitación.

—Tumbada sobre una cama de noventa por uno ochenta. Creo que sería poco inclusiva para gente más alta.

Vale, aquella respuesta dejaba claro que seguía siendo Sol. Nuestra Sol de siempre. Al verla, Violeta enseguida se abalanzó hacia ella para abrazarla.

—Hola, mi pequeña, ¿has visto la cantidad de cables que tiene la tía Sol?

—Sí, pareces Darth Vader.

—¡Violeta! —le recriminé a mi hija conteniendo la risa.

—Es por el sonido del respirador —dijo Diana echando más leña al asunto. Sol sonrió por primera vez y ese gesto tan nimio nos envió un mensaje directo de tranquilidad, lo que consiguió que Diana y yo respiráramos aliviadas.

—¿Estás bien? —pregunté mientras acercaba mi mano a su pelo para liberarle la frente.

—Sí, aún me mareo cuando voy al baño, pero estoy mejor. ¿Y vosotras? —preguntó, sorprendiéndonos de nuevo.

Su generosidad era increíble. Esa que la llevaba, después de lo ocurrido, a preguntar por nuestro estado de ánimo cuando era ella la que estaba postrada en aquella cama. Como las niñas que celebran su cumpleaños repartiendo bolsas de chucherías para toda la clase en lugar de esperar regalos. Disfrutar de compartir. Así era mi amiga y yo me sentía fatal.

—Lo siento mucho, cariño. Todo esto es culpa mía —me sinceré.

—De eso nada, Lucía. No caigas en el error de pensar que es culpa nuestra, ni mucho menos tuya. Es lo que él quiere, que te sientas culpable y pierdas los nervios.

—Nosotros también pensamos lo mismo —dijo de repente Gustavo al entrar en la habitación junto con Elsa—. Te he traído fruta, Sol...

—Gracias, no me gustan nada los yogures de sabores. Son terribles. El mango sabe a pollo, ¿cómo es posible eso? —dijo Sol mientras pelaba con calma la manzana que le había ofrecido Gustavo. Sin duda, ya había estado en aquella habitación con ella antes que nosotras.

De repente, mi hija tomó la palabra al acordarse de su nombre:

—¡Gustavo! —dijo Violeta, fiel a ese cariño involuntario que destilaba y que la edad le robaría casi sin quererlo, como me pasó a mí, como nos pasa a todas cuando la madurez reemplaza la inocencia. Con ese aire, siempre introvertido, que en mi caso me obligaba a guardar para mí todas las inseguridades que sentía. Nunca más. No volvería a ser aquella mujer que no respiraba por no ser escuchada. Esa mujer que solo pensaba las cosas y pocas veces las expresaba.

—Mira quién está aquí —sonrió Gustavo—. ¿Qué tal va el ajedrez?

Violeta contestó con un somero y humilde «bien», pese a que había machacado incluso a su propio profesor.

—A riesgo de parecer algo sencilla en mi exposición diré que esta manzana que habéis traído es lo más rico que he comido en días... —apuntó mi amiga.

—Mejor que el arroz blanco de ayer, ¿no? —respondió Elsa, cómplice del comentario de Sol.

—Sin duda, creo que la comida de hospital está hecha para que te quieras marchar pronto...

—¿Ya os habíais visto? —le pregunté a Sol, haciendo referencia a los tres.

—Sí, estuvimos aquí ayer a última hora —respondió Elsa.

Obviamente, Diana y yo nos sorprendimos. Sol, que se dio cuenta, quiso normalizarlo:

—Elsa, cuéntales lo que hay entre esas manos tan preciosas que tienes —le dijo mientras cogía otra pieza de fruta.

Era cierto que tenía unas manos preciosas con una cuidada manicura, algo que quizás sorprendía en una policía, e imagino que para contrarrestar la mala hostia que llevaba dentro, pero la apreciación de mi amiga hacia la estética de sus manos, cuando menos, me extrañó.

Gustavo se acercó a la puerta de la habitación para cerrarla, algo que nos generó una gran incertidumbre. Tras un breve silencio, me miró y cambió el gesto.

—Te dije que había alguien que podía ayudarnos. Mucho más que yo. Y esa es Elsa.

La primera reacción que pasó por mi cabeza fue responderle que, si iba a ayudarme de la misma manera que lo había hecho hasta aquel momento, casi prefería que se estuviese quieta para no acabar con mis huesos en la cárcel, pero mantuve la compostura, así que dejé que se explicase. Además, recordé de forma lejana que habíamos comenzado una conversación justo antes de que apareciese la nota en el peto de mi hija y con ello la pesadilla de Sol. Mi mente lo había borrado tras aquel *shock*.

—Hace un mes y medio, después del intento de asesinato de Paula y la muerte de Antón, solicitamos que se interviniese la IP de tu ordenador.

—¿Y cómo habéis accedido a mi ordenador, si no ha salido de mi casa? —pregunté contrariada.

—No fue necesario. Pudimos obtener los datos a través de la IP de conexión de tu ADSL. En aquel momento, creímos que nos ocultabas conversaciones con el posible culpable y buscamos la forma de poder localizarle.

—A costa de su intimidad... —añadió Diana.

—No, lo único que recibimos son datos, nada más. No tenemos acceso a las conversaciones, solo al historial de conexiones y desde dónde se ejecutan —respondió Elsa, intentando justificarse.

—Fue idea tuya, ¿verdad? —espeté dirigiéndome directamente hacia ella.

—No, fui yo quien tomó esa decisión cuando nos aprobaron el procedimiento —respondió tajante Gustavo, dejando una sensación de alivio en el rostro de Elsa—. Pero es ella quien ha coordinado todo el operativo en este tiempo.

Me sentí algo violentada al pensar en cómo mi vida privada podría haber sido vulnerada, pero no era menos cierto que tenían razón en cuanto a que oculté las primeras conversaciones con aquel sujeto que había puesto en jaque no solo la vida de gente que no conocía, sino la de mis seres queridos e incluso la mía propia.

—Lucía, deja que hable... —dijo Sol al ver el gesto de desconcierto en mi cara—. Estamos un paso más cerca, cariño.

—Pues espero que no te hayas metido en ninguna página de esas guarras con muchas equis... Porque eso queda registrado —interrumpió Diana rompiendo los esquemas mentales de todos con una broma que, en cierto modo, tenía su gracia, a juzgar por la risa generalizada de todos, excepto la de Violeta, claro. Muy joven para vislumbrar el humor zafio de su tía Diana y despejar aquellas equis.

Aquellas sonrisas fueron un bálsamo que nos ofreció la posibilidad, aunque solo fuese por un momento, de olvidarnos de todo el rencor, los nervios y la ansiedad que nos dominaba y que nos convertía en unos seres humanos frágiles. Un pequeño balón de oxígeno antes de entrar en materia. Una materia que no tenía claro si me iba a gustar del todo. Entonces, Gustavo retomó la conversación.

—Cuando estuvimos en tu casa, me explicaste la relación que habíais descubierto en torno al centro de salud con las dos primeras víctimas.

—Vale, ¿la información ha dejado de ser confidencial? —dije con cierto tono de sorna.

—Ahora estamos juntas en esto —respondió Elsa—. Aunque si queremos seguir trabajando en la Policía Judicial, máxime cuando hemos conseguido recuperar la confianza, estaría bien que no saliera de aquí... —añadió intentando que fuésemos conscientes de lo que estaba ocurriendo y el riesgo que corrían al compartir información con nosotras. Era lo justo, ya que parte del hilo de donde estaban tirando salía de nuestra propia madeja.

—Creemos que es alguien con conocimientos médicos avanzados. Un enfermero, un auxiliar de enfermería o incluso alguien con más experiencia. ¿Tienes constancia de que alguien cercano a ti pudiera tener ese perfil?

—No, que yo recuerde ahora... Tendría que mirar el panel de casa, pero... —respondí mientras rebuscaba en el histórico de mi cabeza con nerviosismo.

—¿Y en tu familia? ¿Violeta o tú habéis tenido mala relación con algún doctor?

—Tampoco vamos mucho al médico, la verdad. A la de cabecera, pero poco más. Y es una mujer encantadora, no creo que sea el caso —contesté con sinceridad. Entonces quise saber qué ocurría en realidad, porque no entendía nada en absoluto y, con mi familia en peligro, no estaba dispuesta a que me faltasen datos, así que insistí—: Gustavo, ¿me puedes explicar a qué vienen estas preguntas?

Gustavo miró a Elsa. Se mantuvieron en silencio un segundo, mientras dudaban si debían contestar.

—Por favor, no empecemos... Acabas de decir que estamos juntos en esto —forcé ante su indecisión.

Elsa asintió con un gesto de empatía y comenzó a explicarse.

—En los cuerpos de Rosa y Sol se han encontrado restos de un medicamento llamado Rohypnol. Si se ingiere en exceso o mezclado con alcohol, provoca estados extremos de somnolencia, pérdidas de memoria e inconsciencia.

—¿No recuerdas nada? —le pregunté a Sol tras escuchar aterrorizada lo que Elsa nos relataba.

—Solo que llamaron a la puerta de casa. Creo recordar que dijo que era un mensajero y luego...

—La dejó inconsciente —añadió Elsa.

—¿No recuerdas su cara?

Sol negó con la cabeza.

—No lo recuerda porque llevaba puesto un casco de moto, algo que podría ser propio de un repartidor, y por los efectos del medicamento. El sujeto no da puntada sin hilo.

—¿Y el anciano? —preguntó Diana.

—En el caso de Antón se encontraron restos de hipoglucémicos que le provocaron una bajada de azúcar asociada al paro cardiaco —añadió Gustavo.

Respiré profundamente porque, de nuevo, toda aquella información me superaba. Nos superaba. Estaba claro que no veíamos ninguna salida clara, todo eran datos que se acumulaban en los informes sin un orden aparente mientras me sentía cada vez más vulnerable.

—¿Y lo de las direcciones IP qué tiene que ver? —pregunté impaciente.

—Localización geográfica —dijo Gustavo—. Tú misma nos lo dijiste. Cuando fuimos conscientes de que parecía que todo se ubicaba en torno a ese centro de atención primaria, decidimos cotejar las direcciones IP desde las que el sujeto mantuvo la última conversación contigo a través de Messenger.

—¿Eso se puede hacer? —preguntó Diana verbalizando lo mismo que yo había pensado.

—Sí, previo consentimiento del juez —respondió Elsa.

—¿Y?

—Pues que descubrimos que la dirección IP del ordenador desde donde se conectó la última vez para hablar contigo se encontraba en este ciber.

Elsa sacó una fotografía de un locutorio típico de cualquier barrio de Madrid. En él se veía la típica tienda que, además de ser un ciber, vendía un poco de todo. Ordenadores para conectarse, piezas de móviles, cargadores, tarjetas para llamadas internacionales, impresoras, algo de comida...

—¿Y dónde está? —preguntó Diana interesada.

Gustavo hizo un pequeño silencio y sacó un pequeño mapa impreso del barrio.

—Entre el ciber y el centro de salud no hay ni cien metros —dijo, al tiempo que señalaba una línea entre ambos.

Sol esbozó una pequeña sonrisa mientras Diana y yo nos quedamos atónitas.

—Eso significa que teníamos razón y que sin duda podría ser del barrio —afirmó Sol.

—¿Podría ser un enfermero o médica del centro?

—Lo estamos investigando, pero de momento nadie da el perfil. Parece que todos tienen coartada, estaban con otras personas cuando sucedieron los hechos, o bien trabajando... —respondió Elsa.

—También puede que se desplace desde otro lugar hasta llegar a ese locutorio en concreto —añadió Gustavo.

—Pero siempre se conecta por la noche. ¿A qué hora cierra este sitio? —pregunté un tanto desconcertada.

—A la una o dos de la madrugada. En verano está abierto hasta esas horas porque hay gente que hace llamadas internacionales con el horario diurno de Sudamérica.

—Creo que todo esto vuelve a ser demasiado para mí... —respondí mientras resoplaba ante la gran cantidad de información que debía asimilar mi cabeza, la cual estaba a punto de explotar. Sobre todo porque había cuestiones que se nos escapaban. Siendo parca en palabras y resumiendo en términos profanos, que diría mi buena amiga, y por suerte llena de vida, Sol, estos nuevos datos podrían indicarnos el lugar desde el que se conectaba, lo cual era relevante.

—¿Y ahora qué?

—Ahora vamos a esperar a que haga lo propio, se conecte de nuevo y podamos detenerle.

Y respiré. Después de aquella frase, sentí por primera vez en mucho tiempo algo de alivio. Como si una parte de mi pecho, que estaba siendo presionado de manera constante con el sujetador de la angustia, se liberase de repente. Un sentimiento que pude corroborar en el gesto de todos los que nos encontrábamos en aquella sala. La paz se rompió con unas palabras de mi hija:

—Mamá... Mira.

—¿Qué pasa, cariño?

—Los tarzanitos.

—No, ahora no es el momento de comer chucherías, mi amor.

—¡Que no...! Es aquí —insistió Violeta.

—¿El qué? —respondí, intentando tener paciencia.

—Aquí es donde me compra Jota los tarzanitos de chocolate. Para que vayamos un día a por ellos.

Ese «aquí» de mi hija Violeta señalaba de forma clara la foto que había encima de la mesa. La misma foto de la puerta del ciber que Gustavo nos había enseñado hacía unos minutos.

CAPÍTULO 37

Tal como Sol había afirmado, los tarzanitos no eran fáciles de encontrar y este punto fue clave para lo que sucedió después.

Todo fue muy rápido. Detuvieron a Jota al día siguiente, con la esperanza de que se le designase prisión de manera preventiva. Una vía legal que, según dijo Gustavo, consistía en retenerlo mientras continuaban con las investigaciones y, dada la gravedad del caso, evitar que pudiera destruir, adulterar pruebas o volvernos a poner en peligro a mi hija y a mí.

A diferencia de mi detención en comisaría, se presentaron ante el juez todos los hechos probatorios que Gustavo y Elsa tenían en sus manos. Desde la declaración del dueño del locutorio que reconocía a Jota como un cliente habitual, y a mi hija como su acompañante en algunas ocasiones, hasta todas las pruebas circunstanciales que le rodeaban: acceso al correo de la redacción y al edificio; compañero de trabajo tanto mío como de Rosa, a la que amenazó en público en la oficina; ausencias sin coartada cuando se produjeron los contactos por Messenger; acceso a mi nuevo móvil; conocimiento de las averiguaciones que hicimos Diana, Sol y yo, y estaba en el parque con mi hija el día que ocurrió todo. De hecho, sostuvieron que él mismo podría haber metido la nota en su bolsillo, ya que Violeta no recordaba que algún otro adulto se le acercara o hablara con ella en el parque aquella mañana.

A tenor de Gustavo y Elsa, solo faltaba encontrar en su casa una prueba manifiesta de que él había cometido tales atrocidades, ya que la caligrafía no cuadraba. Pero no fue determinante porque, como diría Sol, no descartaban a un malo número dos, un cómplice que hubiera escrito las cartas.

La parte técnica del caso parecía clara, pero la parte emocional, por qué nos había hecho pasar por semejante pesadilla a Violeta y a mí, era mucho más complicada.

Mi cuerpo se disolvió por completo, del mismo modo que la sal de baño se diluye en el agua caliente, pero sin un olor agradable que anestesiase mi sufrimiento.

Durante este tiempo había sentido a Jota no solo como un compañero en el que confiaba y con el que me sentía cómoda. Me había enamorado de él. Le quería. Había dejado que formara parte de mi vida y que Violeta encontrara en él la figura de un padre.

Aquella noticia me hundió de manera personal, sobre todo porque no era capaz de alcanzar a conocer el motivo por el que nos había hecho algo así. Especialmente a Violeta, quien aparentemente no dejaba de ser un daño colateral. Cuando quise lanzarle la pregunta fue demasiado tarde.

Obligada por el runrún de mi cabeza, tomé la decisión y la precaución de pedirle a Álex si podría conseguir de algún modo legal —o alegal— hablar con Gustavo para preguntarle por la situación de Jota. Álex accedió de buen grado. Yo necesitaba saber de primera mano si podíamos sentirnos seguras. Podría haberlo hecho yo, pero no quería entrometerme de manera directa, ya que mi hija y yo éramos víctimas con relación de primer nivel.

Repasando lo ocurrido, debo reconocer que aquellos actos me parecían impropios de alguien como Jota, un ser cariñoso que nunca nos faltó el respeto, pero no quería caer en el tópico de la típica vecina rubia a la que entrevistan en la televisión y acaba diciendo: «Era un chico normal, siempre daba los buenos días cuando nos despertábamos después del sexo».

Intentaba bromear como vía de escape porque estaba aterrorizada. Y estaba aterrorizada porque no lo vi venir. Pero las estrellas sí. Lo hicieron desde el primer momento. Desde que me dediqué a obviar de forma clara el carácter natal de un géminis como Jota. Desde que confié en él, recordando mis propias palabras, aquellas que expresaron con claridad que Jota «tenía algo y ese algo es que, ante todo, era una buena persona». Así lo creía, pero su signo es muy astuto e inteligente. Un farsante. Y me engañó, o me engañé, porque necesitaba creer en alguien después de tanto tiempo y porque, emocionalmente, encontré en él un apoyo para mí y para mi hija y me dejé llevar.

Interpreté y conocía su personalidad dentro del eneagrama. Era consciente de que Jota pertenecía al eneatipo ocho. Un desafiador que impone su justicia y su ley como respuesta a una naturaleza frágil de origen. Un punto muy peligroso, si va unido a una personalidad tan dual como era la suya. De nada sirve ahora justificarme, pero no pude evitar que la decepción me doliera. No pude evitar atragantarme con un espeso desconsuelo aquella tarde que le pedí a Álex encontrarnos en una cafetería para hablar de lo sucedido y enfrentarme al dolor.

—¿Cómo está Sol? —Álex inició la conversación educado, aun a sabiendas de que era yo quien le había pedido que nos viéramos.

—Bien, se está reponiendo. Es una mujer muy fuerte.

—Menudo susto, ¿no?

—No lo sabes bien...

—¿Y la policía te ha dicho algo más? ¿Se sabe o recuerda algo?

—Nada. Dice el médico que en una situación así, y debido a lo que le administraron para sedarla, el cerebro tiende a protegerse y ocurren estas lagunas —respondí.

Álex asintió, comprendiendo el duro momento que estábamos atravesando.

—¿Qué te ha dicho Gustavo? —le pregunté algo contrariada.

—¿De Jonás?

—Sí...

—Que en principio no tiene abogado propio. He intentado preguntar por su situación a nivel judicial y, por la información que he obtenido, parece que todo apunta hacia su culpabilidad.

Respiré hondo intentando eliminar cualquier pensamiento de mi cabeza. Quería abstraerme de esa sensación que seguía asolando mi cuerpo de estrés, ansiedad y mi propia culpabilidad por no haberme dado cuenta antes.

—¿Qué te pasa, Lucía?

—No lo sé. Estoy un poco confusa, la verdad.

—¿Por qué?

—Es que es todo tan extraño...

Álex abrió la boca para responder de forma refleja, sin pensar, pero midió sus palabras antes de lanzarlas.

—¿Crees que puede no ser culpable?

—Ya no sé qué pensar, Álex.

—Lo entiendo...

Volví a coger aire y le miré a los ojos porque esperaba que pudiera ofrecerme algo a lo que agarrarme, algo tangible que bien me ayudara a pasar página o que me instase a continuar dándole vueltas a todo en mi cerebro, ese que desde hacía unos días flotaba como el niño de la portada del álbum *Nevermind* de Nirvana.

—Mira, Lucía, por mi experiencia como abogado, yo... —Álex se detuvo, intentando escoger las palabras adecuadas. Respiró hondo antes de hacerlo—. La gente habla y al final todos mienten. Creo que Jonás se quería aprovechar de ti.

—Pero ¿por qué? ¿Por qué haría todo esto? Matar a gente que ni siquiera conocía...

—Quizás ahora no lo comprendamos. Están en plena investigación, pero igual dentro de poco descubren que te recriminaba que su última novia le dejara por culpa de uno de tus test del amor. La gente no está bien; vivimos tiempos muy complicados, y no sabemos por dónde podemos explotar. De repente, vives solo en tu casa y buscas enmendar los errores de tu vida cargando contra los demás. Te vuelves loco.

—Ya, pero es que es un sinsentido, Álex, no sabes todo lo que he pasado en estos meses. ¡La que se está volviendo loca soy yo...! —Alcé la voz.

—Tranquila, Lucía. Respira —dijo. Intentaba calmarme porque estaba histérica.

—No puedo más, Álex... Tengo prácticamente abandonado mi trabajo, apenas puedo cuidar de mi hija, me he obsesionado con todo esto y lo peor es que siento que me he alejado de Violeta... —dije mientras las lágrimas resbalaban por mis mejillas.

Álex cogió mi mano al instante y entabló contacto visual directo conmigo para transmitirme calma. Lo hizo de tal manera que consiguió que, durante unos segundos, reconociera tras aquellos profundos ojos azules al Álex del que me enamoré antes de que se convirtiera en un ser despreciable.

—Lucía... tienes que relajarte. Esto ya está. Que sea lo que tenga que ser, lo sabremos dentro de poco, pero me preocupa encontrarte así. Por ti y por Violeta.

—Lo sé... —respondí mientras intentaba recomponerme al ser consciente de que estábamos en una cafetería, donde por unos momentos me sentía el foco de todas las miradas.

En cierto modo, Álex tenía razón. Toda la montaña rusa emocional en la que me había subido, o en la que me había visto obligada a subir, para ser más exacta, había recaído de lleno sobre mi pequeña. Durante este tiempo había estado en las mejores manos: las de mi madre y las de sus tías Sol y Diana, pero yo me había distanciado involuntariamente de la relación que siempre habíamos compartido, la que nos había hecho fuertes, obsesionada por librarme de la presión a la que Jota me había sometido durante ese tiempo sin yo saberlo.

Álex acarició mi mano de nuevo. Con una suavidad que transmitía paz.

—Mira, Lucía, en ningún caso quiero que te tomes esto

como una vuelta atrás, porque sé que no puedo retroceder y corregir lo que hice. Recuerdo cada palabra de lo que hablamos aquel día en la cafetería tras tu salida de comisaría, pero quiero que sepas que estoy dispuesto a estar ahí cuando tú o Violeta lo necesitéis. No quiero verte así y que ella sienta que has perdido la perspectiva o que su madre ha perdido el control.

—Ya lo sé... pero es que ha sido muy duro —dije controlándome para no romper a llorar de nuevo.

—Olvídate de Jonás. Es muy peligroso que tu hija pueda pensar que estás a punto de derrumbarte.

¿Derrumbarme? Un buen eufemismo para decir que estaba tocando fondo emocionalmente, justo en el preciso momento en que Violeta apareció en la cafetería de la mano de Diana para darme la razón, y no en el mejor sentido, de todo lo que había hablado con Álex. Cuando había dicho que mi hija estaba en las mejores manos, pero no en las mías.

Antes de llegar hasta nosotros, desde la puerta, Diana pudo ver la angustia reflejada en mi cara, así que orientó a Violeta hacia una vitrina con algunos dulces hasta que me recompusiera. La entretuvo haciendo que tomara la difícil decisión de elegir entre el *croissant* sin gluten o las galletas con trocitos de chocolate. Yo sabía lo que elegiría, porque conocía a mi hija, pero quizás Diana tenía razón. A veces parecía que no fuera hija mía.

Mi hija y su padre biológico se iban a encontrar por primera vez. Ya que había sido yo la que había promovido aquel encuentro, lo lógico era que se acercara, así que le hice un pequeño gesto a Diana cuando conseguí restablecerme. Violeta se dio la vuelta con las manos manchadas de chocolate por la galleta y corrió a abrazarme. Noté cómo Álex endureció el gesto, se puso tenso. Tan rígido al ver a mi, su, nuestra hija que apenas sabía cómo comportarse. Todo un abogado, un caníbal de las situaciones más insospechadas, incomodado por una cría de siete años.

Pero era fácil de entender. Para él, después del tiempo que había pasado desde que tomó la decisión de abandonarla y después de intentar recuperarla, era la primera vez que respiraba el mismo aire que ella en un espacio reducido y eso le hacía hiperventilar. Estaba asustado, pero enseguida Violeta le hizo enfrentarse a la realidad.

Diana llegó y saludó a Álex, quien salió del trance en el que estaba sumido al tener a su hija a escasos centímetros.

—¿Qué tal?

—Bien —respondió sobreponiéndose a sí mismo.

—Últimamente nos encontramos en todos lados —añadió Diana.

—Sí, la verdad es que sí.

—¿Y eso? —pregunté intrigada.

—Nada, hace unos días nos encontramos por casualidad en la terraza del bar que hay cerca de la plaza, debajo de casa —afirmó mi amiga.

—Había ido a ver un cliente por la zona y coincidimos a la hora del café.

—Bueno, te dejo a la bichina esta —dijo Diana haciendo el ademán de irse—. Si necesitas cualquier cosa, dame un toque. Voy a dar una vuelta por la zona un rato, estaré cerca.

Qué lista y buena era. Todo ello, sumado a la magnífica presencia que mi amiga tenía como mujer, era un tesoro. Sabía de la situación comprometida que tenía entre manos y no quería dejarme sola con Álex. Ni a mí ni a Violeta. Así que en lugar de irse a casa, haría tiempo de alguna manera para que...

—Se va de compras —espetó Violeta interrumpiendo mi pensamiento.

—Cállate, chivata, eso no se dice —respondió Diana a mi hija.

—¿Ah, sí? —indagué.

—Sí, me ha dicho antes que se iba a ir de compras para matar el tiempo.

—¿Y a ti no te lleva? —le pregunté a mi hija mientras Álex sonreía más desinhibido.

—¡Vamos muchas veces! —añadió Diana entre risas.

—¿Y qué te compra, Violeta? —cuestioné divertida.

—¿A mí? Nada —respondió tajante mi hija, incluso indignada—. Cuando dice que vamos de compras solo se compra cosas ella. Me ha dicho que a eso se le llama eufemismo.

Obviamente, no pudimos contener la risa. Como siempre, el humor era el mejor remedio para la ansiedad. Después de aquello, miré a Diana pidiéndole explicaciones en claro tono de broma.

—A mí no me mires. Encima que educo a tu hija...

—¿En el noble arte de las compras?

—En eso y en ampliar su vocabulario para que haga las sopas de letras.

—Me parece perfecto —sentencié.

Y así lo sentía, porque si de algo estaba segura era de que la educación de mi hija dependía de las personas que tenía alrededor y estábamos muy bien rodeadas, aunque yo debía retomar el rumbo de mi vida sin más dilación.

—Bueno, me voy antes de que esta pequeñaja me traicione por segunda vez —dijo Diana entre risas—. ¡Mira, Violeta! Ahí tienes otra palabra nueva: ¡traición!

Mi hija puso los ojos en blanco con condescendencia como solo ella podía hacerlo.

—Esa me la sé...

—Vale, vale... Perdone usted —dijo mientras se alejaba.

Cuando Diana desapareció, un pequeño silencio se apoderó de la mesa. Álex no sabía muy bien qué primera frase decir ni yo de qué forma introducirle sin tirar del típico tópico «este es un amigo de mamá», así que...

—Hola, soy Violeta —dijo de repente mi hija, ofreciéndole la mano a Álex.

Por segunda vez, mi hija interrumpía el elaborado argumento en el que estaba pensando.

Álex se sobrecogió, pero enseguida sonrió amable y le devolvió el saludo.

—Y yo Alejandro. Encantado.

—Tu cara me suena.

—¿Ah, sí? —le pregunté a mi hija sorprendida por la frase.

—Es que tengo una cara muy común —respondió Álex con una sonrisa.

Violeta le miró durante un par de segundos más y se encogió de hombros, sin opción a réplica, y sacó de la mochila el cuaderno de los crucigramas que era su compañía todas esas tardes que pasaba en casa de su abuela o con sus tías adoptivas. También con Jota, que la ayudaba con los más complicados... antes de que ocurriera todo este embrollo. Detalles que aún permanecían en mi cabeza y me dejaban una sensación de extraña desazón.

—¿Te gustan los crucigramas? —preguntó Álex, interesado.

—Le encantan. Enséñale todos los que has terminado hasta ahora —contesté.

Violeta abrió la libreta orgullosa, con una gran parte de ellos resueltos o con algún fleco que se le escapaba, fruto de su temprana edad.

—Pues sí que se te dan bien, ¡eh?

—Estoy atascada ahora con este. Hay algunas palabras que no me sé —dijo Violeta mostrando un crucigrama a medias.

—¿Quieres que te ayude? —Se ofreció Álex con un pequeño gesto para acercarse a ella. Me miró primero y pidió permiso después—. ¿Puedo?

Me violenté. No voy a negar que era difícil para mí enterrar el pasado, pero la situación, tal y como estaba planteada, sería mucho más artificial si mi hija sintiese de repente como un extraño a ese señor que estaba frente a ella.

Asentí y Álex, con total delicadeza, se sentó a su lado. Momento en el que mi hija le ofreció el bolígrafo para que participase del juego.

—¿Cuáles te faltan?

—Estas cuatro. Hay una muy larga —dijo Violeta disculpándose.

—A ver... «Diez letras. Compuesto de cosas diferentes y variadas».

—Uy, esa es muy difícil, cariño —apoyé a mi hija.

—Yo creo que me la sé —dijo él con un cierto tono de orgullo.

Violeta le miró escéptica y él preguntó:

—¿Quieres que lo intente?

Violeta aceptó su ayuda mientras Álex resolvía la palabra, bolígrafo en mano, letra por letra. Rellenando las cuadrículas en blanco que quedaban aún vacías.

—M-I-S-C-E-L-Á-N-E-A.

—¡Anda! Esa palabra no la sabías, ¿verdad, cariño?

Violeta negó con la cabeza mientras, avergonzada, sonreía a Álex que, por mucho que se contuviera, se estaba derritiendo. Es algo que una madre puede llegar a oler a kilómetros en otras personas.

Aquella palabra trajo otra más, y esa nueva palabra otra más, para cerrar una tarde que no fue más allá de aquel libro de entretenimiento en forma de palabras y crucigramas. Porque no debía ir a más. Era un primer contacto que nunca hubiese pensado que se produciría hace unas semanas, por no decir años. Que llegaba de una manera hasta entonces inimaginable, sencillamente porque yo me había prohibido reproducir algo así en mi cabeza. Había enterrado a Álex en lo más profundo de mi alma.

En aquel momento la situación era diferente. Y la vuelta de Álex a mi vida, también.

CAPÍTULO 38

Jonás recorrió un largo pasillo hasta una pequeña sala para someterse a otro interminable interrogatorio. Lo hacía por inercia, como quien camina sin rumbo porque ha abandonado toda esperanza.

Durante varios días intentó explicar de manera fehaciente que no era el responsable de lo que se le acusaba. Y lo hizo con todas sus fuerzas, con denuedo, consumiendo la lógica, estirándola hasta el punto en que estaba a punto de romperse.

Esta vez, Elsa y Gustavo buscaban una confesión basada en toda la batería de pruebas que habían reunido. Aquella mañana, y por orden judicial, se esperaba encontrar la definitiva. La prueba o pruebas que se hallarían, con toda probabilidad, en el registro de su casa y en la de sus padres, y que terminarían por ofrecer a la Policía Judicial una evidencia que le relacionara con las víctimas. Una forma de acabar con todo el sufrimiento que se había generado a través de este caso del horóscopo que, pese a haber sido bastante silencioso a ojos de la sociedad, como la gran parte de las actuaciones judiciales, había desatado un terremoto en apenas dos meses dentro del cuerpo policial.

Gustavo hizo acto de presencia en la sala con una botella de agua. Seguía haciendo un calor insufrible, pero el sol ya no brillaba. El cielo, atestado de nubes, anunciaba un bochorno patente en las camisas de la gente, que sudaba de manera irracional bajo el bombardeo de noticias que informaban sobre la necesidad de hidratarse o los pequeños incidentes reflejados en golpes de calor que padecían turistas japoneses en plena Puerta del Sol.

Prefirió hacerlo solo porque de cara a sus superiores entendía que era una responsabilidad que debía asumir después de lo ocurrido con Elsa. Podían mantenerla en el caso, pero no perdonaban los errores. Como si en este país todos cumpliesen meticulosamente y no hubiese necesidad de dimisiones.

Jonás estaba cabizbajo, pero sus ojos irradiaban una energía de desamparo que no podía contener. Se encontraba al límite.

—¿Cómo estás? —preguntó Gustavo mientras le ofrecía la botella de agua.

—Dígamelo usted. ¿Cómo estoy? —respondió Jonás con condescendencia.

Gustavo era perro viejo y siempre tenía por costumbre no entrar al trapo en estas situaciones. Consideraba que la mejor manera de intentar encontrar respuestas era haciendo las preguntas adecuadas, sin forzar la situación hasta el extremo. Era mejor seguir el protocolo de actuación existente en el código sobre técnicas y procedimientos de interrogatorio, aunque, como solía decir Elsa, no era tal y como lo vemos en las series y películas.

No se trataba solo de lo que Jonás pudiera declarar, sino de observar la comunicación verbal y no verbal, los gestos, las miradas, la actitud... Todo era parte fundamental del mismo proceso, el de obtener información.

Podría decirse que Gustavo era un experto en microexpresiones. Por aquel motivo, era Elsa quien solía llevar el tempo de las comunicaciones verbales, mientras él observaba los gestos y las reacciones involuntarias del acusado, pero en aquella ocasión se encontraba solo.

Con Jonás no fue fácil. Según los interrogatorios anteriores, no había ningún indicador de que mintiera, pero la gente presume de no faltar a la verdad a diario y, por desgracia, por la experiencia acumulada de la policía y del ser humano, esto ocurre más a menudo de lo que parece.

De hecho, Gustavo se mentía a diario a sí mismo y a los demás aparentando estar bien para soportar el peso que suponía la pérdida de su hija, así que aquella tarde decidió enfrentarse a todas las cuestiones que aún no estaban claras. Aquellas que podrían obligar a Jonás a caer en un renuncio.

—Tengo anotado que el 21 de julio saliste de casa de Lucía para ir a dormir a la de tus padres. ¿Recuerdas la hora?

—Claro, es la misma que he contestado las otras veinte veces —dijo con un claro tono de hastío—. Salí de casa de Lucía a las 21:30 más o menos y fui directamente a la de mis padres. Llegaría sobre las 22:10. A la mañana siguiente, el conserje me vio salir temprano.

—Pero nadie te vio entrar porque a las 22:00 el conserje termina su turno, ¿verdad?

—Sí, pero mis padres estaban en casa. Pueden confirmarlo otra vez.

—Sí, los padres son así. Harían cualquier cosa por sus hijos.

Jonás sonrió con ironía. Desgastado. Cansado de que cada frase que pronunciaba ofreciera dudas.

—No sé qué quiere que diga ante eso.

Gustavo observó con detenimiento el tiempo de reacción. Para él era casi tan importante el gesto como la duración de este.

—También tenemos constancia de que has visitado en varias ocasiones el ciber que hay en la calle Ibiza.

—Sí. Iba con... —Jonás se detuvo e hizo un pequeño gesto de contención antes de seguir. Cabizbajo, muy dolido—. Iba con Violeta a ese lugar porque le gustaban unas chucherías que no son fáciles de encontrar.

—Un poco lejos para ir a buscar unas chucherías, ¿no?

—Ya se lo he dicho. No son fáciles de encontrar.

—El dueño ha reconocido que frecuentaba este locutorio en más de una ocasión, incluso de noche.

—Sí, porque me pilla de camino a casa. A veces paro, compro chucherías para la niña y al día siguiente se las llevo.

—Pero también se conecta, ¿verdad?

Jonás volvió a esbozar una ligera sonrisa.

—¿Conoce el Resident Evil?

—No sé qué es eso.

—Es un videojuego.

—¿Y?

—Que yo no dispongo de un ordenador propio en casa. Como comprenderá, con el trabajo que tengo no me da para esos lujos, pero cuando salgo, después de diez horas de curro, no creo que sea un delito evadirse matando monstruos en una pantalla.

—¿Solo matas monstruos en la pantalla?

—Por favor, de verdad... Lo que intenta hacer es un insulto para la inteligencia.

Gustavo sabía que adoptar una postura a la defensiva por parte de un acusado solía implicar que mentía. Perder la mirada, ejecutar de modo recurrente el mismo movimiento con las manos para concentrarse en repetir las mismas palabras o mostrarse impasible ante un hecho horrible también delataban la falta de verdad en una declaración. Pero con Jonás era diferente. Acusaba una necesidad por explicarse sin alterarse, sin buscar recursos o excusas ajenas. No cuadraba con la identificación de un perfil culpable. Se esmeraba por justificar cada detalle, sin faltar en ningún caso a la correlación de horas y espacios que ya había mencionado, siempre con la misma exactitud. Algo que también podría argumentarse en su contra desde lo medido y escrupuloso que era absolutamente con todo.

Esa dualidad preocupaba sobremanera a Gustavo. Porque eran los perfiles más difíciles de identificar y presionar. Y porque, en cierto modo, hasta aquel momento se había desplegado un ejercicio de precisión por parte de un individuo muy calculador. Frases largas, explicaciones técnicas con detalles recurrentes, como hablar del videojuego de moda, también eran referencias claras de una personalidad con una capacidad innata para encubrir la información.

—Por favor, respóndame, ¿qué es lo que quiere que le diga? —preguntó Jonás cansado. Con la necesidad de acabar cuanto antes.

—La verdad, Jonás. Y no estas tonterías de videojuegos y chucherías —respondió Gustavo mientras mantenía el contacto visual con el detenido—. ¿Reconoces estas cartas? —añadió, y dejó caer sobre la mesa las cuatro cartas que habían llegado hasta ese momento.

—No todas. Las últimas no las llegué a ver en persona.

—¿Sabes quién las ha escrito?

—Yo no, desde luego.

El tacto es un elemento de la comunicación no verbal fundamental. Puede indicar aprecio, ternura o apoyo. Incluso procedencia o afiliación. Gustavo entendió que Jonás lo sabía porque en ningún caso hizo el ademán de cogerlas, ni siquiera se reclinó hacia delante para acercarse. Se limitó a sostener la mirada sobre ellas, sin más. De esta forma, mandaba un mensaje corporal claro sobre la distancia que pretendía mantener respecto de esas cartas. Nada que pudiera relacionarlas con un sentimiento de obra por parte de su autor.

—También encontramos una nota con la misma letra en el vestido de Violeta.

—Era un mono.

—¿Cómo?

—No era un vestido. Era un mono, un peto; de pantalón, no de falda. Si no es capaz de ver la diferencia e identificar los detalles, cómo va a ayudarme.

—¿Me dices cómo debo hacer mi trabajo?

—No.

—Pues entonces contesta a la pregunta: ¿cómo llegó esa nota a su bolsillo? Y espero que me des una razón plausible que pueda creerme porque, si no, voy a empezar a pensar que, para ser tan listo, te pierdes en los detalles.

—No lo sé. No tengo a la niña en el parque atada con una correa. Imagino que eso es lo que harán algunos padres con sus hijas, pero yo...

—Violeta no es tu hija —le interrumpió Gustavo tajante—. Así que no vuelvas a decir eso.

Jonás encajó el golpe de las palabras de Gustavo con dolor, dejando bajo mínimos su capacidad de reacción. Si había algo que pudiera atormentarle, física y emocionalmente, era Violeta.

—Pude despistarme y que alguien se acercase hasta ella... No lo sé.

—¿Alguien? La niña ha dicho que no recuerda a nadie extraño cerca ese día.

—Pues entonces lo tiene claro, ¿no?

—Tengo claro que pudiste ser tú, sí.

—Pero esa no es mi letra.

—Sí, es verdad, no es tu letra. Pero bueno, para todo hay una solución, ¿no? Puede que hubiera sido escrita por otra persona, claro... —respondió Gustavo—. Sin embargo, sí que es curioso que las cartas aparecieran justo a los pocos meses de que entrases a trabajar en la redacción. Y que fueran entregadas de tu propia mano, ¿no es cierto?

Jota contrajo su nariz y apretó su poderosa mandíbula, expresando así una rabia que no pudo controlar.

—Es mi trabajo —argumentó encogiendo los hombros.

—¿Es el único que has tenido?

—He trabajado de muchas cosas.

—¿Alguna relacionada con la medicina o la enfermería?

Jonás dudó por un segundo.

—Bueno, no sé si se puede entender como algo relacionado con la medicina propiamente dicha, pero hice prácticas como celador durante un tiempo. Estudié el curso, pero nunca me he presentado a una oposición. No me gustó...

—¿Podrías decirme dónde realizaste esas prácticas?

Jonás no soportó más la presión y golpeó la mesa dando un fuerte puñetazo.

—¡Me está tomando el pelo? ¿Se ríe de mí?

Uno de los compañeros que estaba fuera de la sala entró enseguida, pero Gustavo le paró. Aquel gesto de ira suponía el paso previo a la resignación e impotencia que traía consigo una confesión. Él lo sabía. No quería cortar el momento, pero Jonás se recompuso.

—Mire, Gustavo. Solo voy a decirle una última cosa —masculló Jota calmando su respiración—. Estoy aquí sin abogado porque albergaba la esperanza de que usted fuera razonable. Y solo por ese motivo voy a explicarme una sola vez más. Porque entiendo que usted es lo único que me queda para agarrarme a mi inocencia.

Aquellas palabras endurecieron el gesto de Gustavo, quien puso sus cinco sentidos sobre Jonás.

—Ya lo he dicho decenas de veces: mi trabajo consiste en recoger las cartas que llegan a la revista durante todo el día. Algunas de ellas se reciben en mensajería, que suelen ser las de administración, facturas, correo postal certificado que trae Correos... y luego hay otras cartas que recojo de forma personal del buzón que hay en el exterior del edificio. Cualquiera podría haber metido esas cartas en persona. Y lo hacen así precisamente porque quieren ser anónimos. Para eso está concebido ese buzón... —respondió de modo asertivo—. La gente se avergüenza de muchas cosas en su vida. Pero yo no —concluyó.

Después de escuchar con atención aquellas palabras, Jonás ladeó ligeramente su cabeza y extravió la mirada sobre la mesa. Gustavo, que en ningún caso perdió el contacto visual con él, en un intento de mantenerse firme, acabó por resoplar, algo contrariado. Tragó saliva y se acercó a la puerta de la sala con la intención de llamar a su compañero.

—Mira, me gustaría creerte, pero comprenderás que son demasiadas coincidencias. Las cosas no son verdad solo porque nosotros las creamos.

—Me vale con que lo haga usted —añadió Jonás sin devolverle la mirada.

Gustavo reflexionó un segundo al escuchar aquellas palabras, justo antes de abrir la puerta para que los compañeros entraran y se hicieran cargo de él.

Al fin y al cabo, la verdad solo necesita una persona que la crea y, desde luego, no se encontraba en aquella sala.

CAPÍTULO 39

8 de agosto de 2002

No volví a recibir ningún mensaje desde que detuvieron a Jota. Tampoco me prodigué en salir de casa más de la cuenta. Simplemente me concentré en descansar después de lo ocurrido y en buscar una nueva casa para mí y para Violeta donde empezar de cero.

Cuando recoges del buzón de tu propia casa una amenaza en forma de carta, por muy elegante que sea el modo en el que esté redactada, te acojonas. Como madre, te obliga a actuar para proteger a tu hija. Así que le hice frente y decidí abandonar la batalla. Encontrar aquel apartamento como madre soltera supuso en su día un gran sufrimiento y era donde Violeta había crecido, pero hice caso a Álex en que era necesario intentar pasar página en otra parte.

También me propuse volver a concentrarme en mi trabajo, ese que tantas alegrías me había dado, pero que también fue el detonante de lo ocurrido, y sobre lo que nadie me había dado todavía una razón o motivo excepto las estrellas. Imagino que era poco relevante, aunque lo importante, como resumen para todo en la vida, era que se había acabado.

Durante los días siguientes, Sol, Diana y mi madre vinieron a casa para hacer más ameno el tedioso proceso de empaquetar todos nuestros enseres, muebles y recuerdos. También lo hizo Álex a ratos, siempre con previo aviso y siendo muy cauteloso en su relación tanto conmigo como con Violeta.

Mi hija estaba especialmente decepcionada con el cambio. Para ella significaba perder su parque, sus amigas, sus gatos del callejón... pero era necesario. Había que reiniciarse y sabía que, más temprano que tarde, me lo agradecería. Es inconcebible la cantidad de cosas que hacemos para sobrevivir.

Aquella tarde del 8 de agosto, y después de más de dos meses de un calor bochornoso, el tiempo cambió de repente. Las temperaturas bajaron y el cielo se cubrió de cumulonimbos, esas nubes que parece que se forman de la nada, amenazando con una tormenta de verano tan agradecida como lo es el chocolate a las doce de la noche cuando has cenado ligero.

Sol, ya completamente recuperada, miraba al cielo haciendo un reporte meteorológico segundo a segundo, descansando del tedioso trabajo previo a una mudanza junto a la ventana. Mi madre empaquetaba la vajilla de la cocina con Violeta, mientras Álex desmontaba muebles y bajaba los bultos más voluminosos a la furgoneta que había alquilado. Quizás era un poco pronto para verle allí, integrado con nosotras, pero en esos días me lo pidió de forma muy educada. Transparente. Debía reconocer que desde un principio había sido un gran apoyo legal y que, aprovechando la situación, intentaba pasar tiempo con su hija, pero cómo reprochárselo cuando además era una ayuda que me venía muy bien.

Diana y yo, por nuestra parte, nos enfrentamos al panel de investigación que todavía seguía colgado en el salón. Sobre la pared del fondo, aquel corcho era una pequeña reminiscencia de todo lo vivido. Como una especie de cuaderno de bitácora que resumía de manera analógica todo el proceso que había acontecido hasta entonces. Anotaciones, fotografías impresas con mala calidad en blanco y negro —porque la tinta de color era muy cara—, las fotocopias de las cartas que Gustavo me proporcionó e incorporé a nuestra investigación, nombres subrayados, las conversaciones de Messenger... todo seguía intacto. Retirarlo y que desapareciera debía ser el siguiente paso. Necesario a todas luces.

—¿Quieres guardar algo de todo esto? —me preguntó Diana con un sentimiento de nostalgia que, en cierto modo, yo también albergaba. Es curioso cómo se puede sentir cierta melancolía y apego por las cosas que te han hecho sufrir.

—No lo sé...

—Tíralo. El agua pasada no mueve molinos —añadió Sol, muy proverbial.

—Tu padre siempre decía: «A lo pasado, no hay consejo ninguno» —añadió mi madre desde la cocina, lo que trajo a mi memoria el recuerdo de mi padre e, inconscientemente, el de Gustavo, ya que ambos compartían la misma pasión por las paremias.

—Espera, creo que yo también me sé un refrán... —respondió Diana, con la intención de sumarse al momento cultural de la tarde, pero tras unos segundos mascullando, tuve que intervenir.

—Lo siento, cariño, pero no podemos esperar a que se te ocurra, porque se nos va la tarde...

Sol esbozó una sonrisa mientras que Diana, decepcionada, optó por retomar la conversación.

—Vale, entonces, ¿qué hacemos con esto?

—Metámoslo todo en una caja y ya veremos luego... —respondí finalmente.

Diana asintió y comenzó a retirar el tablero por una de las esquinas. Hice lo propio del lado contrario, donde teníamos el rincón de posibles «asesinos» con las fotografías de algunos compañeros... Pobres. Si supieran que había puesto el foco en ellos, junto a esa terrible palabra, es muy posible que dijeran que estaba loca o me hubiesen denunciado. Con razón. Quien nunca estuvo ahí fue Jota, pero mirando ahora en retrospectiva veo que no fuimos conscientes de las coincidencias. Ahora de poco servía, «lo importante era que»... otra vez esa maldita frase para resumir el dolor siempre desde un punto de vista positivo. Qué harta estaba de escucharla.

—¿Qué hago con las fotocopias de las cartas? —dijo Diana de nuevo.

—Déjalas fuera.

—¿Vas a quedarte con las cartas? —me preguntó Sol desconcertada.

—Sí.

Todas se sorprendieron, incluso mi madre, que a esas alturas ya era conocedora de todo lo ocurrido. Los motivos por los que no lo supo antes eran claros: no solo porque no quería que se metiera a detective privado de Radio Macuto en el barrio, sino para salvaguardar su integridad cuando la cosa se puso fea y el círculo empezó a estrecharse sobre mi hija y sobre mí.

—¿Es una especie de síndrome de Estocolmo? —preguntó Diana en un claro tono de broma.

—Oye, si es por eso, vamos a Estocolmo y lo solucionamos... A mí me encantó la ciudad. El Palacio Real es precioso y hay un parque de atracciones junto al río increíble, pero hace frío, no es como aquí, eso que lo tengáis claro...

Diana y yo no supimos qué responder, como siempre, a las salidas por la tangente que acometía Sol, y que en el fondo agradecíamos porque reflejaban claramente su buen estado de salud. Lo mejor era continuar como si nada hubiese ocurrido.

—Vale —respondió Diana.

En el mismo instante, Álex entraba por la puerta sudando. Traía algunas cajas de cartón para completar la mudanza.

—¿Hace calor? —le pregunté.

—Bueno, es más por subir y bajar las escaleras. La temperatura es ideal, después de los meses que llevamos...

—¡Mamá, quiero ir al parque! Me estoy aburriendo —exclamó Violeta, harta de envolver los vasos con papel de periódico.

—Pero si hace mucho calor...

—Acaba de decir que no —respondió mientras señalaba a Álex con la mirada.

—Si quieres, puedo bajar con ella. —Se ofreció Álex.

Respiré y dudé. O al revés.

Mantuve un silencio incómodo durante más de diez segundos para expresar mis reticencias, pero Sol, que lo mismo salía por la tangente como que tenía una empatía brutal con las situaciones, puesto que las leía de una manera superdotada, se ofreció a ir con ellos. No hizo falta que yo pusiera ninguna excusa o diera vueltas al asunto de forma que pudiera hacer sentir mal a Álex. Sencillamente, se adelantó para que Violeta obtuviera su premio y yo me sintiera cómoda porque mi hija no iba a estar sola con un extraño. Un extraño que era su padre.

—Venga, me pongo una chaqueta y voy con vosotros.

—¡Sí! —gritó Violeta—. Pero no seas tonta, tita, que no hace frío.

—¿Quieres llevarte el ajedrez? —dije. Quería que Violeta y Álex conectaran con algo para evitar conversaciones susceptibles de ser incómodas y complicadas.

Violeta asintió emocionada. Álex me agradeció el gesto con una sonrisa de la misma forma que hice yo con Sol.

—Venga, vámonos.

Los tres salieron del salón y, como era de esperar, Diana intentó iniciar una conversación que no me apetecía continuar.

—Tú sabes que Álex es el mismo Alejandro Muñoz Mola que hace siete años, ¿verdad? —susurró, intentando que mi madre no la escuchara. Las amigas de verdad recuerdan los apellidos de tus ex.

—Sí, lo sé —la interrumpí, tajante.

—Vale, vale, solo quería asegurarme.

Lo bueno de conocerse tan bien es que con una sola mirada sabes cuándo tienes que parar.

—Os he oído —vociferó mi madre de repente desde la cocina—. Y para mí también está bien... —añadió mientras abría el cajón donde guardaba las garantías de los electrodomésticos y otros papeles inútiles que se acumulan con el paso del tiempo. Aquellos que las mudanzas se encargan de poner en su sitio: la basura.

Aquel respaldo por su parte significaba mucho para mí. Mi cabeza era un mar de dudas respecto a cómo debía sentirme por todo lo ocurrido. Que ambas no me juzgaran por las decisiones que tomaba era un alivio. Solo necesitaba que me apoyaran.

—Gracias, mamá —respondí complacida de que, casi por primera vez, aceptara mi opinión y no expresara la suya propia.

Mi madre sonrió con cariño y rápidamente le quitó hierro al asunto como solo ella sabía hacerlo: cambiando radicalmente de tema.

—Aquí tienes una libreta con decenas de recetas escritas. Hay hasta una de torrijas.

—No tenía ni idea de que eso estuviera ahí —respondí.

—Pues ya tiene delito que no me las hayas hecho nunca...

—Tienes razón —dije en un arrebato—. Guárdala, que en cuanto lleguemos a la nueva casa voy a ser yo quien te las haga.

—Habrá que verlo. Como decía tu padre: «Es raro tropezar bien la primera vez»...

—¡Mamá!

—Nada, hija, todo es cuestión de ponerse —dijo para suavizar, no sin antes haber dejado su impronta.

Al tiempo, y en silencio, las dos siguieron acumulando recuerdos en las cajas de cartón, mientras mi cuerpo me pedía un descanso. Una parada técnica para asimilar todos los sentimientos que me abordaban de nuevo y que me mantenían inestable, descentrada. No solo por la presencia de Álex como nota final amable en una composición que por momentos sonó realmente siniestra, sino por los mensajes que releía en aquellas cartas que sostenía de nuevo entre mis manos.

Párrafos que hablaban de la cabeza de Paula metida en el inodoro, la muerte de Antón en aquel centro de salud público, el cuerpo de Rosa en caída libre por el patio interior de su edificio y el miedo infiltrado por perder a mi hija y a Sol de una sola vez. Palabras que hablaban de mi trabajo, de la venganza y de todos los aspectos más terribles que demuestra el ser humano. Releyendo en cada párrafo todo el sinsentido que Jota había escrito.

«Mi querida Lucía». Así rezaba cada una de ellas. Así incoaba cada misiva, con una letra eme cuya asta ascendente diagonal arrancaba con un ribete muy propio en la parte inferior. Subiendo para dejar el vértice por encima de lo habitual. Una eme mayúscula, casi cursiva, que parecía una letra de otra época, moldeada como se hacía en un cuadernillo de caligrafía de hace cincuenta años. Una letra que tenía grabada en mi cabeza y que...

—¡Hostias! —grité de forma instintiva.

Y, de repente, ese extraño don para recordar las cosas más absurdas del universo, esa especie de superpoder descabellado que siempre había achacado a mi carácter de escorpio nacida a primera hora de la mañana, volvió a hacer acto de presencia como otras tantas veces: sin quererlo.

Me levanté de la silla con celeridad ante las atentas miradas de Diana y mi madre, que básicamente me tomaron por loca y no era para menos, y saqué de la mochila de Violeta su cuaderno de crucigramas.

—¿Dónde estás...? —mascullé mientras rebuscaba entre sus páginas con auténtica prisa.

—¿Qué haces, Lucía? —preguntó Diana.

—Calla y espera...

—Nada... Hay que dejarla, lo lleva haciendo desde que tenía cuatro años... —añadió mi madre.

—¡Aquí está! «M-I-S-C-E-L-Á-N-E-A».

—¿Cómo? —dijo Diana acercándose.

—Mira, ¿ves esta eme mayúscula con la que empiezan todas las cartas?

—Sí.

—Pues es exactamente igual que la eme de esta palabra, «miscelánea».

—Sí, se parece... ¿y qué?

—Pues que esta palabra la ha escrito... Espera, espera... ¿Dónde he visto yo esta eme también...?

Me levanté de golpe y fui a rebuscar en uno de los cajones de la cómoda del salón donde guardaba los papeles importantes. Allí estaba.

—¿Qué es esto? —preguntó Diana.

—Es el documento que me dieron cuando salí de la comisaría después de estar detenida.

Mi madre se acercó hasta mí al verme tan excitada y un tanto preocupada.

—No te entiendo —insistió Diana.

—¿Ves por quién está firmado?

—Sí, por Álex. Era tu abogado, ¿no?

—Correcto. Alejandro Muñoz Mola. ¿Ves las emes de los apellidos?

—Sí.

—Es la misma eme, Diana, con el mismo tipo de ribete

al inicio que el que aparece en el cuaderno de crucigramas de Violeta, porque fue Álex quien escribió «miscelánea»...

Diana abrió los ojos de incredulidad ante lo que se revelaba ante nosotras.

—Y esas dos «M» coinciden perfectamente con la eme con la que comienza cada una de las cartas —añadí al tiempo que señalaba las fotocopias que tenía sobre la mesa con todos los «Mi querida Lucía» que encabezaban cada una de ellas.

Aquello dejó a Diana desubicada, aunque siguió analizando los documentos.

—Pero espera, espera, a ver... Esto puede ser solo una coincidencia. Si te das cuenta, el resto de las letras no se parecen en nada. Hay mucha gente que tiene letras muy parecidas, pero... —titubeó.

Falsa alarma. Las palabras de Diana me obligaron a fijarme en el resto dc las letras que conformaban las palabras y, aunque había estudiado algo de grafología en relación con cada signo, no hacía falta ser una experta para darse cuenta de que el resto de las letras eran completamente diferentes a las que aparecían en las cartas que recibimos de Jota. Algo que nos relajó después de la excitación inicial, apoyando mi espalda sobre el respaldo de la silla y el culo de Diana sobre el sofá.

—Pero, cariño, esta letra sí es igual que la de las cartas...

Mi madre dejó caer encima de la mesa la libreta de recetas que había rescatado del cajón de las garantías olvidadas. Aquella lista de cómo debía hacerse una torrija, no solo calcaba la eme para «medio litro de leche» y la «mezcla» de ingredientes con la eme de «Mi querida Lucía» de cada una de las cartas, sino que el trazo del resto de las letras y composiciones gráficas de las palabras cuadraban al cien por cien.

—¿De quién es ese libro de recetas? —preguntó Diana.

Intenté hacer memoria, buscando en la parte de mi cerebro que aún no estaba completamente desconcertada.

—No lo sé. Juraría que me la regaló Álex hace muchos años...

—Pero eso no tiene sentido, porque se parece a su letra, pero no es... —dijo Diana volviendo a comparar las grafías.

—No lo sé, quizás la haya cambiado en estos años —dije mientras mi cuerpo comenzaba a experimentar aquel nerviosismo que ya reconocía por costumbre, al mismo tiempo que el cielo rugía con una tormenta eléctrica y la lluvia comenzaba a hacer acto de presencia.

—No es la letra de Álex —afirmó mi madre—. Esta libreta te la regaló ella hace muchas navidades...

Y en ese momento caí. Como la lluvia, con fuerza.

—... Carmen —respondí mientras mi madre asintió con la cabeza.

—¿Quién es Carmen? —preguntó Diana.

—Carmen es mi exsuegra. La madre de Álex.

CAPÍTULO 40

Cogí el teléfono de forma instintiva para llamar a Sol, pero Diana me detuvo. Era un escenario muy delicado. Álex estaba a solas con mi hija y con mi mejor amiga. No sé si sois conscientes de lo que suponía aquella situación. Si llamaba a Sol en pánico, su respuesta no solo podría ser impredecible, sino también la de Álex con ella y con mi Violeta, si se daba cuenta de que habíamos descubierto algo. Ni siquiera sabía a ciencia cierta si estaba implicado. Yo solo podía pensar en ellas y en ese miedo helador que te recorre el cuerpo cuando es real. Porque duele físicamente y te paraliza.

Diana, acostumbrada a mantener la calma en cualquiera de las crisis existenciales y laborales que habíamos vivido en estos años, fue quien cogió su teléfono móvil mientras mi madre apretaba con fuerza mi mano. Nunca la había visto tan preocupada como en ese momento, porque no había estado tan implicada en todo lo que había ocurrido hasta aquella misma tarde.

Sol tardó en contestar más de lo habitual, ante la mirada perdida de Diana, que tragaba saliva para mantenerse hidratada y no mostrar ningún atisbo de duda o preocupación en sus primeras palabras. Unos segundos interminables que hicieron mella en las fuerzas de mis piernas, pues caí desplomada sobre una de las sillas del salón.

—Dime —respondió Sol al otro lado del teléfono.

—Hola, cariño... Oye, ¿qué hacéis?

—Hemos ido al parque, pero se está poniendo feo el día...

—Sí, eso te iba a decir... —la interrumpió rápidamente Diana—. ¿Por qué no os venís a casa? Lucía no quiere que la niña se moje.

—No pasa nada, que no se preocupe, estamos buscando una terraza cubierta para merendar.

—Si es para que no se haga muy tarde... —insistió Diana de forma suave.

—Vale, pues ahora se lo comento, que acaba de llegar la madre de Álex y se van a sentar ya...

Tras aquella última frase, ni mil palabras en este mundo hubiesen podido describir la presión que sintieron nuestros cuerpos. Los de las tres. Y Sol lo notó.

—¿Qué pasa, Diana?

Diana se recompuso con rapidez para no poner en peligro a Sol ni, por supuesto, a Violeta.

—Cariño, quiero que me escuches de manera atenta y sonrías. Como si lo que te voy a contar fuese todo lo contrario de lo que vas a sentir. ¿Me has entendido?

Sol aguantó unos segundos antes de contestar.

—Vale, yo por mí me los quedo, si va a tirarlos. No suelo llevar tacones, pero me hacen un apaño para la boda que tengo el mes que viene —dijo mientras sonreía al entender a la perfección lo que Diana le había explicado.

Respiramos profundamente. Aliviadas por tenerla cerca de Violeta. Diana aprovechó para ser muy concisa.

—Hemos descubierto que las cartas que ha recibido Lucía en este tiempo las ha escrito la madre de Álex. Creemos que ella y su hijo son los...

Diana se dispuso a seguir cuando escuchamos la voz de Álex de fondo: «Sol, nos vamos a sentar aquí, ¿vale?», a lo que ella reaccionó con una afirmación que percibimos iba acompañada de una sonrisa merecedora de un premio Goya.

—Vale, vale... Pues si no, dile que los tire —la interrumpió Sol al instante—. No me merece la pena si están tan desgastados.

De repente, cuando menos lo esperábamos, la voz de Álex sonó al otro lado del teléfono en primera persona y nos cagamos de miedo. Literalmente.

—Que lo tire todo, que no nos quedan más cajas... —respondió antes de devolverle el móvil a Sol, dejando una sonrisa en el aire mientras escuchábamos, de fondo, cómo se dirigía a mi hija—: ¿Qué quieres merendar, Violeta?

Sol también sonrió al otro lado del teléfono y Diana hizo lo propio como respuesta en el salón de casa. Un gesto que en nada se correspondía con el pánico y la angustia que su cara escondía.

—Os esperamos si queréis venir, ¿vale? Estamos en la terraza de la cafetería Berlín. La que está en la esquina de la plaza. Cafetería Berlín —volvió a repetir Sol una vez hubo recuperado el móvil. Muy inteligente.

Solté la mano de mi madre y, sin apenas poder contenerme, prácticamente le arranqué el teléfono a Diana de las manos.

—Cariño, sé que esto es lo más complicado que vas a

hacer en tu vida, pero por favor, cuida de Violeta mientras hablo con Gustavo. No dejes que le pase nada a mi hija.

Sol aguantó la respuesta y respiró hondo antes de contestar.

—Nada de chucherías. No te preocupes.

Y colgó.

Y yo, totalmente descompuesta, llamé a Gustavo.

CAPÍTULO 41

Gustavo estaba sentado en su silla, o al menos en la que él consideraba que era la suya y que cambiaba a menudo en un baile consentido dentro de la oficina. Elsa entró en la sala sudando, acelerada, algo que enseguida llamó la atención de su compañero. Aquel día, la temperatura parecía que iba a dar una tregua que se anunciaba en el ambiente con un olor a tormenta de verano y petricor incipiente tras el bochorno de las últimas semanas.

Elsa hizo un pequeño gesto para que la acompañara a una de las salas huecas. Así llamaban a unos espacios asegurados dentro del Ministerio donde podían hablar sin miedo a que la conversación fuese intervenida o escuchada por algún tercero, gracias a su aislamiento acústico. Aunque no estaban permitidos los micrófonos en ninguna de las salas privadas ni despachos, era de sobra conocido —dado el carácter político de la elección de ciertos puestos que se llevaba a cabo en algunos casos— que no era la primera vez que se habían producido filtraciones que, sospechosamente, provenían de grabaciones realizadas en otros espacios cerrados del Ministerio del Interior. Nunca se había reconocido, por supuesto, pero el rumor existía desde hacía muchos años, así como los chantajes *off the record* por escuchas ilegales, por lo que era habitual que nadie hablara en el interior del edificio de cuestiones comprometidas, si no era ante un superior o en una de esas salas.

Cuando Gustavo cerró la puerta, Elsa respiró hondo mientras dejaba encima de la mesa unos archivadores con varios documentos.

—¿Ha llovido? —preguntó Gustavo.

—Chispea, pero está a punto de caer una buena —respondió Elsa, mientras se limpiaba el sudor e intentaba tranquilizarse.

—¿Qué pasa, Elsa?

—Dame un segundo, porque quiero organizar bien la información en mi cabeza. No quiero equivocarme con el orden porque es muy posible que haya dado con algo.

—¿Con «algo»?

—... O con alguien, mejor dicho.

Gustavo cambió el gesto, mostrándose interesado, no solo por el significado de las palabras de Elsa, sino por la responsabilidad con la que las transmitía.

—A ver..., ¿recuerdas que, de forma protocolaria, interrogamos a las personas que estuvieron en el centro de salud la mañana de la muerte de Antón? Médicas, enfermeros, personal de administración, mantenimiento...

Gustavo asintió, intentando recordar una fase del caso bastante inicial.

—... Incluso pacientes.

—Sí, y no dimos con nada relevante.

—Pues nos equivocamos, porque no miramos bien.

—¿A qué te refieres? —preguntó Gustavo.

—Cuando Lucía dijo que Paula también iba al mismo

ambulatorio donde Antón falleció, pedí un listado de todos los pacientes. No solo de los que estuvieron allí ese día.

—No te entiendo.

—Al principio no estaba muy segura, pero ahora lo vas a entender perfectamente.

Elsa aprovechó que gozaba de toda la atención de Gustavo y sacó un pliego de papeles que guardaba en el archivador.

—Esta es la lista de las personas que se encontraban en el centro de salud la mañana de la muerte de Antón, ¿vale? Si te das cuenta, Antón, obviamente, aparece en ella, así como la enfermera que nos enseñó la sala donde falleció.

—Vale.

—Y esta otra... —dijo Elsa sacando un segundo pliego— es la lista de pacientes habituales que no se encontraban allí la mañana de la muerte de la víctima.

—Pero, Elsa, perdona que te interrumpa...

—No pasa nada, puedes hacerlo. Yo también me paré en este punto.

—No entiendo por qué buscamos a personas que no se encontraban en el ambulatorio ese día. ¿Qué sentido tiene?

—Porque exploraba coincidencias, como hizo Lucía.

Gustavo se quedó en silencio, pues empezaba a comprender la línea de actuación que había seguido Elsa.

—Y mientras buscaba esas coincidencias en esta segunda lista, me di cuenta de que en ella se encontraba alguien que me era muy familiar.

Gustavo observó cómo el dedo se detenía justo en un nombre señalado en tinta fluorescente:

—Nuestro abogado intachable, magnánimo y resabido —apuntó Elsa.

—¿El que vino a defender a Lucía?

—Alejandro Muñoz Mola —respondió ella, haciendo hincapié en aquel nombre subrayado.

Gustavo respiró hondo, mostrándose algo confuso. No quería dar por buena aquella primera valoración ya que, en este caso, las intuiciones no habían sido demasiado beneficiosas para ambos.

—Bueno, puede ser una coincidencia o que tan solo vaya a ese centro como paciente, ¿no?

—Lo sé. Yo también lo pensé, pero también me cuesta asimilar que casi todas las personas que están relacionadas con el caso vayan al mismo puñetero ambulatorio en Madrid, cuando hay más de doscientos treinta centros repartidos por toda la Comunidad y veinte hospitales...

Gustavo se sonrió. Comprendía el argumento de Elsa y la invitó a continuar.

—Y entonces tuve la curiosidad de volver a la primera lista para cotejar apellidos. ¿Y sabes quién estaba en el centro de salud el día de la muerte de Antón?

Elsa movió su dedo por el listado, de la misma forma que había hecho con Alejandro, hasta situarse sobre otro nombre subrayado: Carmen Mola.

—Esta es... —respondió al momento Gustavo estableciendo una relación directa.

—Sí. Es la madre de Álex —lo interrumpió Elsa—. Y sé lo que vas a decir, porque claro, también podría ser circunstancial que una madre y su hijo vayan al mismo centro de salud, ¿no? Es lo más normal del mundo, pero... no sé, empecé a pensar que en ese lugar te pagan por ir en vez de cobrarte en impuestos, así que tuve la curiosidad de preguntar por esa tal Carmen. Y, ¿sabes qué?

Gustavo negó con la cabeza, despacio. Entendía que lo que Elsa iba a ofrecerle como dato podría ser determinante. Definitivo. Y lo sabía porque conocía a la perfección a su compañera, que, lejos de mostrarse impaciente como en otras ocasiones, estaba haciendo una exposición meridiana y sólida como pocas veces acostumbraba.

—Gustavo, Carmen Mola, jubilada hace unos meses, trabajó en este centro de atención primaria como médica de cabecera los últimos cuatro años y Antón era paciente suyo, como también lo eran Paula y la madre de Rosa.

Gustavo abrió la boca para hablar, pero no pudo. No le salieron más palabras que un balbuceante «no puede ser» que murmuró para sí mismo.

—Sí que puede ser... Como también lo es que antes de ser médica de cabecera, fue anestesista de formación.

Aquella sentencia obligó al inspector a dejar caer su cuerpo sobre una de las sillas dentro de aquella sala desnuda, sin apenas decoración. Quedándose sin fuerza. Consumido por el esfuerzo de asimilar toda la nueva información que Elsa había recopilado.

—¿Recuerdas lo que nos dijo Daniel en el hospital cuando Sol estuvo ingresada? Que se necesitaba experiencia para administrar...

—Pues toma experiencia —interrumpió Gustavo, al tiempo que se frotaba las manos contra la cara, llegando hasta su canoso pelo, intentando despejar su cabeza—. ¿Y tú desde cuándo tienes todos estos datos?

—Desde esta mañana. Cuando me comentaste lo que Lucía había descubierto sobre el centro de salud solicité esta información, pero luego pasó lo de Jonás y...

—Ya... —murmuró Gustavo.

—¿Crees que es una casualidad? —preguntó Elsa, buscando que la complicidad de su compañero ratificara su propia exposición.

—No, no lo creo. Pero por muy cansado que esté de las coincidencias, espero que encontremos un motivo y pruebas esta vez, porque hemos puesto patas arriba tanto la casa de Jonás como la de sus padres y de momento no hay nada...

—¿Qué hacemos?

—No lo sé, tengo que pensar... —respondió antes de que el móvil le vibrara en el bolsillo.

Contestó la llamada:

—Lucía, ¿qué tal? —dijo mientras Elsa le hacía un gesto para que fuera prudente con las nuevas averiguaciones. Gustavo colocó el teléfono sobre la mesa y puso el manos libres de su Siemens S55, uno de los pocos que contaban con esa opción en aquel tiempo—. ¿Cómo va esa mudanza?

—¡Gustavo, menos mal! ¡Por favor, tienes que venir ya, Violeta está en peligro! —respondió Lucía muy agitada.

—¿Cómo que Violeta está en peligro?

Lucía cogió todo el aire que pudo y en apenas unos segundos expuso a Gustavo todo lo que habían descubierto. Los dos policías quedaron desgarrados por la información, pero se apresuraron a confirmar con ella los datos para establecer un proceso que ofreciera garantías y que no los llevara a cometer de nuevo otro error.

—Por favor, Lucía, vamos de camino, pero necesito que nos confirmes algunos detalles. ¿Estás segura de que la madre de Álex es quien escribió esas cartas?

—No soy una experta en las malditas letras de la gente, pero juraría que sí —respondió ella acelerada.

—Del uno a diez, ¿cuánto, Lucía? Es muy importante que estés segura.

—Un nueve... ¡Pondría mi mano en el fuego literalmente a que es la puta misma letra con la que están escritas esas cartas y estoy segura al noventa y nueve por ciento de que esa libreta me la regaló su madre cuando Álex y yo éramos novios!

—¡¿Cómo?! —preguntó Elsa, alterada a todas luces.

—¿Cómo que cuando erais novios? —inquirió Gustavo.

Lucía se mantuvo en silencio porque no era una información que hubiese compartido con ellos.

—Álex es el padre de Violeta. Y ahora mismo está con mi hija y con su madre Carmen en una cafetería.

Aquella revelación dejó perplejos a Elsa y Gustavo, que rápidamente percibieron que aquello era un móvil más que plausible.

—Pero ¿es el padre reconocido?

—No. No quiso hacerlo y cuando volvió para intentarlo, fui yo la que no quise. ¿Qué importa eso! —respondió alterada Lucía, sintiendo que los dos inspectores perdían el tiempo en detalles superfluos.

Elsa y Gustavo cruzaron las miradas siendo cómplices del mismo pensamiento. Lo tenían claro. Por su experiencia como policías, prácticamente era como si ya conocieran el resto de la historia.

—Lucía, no vayas a la cafetería, por favor. —Elsa alzó la voz desde el otro lado del teléfono.

—Espera a que lleguemos a tu casa y no vuelvas a llamar a Sol, puedes ponerla en una situación comprometida. Por una vez haz caso a Elsa. Nosotros nos encargamos de todo.

Al escuchar la seriedad de las advertencias, Lucía se derrumbó y comenzó a llorar a través del teléfono, sintiendo aquel clima de terror que una vez más se apoderaba de ella. Gustavo intentó transmitirle tranquilidad y ella, de repente e inexplicablemente, se recompuso. Cortando el desánimo como quien cierra un grifo abierto. Cansada de tanta presión emocional, que por momentos se desbordaba y había colmado su última gota de paciencia, elevó el tono para sentenciar:

—Gustavo. —Lucía respiraba con fuerza, llena de rabia—. Como le toquen un solo pelo a mi hija, te juro que voy a sacarles los ojos a esos dos hijos de puta. ¿Me oyes? Porque esta sí es una amenaza que pienso cumplir y no la de Rosa.

Y colgó.

Elsa y Gustavo salieron de la sala sabiendo que la conversación con Lucía había dejado claro un móvil: el de una abuela y un padre que querían arrebatarle su hija a una madre.

CAPÍTULO 42

Gustavo y Elsa llegaron a casa en apenas unos minutos. Mientras él comprobaba de primera mano todo lo que ya le habíamos explicado por teléfono, Elsa había dispuesto un pequeño operativo de varios hombres en la cafetería por si era necesario intervenir. Había un par de policías de paisano en el interior y dos unidades fuera, en el parque.

Mi impaciencia me consumía, dado que Gustavo no paraba de preguntarme detalles que yo consideraba insustanciales, pero que para él eran importantes. Entendí que promover una tercera detención después de que Jota siguiera retenido, o incluso la mía propia semanas antes, supondría un revés laboral para ambos difícil de superar. Principalmente para Elsa, a quien todavía le quedaba la mayor parte de su carrera por delante y esto supondría una losa muy pesada que levantar.

Me vi obligada a tener que explicarle a Gustavo todos los detalles de mi pasado con Álex. Tuve que pormenorizar y rememorar de nuevo cómo me menospreció para luego, cuando la relación ya estaba rota, reclamar sus derechos sobre mi hija.

—¿Y de Carmen? ¿Qué recuerdas de ella?

—Poco, la verdad. Nunca tuvimos una comunicación muy fluida. Correcta, sin más. No perdía la oportunidad de dejarme claro que yo no era suficiente para su hijo.

—¿En qué sentido?

—Pues en el único en que una madre puede hacerlo —respondí.

—Concreta, Lucía. Necesito que me lo expliques lo más rápido y certero posible. Sé que todo esto te genera más tensión aún, pero necesito los detalles. Créeme, es muy importante para que el proceso judicial, si conseguimos llegar a él, siga adelante. No hace falta que te recuerde que Alejandro es un experto abogado.

Respiré y solté el aire por la boca con el cincuenta por ciento de hartazgo y el resto de preocupación, asumiendo la responsabilidad que conllevaba todo lo que contara y cómo lo hiciera.

—Para Carmen, una astróloga no era la persona adecuada para su hijo. De hecho, siempre insinuaba, y mi madre puede dar fe de ello, que lo mío no era un trabajo o una carrera respetable. En sus propias palabras: «Cómo vas a estar con una niña que se pasa el día en las estrellas». Se empeñaba en menospreciarme llamándome «niña», como si aquello fuese un insulto.

—Cuando te quedaste embarazada, ¿ella lo supo?

—No lo sé. Imagino que sí... o no. Álex nunca me lo dijo. Fue él quien, pasado un tiempo, quiso hacerse cargo de Violeta, pero nunca mencionó a su madre.

—¿Y Carmen nunca se ha puesto en contacto contigo desde entonces?

—No, nunca. Desde que Álex y yo rompimos no he recibido ningún mensaje por su parte, hasta las cartas...

—Lucía, es una hipótesis. Muy plausible, pero no la demos todavía por válida. Tenemos a todo nuestro equipo trabajando en ello y vamos a por todas, pero paso a paso —respondió Gustavo con mesura—. ¿Conocías cuál era el trabajo de Carmen?

Y de repente, aquella sencilla pregunta me desarmó. Porque al verbalizarla Gustavo, al escucharla por boca de otro, caí en la cuenta de algo tan obvio que me dio vergüenza no haberlo pensado antes. Mi madre lo percibió, Diana lo percibió. Yo lo percibí.

—Cómo he podido ser tan idiota... —respondí, incrédula.

—¿Qué pasa, Luci? —preguntó Diana.

—¿Lo conocías, Lucía? —repitió Elsa mientras yo colocaba varias piezas de golpe en mi rompecabezas mental.

—Sí, era médica o enfermera... No lo recuerdo bien, pero estaba relacionado con eso.

—¿Recuerdas dónde trabajaba?

—No, nunca me interesó.

—¿Sabías que estaba jubilada?

—No.

—¿Y sabías que hasta su jubilación trabajó en el centro de salud donde falleció Antón?

—¿Cómo? —preguntó Diana estupefacta por lo que Gustavo había dicho, mientras yo me culpaba por no haberme dado cuenta antes. Por la estulticia que me rodeaba como persona y que me abochornaba en ese momento.

—Lucía...

—¡No! No lo sabía... ¿Cómo iba a saberlo, si no había hablado con Álex en todo este tiempo?

Gustavo respiró hondo, propiciando una pausa de reflexión. Algo que, llegado el momento, me forzó a dirigir la conversación hacia lo que en realidad me importaba.

—Gustavo... ¿adónde quieres llegar? ¿Vas a explicármelo o vamos a seguir con preguntas mientras mi hija y mi mejor amiga están ahí fuera con esas dos personas?

Gustavo volvió a respirar por segunda vez. Más fuerte, más profundo antes de responder.

—Creemos que Alejandro y su madre, Carmen, pretenden conseguir la custodia de la niña.

—¿Cómo! —preguntamos al unísono mi madre, Diana y yo.

—No lo sabemos aún al cien por cien. Pero creo que su intención es esa. No teníamos muy claro el móvil, pero al confesarnos que Alejandro era el padre de Violeta, empezamos a verlo claro. Si a eso le sumamos que ella es anestesista de formación, que había trabajado en el centro de salud y que podría tener acceso al medicamento con el que fueron sedadas Rosa y Sol, unido a la experiencia... Solo nos faltaba un móvil sólido.

—Y ahora las cartas.

—Así es. Si hay equivalencia de las grafías, puede ser determinante. El problema está en que es muy posible que ella no haya actuado sola y hay que demostrarlo. Hemos de ser muy cuidadosos para que podamos relacionarlos a los dos. Nuestro mayor miedo es que solo tengamos la posibilidad de inculpar de manera directa a Carmen y no podamos vincularla con su hijo o ni siquiera eso, porque Alejandro tenga una coartada para el momento de los hechos y la prueba caligráfica no sea suficiente para un juez. Eso sería terrible para todos. ¿Entiendes el porqué de la importancia de estas preguntas?

—Hostias con la suegra... Va a resultar que sí había un malo número dos, como decía Sol —respondió Diana.

—Ya ves... Era una acuario de lo más desagradable, con esa actitud siempre de... —y me detuve antes de continuar ajustando cuentas con su signo.

—¿Qué pasa? —preguntó Diana.

—Mi memoria acaba de recordarme algo —dije mientras corrí a la mesa del salón—. En la primera carta dijo que era un leo que estaba... ¿cómo era la palabra que utilizó?

—¿Qué buscas? —preguntó Gustavo manteniéndose a la expectativa.

—Aquí: «No he tenido una buena semana. Para un leo convencido de serlo como yo...» —leí sosteniendo aquella copia de la carta entre mis manos—. Eso es. «Convencido» era la palabra.

—Pero acabas de decir que Carmen es acuario —insistió mi madre.

—No es por Carmen. Álex nació bajo el signo de Cáncer, pero en plena cúspide con Leo. De hecho, nació el último día de ese signo, el 22 de julio.

—Justo el mismo día que recibiste la tercera carta y murió Rosa —añadió Gustavo.

—Joder, no deja nada al albur... —balbuceó Diana sorprendida.

—Por eso dice que es un leo «convencido», porque se siente así, mucho más cómodo que en su propio signo de Cáncer. Y estos son unos manipuladores emocionales, llenos de rencor y profundamente egoístas. Y voy más allá, también escribió: «Desde que el amor de mi vida me abandonara, o fuese obligada a abandonarme...». Se refería a Violeta —sentencié mientras un escalofrío recorría mi cuerpo.

—Tampoco podemos tomar por cierto todo lo que dice en las cartas. Recuerda que te implicó de forma directa en una de ellas, en la que insinuaba que habíais trabajado juntos en la muerte de Rosa. Además, es curioso que, si Carmen es quien las escribe, tengan un marcado género masculino cuando habla en primera persona. Si nos ceñimos a esto, también puede haber mentido con su signo —cuestionó Gustavo.

—También podría ser que Álex dictara las cartas a su madre —insistió Diana.

—Eso es lo primero que hemos pensado —confirmó Gustavo—. Por eso mismo tenemos que poder demostrar esa relación de Alejandro con todo y hay detalles que no terminan de cuadrar.

—¿Como por ejemplo? —preguntó mi madre interesada.

—Hay un momento en que los mensajes empezaron a hacer alusión a que él, o ella, conocían de primera mano vuestras investigaciones. Fuimos muy pocos quienes conocíamos esa información sobre el centro de salud. Elsa ha estado haciendo cábalas para ver si podría haber filtraciones internas en la policía o que alguno de nosotros sin querer...

—Fui yo —interrumpió Diana a Gustavo, avergonzada.

La perplejidad tomó el control de aquella habitación.

—¿Cómo he podido ser tan imbécil...? —añadió.

—¿A qué te refieres? —pregunté, interesada y anonadada a partes iguales.

Diana se recompuso. Intentó ordenar las palabras en su cabeza y buscó el orden lógico que le otorgara la fuerza para hacerlo.

—Pues a que llevaba más de siete años sin ver a Álex y, de repente, creo que fue un día antes de que recibiéramos la carta de Rosa en la oficina, nos encontramos por casualidad en una de las cafeterías que hay junto al trabajo. Creí que era una coincidencia y no le di mayor importancia. Él se mostró muy amable después de tantos años, me dio su teléfono por si necesitaba algo, me preguntó qué tal estábamos de forma casual y desapareció. Y cuando vi cómo te llevaban retenida, su nombre vino a mi pensamiento como un resorte. Como si hubiese puesto una semilla en mi cerebro y al verte salir con las esposas creciese de golpe.

—Pero ¿cuándo le contaste que estábamos investi...?

—La segunda vez que coincidimos —me interrumpió—. El azar otra vez... ¿verdad? —ironizó.

Gustavo torció el gesto y yo no pude evitar llevarme las manos a la cara en señal de frustración. Diana lo percibió y se avergonzó aún más.

—¿Recuerdas el día que estuve con Violeta de compras, y Álex y yo comentamos que nos habíamos encontrado en la terraza del bar de al lado de mi casa? En ese momento no caí, pero... días antes, yo estaba desayunando debajo de casa y él entró a tomar un café. No le di más importancia, ya que me dijo que iba a visitar a un cliente por la zona... Pensé que era una coincidencia. Me preguntó si había novedades, sin más. Le dije que buscábamos pruebas por nuestra cuenta y que habíamos montado nuestro propio equipo de investigación...

—¡Diana...! —exclamé.

—Lo siento —respondió, y no pudo evitar ponerse a llorar—. Él se mostraba muy preocupado por ti, ¿vale? ¡Era tu abogado, joder! Te había sacado de aquella habitación horrible en la comisaría y yo... Yo he sido una imbécil.

Tuve la capacidad de sentir el sufrimiento de mi amiga en mis propios huesos. Me abalancé sobre ella para consolarla, pero su sentimiento de culpa era tan fuerte que formó un escudo entre ambas. Fue imposible hacerle ver que seguía queriéndola pese a lo que hubiese pasado. Cualquiera de nosotras hubiera hecho lo mismo. En aquel momento nadie podría haber sospechado de semejante enajenado.

—Bueno, vamos a respirar todos. —Gustavo intentó reconducir la situación tras unos segundos de incertidumbre—. Creo que lo que quiere es que os derrumbéis.

—Sí, eso justo fue lo que dijo Álex en aquella cafetería: «Es muy peligroso que tu hija pueda pensar que estás a punto de derrumbarte».

—Y también en la última carta: «Hasta entonces... es menester que sufras, mi querida Lucía, como sufre la esbelta torre con el viento hasta que se derrumba».

—Es un puto sádico —concluí llena de rabia, al tiempo que era consciente de todas las coincidencias que estaban a mi alrededor y había obviado. Todo ello consecuencia de una situación que me hizo sentir responsable y, al verme superada, no tuve más remedio que apoyarme en el hombro de mi peor enemigo, porque este ya se había encargado de defenestrar a Jota. Sin duda, Álex era un auténtico manipulador.

—Lo es —afirmó Gustavo mientras se levantaba de la silla.

—Bueno, ¿estaríais dispuestas a declarar todo lo que hemos hablado esta tarde ante un juez? Las tres. Desde el libro de recetas, tu relación con Álex, las coincidencias de Diana... —añadió.

—Sí —respondimos de forma unánime.

Después de la charla con Gustavo me sentí más ligera, pero me atormentaba la preocupación por mi hija y Sol, y una sola pregunta sin respuesta: «¿Cómo no pude darme cuenta...?».

CAPÍTULO 43

Tensión. Nadie puede conocer el verdadero significado de esa palabra hasta que no la experimenta en sus propias carnes. Los músculos se agarrotan y te impiden moverte, a pesar de que tu cerebro envíe las señales adecuadas.

Me arrastré de la mano de Diana y acompañamos a Gustavo hasta el parque. Cogí mi gabardina roja del armario de la ropa de entretiempo, que todavía no había empaquetado, porque aquella tarde la tormenta de verano estaba siendo implacable.

El cielo, totalmente cubierto, nos regalaba el sonido de algún trueno por encima de aquel cúmulo de nubes que había oscurecido el día por completo. La lluvia, que caía de forma incesante, calaba nuestras ropas y aportaba una sensación de dramatismo que se sumaba al momento descorazonador que había colocado a mi hija y a Sol en pleno epicentro. Tomamos un atajo por un paso subterráneo para protegernos de la tormenta. Recuerdo correr escaleras arriba para salir del túnel peatonal e intentar refugiarme tanto de la lluvia como del miedo que se apoderó de mi cuerpo al ser consciente de que cerca de mi hija se encontraba un más que probable asesino. Necesitaba llegar cuanto antes y verla.

A una distancia prudencial estaba Elsa, completamente empapada, junto con tres compañeros que vigilaban la terraza cubierta por los soportales de la cafetería Berlín. Sostenía en sus manos un transmisor con el que hablaba con otros policías.

Al llegar, Elsa miró a Gustavo, quien le hizo un pequeño gesto de aprobación. Imagino que era una manera de que todo lo hablado en casa confirmara la presencia y acción que se iba a llevar a cabo. Fuera la que fuese.

Elsa le explicó a Gustavo que tenía preparada a una pareja, que estaba sentada a la mesa justo detrás de ellos. Otro agente en la puerta, fumando, y dos más en el coche aparcado enfrente. También había dos hombres en el interior de la cafetería para evitar que la gente saliese a curiosear si la cosa se ponía complicada. Le indicó que iban armados, algo que añadió nerviosismo a mi estado, y empecé a rozar el límite en el que el cuerpo colapsa.

—¿Cómo lo quieres hacer? —le preguntó Elsa a Gustavo, una vez hecho el reconocimiento.

—Lucía, ¿estás en condiciones de llamar a Sol?

Un chute de adrenalina me devolvió la energía.

—Sí.

—Dile que es hora de volver a casa, que consiga que Violeta se siente en sus piernas, que es fundamental que la separe de la silla de Álex.

—Pero ¿cómo va a hacer eso sin que...?

—Que haga el amago de ir a pagar, pero que diga que se ha dejado la cartera en casa... Si conseguimos que Álex tome la iniciativa y se meta dentro, iré yo. Solo.

—Gustavo, tenemos a Joaquín y a Lydia sentados a la mesa que está detrás, no es necesario que...

—No —la interrumpió Gustavo—. Si consigues que Álex se levante de esa silla, iré yo y no hay más que hablar. Violeta es mi máxima prioridad y no voy a dejar que la saquen de allí dos policías armados corriendo para que sufra un trauma de por vida —sentenció—. ¿Podrás hacerlo, Lucía?

Cogí mi teléfono móvil al instante a modo de contestación. Elsa me detuvo un segundo, antes de buscar el número de Sol en la agenda, y me obligó a observar la situación para encontrar el momento adecuado.

En una mesa de cuatro, Violeta estaba sentada de espaldas a nosotros, custodiada por Álex a su derecha y Carmen a su izquierda, quedando Sol frente a nosotros y a mi hija. No era la mejor de las disposiciones, ya que se encontraba en el asiento más alejado de Violeta. Tanto Carmen como Álex asediaban a mi hija, disfrazando todo de una inocente conversación, mientras veíamos cómo Sol aguantaba el gesto con una falsa sonrisa. Intentaba participar de la conversación, pero se notaba que estaba tensa, ansiosa e inquieta, a la espera de que algo inminente ocurriera. Habían pasado más de cuarenta y cinco minutos desde la última llamada y la lluvia la estaba obligando a mantenerse en aquella mesa más tiempo del que hubiese deseado.

—Tiene que parecer que necesita que la niña se levante para estar con ella sin que resulte extraño —me indicó Elsa antes de explicar la situación por el transmisor y advertir a los compañeros que estaban allí, para que intervinieran en caso necesario.

Durante ese tiempo puede observar la actitud de Carmen, volcada sobre mi hija, su nieta, agasajándola, tocándole el pelo, con una sonrisa propia de una arpía. Le ofrecía chucherías. Intentaba comprar el cariño de una nieta que su hijo nunca quiso tener. La sangre me hervía por momentos y estaba más cabreada que temerosa. La rabia mezclada con el miedo puede ser impredecible, y como Gustavo y Elsa lo sabían, me pidieron que me calmara.

Cabeza fría. Respiré hondo y entonces encontré el instante perfecto. Justo cuando vi a mi hija estornudar, marqué el número y esperé; con la mirada fija en Sol, rezando para que escuchara el teléfono. Lo hizo, con un aplomo digno de las clases de interpretación de las que era profesora.

—¡Dime!

—Madre mía, la que está cayendo, ¿no? —dije de forma amable.

—No veas cómo se ha puesto el día, pero se necesitaba esta lluvia. Habrá agricultores de la zona entre Toledo y San Martín de la Vega que lo van a agradecer.

Sin duda, ese comentario solo podía salir de la boca de Sol que, incluso en esa situación, me desconcertaba.

—Escúchame cariño, necesito que consigas que Violeta vaya contigo, que la tengas en brazos en tu asiento y que intentes que Álex vaya al interior de la cafetería a pagar. He visto estornudar a Violeta y...

En ese momento, y como reacción a mi última frase, vi cómo el gesto de Sol cambiaba por completo, agitándose y empezando a mirar a su alrededor para encontrarnos.

—¡No! No hagas eso... Mantente estable, Sol. Tranquila.

—No, la verdad es que no tiene pinta de escampar —respondió, al tiempo que camuflaba sus últimos movimientos rápidamente mirando al cielo. Con una naturalidad pasmosa.

Qué apropiado que Sol fuese nuestra principal esperanza en un día nublado.

—Pero creo que podemos ir por los soportales hasta casa —añadió.

Pude notar que aquella frase cambió el gesto de Álex y Carmen, quienes dejaron de un lado las sonrisas para cruzar sus miradas. Estaba claro que no querían volver. Imagino que para que Carmen estuviera con su nieta o... no lo sé. Sinceramente, no podía entretenerme en suposiciones, debía centrarme en los hechos, en lo que estaba ocurriendo.

Sol también lo notó y, lejos de amilanarse ante Álex, sacó a relucir el carácter que lleva dentro y se enfrentó con dos ovarios a aquella situación y a las personas que, presuntamente, habían intentado matarla.

—Sí, no te preocupes, estamos terminando. Ya llevamos un buen rato aquí, ¿verdad, Violeta? —añadió desafiante. Dejando clara su intención de volver a casa.

Entonces, retiró el teléfono de su oreja y se dirigió de manera directa a Álex:

—Oye, Álex, ¿te importaría ir dentro a pagar? No me he traído la cartera. Estoy un poco distraída todavía y a veces se me olvidan las cosas. Dice Lucía que ahora en casa te lo devuelve.

Álex dudó un segundo.

—¡Atentos! —gritó Elsa a través del transmisor, lo que generó un pequeño acople de sonido que Álex podría haber escuchado en la mesa de los policías de paisano que se encontraban detrás. Rápidamente, lo intentaron enmascarar con algunas risas exageradas.

En la mesa se instauró un silencio tal que aumentó la tensión por momentos. Álex, con cierta desconfianza, devolvió la mirada a Sol, quien sostuvo el envite como una auténtica profesional. Tras unos segundos interminables, Carmen miró a su hijo, asintiendo con un leve gesto.

—Sí, voy. —Pude escuchar a través del teléfono—. Dile a Lucía que no se preocupe, que no hace falta que me devuelva nada luego. A esta os invito yo —añadió con una sonrisa que pude adivinar en la lejanía.

—Ahora vamos, linda —concluyó Sol antes de colgarme.

Justo cuando Álex se levantó, Gustavo se preparó con premura. Sacó la pistola del bolsillo y la chequeó, algo que hizo que mis nervios estuvieran a punto de conseguir que me quebrase.

Al mismo tiempo, Sol sacó de su bolsillo un par de pañuelos y llamó la atención de Violeta para que se acercara hasta ella, con el objetivo de sonarle los mocos tras el estornudo. Muy hábilmente, consiguió que mi hija se levantara de su silla, pasando por detrás de Carmen, que no sospechó nada. Y en el preciso momento en que mi hija se sentó en las rodillas de su «tita», Álex entraba en el interior de la cafetería.

Gustavo se acercó a la mesa, completamente empapado, mientras Sol le sonaba los mocos a Violeta, que se giró emocionada al reconocerle.

—¡Gustavo! —gritó la niña.

Carmen descubrió la figura del inspector tras ella, al tiempo que los dos policías de la mesa de al lado se levantaban y se colocaban junto a la puerta de entrada de la cafetería.

—Hola, Violeta —respondió Gustavo—. ¿Por qué no vais con mamá a aquella zona del parque?

—¿Está aquí mamá? Pero nos vamos a mojar como tú... —dijo Violeta ajena a todo lo que estaba ocurriendo a su alrededor.

—No pasa nada, cariño... La lluvia es sanadora. Ya lo verás —contestó Sol, levantándose de la mesa al tiempo que le daba las gracias a Gustavo.

Carmen se quedó perpleja ante la situación porque empezaba a ser consciente de lo que ocurría.

Justo antes de que Sol se llevase a la niña, su abuela la agarró del brazo, lo que provocó que Gustavo y los policías de alrededor mostraran cierta tensión ante lo que pudiera ocurrir. Carmen contempló a Violeta como quien mira por última vez a alguien a quien no va a volver a ver. Gustavo detuvo al resto de policías y concedió unos breves segundos antes de que la niña empezara a incomodarse. Entendió que aquello era una despedida.

—Nos vemos otro día, ¿quieres? —dijo Carmen a la niña, quien, fiel al estilo en el que siempre la había educado su madre, respondió con su habitual sinceridad: negando rotundamente con la cabeza.

Carmen, irritada, soltó el brazo de la niña con total desprecio.

—Vamos, cariño... —dijo Sol, invitando a Violeta a salir hacia el parque mientras dos compañeros de Elsa iban en su búsqueda.

En cuanto Sol y Violeta se encontraron a salvo, Gustavo se situó junto a Carmen, que sostenía gacha la mirada sobre la mesa ante la respuesta de Violeta. Dolida ante una reacción natural con la que no contaba, y porque la presencia de Gustavo allí seguramente tampoco entraba en sus planes.

—¿Carmen Mola García?

Al escuchar su nombre, la madre de Álex asintió y tomó plena conciencia del lugar y de la situación en la que se encontraba.

—Queda usted detenida por el intento de asesinato de Paula Rodríguez Cava y Sol Martínez Ruiz, y las muertes de Rosa Pérez Labarga y Antón Jiménez Francos.

Carmen se quedó en silencio. En aquel mismo instante, Álex abrió la puerta de la cafetería y pudo contemplar atónito a Gustavo junto a su madre. Antes de que pudiera reaccionar, dos de los compañeros cerraron la puerta y le rodearon. Gustavo tomó la palabra:

—¿Qué tal, Alejandro? ¿Cómo estás?

CAPÍTULO 44

Hasta que no abracé físicamente a mi hija y a Sol, mi corazón no volvió a latir a un ritmo normal. Mis pulmones contuvieron el aliento cuando vi cómo Carmen agarraba el brazo de mi hija y por un momento sentí que no había vuelto a respirar hasta ese instante.

Cuando llegaron hasta nosotras, camuflé las lágrimas con el agua de la incesante lluvia y nos fundimos en un abrazo. Dejando que todo el miedo que habíamos sentido sanara con la lluvia, tal y como Sol había expresado minutos antes.

Cuando volví la mirada sobre aquella mesa de la cafetería Berlín, que tantas otras veces habíamos frecuentado, pude observar cómo los compañeros de Gustavo se llevaban a Álex y Carmen esposados. Y deseé con todas mis fuerzas que aquella pesadilla por fin hubiese acabado.

Séneca afirmó una vez: «Donde hay miedo, no hay felicidad». Y aunque le tenía cierta tirria, dado que aquel filósofo siempre se mostró muy crítico con la astrología, despreciando que planetas y estrellas pudieran influir sobre nuestras vidas, con aquella frase tenía razón. Porque hasta ese momento el miedo lo había ocupado todo y habíamos sido tremendamente infelices.

CAPÍTULO 45

La UCO registró las casas de Carmen y Alejandro. En la de la primera encontraron varios botes de Rohypnol, sedantes para inducir la anestesia como el Propofol, así como otros fármacos pertenecientes a las benzodiazepinas.

Se negó a aceptar que la libreta de recetas que Lucía guardó por casualidad en su casa durante años la hubiera escrito ella de su puño y letra, algo con lo que ya contaban Elsa y Gustavo, quienes rescataron durante el registro de su casa otros documentos para establecer una equivalencia grafológica.

Compañeros del centro de salud confesaron que le habían suministrado recetas y prescripciones médicas, y la situaron en el propio ambulatorio el día de la muerte de Antón. La madre de Rosa, también paciente del centro y de la propia Carmen años antes, declaró que a menudo le preguntaba de manera sibilina por la situación sentimental de su hija, sus gustos y otros detalles que Alejandro, presumiblemente, utilizó para acercarse a ella y manipularla la noche de su muerte. Tal como describía la carta que enviaron a Lucía. También las cámaras de la Embajada de Italia, situada a escasos doscientos metros del parque donde Violeta jugaba con sus amigas y recibió la nota, confirmaron el registro de la imagen de Carmen entrando en el parque a la misma hora de los hechos. Violeta, que en un principio no recordaba quién le había dado aquel papel que guardó en el bolsillo de su mono, declaró posteriormente que fue una amiga suya, Cristina, quien confesó que una mujer mayor se la había entregado para Violeta.

Todo fue fruto de la investigación exhaustiva que Gustavo y Elsa pudieron llevar a cabo gracias a que el juez consideró razonable mantener la detención de ambos hasta esclarecer los hechos. Un balón de oxígeno, dado que Carmen nunca se declaró culpable, puesto que tenía coartada para los días en los que ocurrieron las tentativas de asesinato y los homicidios. Asesorada por su hijo, Carmen adujo que su presencia en el centro de salud o en el parque, así como la posesión de los medicamentos, eran algo puramente circunstancial. Pura casualidad.

Pero las cartas constataban un hecho y estaban ahí. La equivalencia era clara y la estrategia a seguir por parte de los dos inspectores también. Mientras que Gustavo se encargó del interrogatorio de Carmen, Elsa entró en la sala donde la esperaba Alejandro con su abogado. Un compañero de su bufete que ejercía de monigote a su servicio, porque en la práctica se representaba a sí mismo.

—¿Cómo estás? —dijo Elsa mientras tomaba asiento frente a él—. ¿Quieres agua? Parece que el calor sofocante ha vuelto.

—No, gracias —respondió de forma aséptica.

—Bueno, pues vamos allá. Como sabrás, tenemos una orden judicial que te mantiene detenido mientras seguimos con el proceso, ¿verdad?

Alejandro asintió con soberbia.

—Y como ya sabrás, tu madre también ha sido detenida, dentro del mismo proceso, acusada de...

—Sí, estoy al tanto —interrumpió Alejandro.

—Sí, es verdad, se podría decir que estás interviniendo en su defensa a través de tu bufete... —respondió Elsa mientras rebuscaba en sus papeles y se mojaba los labios—. Esta mañana Gustavo ha interrogado a tu madre. Imagino que conocerás las causas que se le imputan...

—Todas circunstanciales —respondió al instante.

—Bueno, la equivalencia caligráfica no es nada circunstancial, la letra de tu madre ha sido peritada y...

—Solicitaremos una segunda opinión. No sería la primera vez que dos peritos no se ponen de acuerdo.

—Ya... —respondió Elsa; conocía bien la capacidad de Alejandro como abogado—. ¿También pedirás una segunda opinión para la imagen registrada por las cámaras de la Embajada de Italia donde aparece tu madre entrando en el parque el día que, presuntamente, dio la nota a la niña?

Álex endureció el gesto. Aquella información le pilló por sorpresa. No contaba con ello y Elsa lo notó.

—¿También vas a pedir una segunda opinión para la declaración de tu madre donde ella misma te culpa de obligarla a escribir esas cartas?

—¡Qué mi madre qué...? —preguntó desconcertado.

—No entres al trapo, Álex —añadió su compañero.

—Mire, subinspectora, no sé si se cree que está en Estados Unidos, pero en España la Constitución Española y la jurisprudencia del Tribunal Supremo limitan cualquier confesión obtenida bajo coacción.

—¿Crees que hemos obligado a tu madre a declarar en tu contra?

—No, creo que me está mintiendo. Y, si utiliza el engaño para buscar una confesión de algo que no he hecho, cualquier prueba que crea que ha conseguido o que vaya a conseguir de mí se considerará nula.

Elsa sonrió por acto reflejo, al tiempo que cogió aire. Respiró tan hondo que llenó el silencio que quedó tras las palabras de Alejandro. Se abanicó el pecho durante un par de segundos y, acto seguido, se frotó la cara con la mano para aclararse las ideas, antes de volver a fijar una mirada tan intensa en Alejandro que apenas movió un solo músculo de la cara.

—Mira, Alejandro, te voy a ser sincera... Tu madre va a ir a la cárcel y tú vas a ser el único responsable. Cuando te sientes en el banquillo porque ella declare que la obligaste a escribir esas cartas, vas a quedar imputado durante mucho tiempo. Y créeme que de eso me voy a encargar yo personalmente: de que se alargue tanto el proceso que, mientras sigas ahí fuera, vivas cada segundo con el remordimiento de la mierda de hijo que eres por dejar que tu madre cargue con todo. Uno de esos hijos asquerosos y desagradecidos que utiliza a la familia y luego reniega de ella.

—¿Que yo reniego de mi madre?

—Álex, no contestes, está intentando...

—Sé lo que está intentando —dijo interrumpiendo a su compañero—. Pretende enfrentarme a mi madre.

—Te equivocas. Eres tú quien la ha acorralado hasta tal punto que la has obligado a defenderse. No tiene que sorprenderte que ahora te señale...

Alejandro respiró profundamente ante las palabras de Elsa. Por primera vez sentía que algo se le escapaba de las manos. Que estaba fuera de su control.

—¿Cree que esto va a impresionarme? —respondió de nuevo recomponiéndose y ordenando su ropa.

—Claro que no. Hay pocas cosas que te impresionen, ¿verdad?

—¿Y qué hacemos, entonces? —preguntó Alejandro mientras sostenía la mirada de Elsa—. Porque no pienso contestar a nada más.

—Esperar... Eso es lo que vamos a hacer, Álex. Esperar —dijo Elsa, remarcando el verbo y dirigiéndose a él por primera vez con su diminutivo—. ¿Cuántos años tiene tu madre? ¿Sesenta y seis? ¿Sesenta y siete? Pues voy a esperar a que el juez la encierre veinticinco años y aguardaré paciente para ver cómo te consumes sabiendo que tu madre se pudre y muere en una cárcel por tu culpa. El resto se lo voy a dejar a tu conciencia.

—Se ve que no conoce a mi madre.

—Una madre es una madre...

—¿Ah, sí? Pues créame que esta no.

—¿Por qué no?

Alejandro mordió su labio y guardó silencio mientras reflexionaba sobre los siguientes pasos a dar.

—Vete, Jesús, ya sigo yo —invitó Alejandro a su compañero.

—¿Estás seguro?

—Sí.

Su compañero Jesús dudó unos segundos, pero ante la mirada de desprecio de Alejandro salió de la sala, dejándolos a solas.

—¿Qué le ha dicho mi madre?

—Que la obligaste a escribir las cartas y la amenazabas si no conseguía lo que necesitabas.

—¿Lo que necesitaba?

—Rohypnol y Propofol, por ejemplo.

Alejandro sonrió con ironía.

—¿Me ve cara de saber qué es el Rohypnol?

—Te veo cara de cualquier cosa.

—A estas alturas, sabrá que mi madre fue anestesista, ¿verdad?

—Sí.

—Entonces ya tiene la respuesta. Ella es la experta.

—Vale, entonces cómo es el tema: ¿ella las drogaba y tú las matabas?

Alejandro permaneció en silencio de nuevo, dando la callada por respuesta.

—Alejandro, quiero que seas consciente de que tengo testigos en un bar que te vieron salir con Rosa la noche que murió. Tengo la grabación de la entrada del edificio de la revista, donde aparece un hombre de mantenimiento que nadie conoce y que, casualmente, comparte tu misma complexión. Tengo un casco de moto que he encontrado en tu casa y que una de las víctimas ha reconocido que llevaba el agresor cuando la atacó, y tengo un móvil para todo ello: tu hija Violeta. Obligaste a tu madre a que te ayudara a matar a esas personas y lo hiciste para hacer daño a Lucía... y lo que es peor, para hacer daño a tu hija.

—Yo nunca haría daño a Violeta —afirmó Alejandro, tajante.

—¿Y a Lucía?

La presión que ejerció Elsa sembró dudas en Alejandro, que no dejaba de perder la mirada sobre cualquier punto de la sala, buscando alguna solución en su cerebro al margen de las emociones que le asaltaban con cada palabra.

—Tampoco. Pero mi madre sí.

Elsa cerró la boca antes de lanzar la siguiente tentativa, estupefacta ante las palabras que acababa de escuchar. Entonces, Alejandro se mojó los labios, preparado para hablar:

—Como bien sabrá, el sistema legal español contempla que una persona puede beneficiarse de una reducción de condena si colabora y proporciona información relevante.

—Por supuesto. Del mismo modo que no es ni automática ni está garantizada.

—Lo sé.

Tras unos segundos de silencio, Elsa volvió a presionar.

—¿Qué quieres hacer, Alejandro?

—Quiero que me jure que hará lo posible para que mi madre no salga de la cárcel. Nunca.

Ahora Elsa era la desconcertada.

—¿A qué te refieres?

—A que ella es la responsable de todo.

Alejandro cerró los ojos unos minutos y, en silencio, meditó consigo mismo el siguiente paso, hasta que al fin lo dio. Y empezó con el relato como lo haría una bonita historia, pero con otro final:

Años atrás, cuando Álex se planteó recuperar la paternidad de su hija, después de haber renegado de ella en un principio, se desestimó la opción legal. Se optó por que fuera la niña en un futuro quien tomara esa decisión. Sería Violeta quien, llegado el momento, siendo mayor de edad, podría buscar una confirmación de la paternidad. Aquel acuerdo no solo no fue del agrado de Alejandro, sino que tampoco lo fue de la abuela, Carmen.

—Fue entonces cuando mi madre supo que tenía una nieta, algo que había deseado con todas sus fuerzas desde hacía mucho tiempo. No paraba de insistirme y tuve que reconocerle lo que había pasado con Lucía. Percutió durante años, pero cuando se jubiló y se sintió con tiempo y energía, me obligó a montar aquel circo con la idea de recuperar a su nieta, a pesar de que la madre fuera Lucía, a quien nunca aceptó mientras tuvimos una relación —continuó Alejandro ante la atenta mirada de Elsa—. Mi madre no iba a esperar a que su nieta cumpliera los dieciocho para poder verla y disfrutar de ella. No quería malgastar el tiempo que le quedaba de vida y buscó la manera con la que Lucía perdiera la custodia.

—¿Y cómo iba a conseguirlo matando a otras personas? ¿Qué lógica tiene todo esto? —preguntó Elsa incrédula.

—Una madre puede perder la custodia por varios motivos legales. Por negligencia, por ejemplo, por dejación de sus funciones o porque su hija crece en un ambiente inadecuado —respondió. Como abogado conocía el proceso a la perfección—. Le expliqué a mi madre el entorno legal y enseguida montó un escenario en el que Lucía sufriese una situación tan comprometida que llegara a perder el sentido común, que se volviese loca, o, incluso, inculparla de las muertes y que acabase en la cárcel para luego reclamar la potestad de Violeta. Y de paso aprovechaba para reivindicar la situación de la sanidad pública en este país a través de lo que ocurría en el último centro donde trabajó. Lo tenía todo pensado.

—Madre de Dios...

—Ya se lo he dicho. Así es mi madre.

Elsa se llevó las manos a la cara en un intento de asimilar y poner orden en sus ideas. Tanto ella como Gustavo habían intuido la motivación de los hechos, pero nunca los llegaron a situar en ese nivel.

—Pero, entonces, ¿para qué ayudaste a Lucía cuando la detuvimos? Estábamos a punto de conseguir una confesión que la hubiese incriminado directamente. Podrías haber conseguido entonces la custodia de la niña.

Alejandro perdió la mirada ante aquella reflexión y le sobrevino el recuerdo de aquel momento.

—Sí, eso mismo dijo mi madre y supuso una fuerte discusión entre nosotros —respondió Alejandro—. Pero yo quería y quiero a Lucía. Durante todo este tiempo la he echado tanto de menos que quise darnos una oportunidad. Verla de nuevo me reinició. Lo que tuvimos hace siete años fue real y perfecto, pero no me di cuenta. Me obsesioné con el éxito. ¿Qué es el éxito? Para mí era mi profesión. Me convencieron de que el trabajo dignifica, que es lo que te representa como persona en la vida, pero yo solo echaba de menos a mi hija y a su madre... Pensé que si la ayudaba, podríamos empezar desde cero y, además, no soportaba verla feliz con él. No contaba con él.

—E inculpaste a Jota para quitarlo de en medio.

Alejandro asintió, pudiera parecer que incluso avergonzado.

—Solo tuve que seguirle y ver que frecuentaba el locutorio donde compraba las chucherías a la niña.

—Y desde allí te conectabas... —añadió Elsa cerrando el círculo.

—Mire, Elsa, mi madre fue la encargada de organizarlo todo. Desde lo de Paula, pasando por las cartas, las conversaciones con Lucía, la muerte de Rosa... todo. Ella misma administró los fármacos a Antón y llevó las cartas a la redacción, dejándolas en el buzón exterior del edificio.

—Y tú...

—Yo solo quería estar con mi hija y con Lucía.

—Pues estuviste a punto de matarla... de matarnos a todos.

—Hay algo que tiene que entender, Elsa. Cuando Lucía decidió que no iba a participar más, que no iba a responder a ningún mensaje y pasó el tiempo sin que mi madre consiguiera su propósito, ya daba igual lo que le ocurriera a ella. A mi madre le importaba poco si Lucía o alguna de sus amigas moría. Solo quería a la niña. A su nieta.

—¿Y tú? ¿Qué querías tú?

Alejandro respiró profundamente antes de hablar por última vez.

—Que fuésemos una familia.

CAPÍTULO 46

10 de septiembre de 2002

Gustavo y Elsa me lo explicaron todo. Pedí que lo hicieran sin guardarse ningún detalle. No era justo que después de lo vivido tuvieran que andar dulcificando la cantidad de barbaridades que Álex confesó sobre su madre y él mismo.

Asistí atónita a la cronología de unos hechos que habían destrozado mi vida en apenas cuatro meses y, mientras lo hacía, no pude evitar derramar todas las lágrimas que aún llevaba contenidas dentro del cuerpo. Lágrimas por el sufrimiento propio y ajeno. El de Paula, el de Antón, el de Rosa... Todos esos daños colaterales que incluían a Sol, a Diana, a mi madre y a mi hija. Y por supuesto a Jota, del que no supe nada más una vez quedó en libertad sin cargos. Desapareció, dejó el trabajo en la redacción, nunca contestó a mis llamadas ni mensajes y lo entendí. Horrorizada y triste a partes iguales, me refugié en lo que siempre había hecho: no decir lo que pensaba. Porque si lo hacía, solo podría proferir desde insultos hasta lamentaciones. Había pasado por los peores estados de ánimo que podría atravesar una persona que ha asistido al derrumbamiento de su propia vida.

—¿Qué pasará ahora? Por lo que se ve, me he quedado sin abogado... —dije con un sarcasmo que los dos policías tomaron con una sonrisa.

—Imagino que imputarán a los dos y se pasarán años declarándose culpables el uno al otro —afirmó Gustavo.

Aunque entendí la respuesta, dudé de su fondo porque parecía demasiado abierto.

—Me gustaría preguntaros una cosa y necesito que me respondáis con sinceridad.

—Lo que quieras —respondió Elsa mientras cogía mi mano.

—¿Puede mi hija estar tranquila o voy a tener que seguir cerrando las ventanas de mi casa a cuarenta grados de temperatura?

Elsa miró a Gustavo con complicidad.

—Yo mismo iré a abrirlas, si hace falta. No te preocupes porque ni Carmen ni Alejandro van a volver a haceros daño nunca —respondió el inspector, tajante.

Elsa apretó mi mano y yo agradecí su respuesta. Tanto que no pude evitar abrazarme a los dos. Aunque durante mucho tiempo fueron totalmente ajenos a mí, o incluso mis enemigos, ahora formaban parte de mi familia.

—Siento mucho que hayas pasado por esto —dijo Elsa, sincera—. Y, sobre todo, lamento mucho no haberme dado cuenta antes.

—Aprovéchate, Lucía... son muy pocos los que pueden decir que Elsa se ha disculpado con ellos —añadió Gustavo.

—Qué idiota eres... —respondió falsamente ofendida mientras se dirigían a la puerta para marcharse. Podría decirse que su trabajo había concluido y quedaba en manos de que el proceso siguiera su curso legal.

—Me alegro mucho de que al final decidieras quedarte en esta casa —añadió Gustavo mientras echaba una mirada a todos los recuerdos que encerraban aquellas paredes—. Sinceramente, me gusta este apartamento.

—Es donde ha crecido Violeta. Además, no podemos dejar solos a los gatos del callejón. No me lo perdonaría. Pronto adoptaremos a uno.

Los dos policías sonrieron cómplices. Elsa salió por la puerta y comenzó a bajar las escaleras, pero no pude contenerme y llamé la atención de Gustavo antes de que hiciera lo mismo.

—Gustavo...

—Dime.

—Muchas gracias por todo.

—Para nada... Si hay alguien a quien debemos dar las gracias es a ti. Nunca perdiste el empuje ni la confianza. Nosotros solo hicimos nuestro trabajo y casi ni eso...

—Lo sé, pero... quería decirte que... —Volví a dudar porque para mí tampoco era fácil emocionalmente pasar ese trago—. Pásate a vernos cuando quieras. Si te apetece y tienes tiempo, claro.

Gustavo sonrió sorprendido, aunque consciente del vínculo que se había creado entre ellos. Agradecido.

—No te preocupes, ahora tengo todo el tiempo del mundo.

—¡Por fin se jubila! —gritó Elsa desde la escalera, cómplice de la situación.

—Mira, entonces puede que, ahora que Violeta ha perdido a una abuela, aunque ella no lo supiera, haya ganado un abuelo.

Gustavo no pudo contener la felicidad. Sus ojos le delataron.

—Y yo a un padre —añadí, en un intento de ponerme a la altura del recuerdo que guardaba de Rebeca.

Se mostró emocionado, dejando que el talento como policía cayera tras el telón de la persona. De los buenos sentimientos que nacen después de la tempestad y la ingratitud de un calor sofocante.

Aquel 10 de septiembre de 2002, cuando las noticias informaban de los primeros pasos para la guerra de Irak y la serie *Friends* era galardonada con los Emmy, a punto de finalizar el verano, comenzaba un clima templado para la vuelta al colegio de Violeta.

Y, por fin, la vuelta a nuestras vidas.

CAPÍTULO 47

23 de noviembre de 2002

Última carta

Mi querida Lucía:

¿Cómo estás? Espero que muy feliz, porque sin duda es lo que te mereces. Tú y Violeta.

No quiero que te asustes. Esta carta no está escrita con ninguna maldad ni pretende remover viejos recuerdos. Todo lo contrario, pretende dar respuesta a los mensajes que me enviaste y que hasta ahora había dejado sin contestar.

No fue fácil para mí. Sé que tampoco lo fue para ti, pero mi cuerpo no está acostumbrado a superar el dolor con facilidad. El sufrimiento tiende a quedarse dentro y hacerme pequeño. Como un niño que alza la voz dentro de una habitación a solas al que nadie escucha.

Así me sentí de impotente. Gritando a viva voz que hubiese estado a vuestro lado sin condiciones, pero no me creyeron. No me creíste.

Por supuesto que te perdono. Nadie en su sano juicio sentiría rencor hacia una madre que defiende a su hija con sus propios dientes ante cualquier situación. Frente a cualquier persona. Incluido yo.

Mi padre no conocía el significado de lo que era una paremia, he de reconocer que yo tampoco hasta que tú me lo explicaste, pero solía decir una frase hecha que he guardado para mí hasta ahora: «El tiempo nos dice todo lo que necesitamos saber». Por eso yo me he tomado el mío. Para encontrar las respuestas.

Hace unos días leí tu sección. Me alegro enormemente de que vuelva a ser tuya. Percibí la frescura, el tono y, sobre todo, te vi a ti radiante detrás de cada palabra. También me vi a mí. Me gustó leer mi interpretación de esta semana. Ya ves que no he vuelto a decir «predicción». Me gusta pensar que algo he aprendido de ti.

«Géminis: Eternamente señalados. Siempre cargando el peso de la desconfianza que ofrece su dualidad. No caigamos en el error de pensar que viven bajo la contradicción. Los hay que poseen una parte positiva y otra parte mejor. Acostumbrémonos a pedirles perdón, aunque sea con la nueva canción de Tiziano Ferro: Perdóname, *Jota.*

»Nota: suelen ablandar su corazón si los invitan a tortillas con puerro. ¿Quieres?».

Me sorprendí a mí mismo con una sonrisa en la cara al ver mi nombre en la revista. Me sorprendí siendo feliz por un instante. Quizás llevaba mucho tiempo desilu-

sionado. Así que, recuperado el anhelo, te envío esta carta y una caja de tarzanitos para Violeta hoy, el día de su cumpleaños, que como buena sagitario en plena cúspide con Escorpio estoy seguro de que sabrá valorar. Espero que sepas racionarlos mejor de lo que lo hice yo... Aunque, si quieres, puedo volver a intentarlo.

El tiempo nos dice todo lo que necesitamos saber, Lucía, y a mí no me hace falta ni un segundo más para saber lo que quiero. Lo que os quiero.

Agradecimientos

Para cada Lucía que se deja la piel por su familia.

Para cada Elsa que no ha tenido una vida fácil.

Para cada Gustavo que ejemplifica lo que significa la palabra «padre».

Para cada Diana y cada Sol, las verdaderas amigas que todas deberíamos tener a nuestro lado.

Para cada Jota que siempre muestra su mejor sonrisa pese a todo.

Para ti, que estás leyendo esto: gracias. Espero que te hayas sumergido en la historia y te haya atrapado hasta la última página.

Confío en ti para que el final quede entre tú, yo y el resto de lectores que lleguen hasta esta página. Para que solo descubran la verdad de las cartas encabezadas con «Mi querida Lucía» quienes la desvelen con la lectura de este libro.

Te espero entre las páginas de la siguiente novela…

Mi querida Lucía
se acabó de imprimir
en agosto de 2024,
en los talleres gráficos
de Rotoprint By Domingo, SL.
Carrer de la Garrotxa, 104,
08211 Castellar del Vallès
(Barcelona)